Elogios à obra:

"Incrível! Tudo o que você sempre quis saber sobre a ficção científica na telona."

— James King, crítico de cinema

"Uma jornada acessível e profunda pela galáxia do cinema de ficção científica, conduzida por um verdadeiro fã do gênero. O conhecimento de Ryan Lambie fica evidente com o entusiasmo e a eficiência com que liga os pontos entre George Méliès e Christopher Nolan. Não deixe o planeta Terra sem levar este livro. E, claro, não se esqueça também de levar sua toalha."

— Dan Jolin, crítico de cinema

"Uma viagem incrível pela história do cinema de ficção científica – acompanhada de uma bela coletânea de filmes. Você vai querer adicioná-los à sua lista de coisas para ver."

— *Den of Geek*

"Quer a gente mergulhe e absorva tudo de uma vez ou fique mexendo num capítulo atrás do outro, o livro nos prende e desperta nossa curiosidade… É impossível ficar indiferente a tanta geekeria pesquisada com tamanho cuidado."

— Helen McCarthy, coautora de *The Anime Encyclopaedia*
e autora de *Osamu Tezuka: God of Manga*

A Ficção Científica no Cinema:
De Fenômeno Cult a Ícone da Cultura Pop

Antes um fenômeno cult, agora um verdadeiro artefato da cultura pop contemporânea, neste livro, o cinema de ficção científica é investigado por Ryan Lambie com base em 30 filmes fundamentais – 30 momentos decisivos em sua história. É esse o objetivo central do presente livro: não só colocar em destaque essas obras tão importantes na longa história da ficção científica, mas demonstrar como cada uma, à sua maneira, não só inspirou outras, mas também impulsionou o avanço do cinema como um todo por meio da tecnologia de efeitos especiais que foi criada para torná-las possíveis. Alguns dos filmes citados neste livro são clássicos, outros nem tanto; vários são conhecidos pela cultura de massas, outros apenas por nerds e fãs inveterados do gênero. E as inúmeras listas contidas no final desta obra apresentam um panorama geral sobre a evolução da FC no cinema, que agradará desde os fãs mais ardorosos até o cinéfilo sci-fi iniciante.

O Guia Geek de Cinema

Ryan Lambie

O Guia Geek de Cinema

A História por Trás de
30 Filmes de Ficção Científica
que Revolucionaram o Gênero

Tradução
Mário Molina

Título do original: *The Geek's Guide to Sf Cinema*.

Copyright © 2018 Ryan Lambie.

Publicado pela primeira vez na Grã-Bretanha em 2018 por Robinson, um selo da Little Brown Book Group.

Copyright da edição brasileira © 2019 Editora Pensamento-Cultrix Ltda.

1ª edição 2019.

Todos os direitos reservados. Nenhuma parte desta obra pode ser reproduzida ou usada de qualquer forma ou por qualquer meio, eletrônico ou mecânico, inclusive fotocópias, gravações ou sistema de armazenamento em banco de dados, sem permissão por escrito, exceto nos casos de trechos curtos citados em resenhas críticas ou artigos de revistas.

A Editora Seoman não se responsabiliza por eventuais mudanças ocorridas nos endereços convencionais ou eletrônicos citados neste livro.

Editor: Adilson Silva Ramachandra
Gerente editorial: Roseli de S. Ferraz
Preparação de originais: Karina Gerke
Revisão técnica: Adilson Silva Ramachandra
Produção editorial: Indiara Faria Kayo
Editoração eletrônica: Join Bureau
Revisão: Vivian Miwa Matsushita

Dados Internacionais de Catalogação na Publicação (CIP)
(Câmara Brasileira do Livro, SP, Brasil)

Lambie, Ryan
    O guia geek de cinema: a história por trás de 30 filmes de ficção científica que revolucionaram o gênero / Ryan Lambie; tradução Mário Molina. – São Paulo Seoman, 2019.

    Título original: The geek's guide to Sf cinema: 30 key films that revolutionised the genre
    Bibliografia.
    ISBN 978-85-5503-097-0

    1. Filmes de ficção científica 2. Filmes de ficção científica – Guias 3. Filmes de ficção científica – História e crítica I. Título.

19-25423   CDD-791.43615

Índices para catálogo sistemático:
1. Ficção científica: Filmes: Guias: Cinema 791.43615
Cibele Maria Dias – Bibliotecária – CRB-8/9427

Seoman é um selo editorial da Pensamento-Cultrix Ltda.

Direitos de tradução para o Brasil adquiridos com exclusividade pela
EDITORA PENSAMENTO-CULTRIX LTDA., que se reserva a
propriedade literária desta tradução.
Rua Dr. Mário Vicente, 368 — 04270-000 — São Paulo, SP
Fone: (11) 2066-9000
http://www.editoraseoman.com.br
E-mail: atendimento@editoraseoman.com.br
Foi feito o depósito legal.

Para Sarah, Kathy, David e Simon

Sumário

Apresentação	11
Prefácio	15
Introdução	25

1. A Pioneira Era Silenciosa   29
   Viagem à Lua (1902)
   Ficção Científica Muda

2. Cinema Revolucionário   39
   Metropolis (1927)
   Além de *Metropolis*

3. Criador e Criatura   51
   Frankenstein (1931)
   Das Páginas para as Telas

4. O Primeiro Herói de Ficção Científica do Cinema   59
   Flash Gordon (1936)
   Os Primeiros Seriados de Ficção Científica

5. Os Clássicos da Era Óvni   69
   O Dia em que a Terra Parou (1951)
   Os Filmes da Era dos Discos Voadores

6. Monstros Atômicos   79
   Godzilla (1954)
   Os Filmes de Monstros da Era Nuclear

7. Os Invasores Silenciosos   89
Vampiros de Almas (1956)
À Vista de Todos

8. Viagens entre as Estrelas   101
O Planeta Proibido (1956)
Rumo às Estrelas

9. Sob a Sombra da Bomba   109
*Dr. Fantástico; ou Como Aprendi a Parar de me Preocupar
e a Amar a Bomba* (1964)
Visões de Guerra

10. Viagens pelo Desconhecido   119
2001: Uma Odisseia no Espaço (1968)
A Solidão do Espaço

11. Uma Franquia em Evolução   129
Planeta dos Macacos (1968)
Ascensão dos Macacos

12. Futuros Sombrios e Distopias   139
Laranja Mecânica (1971)
Melancolia e Paranoia na FC dos Anos 1970

13. Aventuras Galácticas   149
Star Wars (1977)
O Retorno das *Space Operas*

14. Monstros das Estrelas   161
Alien, o Oitavo Passageiro (1979)
O Melhor e o Pior do Horror Espacial

15. Veio do Deserto   173
    Mad Max (1979)
    Ação Pós-Apocalíptica

16. Mais Humano que o Humano   183
    Blade Runner (1982)
    Humanidade e as Máquinas Inteligentes

17. Um Clássico Revivido   195
    O Enigma de Outro Mundo (The Thing) (1982)
    A Ascensão da Refilmagem de FC Clássica nos Anos 1980

18. Assassinos, Viagens no Tempo e Paradoxos Temporais   205
    O Exterminador do Futuro (1984)
    Jornadas Através do Tempo

19. Admiráveis Mundos Novos   215
    Brazil – O Filme (1985)
    O Poder da Distopia

20. Desta Vez É Guerra   225
    Aliens, o Resgate (1986)
    Eles Vêm de Dentro: Ficção Científica e Horror Corporal

21. Sátira Brutal   235
    RoboCop (1987)
    A Ficção Científica de Paul Verhoeven

22. O Fantasma na Célula   245
    Akira (1988)
    O Cinema de Animação de Ficção Científica

23. A Ascensão das Máquinas   255
    O Exterminador do Futuro 2: O Julgamento Final (1991)
    A Verdadeira Skynet

24. Trazendo os Dinossauros de Volta 265
Jurassic Park: Parque dos Dinossauros (1993)
O Retorno dos Filmes de Monstros

25. Desejo por Destruição 275
Independence Day (1996)
A Ciência do Desastre

26. Através do Espelho 287
Matrix (1999)
Realidade Virtual e Inteligência Artificial

27. O Choque do Futuro 297
Minority Report: A Nova Lei (2002)
Cidades do Futuro

28. Comportamento Desumano 305
Distrito 9 (2009)
A Ficção Científica no Oscar

29. Domínios Digitais 315
Avatar (2009)
A Ascensão da Captura de Movimento (Mocap)

30. A Lógica do Sonho 327
A Origem (2010)
Agora Espere pelo Ano que Vem

Anexo I – Posfácio do Editor 337
Anexo II – Brasil, o País do Futuro Inatingível?, 365
    por Alfredo Suppia
Bibliografia 369
Agradecimentos 371
Índice 373

Apresentação

Qual foi o primeiro filme de ficção científica que marcou sua vida? Eu me lembro como se fosse ontem da sensação de assistir a *Minority Report – A Nova Lei* na telona. Devia ter uns 13, 14 anos e, depois de ficar encantada por tempo suficiente com as telas virtuais de computadores ultramodernos que se deslocavam com apenas um toque e a beleza do futuro, entendi as implicações morais de um sistema que desvenda crimes antes que eles sejam executados. Devo ter ficado sem dormir algumas noites pensando nisso, mas não demorou para que eu partisse em busca de um pouco mais dessa estranha substância chamada ficção científica.

Ao mesmo tempo que histórias contadas em filmes como *Gattaca – A Experiência Genética* ou *Blade Runner – O Caçador de Androides* me enchiam os olhos na adolescência, sabia que havia mais sob a superfície tecnológica e altamente estética do gênero – algo que contrastava com a brancura dos ambientes de *Laranja Mecânica*, tão sombrio quanto os crimes de Alex DeLarge. É esse incômodo, essa coceirinha, que faz da ficção científica – ou FC – um gênero tão reconhecível.

A verdade é que dificilmente continuamos a ser os mesmos depois de assistir a uma boa história de FC. Assim como outros gêneros fantásticos, a ficção científica trabalha com imersão e suspensão da descrença. Mas, enquanto a fantasia pede, por exemplo, que você acredite na magia e em coisas impossíveis durante duas horas no cinema, a FC faz um convite diferente: questione tudo.

Em 1979, Darko Suvin, escritor e pesquisador de FC, disse que a essência da ficção científica é causar "estranhamento cognitivo". Quando você embarca em uma história de FC, deve usar todo o referencial disponível em sua mente para mergulhar na história, ainda que a realidade pareça alienígena a princípio. As engrenagens da narrativa e daquele universo precisam fazer sentido e ter regras bem definidas, porque a magia não vai salvar a pele de ninguém. Histórias de FC estão repletas de tecnologias que parecem flertar com o impossível, embora resultem em consequências bastante palpáveis.

Não é à toa que *Frankenstein* é considerado, por muitos, a primeira obra de FC literária. Mary Shelley foi uma adolescente corajosa ao colocar em palavras um sentimento pulsante do século XIX, que moldou ainda mais o mundo nos séculos seguintes: somos completamente responsáveis pela ciência que criamos. Nossos limites em relação à tecnologia parecem se ampliar cada vez mais, muitas vezes sem percebermos as implicações, ou até mesmo o preço, da inovação. Isso faz da FC, já de início, um modo questionador de contar histórias. Com base nela e nas premissas em sua linguagem, podemos analisar o passado, sob diferentes perspectivas, ou imaginar o futuro que queremos (ou tememos). Conformidade não é território da ficção científica.

Ao longo das próximas páginas, você vai perceber que a história da FC cinematográfica está intimamente ligada a grandes acontecimentos mundiais do século XX. A realidade pautou a FC inúmeras vezes – mas o contrário também é verdade. Muito antes da corrida espacial – que ocorreu a partir da primeira metade do século XX –, já imaginávamos como seriam as naves e as condições de sobrevivência dos astronautas em solo desconhecido. Por imaginarmos a viagem à Lua, ela realmente aconteceu.

Hoje, as inovações tecnológicas e técnicas chegam em tão alta velocidade que parece difícil acompanhá-las. A cada dia, a tecnologia torna-se mais indissociável de nossa própria identidade – atire o primeiro *smartphone* quem nunca viveu instantes de puro terror enquanto não encontrava o celular no bolso. Temos uma relação íntima não apenas com a tecnologia em si, mas com tudo o que ela pode nos proporcionar – uma vida sem limitações informacionais, espaciais ou sociais, numa condição próxima à de semideuses, se compararmos nosso tempo com o dos nossos avós.

Porém, como já sabiam os gregos, tentar roubar o fogo dos deuses tem consequências trágicas – algo que Mary Shelley sabia muito bem ao colocar o subtítulo "O Moderno Prometeu" em sua obra mais famosa. Não é por acaso que, na última década, as distopias tenham ganhado tanto espaço em livros e nas telas: com base em notícias sobre guerras, política e meio ambiente, as perspectivas para o futuro não são as mais otimistas, e nossa relação com as máquinas nem sempre tem trazido conforto e segurança.

Há quem diga que já vivemos em um mundo de ficção científica, o que torna o trabalho de escritores e roteiristas cada vez mais desafiador. Mas muitas vezes nos esquecemos de que o trunfo da FC não está apenas em nos encantar ou apavorar com tecnologias fantásticas, naves brilhantes e computadores traiçoeiros: é seu fator profundamente humano o que nos torna verdadeiros apaixonados por essas narrativas. A popularidade do gênero entre gerações mais jovens não é apenas questão de gosto – é reflexo de uma profunda identificação e inquietação com o mundo em que vivemos, no qual as relações sociais mudam a cada instante. A internet pode nos revelar tudo, menos o que o futuro, de fato, nos reserva. É aí que entra a importância da imaginação – e das boas histórias. Somos capazes de nos conectar profundamente com a ficção, nos emocionar com histórias de pessoas que nunca existiram... e imaginar futuros diferentes.

É por isso que, agora, você tem um tesouro em mãos. Isso porque Ryan Lambie, um dos editores do *Den of Geek*, um dos *sites* de entretenimento mais populares e bem-sucedidos do Reino Unido, que resenha filmes, séries de TV, games, livros, quadrinhos e outras mídias afins do mundo *nerd* e *geek*, criou muito mais que uma lista de filmes para se assistir em finais de semana, mas uma linha do tempo fantástica para entender a evolução do gênero nas telonas. Neste livro, você vai encontrar um verdadeiro mapa para algumas das obras mais originais e fantásticas da ficção científica, muitas delas responsáveis pelo imaginário que temos hoje sobre o passado e o futuro. É inevitável aprender sobre os sonhos e desejos de uma sociedade ao se debruçar sobre a ficção científica que ela produz.

Se você já é fã de FC há muitos anos, a experiência desta leitura vai lhe dar a sensação de estar revendo um álbum de fotos décadas depois que foram tiradas: embora os rostos (ou filmes) sejam familiares, sempre será possível enxergá-los sob uma nova óptica, um ângulo ainda inexplorado, criando assim novas relações. Mas, se está chegando agora, afivele os cintos e se prepare: com toda a certeza essa vai ser uma jornada inesquecível.

Boa leitura

Cláudia Fusco, outono de 2019

Prefácio

A ficção científica (FC) entrou na minha vida pela tela da televisão – uma Telefunken que recebia a programação em preto e branco, comprada por meu pai, durante os anos do "milagre econômico" no início dos anos 1970, no auge da Ditadura Militar. Imagino que o mesmo tenha acontecido com outras pessoas da minha geração e da que veio logo depois.

Os filmes que passavam naquela época eram, em grande parte, produções B das décadas de 1950 e 1960. Havia ainda as séries nas manhãs de sábado e nas tardes durante a semana, famosas por formarem muitos fãs brasileiros de FC: *Jornada nas Estrelas, Túnel do Tempo, Terra de Gigantes, Perdidos no Espaço, Viagem ao Fundo do Mar*. Também as séries de antologia *Além da Imaginação* e *Quinta Dimensão*, e aquelas de aventura espacial, como *A Arca Perdida, Espaço 1999, Galactica: Astronave de Combate* e *Buck Rogers no Século 25*.

É espantoso, mas os filmes de monstros, aos quais o autor Ryan Lambie se refere neste *Guia Geek de Cinema* também eram exibidos na TV brasileira nessa época, assim como as séries japonesas *National Kid, Ultra Seven, Ultramen* e *Os Vingadores do Espaço*. São desse mesmo período, ainda, as primeiras animações vindas do Japão, à época ainda não as conhecíamos como anime: produções estranhas e inquietantes como *Shadow Boy* e *Fantômas*. Parte do ciclo de filmes japoneses de monstros eu cheguei a ver no cinema, com outros fenômenos internacionais que desapareceram da telona: o *western* italiano – conhecido como *western spaghetti* – e o filme de kung-fu de Hong Kong. Em 1984, vi no cinema a versão musicada (por Giorgio Moroder) e colorizada de *Metropolis*, considerando-a como um espetáculo surrealista.

A TV me ensinou ainda a apreciar com um sabor especial o naturalismo de filmes políticos como *Sob o Domínio do Mal*, *Dr. Fantástico* e *Limite de Segurança*, porta aberta para o meu interesse posterior pelo *techno-thriller*.

A Guerra Fria foi a época da paranoia política e social – extravasada para o campo da ficção policial *hardboiled*, e, na FC, tão praticada pelo escritor americano Philip K. Dick na literatura, e, no cinema, em filmes como *Os Poderosos* (*The Power*, baseado no romance de Frank M. Robinson), provável inspiração para o diretor David Cronenberg do posterior *Scanners, sua Mente Pode Destruir*.

O naturalismo narrativo e a casualidade das situações estão no ápice do estilo de George Lucas na admirável representação pós-apocalíptica *THX 1138*, que vi e revi várias vezes na TV. Já as aventuras pós-apocalípticas *Herança Nuclear*[1] e *Fuga do Século 23* eu assisti no velho Cine São José, em Sumaré, cidade do interior de São Paulo em que eu vivia na época. E o impacto de denúncias ecológicas de superpopulação como *O Mundo de 2020*, fizeram-me fundar, com amigos de infância e recém-saído do exército, o primeiro "clube ecológico" da cidade.

Ainda criança, sem conhecer o suficiente da conjuntura política e social de um mundo em conflagração silenciosa em torno de ideologia e dominação, só posso entender o impacto que muitos desses filmes e séries tiveram na minha jovem consciência a partir de uma profundidade e riqueza alegórica que eu mal pressentia, mas que estavam lá. *Além da Imaginação*, em especial, deixou em mim uma marca como a de um ferro em brasa gravado na mente – muitas das histórias do meu primeiro livro de contos, *A Dança das Sombras* (1999), traziam aquela mesma transformação da paisagem cotidiana pela invasão do insólito e do macabro, assim como meus romances *Anjo de Dor* (2009) e *Mistério de Deus* (2017) tratam do choque com uma outra dimensão plantando na cidadezinha em que eu vivia a sua forma particular de espanto e horror.

---

[1] Ryan Lambie se mostra mais sensível à origem literária de muitos filmes do que a maioria dos críticos de cinema, mas se esquece de citar a obra do premiado escritor Roger Zelazny, *Damnation Alley* (1969), como base deste filme em particular.

Vivendo em uma cidade do interior, a ficção científica poderia significar para mim uma janela para o cosmos, emoldurada pela sugestão de um mundo maior que eu poderia conquistar pelas forças da juventude e da ambição. Mas isso é um clichê, e dos mais limitados. O que a FC fez ao tocar minha experiência infantil foi *transformar o mundo à minha volta*, dar à cidade pequena, ao país e ao mundo o colorido da imaginação e do maravilhamento. Como alguns autores e críticos costumavam tratar no passado, a FC como uma "máquina de pensar" plantou em mim considerações sobre futuro, mudanças sociais e evolucionárias, tirania e liberdade política, e padrões subjacentes de estrutura e organização, tangenciando as linhas do meu universo quotidiano e me levando a pensar de forma mais ampla.

Logo combinei meus interesses por televisão e cinema com quadrinhos e literatura de ficção científica. É sintomático que, nos quadrinhos, as histórias mais radicais de FC e horror presentes na revista *Kripta* me interessassem mais. Ali havia uma abordagem alegórica semelhante à dos filmes tratados por Ryan Lambie, mas com a ferocidade irônica da contracultura e do mundo pós-guerra do Vietnã e pós-escândalo de Watergate. Por sua vez, na literatura, meu primeiro amor foi a série alemã de *space opera Perry Rhodan*, que interpretava a conjuntura da Guerra Fria e da ameaça nuclear pelas lentes dinâmicas e sensacionais da FC *pulp*, digna dos filmes B mais extravagantes. "Delirante poesia *pulp*" é a expressão empregada pelo crítico Phil Hardy, na enciclopédia cinematográfica *Science Fiction* (1984), para tratar de *Perry Rhodan* – e na infância e adolescência eu estava mergulhado nela até as sobrancelhas.

Com *Perry Rhodan*, aprendi aquilo que o regime militar queria negar – o conflito ideológico da Guerra Fria era uma estupidez suicida, perante os desafios da espécie humana. É interessante que boa parte do enfoque de Lambie se dedique a apontar o quanto cinema americano reagia à ansiedade imposta pelo velado conflito Leste-Oeste e a "ameaça de ataque nuclear", expressão que entrou até em letra de banda de *rock* brazuca. Por aqui, havia censura às artes, na esfera política e de costumes, e repressão aos discursos libertários. Os Estados Unidos eram nosso modelo de sociedade e de política, e a TV brasileira estava povoada por seus produtos culturais. Longe de vê-los apenas como "enlatados" – termo pejorativo da época para as importações audiovisuais da indústria cultural americana –, e com a cabeça aberta pela ficção científica, eu enxergava as promessas libertárias e o desejo de mudança expressos em muitos deles.

A série de longas *Planeta dos Macacos*, em especial, passava incansavelmente na TV brasileira – às vezes, durante toda a madrugada, nas primeiras "maratonas" de que se tem notícia. Com seu início baseado em um roteiro de Rod Serling, o criador de *Além da Imaginação*, para o livro *La Planète des Singes* (1963), de Pierre Boulle, a série tratava do pós-apocalipse nuclear, de opressão e militarismo, da aliança da ciência com a violência do Estado, da estupidez humana em seu grau mais elevado, e, por fim, fechando o *loop* causal que caracterizou os cinco filmes, de revolução popular e de totalitarismo revanchista. Quando esteve no Brasil, o autor americano de FC Frederik Pohl lembrou – em 1969, em plena ditadura brasileira[2] – que, durante a década de 1950, a FC americana escapou da censura mais ferrenha do macartismo sem precisar negar-se o papel crítico da literatura e da arte, simplesmente porque os censores do senador republicano Joseph McCarthy, o "caçador de bruxas comunistas", não conseguiam entendê-la, algo que acontecia também com muita frequência aqui em nosso país. Mas minha suspeita pessoal é a de que os programadores da TV conheciam o conteúdo alegórico dos filmes e sabiam o que faziam ao reprisá-los tantas vezes, mesmo que nas madrugadas. A resistência se faz com o que é possível...

Então, nos últimos anos da década de 1970, veio a lenta abertura política, a anistia, ampla, geral e irrestrita, e, finalmente, o fim do regime militar, seguido da redemocratização em 1986. Mas a sociedade "americanizada" (outro termo da época) alcançava novo ápice de conservadorismo e poder excessivo nas mãos das grandes corporações (aqui, as "multinacionais") da Era Reagan. O cinema americano de FC reagiu com a figura da insidiosa megacorporação, presente em obras tão distintas quanto *Alien, o Oitavo*

---

[2] Pohl e outros nomes da nata da FC americana e inglesa vieram para o Simpósio FC, organizado por José Sanz como um programa agregado do II Festival Internacional de Cinema do Rio de Janeiro.

Passageiro,[3] *Blade Runner – O Caçador de Androides*, *Outland – Comando Titânio*, *O Exterminador do Futuro*, *RoboCop – O Policial do Futuro*, *Aliens, o Resgate*, e tantos outros. Na mesma década, a FC *cyberpunk* expressou algo semelhante, ao dar ares monstruosos à figura do aristocrata empresarial – como no premiadíssimo *Neuromancer* (1984), de William Gibson. Na visão desse momento da ficção científica, o "mercado livre" e a "desregulamentação dos setores produtivos" eram mais uma instância de opressão e desumanização do sujeito e da sociedade, pela aliança do interesse econômico com o Estado. Uma caminhada interessante, desde a década de 1950 e o temor do "perigo vermelho" indicado por tantos filmes B. Inclusive, Lambie recorda-nos de que a tendência já estava viva na década de 1970, com *No Mundo de 2020* e em *Rollerball – Os Gladiadores do Futuro*.

Mad Max eu vi em Sumaré; e *Mad Max 2* na vizinha Campinas, em uma noite que plantou em mim, aos 15 anos, as sementes de *Mistério de Deus*, meu romance de horror que também emprega uma mistura explosiva de violência e cultura automobilística (brasileira, e não australiana). No século XXI, a virtuosa recriação *Mad Max: Estrada da Fúria* se tornaria um dos filmes favoritos de meu filho, o escritor e crítico de cinema Roberto Fideli. Ele e Lambie concordam que os filmes de George Miller são explorações irônicas da masculinidade instintiva e fora de controle. *O Exterminador do Futuro* eu assisti várias vezes no cinema, tentando absorver o vigor *pulp* de sua economia de excessos, em prol da minha própria ficção científica (ainda sem saber que escreveria no futuro). Como meu filho costuma repetir, "James Cameron é deus"... Já *A Coisa* eu vi em VHS, assim como dezenas de produções fracas enviadas diretamente para esse mercado, muitas imitando *O Enigma de Outro Mundo*, de John Carpenter, sem contudo chegar a seus pés. Sempre o achei uma referência (assim como o mais doce e romântico *Starman, o Homem das Estrelas*, também de Carpenter), e a descrição de seu fracasso inicial de crítica e público, por Lambie, me surpreendeu por completo.

Fico pensando se alguém ainda se recorda de uma voz crítica muito repetida quando eu era garoto – Alvin Toffler e seu conceito de "choque do

---

[3] Sim! Eu estava em uma sala de cinema em Campinas, cidade vizinha a Sumaré, e testemunhei um grupo de jovens deixar o cinema durante a cena de *Alien* na qual o peito do personagem Kane explode e o alienígena embrionário foge para as entranhas da nave *Nostromo*. Outros tempos.

futuro", acompanhado da sugestão de que a ficção científica poderia ser um medicamento preventivo contra ele. Toffler criou o conceito em 1965 e o investigou durante anos. Apegados ao *status quo* como base de nossas vidas, tornamo-nos despreparados para as mudanças que virão inevitavelmente. A ideia do futuro e a reflexão sobre ele, tão próprias da ficção científica, tornam-se necessárias para que pessoas e sociedades sejam capazes de lidar com a mudança, adaptarem-se e inventarem papéis ativos para si mesmas nesse contexto alterado – como afirmou o escritor americano de FC Orson Scott Card, na introdução de sua antologia *Future on Fire* (1991).

Escrever este prefácio foi uma jornada nostálgica, mas *o futuro já chegou* é um truísmo atual para quem acompanha a ficção científica. Significa que já estão aí as tecnologias com as quais a FC vinha lidando ao longo de décadas e as consequências sociais e ambientais surgidas a partir delas. O *choque do futuro* é a marca da realidade presente. Tal choque se manifesta como algo com que o escritor de FC *cyberpunk* Bruce Sterling vem lidando desde o início de sua carreira, em fins da década de 1970: o conflito de gerações. O ator e ativista ambiental Matt Damon (da *Trilogia Bourne*, de *Interestelar* e *Perdido em Marte*) elogiou a geração dos *millennials*, no Fórum Econômico de Davos de 2019, por sua preocupação política com o aquecimento global e a com as mudanças climáticas, e pelo seu empenho em construir um estilo de vida mais frugal. Ao mesmo tempo, condenou a elite dirigente do planeta (mais velha) por não se importar verdadeiramente com esses fenômenos.

Ao mesmo tempo, o *choque do futuro* manifesta-se hoje como uma incompreensão do *passado*, reinterpretado como um tempo de glória e de estabilidade – mesmo que seja um passado de nacionalismo e autoritarismo, de espírito sectário e fundamentalista, de opressão e censura. A brutal virada para a direita política na Europa, nos Estados Unidos e no Brasil dá um novo sentido ao conflito de gerações e uma importância maior à ficção científica distópica jovem adulta (que Lambie menciona no Capítulo 19), como a do escritor brasileiro Eric Novello em *Ninguém Nasce Herói* (2017), que imagina, num futuro próximo, um Brasil ultraconservador e repressivo. Por sua vez, a aliança entre o fundamentalismo cristão americano e o neofascismo europeu foi antecipada pelo escritor *cyberpunk* John Shirley ainda na década de 1980, com a trilogia *A Song Called Youth* (1985, 1988 e 1990). Embora o gênero resista à atribuição de qualquer função profética, às vezes a FC realmente parece oferecer uma cartografia de futuros possíveis.

Lambie observa que a refilmagem *RoboCop*, pelo brasileiro José Padilha, atualiza os comentários do filme com um olhar para a guerra dos *drones* e a desumanização do sujeito. Talvez, paradoxalmente, o filme da Marvel *Capitão América: O Soldado Invernal* tenha oferecido o retrato mais rico e incisivo da combinação de armas operadas remotamente (os *drones*) e a determinação de alvos pelo monitoramento de nódulos de comunicação e de fluxo de metadados. *Oblivion* (2013), outro filme que Lambie deixa de mencionar, apresenta um herói *all-american* (Tom Cruise) que insiste em ver a verdade por si mesmo, descobrindo que é marionete de um governo ilegítimo que usa *drones* assassinos, contra o que resta da população livre da Terra após uma invasão alienígena.

Cabe lembrar ainda que, no Brasil, o monumental trabalho de Alfredo Suppia, *Atmosfera Rarefeita: A Ficção Científica no Cinema Brasileiro* (2013), deixa claro que as possibilidades alegóricas da FC não passaram despercebidas pelos cineastas brasileiros. Filmes como a chanchada tardia *Os Cosmonautas* (1962, dirigida por Victor Lima) zombam do clima paranoico da Guerra Fria e do uso nacionalista da tecnologia espacial, enquanto filmes como *O Homem que Comprou o Mundo* (1968, dirigido por Eduardo Coutinho) e *Brasil Ano 2000* (1969, dirigido por Walter Lima Jr.) satirizavam disfarçadamente a ditadura. Produções como *Parada 88* (1978, dirigido por José de Anchieta) e *Abrigo Nuclear* (1981, dirigido por Roberto Pires) expressam ansiedades ambientais, crítica à insensibilidade industrial e desconfiança da tecnocracia instaurada pelo regime militar. Bem mais recente, *Uma História de Amor e Fúria* (2013) é um longa de animação dirigido por Luiz Bolognese que retrata vários momentos de resistência de um espírito inconformista brasileiro, desde o passado histórico da Balaiada até o futuro distópico *tupinipunk* (o *cyberpunk* tupiniquim) do Rio de Janeiro. Em seu livro, Suppia é enciclopédico e não deixa de fora nem a produção local de curtas-metragens; faz também uma engenhosa comparação entre o cinema brasileiro e o de outros países em desenvolvimento: México, Argentina e República Tcheca, observando como cada um aborda a FC fora do clichê das milionárias produções *blockbusters* hollywoodianas.

Na literatura, o revelador *Ficção Científica Brasileira: Mitos Culturais e Nacionalidade no País do Futuro* (2004), da brasilianista M. Elizabeth Ginway, deixa claro que desde a década de 1960 a FC brasileira empenhou-se, consciente ou inconscientemente, em adaptar os ícones do gênero para o contexto da cultura e dos costumes nacionais, e em dar conta, criticamente, dos esforços de modernização do país promovidos pelo regime militar. O destaque de sua reflexão está na pouco investigada produção de utopias e distopias nacionais do período da ditadura, e na discussão das características críticas e pós-coloniais do *tupinipunk*.

Em ambos os livros e em outros que vieram depois, a ficção científica brasileira aparece como a linguagem central daquilo que nenhuma outra produção literária ou cinematográfica do resto do mundo pode fazer por nós: fornecer um reflexo da nossa própria problemática. Para o melhor ou para o pior, *o futuro já chegou* aqui também.

E, para fechar este prefácio, gostaria de dizer que o argumento de Lambie, de que a ficção científica no cinema expressa e investiga as ansiedades modernas, é desenvolvido neste guia com grande habilidade, correção de imprecisões históricas, senso de humor e poder de síntese. O mesmo argumento foi empregado de maneira mais acadêmica no prestigiado estudo de Vivian Sobchak, *Screening Space: The American Science Fiction Film* (1987), atestando sua importância e coerência. Ryan Lambie, porém, possui uma agudeza singular nas interpretações que oferece dos filmes analisados e listados por ele como de grande importância e influência dentro da história do gênero. Atualmente, os veículos são tantos que eu não saberia dizer como as pessoas estão sendo formadas para o consumo de FC e então me pergunto: será que os *videogames* podem ser uma porta de entrada interessante para o gênero, por exemplo? É bem possível. Especialmente agora que o mercado brasileiro se abriu para romances escritos com base em *games*, como *Halo* e *Mass Effect*. Como fã de cinema e frequentador do *site Den of Geek*, tenho certeza de que o livro de Lambie vai iluminar a mente de muitos *nerds* e *geeks* da nova geração e ser um belo catálogo crítico e nostálgico para os fãs de ficção científica de longa data como eu. Sem dúvida, o momento cultural de hoje, marcado pela ascensão da cultura *nerd/geek*, merece a publicação desta obra de referência no Brasil.

Boa leitura.

Roberto de Sousa Causo, outono de 2019

Introdução

Em 1977, um motorista de caminhão comprou um ingresso de cinema e se sentou para assistir a um filme recém-lançado chamado *Star Wars*. Enquanto a grandiosa e exuberante aventura espacial se desenrolava na tela, o rapaz era tomado pelo espanto, mas também pela frustração. Por que estava dirigindo caminhões para viver quando podia estar fazendo filmes? Se ele também adorava ficção científica, por que aquele tal de George Lucas podia criar uma *space opera* e ele não? Sete anos depois, James Cameron havia largado para sempre a vida de caminhoneiro e dirigia seu primeiro longa de ficção científica, *O Exterminador do Futuro*. Vinte e cinco anos depois, finalmente ele conseguiu dirigir sua própria *space opera*: *Avatar*.

Uma das coisas mais belas da ficção científica é que uma grande obra cinematográfica inspira outras, para o bem ou para o mal. As histórias oníricas dirigidas pelo pioneiro Georges Méliès inspiraram os cineastas que vieram depois dele a fazer grandes filmes. Existe um nítido fio condutor de *Metropolis*, de Fritz Lang, a *Blade Runner*, de Ridley Scott; de *Viagem à Lua*, de Méliès, a *2001: Uma Odisseia no Espaço*; de *Frankenstein* a *Ex-Machina*.

Este livro existe graças ao trabalho inspirador de outros cineastas. Quando eu era garoto, sendo criado numa área muito cinzenta do Reino Unido, minhas primeiras memórias foram de filmes de ficção científica. Eu tinha calafrios com *O Monstro da Lagoa Negra*, punha as mãos na frente dos olhos com *Dr. Who e a Guerra dos Daleks*. Vibrava com *Star Wars*. Chorava em *Corrida Silenciosa* (*Silent Running*, 1972). E me encolhia de medo dos *Invasores de Marte*, FC clássica em que o pai de um garoto é convertido num "drone" violento e cruel pelos alienígenas que surgem nos fundos de seu jardim. Esse filme me deixou muito impressionado: eu estava acostumado a ver filmes de ficção científica se desenrolando em cenários exóticos, além das estrelas. Agora havia uma história de invasão num cenário doméstico, na qual um garotinho era o único que sabia da presença de maléficos alienígenas – e ninguém lhe daria ouvidos.

É o senso inspirador das possibilidades ilimitadas da ficção científica que a transforma em um gênero tão empolgante e de tanta importância. Em seu nível mais básico, a ficção científica trata da relação da humanidade com a tecnologia, como ela nos molda e nos transforma, e como – para o melhor ou pior – ela pode nos afetar no futuro. Pistolas de raios, espaçonaves, robôs, extraterrestres com tentáculos e múltiplos olhos são apenas ornamentos, não são o que a FC nos traz de essencial. Na realidade, os filmes de ficção científica dizem respeito a nós mesmos, ao que nossa natureza tem de melhor e de pior.

Foi algo que percebi pela primeira vez quando assisti *Os Invasores de Marte:* tenham ou não o roteirista e o diretor pretendido isso, o filme expressava como é ser criança num mundo de adultos que são mais altos, mais fortes e cujos estados de espírito e preocupações são insondáveis. O pai do garoto pode ter sido um simulacro criado pelos alienígenas, mas a mudança de seu comportamento também pode muito bem ter sido causada por depressão, raiva ou abuso de bebida alcoólica. Por isso a FC é tão brilhante: ela pode explorar temas que talvez fossem muito perturbadores ou indigestos para alcançar uma ampla audiência num drama contemporâneo de cunho realista.

É esse o objetivo do presente livro: não só colocar em destaque os 30 filmes cruciais da longa história da ficção científica, mas demonstrar como cada um, à sua maneira, foi não só inspirando outros, mas também impulsionando o avanço do cinema como um todo. Alguns dos filmes citados neste livro são clássicos; outros, nem tanto. Alguns têm elementos que são atemporais; enquanto muitos parecem ostensivamente datados. Observemos, também, que os filmes de ficção científica mais populares e bem-sucedidos em termos financeiros nem sempre são os mais influentes ou revolucionários; *Contatos Imediatos do Terceiro Grau* e *E.T. – O Extraterrestre,* de Steven Spielberg, por exemplo, são adequadamente encarados como clássicos, mas é possível que a influência deles não pareça tão importante quando os comparamos com *Stars Wars*, um definidor do gênero. O que todos esses filmes têm em comum é a força de sua visão e o extraordinário efeito cascata que exerceram sobre os filmes que vieram depois. É por isso que, ao lado de filmes como *Metropolis* e *Alien, o Oitavo Passageiro*, o livro também vai explorar filmes como *Daqui a Cem Anos (Things to Come*, 1936) e *O Incrível Homem que Encolheu* (*The Incredible Shrinking Man*, 1957) – longas--metragens que não chegaram exatamente a definir o gênero como o conhecemos, mas que, ainda assim, contêm momentos de genuíno maravilhamento.

O que vamos encontrar nos capítulos seguintes, então, não é apenas uma lista de filmes, mas uma viagem panorâmica por um gênero que esteve sempre evoluindo e se redefinindo no decorrer dos últimos cem anos.

1. A Pioneira Era Silenciosa

Viagem à Lua (1902)

A história do cinema de ficção científica começa no terreno dos fundos da casa de um francês. Foi em Montreuil, aninhado entre as árvores desse tranquilo subúrbio de Paris, que o cineasta George Méliès construiu o primeiro estúdio cinematográfico da Europa. Visto de fora, o prédio lembrava mais uma estufa para acondicionar plantas do que um estúdio. Concluído em 1897, o telhado e as paredes de vidro permitiam que a luz natural banhasse os cenários pintados à mão por Méliès e sua pequena equipe. Foi nesse ambiente – onde havia anteriormente os canteiros de uma horta, décadas antes de Neil Armstrong pousar pela primeira vez, em julho de 1969, na Lua – que o cinema pôs pela primeira vez um ser humano na Lua.

Como a humanidade poderia se lançar ao espaço era algo sobre o qual os escritores vinham ponderando havia séculos. Numa obra do século II, *História Verdadeira*, o escritor grego[*] Luciano de Samósata imaginou que

---

[*] Pouco se sabe sobre esse autor e, apesar de escrever em grego, provavelmente sua origem é semita, dado que Samósata, região onde nasceu, era a capital do Reino de Comagena, localizado sudeste da Anatólia, na Turquia. (N. E.)

poderia viajar para a Lua em um barco impulsionado por uma tromba-d'água, que o fazia voar. No século XVII, Francis Godwin, bispo inglês da Igreja Anglicana, escreveu que poderíamos visitar o planeta mais próximo da Terra se tivéssemos um número suficiente de gansos para nos carregar até lá. A novela seminal de Júlio Verne, *Da Terra à Lua* (1865), via astronautas americanos lançados em direção à Lua por um gigantesco canhão. Os aventureiros de H. G. Wells, em *Os Primeiros Homens na Lua* (1901), faziam sua viagem em uma esfera de metal pintada com uma substância, chamada cavorita, que contrariava a gravidade.

Com relação, no entanto, à nova mídia cinematográfica, mandar um explorador para o espaço exigiria algo inteiramente novo: os primeiros efeitos visuais.[1] No final do século XIX, a linguagem do cinema mal começava a ser escrita. Em sua maior parte, os primeiros filmes estavam interessados em captar cenas da vida diária: operários saindo de uma fábrica, um trem chegando a uma estação. Do outro lado do Atlântico, cineastas pioneiros trabalhavam em linhas paralelas: nos Estados Unidos, o estúdio do inventor Thomas Edison fazia filmes curtos com boxeadores e cenas da vida diária que podiam ser vistos num aparelho chamado cinetoscópio. Em Paris, os irmãos Auguste e Louis Lumière empolgavam plateias com seu cinematógrafo, outra versão primitiva do moderno projetor de filmes.

Dono de um teatro e mágico de palco, Georges Méliès esteve entre os primeiros a ter contato com um dos filmes dos irmãos Lumière. Querendo produzir e apresentar filmes em suas próprias instalações, o Théâtre Robert-Houdin, Méliès tentou e não conseguiu comprar um dos projetores dos irmãos Lumière, mas por fim obteve um aparelho de projeção similar, chamado animatógrafo, do inventor britânico Robert W. Paul. Méliès revelou um traço de sua inventividade técnica quando desmontou o animatógrafo e, estudando seus componentes, encontrou um meio de convertê-lo numa câmera de filmar.

---

[1] Ver Helen Powell, *Stop the Clocks! Time and Narrative in Cinema* (Londres: I. B. Tauris, 2012). Disponível em: <https://books.google.co.uk/books?id=PA83d5HLDhIC&pg=PA47&redir_esc=y#v=onepage&q&f=false>.

Um ano depois de ter visto a demonstração dos irmãos Lumière, Méliès estava fazendo seus próprios filmes, que de início seguiam a popular convenção de apontar a câmera para um tema da vida cotidiana. O primeiro filme de Méliès, por exemplo, se limitava a mostrar um trio de cavalheiros relaxando no sol da tarde; um deles lia um jornal enquanto os outros dois jogavam cartas. Méliès, no entanto, logo foi além disso, começando a empregar nos filmes suas habilidades de mágico. A princípio, mostrava apenas ele próprio executando truques de ilusionismo, mas aos poucos conseguiu perceber que a câmera podia ser usada para criar um tipo de prestidigitação visual.

Em um filme de 1896, *O Castelo Assombrado* (*Le manoir du diable*), Méliès usa um corte cuidadosamente inserido para criar a ilusão de um morcego se convertendo no demônio Mefistófeles – uma técnica de edição que, segundo a lenda da cinematografia, Méliès descobriu por acaso. Conta a história que, alguns meses antes de fazer *O Castelo Assombrado*, Méliès estava filmando o tráfego num ponto movimentado de Paris quando, de repente, a câmera travou. Ao ver o copião, ele reparou que um ônibus que passava puxado a cavalos parecia se converter num carro funerário – uma ilusão criada pela câmera parando de repente e voltando a funcionar alguns segundos depois. Quer essa história, tantas vezes repetida, seja verdade ou não – e o livro de Helen Powell, *Stop the Clocks!* [Parem os Relógios!], lança uma certa dúvida em torno dessa história[2] – Méliès usaria a montagem para repetir e introduzir novos efeitos do início ao fim de sua carreira de realizador de cinema. Também usou exposições múltiplas e outros truques de câmera em efeitos experimentais, como num filme de 1898 em que Méliès parece arrancar sua cabeça e substituí-la por uma variedade de outras cabeças colocadas numa mesa. Méliès fez cerca de 240 filmes entre 1896 e 1900, com truques visuais que atraíram audiências cada vez maiores. À medida que suas realizações evoluíam, Méliès percebia que as técnicas que havia desenvolvido poderiam ser usadas não só para criar ilusões isoladas, mas para contar histórias nas quais podiam acontecer coisas incríveis, imprevisíveis.

---

[2] Helen Powell, *Stop the Clocks!*, cit.

Em *Cinderela* (1899), Méliès usa a montagem e cenários de concepção extravagante para recontar a lenda folclórica de uma mulher humilde magicamente transformada em princesa. Com o ponto de vista se dissolvendo de uma locação a outra enquanto acompanhamos o progresso da heroína, *Cinderela* foi o empreendimento mais ambicioso de Méliès até aquele momento e seu primeiro grande sucesso tanto nos Estados Unidos quanto na Europa.

Foi, no entanto, um filme de 1902 de Méliès, *Viagem à Lua* (*Le Voyage dans la Lune*), que realmente abriu um novo caminho. Além de ser um dos filmes mais longos da época – com cerca de nove minutos de duração num período em que a maioria dos filmes não durava mais que alguns segundos –, foi também um dos mais caros e ambiciosos. A essa altura Méliès já tinha organizado a Star Film Company e construído o estúdio arejado, com teto de vidro, na área de sua horta em Montreuil.

Viagem à Lua recorre ao livro *Da Terra à Lua* (*De la Terre à La Lune*, 1865), de Júlio Verne – em especial à ideia de Verne de lançar exploradores no espaço por meio de um grande canhão. Méliès, no entanto, também parece se inspirar em *Os Primeiros Homens na Lua* (*The First Men in the Moon*, 1901), de H. G. Wells, publicado pela primeira vez somente um ano antes do filme. Enquanto a extravagante aventura de Verne via seus pioneiros catapultados para circundar a Lua e voltar, a história de Wells fazia os exploradores pousarem na superfície lunar e encontrarem seus habitantes – uma espécie que lembrava insetos e que Wells chama de selenitas. Méliès parece adicionar essa última parte do romance à sua própria aventura, já que *Viagem à Lua* mostra os exploradores, de aparência excêntrica (entre eles o próprio Méliès, fortemente caracterizado), encontrando pessoas atléticas da Lua e inclusive matando algumas a golpes de guarda-chuva. Como no livro de Wells, os exploradores acabam encontrando o rei dos selenitas (que eles também matam).

Embora conciso para os padrões modernos, *Viagem à Lua* serve como ponto de referência em termos de efeitos especiais. Não é somente o primeiro verdadeiro filme de ficção científica, mas também o primeiro a descrever o contato inicial entre humanos e uma espécie alienígena. É natural, então, que tenha causado tamanho estardalhaço ao ser exibido pela primeira vez no teatro de Méliès, no outono de 1902. Verdadeiro fenômeno transatlântico do cinema, conseguiu atrair multidões nos Estados Unidos assim como na Europa. A popularidade de *Viagem à Lua* foi tão grande que o filme passou a ser amplamente contrabandeado, com cópias piratas se mostrando tão comuns que Méliès abriu uma sucursal de sua empresa nos Estados Unidos para ajudar a estancar o fluxo das perdas de seus direitos sobre a obra.

Passados, no entanto, apenas seis anos do lançamento de *Viagem à Lua*, a popularidade de Méliès começou a declinar – e, por incrível que pareça, sua crucial realização em cinema quase desapareceu para sempre. Quando em 1914 irrompeu a Primeira Guerra Mundial, o teatro de Méliès foi fechado, o estúdio cinematográfico foi convertido num hospital improvisado e centenas de seus filmes foram corroídos pelos minerais que continham. Quando a guerra acabou, Méliès passou vários anos na obscuridade e, com dificuldades financeiras, foi forçado a trabalhar como lojista em uma estação ferroviária de Paris (foi essa parte da vida de Méliès que o diretor Martin Scorsese contou num drama atipicamente adocicado de 2011, *A Invenção de Hugo Cabret*.)

Das dezenas de filmes de Méliès perdidos para a história, *Viagem à Lua* também poderia ter desaparecido não fosse um renovado interesse que a obra dele despertou no final dos anos 1920. Com essa reavaliação crítica, houve uma motivação para encontrar e catalogar os filmes de Méliès que ainda restavam e *Viagem à Lua* foi uma das várias cópias descobertas e preservadas para as futuras gerações. De modo surpreendente, filmes antes considerados perdidos continuam sendo encontrados hoje, décadas após a morte de Méliès em 1938. Uma cópia colorida à mão de *Viagem à Lua* apareceu em 1993; em outubro de 2016, um filme chamado *Concurso de Prestidigitação* (*Match de Prestidigitation* ou *Conjuring Contest*) chegou às mãos de arquivistas na República Tcheca.

No século XXI, *Viagem à Lua* é corretamente considerado como um momento crucial do cinema. O filme tem tamanho prestígio que, desde 1999, tem sido feito um grande esforço para digitalizar e restaurar a cópia pintada à mão descoberta seis anos antes. Cada um dos 13 mil fotogramas de *Viagem à Lua* foi escaneado e cuidadosamente limpo por especialistas em filmes – um processo que levou um impressionante período de dez anos para ser concluído. A cópia restaurada foi exibida pela primeira vez no Festival de Cinema de Cannes, em 2011, e pela primeira vez em mais de um século o público pôde assistir a esse marco da FC como ele era quando foi originalmente filmado. O cinema e os efeitos visuais podem ter avançado para muito além das técnicas relativamente simples que Méliès empregou em seu filme, mas foi aqui, nessa película despretensiosa, onírica, feita num subúrbio de Paris, que o cinema de ficção científica começou.

Ficção científica muda

Para compreender com que rapidez a nova linguagem do cinema se desenvolveu no início do século XX, temos apenas que dar uma olhada nos filmes de FC e fantasia que surgiram de 1900 a 1920. Apesar de toda a engenhosidade técnica, os primeiros filmes de Georges Méliès seguiam as tradições do teatro, com atores representando diante de painéis pintados – os conceitos cinematográficos de planos gerais, primeiros planos e *travelings* ainda não tinham sido inventados.

Aos poucos, no entanto, vemos Méliès experimentando algumas das técnicas de filmagem que logo se tornariam vitais para a linguagem do cinema. Em *Viagem através do Impossível* (*Voyage à travers l'impossible*, 1904), que hoje poderíamos considerar uma sequência de *Viagem à Lua*, um grupo de cientistas constrói um foguete que é lançado para o centro do Sol. Em diversas sequências, Méliès usa efeitos simples, com miniaturas, para criar planos gerais, proporcionando à história um maior senso de escala. Em uma cena, Méliès ilustra uma jornada pelos Alpes suíços em um plano com efeitos de um trem atravessando uma ponte e avançando com esforço por entre montanhas com os topos cobertos de neve. Alguns planos mais tarde, um grupo de viajantes sacoleja pelos Alpes num ônibus sem teto e Méliès registra a cena com uma longa sequência*, a câmera seguindo o progresso do veículo no sobe e desce das íngremes encostas alpinas. Se compararmos *Viagem através do Impossível* com *Viagem à Lua*, de apenas dois anos antes, é fácil ver como o estilo de Méliès se desenvolveu; a fantasia mais precoce só apresentava um caso do que parece ser um movimento de câmera – a famosa sequência em que a nave atinge a face humana da Lua diretamente no olho. Méliès reforça o humor com a câmera fechando um close na Lua, ilustrando a aproximação da nave. Na realidade, a câmera se encontra estática e Méliès apenas desloca o tema – o rosto de um ator fortemente maquiado e um painel pintado – em direção à lente.

Méliès apresenta um truque semelhante, mas muito mais elaborado em *Viagem através do Impossível*. Um trem cheio de aventureiros acelera pela encosta de uma montanha, usando-a como rampa para lançá-los ao espaço; Méliès cria a ilusão de outro longo *traveling* quando o trem ultrapassa as montanhas, depois as nuvens, antes de mergulhar nas profundezas do espaço. No plano seguinte, vemos o Sol passar entre as nuvens e depois se aproximar lentamente da câmera; quando o Sol boceja, o trem voa direto pela sua garganta.

Em 1912, podemos ver como Méliès continuava a desenvolver as técnicas de filmagem, mesmo que suas aventuras mantivessem a extravagância de sempre. O ponto culminante de *A Conquista do Polo* (*À la Conquête du Pôle*) é uma sequência de voo, que dura cerca de dez minutos, quando um avião sobrevoa um cortejo de fenômenos estranhos em seu caminho para o Ártico. Filme mais extenso e ambicioso de Méliès, *A Conquista do Polo* foi também, infelizmente, um de seus últimos; teve um êxito muito menor que suas primeiras fantasias e, como tantos dos filmes que fez, seu verdadeiro valor só seria plenamente reconhecido muitos anos mais tarde. Em 1915, o diretor americano D. W. Griffith lançou *O Nascimento de uma Nação* (*The*

---

* O mesmo que *traveling*. (N. do T.)

Birth of a Nation) – um filme de duas horas de duração que, apesar do abominável racismo, era impressionante pela escala, a ambição e a invenção de técnicas de filmagem. A essa altura, as extravagantes aventuras de Méliès, bem como suas narrativas, já tinham começado a parecer um tanto antiquadas.

A linguagem do cinema também estava avançando com rapidez na Europa em 1914, quando eclodiu a Primeira Guerra Mundial. Adaptado do *best-seller O Túnel*, de Bernhard Kellermann, publicado em 1913, o filme de mesmo nome era uma maravilha técnica. Dirigido pelo cineasta alemão William Wauer, narra a construção de um enorme túnel ferroviário transatlântico entre a França e os Estados Unidos e os perigos nela envolvidos. Ao contrário dos filmes de Méliès, *O Túnel* (*Der Tunnel*, 1914) é fortemente realista no tom e na execução; Wauer usa primeiros planos e ângulos de câmera baixa para criar uma atmosfera de calor e claustrofobia enquanto os trabalhadores abrem caminho escavando por entre terra e rocha.

Em pouco mais de uma década, a transformação do cinema o tornara quase irreconhecível. Bem cedo, vinhetas de cinco minutos da vida cotidiana ou truques de ilusionismo tinham dado lugar a histórias de exploração e aventura, depois a épicos históricos com três horas de duração. O cinema se deslocou dos arranjos simples de câmera e palco dos filmes pioneiros de Méliès para locações exteriores e *sets* de filmagem extremamente complexos. Em filmes como *O Golem – Como Veio ao Mundo* (*Der Golem*) e *O Gabinete do Dr. Caligari* (*Das Cabinet des Dr. Caligari*), ambos de 1920, os cineastas expressionistas alemães fizeram experiências com desenhos estilizados de cenários, iluminação e ângulos de câmera para criar drama e suspense – técnicas que chegariam mais tarde aos Estados Unidos.

Se os filmes de Méliès só eram ficção científica de forma tangencial, no sentido de serem criados mais para entreter que para provocar reflexão sobre as realidades da experiência humana, ainda assim lançaram as bases para o que o século XX apresentaria mais tarde. Graças a Méliès e a cineastas pioneiros como ele, o cinema tinha encontrado sua linguagem e voz. O palco estava montado para o próximo filme crucial de FC: *Metropolis* (1927).

PARA IR FUNDO, ASSISTA À SELEÇÃO DE FILMES DE FC E
OUTROS GÊNEROS MENCIONADOS NESTE CAPÍTULO:

O Castelo Assombrado (*Le manoir du diable*, 1896)

Cinderela/Baile até a Meia-Noite (*Cendrillon*, 1899)

Viagem através do Impossível (*Voyage à travers l'impossible*, 1904)

A Conquista do Polo (*À la Conquête du Pôle*, 1912)

O Túnel (*Der Tunnel*, 1914)

O Golem – Como Veio ao Mundo (*Der Golem*, 1920)

O Gabinete do Dr. Caligari (*Das Cabinet des Dr. Caligari*, 1920)

A Invenção de Hugo Cabret (*Hugo*, 2011)

Concurso de Prestidigitação (*Match de Prestidigitation* ou *Conjuring Contest*, 2016)

2. Cinema Revolucionário

Metropolis (1927)

"*E se um dia os que estão nas profundezas se levantarem contra você?*"

Fritz Lang meneia educadamente a cabeça, mas por dentro está em pânico. O diretor está sentado diante de Joseph Goebbels, o ministro de propaganda do Partido Nazista, que fala com entusiasmo sobre os filmes de Lang. Mas Lang não está realmente ouvindo Goebbels – observa pela janela, por sobre o ombro de Goebbels, o relógio na rua lá fora. Lang aparecera no gabinete de Goebbels com argumentos para defender seu último filme, *O Testamento do Dr. Mabuse* (*Das Testament des Dr. Mabuse*, 1933), que acabara de ter a exibição proibida por conter ideias antifascistas (o diretor admitira que havia colocado slogans do Partido Nazista na boca do criminoso do título). Lang, no entanto, fica surpreendido – e consideravelmente alarmado – quando ouve que Adolf Hitler é um fã de seu trabalho. Pior ainda, Goebbels revela que o Führer quer um filme de propaganda – e que Hitler acha que a direção deveria ficar a cargo de Lang. O cineasta permanece em silêncio e se pergunta se daria tempo de ir ao banco para retirar suas economias e fugir de Berlim; mas como Goebbels não para de falar, a hora do banco fechar se aproxima cada vez mais. Em silêncio, Lang começa a transpirar.[1]

Cinco anos antes, Lang tinha feito um dos filmes que Hitler assistira com muita avidez: *Metropolis*. Ainda hoje suas imagens arrojadas, áridas, conservam certo poder magnético sobre seus espectadores: prédios *art déco* elevando-se para o céu; uma elegante robô sentada num trono nos encarando sem piscar os olhos; uma fileira interminável de trabalhadores vestidos de preto, cabeças baixas, arrastando os pés para as imensas salas de máquinas da cidade. Só por essas imagens incríveis, *Metropolis* já merece a fama de ser um dos filmes mais importantes do século XX. Em termos técnicos, era simplesmente revolucionário e seus efeitos visuais pavimentaram o caminho para outros filmes de FC. Na época, contudo, essa grandiosa visão do futuro esteve longe de despertar admiração.

Nascido na Áustria em 1890, Fritz Lang já tinha levado uma vida agitada ao completar 30 anos. Quando estava na faixa dos 20, Lang passou três anos viajando pela Europa e pela Ásia e, em 1913, foi estudar pintura em Paris. Depois da eclosão da Primeira Guerra Mundial, serviu durante dois anos antes que seus ferimentos – que sofreu enquanto lutava na Rússia e na Europa Oriental – o levassem a uma dispensa honrosa.

Lang começou a escrever roteiros enquanto ainda estava no exército e dirigiu seu primeiro trabalho, o filme mudo *Halbblut*, em 1919. Daí em diante, Lang continuou escrevendo e dirigindo filmes num ritmo prodigioso e, em 1920, conheceu Thea von Harbou, uma atriz e romancista de sucesso que desempenharia um papel decisivo em sua carreira. A dupla colaborou em alguns dos mais populares filmes alemães da década, como *Dr. Mabuse, o Jogador* (*Dr. Mabuse, der Spieler – Ein Bild der Zeit*, 1922), que os levou a criar toda uma série de películas sobre o famigerado personagem até 1960, concluindo com o filme *Os Mil Olhos do Dr. Mabuse* (*Die 1000 Augen des Dr. Mabuse*, 1960), e *Os Nibelungos* (*Die Nibelungen*, 1924), uma fantasia épica lançada em duas partes. Ainda assim, a relação entre Lang e Von Harbou

---

[1] Ver: <https://cinephiliabeyond.org/mise-en-scene-fritz-lang-invaluable-short-lived-magazines article-master-darkness>.

teve um lado sombrio. Apesar de ambos serem casados, eles se entregaram a um romance apaixonado; anos mais tarde, veio à tona que a mulher de Lang, Lisa Rosenthal, descobrira a relação secreta dos dois e se matara tragicamente com um tiro (Patrick McGilligan, que escreveu a exaustiva e detalhada biografia *Fritz Lang: The Nature of the Beast* [Fritz Lang: A Natureza da Fera], levantou a incômoda possibilidade de que o próprio Lang tenha puxado o gatilho).

Da parceria de Lang e Von Harbou surgiu um dos filmes mais importantes de ficção científica: *Metropolis*. Em entrevistas, Lang gostava de dizer que o filme tinha sido inspirado por uma visita a Nova York em 1924; ele contemplou o horizonte de Manhattan, com os edifícios se lançando para o céu, e a ideia de uma história ambientada numa cidade futurista começou a ganhar contornos em sua mente. Seja como for, Von Harbou já estava bem envolvida com a redação da história em outubro de 1924. Ela foi lançada em capítulos no ano seguinte, na revista *Illustriertes Blatt*, e publicada pela primeira vez em livro em 1926.

A história e o filme a que ela deu origem compartilham a mesma trama básica. Ambientado no distante ano de 2026, *Metropolis* imagina uma cidade imensa com agudas divisões sociais: os governantes e os ricos vivem em arranha-céus brilhantes, como deuses no Monte Olimpo; o vasto mar de trabalhadores comuns vivem no subsolo da cidade, acionando os grandes motores que mantêm a metrópole em movimento. Em seguida a um encontro casual, um membro da elite endinheirada, Freder, se apaixona por Maria, que pertence à classe trabalhadora. Visitando o mundo de máquinas no subsolo, Freder testemunha com seus próprios olhos o sofrimento dos trabalhadores e fica sabendo que Maria é uma espécie de revolucionária que prevê a vinda de uma figura messiânica – um líder capaz de forjar uma união entre as classes superiores e inferiores. Enquanto isso, o pai de Freder, Fredersen, planeja sabotar a mobilização dos trabalhadores e faz Rotwang, um cientista que lhe é subalterno, construir um robô capaz de personificar Maria e subverter as atitudes de revolta. O que Fredersen não percebe é que Rotwang abriga um ressentimento de longa data contra ele e planeja usar o robô para colocar a metrópole de joelhos. E para dar vida ao seu robô, o cientista consegue duplicar a essência de Maria por meio de uma técnica que envolve ciência e magia negra criando um *"doppelgänger* maligno" totalmente controlado por seu criador.

Fantasia de FC, combinando romance, tecnologia futurista, totalitarismo e messianismo político, *Metropolis* era um filme insolitamente ambicioso para sua época. Além de requerer o tipo de construção de cenários e o exército de extras que o diretor pioneiro D. W. Griffith havia empregado uma década antes, exigia ainda a criação de novos efeitos fotográficos e de miniaturização – técnicas que ainda estavam relativamente em sua infância. Não é, então, de admirar que o orçamento de *Metropolis* tenha aumentando depois que a filmagem começou na primavera de 1925; fixado de início em 1,5 milhão de Reichsmarks, o investimento não demorou a chegar a 5,1 milhões, o que o transformou num dos filmes mais caros da época (avaliou-se que esse custo equivalia a cerca de 200 milhões de dólares em valores de 2010).[2]

No entanto, Lang usou todo esse dinheiro para efeitos impressionantes e, com frequência, engenhosos. Durante a produção de *Metropolis*, o supervisor de efeitos especiais Eugen Schüfftan se mostraria indispensável para o projeto do filme. Ele acompanhou a elaboração dos modelos em escala que criavam a ilusão de uma cidade vibrante; sob os arranha-céus *art déco*, dezenas de pequenos aviões e veículos foram cuidadosamente manejados, fotograma por fotograma. Essas sequências de animação quadro a quadro [*stop-motion*] levaram meses para serem preparadas, construídas e executadas; de forma penosa, uma sequência teve de ser toda refilmada quando o copião foi acidentalmente destruído pelo laboratório de imagem. Schüfftan também empregou uma técnica que usava espelhos para colocar atores no mesmo plano que uma miniatura em escala, criando a ilusão de cenários enormes com uma fração do custo de construí-los em tamanho real. Embora mais tarde suplantado por técnicas mais modernas de superposição, o processo de Schüfftan foi sem dúvida pioneiro.

Outra imagem memorável de *Metropolis* – o robô com curvas femininas ou *Maschinenemensch* criado por Rotwang – foi projetada por Walter Schulze-

---

[2] Ver: <https://www.theguardian.com/film/2010/oct/21/metropolis-lang-science-fiction>.

-Mittendorff. Apresentava um desenho muito diferente daquele descrito no livro de Von Harbou; ela havia imaginado o robô como esbelto e meio translúcido. Schulze-Mittendorff acrescentou-lhe algo muito mais vistoso: feito com uma forma primitiva de plástico, o robô foi modelado com precisão a partir de um molde em gesso do corpo da atriz Brigitte Helm. Originalmente, Schulze-Mittendorff planejara criar o traje do robô com metal, mas percebeu que ficaria pesado demais e difícil de usar. Tentando encontrar um material mais adequado, deparou-se com uma substância recém-inventada que chamou de "madeira plástica" – uma espécie de massa que endurecia quando exposta ao ar.[3] Mesmo com esse uso habilidoso de materiais modernos, o traje do robô continuou tornando difícil a locomoção e Helm ficava dolorida e exausta depois de usar a roupa em uma sucessão de *takes* (uma foto dos bastidores da filmagem mostra Helm, com aparência abatida, sendo atendida por um membro da equipe que segura um secador de cabelos).

O fato de Lang ser um perfeccionista extremamente aplicado não ajudava muito. Na verdade, a disposição do diretor de fazer um filme maior e de escala mais espetacular que seu trabalho anterior, *Os Nibelungos*, foi fundamental para explicar por que *Metropolis* estourou de modo tão brutal o cronograma de produção e o orçamento. A filmagem ocupou a maior parte de um ano e empregou dezenas de milhares de extras – incluindo 750 crianças – para uma dramática sequência em que a cidade sofre com uma devastadora enchente. Vindos das áreas mais pobres de Berlim, os garotos foram várias vezes encharcados por um canhão de água durante uma extenuante filmagem de catorze noites.[4] Lang, numa busca impiedosa da sequência perfeita, permanecia empinado em sua cadeira de diretor, apontando e gritando.

Depois de repetidos atrasos, *Metropolis* teve finalmente uma pré-estreia em Berlim, em 10 de janeiro de 1927 – um acontecimento grandioso, condizente com um filme de sua dimensão. O UFA-Palast am Zoo, então o

---

3 Ver: <https://web.archive.org/web/20151004213042/http://www.walter-schulze-mittendorff.com/EN/robot02.html>.

4 Ver: <https://web.archive.org/web/20140316012144/http://www.tcm.com/this-month/article/25817%7C0/Metropolis.html>.

maior cinema da Alemanha, deve ter sido uma visão espetacular para os frequentadores que ocupariam seus 600 lugares. O prédio tinha uma pintura prateada; sobre a porta pendia um enorme gongo de bronze, referência a um elemento importante do cenário do filme. Em letras garrafais, as palavras *Metropolis: Ein Film Von Fritz Lang* [Metropolis: Um Filme de Fritz Lang] se estendiam por toda a fachada do cinema. Segundo a maioria dos relatos, o público teve uma reação extasiada, com as imagens futuristas de *Metropolis* pontuadas, com frequência, por aplausos.

Os distribuidores do filme, porém, não ficaram tão fascinados pela inventividade épica de Lang. Devido ao gigantesco orçamento, *Metropolis* foi financiado e distribuído por três companhias: UFA (Universum-Film Aktiengesellschaft), da Alemanha, e Metro-Goldwyn-Mayer e Paramount Pictures, de Hollywood. Uma das cláusulas do contrato de *Metropolis* era que a UFA se reservava o direito de alterar o filme de modo a "garantir rentabilidade". Com *Metropolis* custando à UFA uma soma de dinheiro sem precedentes e sua duração atingindo enfadonhos 153 minutos, foi tomada a decisão de abreviar o filme. Logo depois da pré-estreia, o filme foi recolhido e maciçamente reescrito pelo dramaturgo americano Channing Pollock, o que resultou numa história muito simplificada contada em compactos 115 minutos. Foi essa a versão exibida nos EUA e no Reino Unido, que gerou resenhas decididamente conflitantes – incluindo a do eminente escritor H. G. Wells, que desprezou *Metropolis* como um filme "sem imaginação, incoerente, sentimentaloide e fantasioso".[5]

Ainda em 1927, o filme foi cortado de novo quando o empresário Alfred Hugenberg assumiu a UFA; a versão de *Metropolis* que teve lançamento simultâneo em cinemas alemães no mês de outubro durava apenas 91 minutos. Isso significa que as plateias que viram *Metropolis* em sua pré-estreia foram as únicas a ver o filme sem cortes. Nas décadas seguintes, *Metropolis* seria restaurado aos poucos, como alguma coisa próxima de sua antiga glória, mas ainda na época em que escrevo, a metragem original

---

[5] Ver: <http://www.openculture.com/2016/10/h-g-wells-pans-fritz-langs-metropolis.html>.

de 153 minutos, mostrada em janeiro de 1927, continua perdida – talvez para sempre.*

Perto do final de sua vida, o próprio Lang pareceu repudiar o filme, descrevendo-o, numa entrevista com Peter Bogdanovich, como um "conto de fadas" que ele "detestava".[6] Certamente é verdade que o final de *Metropolis*, em vista de tudo que vem antes dele, parece ingênuo ao extremo: Freder se torna o que Maria previu desde o início – uma voz mediadora entre os ricos e poderosos, representados por seu pai, e a classe desfavorecida, representada pelo operador de máquinas Grot (Heinrich George). Como as brutais desigualdades dessa sociedade futura serão resolvidas fica pairando no ar de forma pouco convincente. Mas embora seja verdade que o filme de Lang e Von Harbou é tanto fantasia quanto FC, e que os elementos da história nem sempre são assim tão originais (Rotwang sem dúvida é inspirado pelo doutor Frankenstein e a história de um levante futurista dos trabalhadores parece ter sido tirada da peça de Karel Capek, *R.U.R.*, ou *Rossumovi Univerzální Roboti* [Robôs Universais de Rossum]), *Metropolis* continua sendo uma fonte geradora de novas criações na FC. Mais que qualquer outro filme de sua época, inspiraria durante décadas o estilo e o enfoque da FC. À medida que os críticos começaram a redescobrir e reavaliar o filme de Lang, sua reputação passou de produto fragmentado de tempos idos a clássico atemporal e a imagem central dos ricos vivendo acima dos pobres foi apropriada por diretores como Ridley Scott e Neill Blomkamp.

A opinião de Lang sobre *Metropolis* pode ter mudado, mas é provável que isso tenha alguma relação com os eventos que ocorreram no período de preparação da Segunda Guerra Mundial. O relacionamento entre Lang e Von Harbou, que a essa altura tinham se casado, começou a se desgastar no período em que trabalharam juntos em *O Testamento do Dr. Mabuse*, em 1933. Lang gostava de contar a história de seu encontro com Goebbels e de

---

* A edição mais completa conhecida hoje em dia é de 2010, com 148 minutos, foi restaurada na Alemanha a partir de uma cópia encontrada numa cinemateca da Argentina. Foi lançada em *blu-ray* no Brasil pela Versátil Home Vídeo em 2015. (N. E.)

6 Peter Bogdanovich, *Who the Devil Made It?: Conversations with Legendary Film Directors* (Londres: Arrow, 1998).

como fugira da Alemanha para Paris, depois para os Estados Unidos. Mas assim como o mito de criação de *Metropolis*, em que a visão dos arranha-céus de Manhattan teria plantado a semente do filme, o efusivo Goebbels, o relógio avançando e a transpiração podem ter sido apenas outro relato fantasioso. Seja qual for a verdade, Lang não demorou a começar uma nova carreira em Hollywood, enquanto Von Harbou continuou a escrever e, vez por outra, a dirigir filmes na Alemanha nazista. Hitler, enquanto isso, procurou a cineasta Leni Riefenstahl para fazer o filme de propaganda com que havia muito tempo sonhava: *O Triunfo da Vontade* (*Triumph des Willens*, 1935).

Metropolis, portanto, emergiu como um ponto singular na história; entre duas guerras mundiais extremamente destrutivas, no fim da era expressionista da cinematografia, num período em que a parceria criativa entre Lang e Von Harbou ainda estava no apogeu. Mesmo que Lang tenha mais tarde repelido *Metropolis*, o filme continua sendo um dos mais importantes do cinema alemão e um ponto de referência na produção dos filmes de FC.

Além de *Metropolis*

Ao que parece, mesmo após a conclusão de *Metropolis* em 1927, o imaginário da FC continuou na cabeça de Fritz Lang e de Thea von Harbou. Talvez continuassem pensando no final que um dia haviam planejado para *Metropolis* – um final muito diferente do aperto de mãos entre os trabalhadores e as elites. Em vez de reconciliar a cidade, o casal protagonista, Maria e Freder, teria escapado num foguete espacial. Esse final foi logo abandonado, mas a ideia de um filme sobre viagem ao espaço continuou sendo tão insistente que, dois anos depois, Lang fizera *A Mulher na Lua* (*Frau im Mond*, 1929).

Embora menos aclamado que *Metropolis*, *A Mulher na Lua* não deixa de ser um momento crucial na primeira fase do cinema de FC – graças, em grande parte, a seus efeitos especiais e rigor científico. Ao contrário dos fantasiosos romances de Wells e Verne, publicados algumas décadas mais cedo, o filme de Lang usou avanços científicos de ponta para descrever uma realista missão espacial; entre as duas guerras mundiais, a Alemanha tinha a liderança na astrofísica e Lang teve a brilhante ideia de colocar o cientista de foguetes Hermann Oberth como consultor do filme.

Embora *A Mulher na Lua* não estivesse correto em todos os detalhes (havia ar respirável em um dos lados da Lua), a descrição do lançamento de um foguete é incrivelmente precisa e, como se esperaria de Lang, encenada com grande beleza. Antecipando os verdadeiros foguetes espaciais que seriam lançados décadas mais tarde, a nave de Lang tem vários estágios, com seu principal propulsor se desligando em órbita e deixando a parte dianteira continuar a trajetória para a Lua.

Metropolis e *A Mulher na Lua*, com pródigos orçamentos e cenários enormes, foram produtos de um país que tinha se reformado de modo dramático nas décadas que se seguiram à Primeira Guerra Mundial. Esses anos de crescimento e renovação também fizeram com que filmes igualmente ambiciosos de FC aparecessem em outros pontos da Europa. A Rússia, em 1924, viu o lançamento do pioneiro filme mudo *Aelita, a Rainha de Marte* (em russo: *Аэлита*), baseado no romance de mesmo nome de Alexei Tolstoy. O que surpreende em *Aelita, a Rainha de Marte*, dirigido por Yakov Protazanov, é a honestidade com que ele descreve a austeridade da União Soviética do início dos anos 1920, tendo a revolução ocorrido apenas havia alguns anos. O vinho tem gosto de vinagre, a comida é escassa, rações de açúcar são furtivamente estocadas. *Aelita* compara o que o público soviético teria reconhecido como vida cotidiana com uma sociedade decadente em Marte: a classe dominante leva uma existência nababesca em seus enormes e suntuosos palácios, enquanto uma classe trabalhadora espoliada e miserável é mantida em subterrâneos gelados e profundos. Por fim a sociedade marciana e sua hierática rainha, Aelita, são reveladas como um sonho do protagonista do filme, Los (Nikolai Tsereteli). Na conclusão da película, Los rejeita a ambição egoísta de construir um foguete e promete dedicar suas energias a servir o bem comum. É uma moral que provavelmente não diria muita coisa às plateias modernas, mas em termos dos visuais elegantes e futuristas – que influenciaram de forma nítida *Metropolis*, de Lang – *Aelita, a Rainha de Marte* continua sendo um filme de grande importância no cinema do início do século XX.

O mesmo acontece com *Viagem Cósmica* (em russo: **Космический рейс**, 1936), um filme soviético que descreve, de forma incrivelmente detalhada, um voo para a Lua. A história em si é pura fantasia: um professor de barba imensa embarca em seu foguete com um garoto falador e uma assistente; nas aventuras na Lua resgatam um gato que ficara preso lá depois de um primeiro voo de teste. Em termos de projeto, no entanto, *Viagem Cósmica* é uma maravilha técnica. O diretor Vasili Zhuravlov filma suas minuciosas miniaturas com câmera baixa, criando um grandioso senso de escala quando a câmera passeia pelo foguete no hangar. As sequências na Lua usam animação em *stop-motion* para mostrar os cosmonautas tropeçando e pulando na superfície lunar. Esse compromisso com o realismo deveu-se em parte a Konstantin Tsiolkovsky, um estudioso de foguetes que serviu de consultor científico para o filme, assim como Hermann Oberth dera assessoria em *A Mulher na Lua*, de Lang. Retirado dos cinemas pelos censores soviéticos pouco depois de seu lançamento, *Viagem Cósmica* felizmente se conservou até hoje.

Lançado no mesmo ano que *Viagem Cósmica*, *Daqui a Cem Anos* era uma descrição não menos ambiciosa do progresso científico. Escrito pelo grande autor de ficção científica H. G. Wells e dirigido por William Cameron Menzies, *Daqui a Cem Anos* poderia ser descrito como uma resposta britânica a *Metropolis* – um filme acerca do qual Wells fora um tanto severo alguns anos antes. Com uma ação que começa em 1940, o filme de Menzies registra a ascensão e queda de uma cidade britânica – chamada Everytown [Cidade Geral] – no decorrer de quase cem anos. Destruída por uma grande guerra, a cidade reflete um apocalipse mais amplo em que a humanidade sempre reincide no caos. Após décadas de guerra e morte, no entanto, surge uma nova civilização, mais pacífica, apinhada em cidades não corrompidas, construídas a grande profundidade no subsolo. Uma missão para enviar um foguete à Lua é logo questionada por manifestantes inquietos com o progresso científico sem limites. O voo, ainda assim, segue seu programa e o governador da cidade nos adverte, de modo sombrio, que a humanidade deve se manter numa trilha de progresso ou se arriscar a mergulhar de novo na intolerância e na guerra. Totalizando 117 minutos na versão original, *Daqui a*

Cem Anos estava editado com 108 minutos no momento do lançamento; outros cortes acabaram reduzindo sua duração a meros 72 minutos. Lamentavelmente, a versão original não existe mais.

Daqui a Cem Anos não foi um sucesso de bilheteria em sua época e, mesmo remontado, é um filme lento, pesado. Mas em termos visuais não há como esquecer a impressão causada pela nitidez de sua utopia subterrânea. Uma tomada inicial de caças voando sobre os rochedos de Dover, feita anos antes da Batalha da Grã-Bretanha, tem um assustador caráter profético.

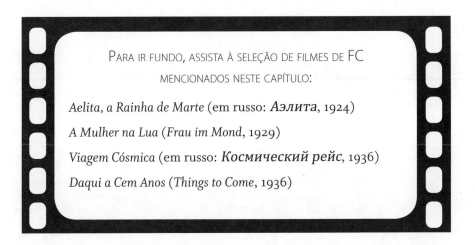

Para ir fundo, assista à seleção de filmes de FC mencionados neste capítulo:

Aelita, a Rainha de Marte (em russo: **Аэлита**, 1924)

A Mulher na Lua (*Frau im Mond*, 1929)

Viagem Cósmica (em russo: **Космический рейс**, 1936)

Daqui a Cem Anos (*Things to Come*, 1936)

3. Criador e Criatura

Frankenstein (1931)
"Agora eu sei como é ser um deus!"

Décadas antes de *Blade Runner* ou *RoboCop*, houve *Frankenstein*: uma história pioneira de criador e aterradora criatura. O seminal romance gótico de Mary Shelley foi um marco da literatura, mas é o filme de 1931, da Universal Studios, que nos dá grande parte das imagens que agora associamos à fábula de Frankenstein: o cientista em seu jaleco ao lado do assistente corcunda, a criatura estendida em uma mesa de cirurgia, iluminada por grandes arcos de eletricidade – a testa alta, os ferrolhos passando pelo pescoço, os olhos semicerrados, que incomodam, mas ao mesmo tempo são simpáticos. Dirigido por James Whale, *Frankenstein* introduz ideias de todo tipo que não estavam no livro de Mary Shelley (vamos esquecer o conhecido erro de atribuir o nome Frankenstein ao próprio monstro; Frankenstein é o nome do criador do monstro). No romance de Shelley, publicado pela primeira vez em 1818, Victor Frankenstein (não Henry, como ele é chamado no filme) não tem um assistente corcunda; não fica de todo claro no livro como se dá a criação do monstro; os ferrolhos no pescoço e a testa alta não são encontrados em parte alguma. O filme de Whale, no entanto, continua sendo uma das adaptações mais convincentes e cruciais do texto original – uma fábula de FC que nos serve de alerta e que logo descamba em puro horror.

O rótulo de ficção científica nem sequer existia quando Shelley, com apenas 18 anos, encostou pela primeira vez a pena no papel para dar origem a essa obra-prima. Embora *Frankenstein, ou O Prometeu Moderno* (*Frankenstein, or The Modern Prometheus*), para dar ao romance seu título completo, recorra a elementos do horror gótico, é sem a menor dúvida uma história de ficção científica. Ao contrário de contos tirados do folclore, como os sobre o Golem, *Frankenstein* tira dos domínios da magia a ideia de um homem criando vida e a traz para a arena da especulação científica. Victor Frankenstein, afinal, é um cientista – uma autoridade em biologia, química e física. Quando começou a escrever o romance, Shelley recorreu ao trabalho de cientistas da vida real como Humphry Davy e Erasmus Darwin (no prefácio à primeira edição de *Frankenstein*, Percy Bysshe Shelley, seu marido, escreve: "O evento em que esta ficção está baseada foi considerado pelo Dr. Darwin e alguns dos que escrevem sobre fisiologia na Alemanha como de ocorrência não impossível...").

Adaptado de uma peça teatral de Peggy Webling, o *Frankenstein* de Whale é mais contido que a obra de Mary Shelley. Enquanto o livro se movia da Europa continental para a Escócia, a Irlanda e o Polo Norte, o filme se desenrola em um único vilarejo (anônimo) europeu. Como no livro, Frankenstein (Colin Clive) é um cientista obcecado pela ideia de criar vida. Trabalhando numa abandonada torre de vigia com seu assistente Fritz, Frankenstein costura uma forma humana alta e precária com pedaços de corpos roubados e, numa noite tempestuosa, utilizando-se da energia da queda de um raio, traz sua criatura (Boris Karloff) à vida.

Ao contrário do personagem falante do livro, a criação do Dr. Frankenstein é uma coisa muda, patética; um monstro gigantesco, capaz de miraculosas proezas de força, mas raramente malicioso ou ardiloso (uma de suas primeiras ações no livro é acusar Frankenstein de assassinato). Ainda assim, como acontecia com seu equivalente no livro, o Dr. Frankenstein passa a ter medo de sua criação. Julgando o monstro capaz de matar, Frankenstein usa correntes para prender as mãos da pobre criatura. O monstro acaba de fato matando, mas só depois que o velho mentor de Frankenstein, Dr. Waldman (Edward Van Sloan), faz uma tentativa de dissecá-lo. De novo, como no livro, o monstro se torna uma figura rechaçada, trágica – agora encurralado por uma multidão furiosa de aldeões e queimado vivo em um moinho de vento. A princípio foi concebido um final em que seu criador, o Dr. Frankenstein, enfrentava ao mesmo tempo que ele uma morte no fogo. Depois de ter sido considerado demasiado sombrio em sessões de teste, esse final foi removido e permitiram que o cientista vivesse feliz com a esposa Elizabeth – coisa bem diferente da melancolia glacial do último capítulo de Shelley.

Os icônicos efeitos de maquiagem de *Frankenstein* foram concebidos por Jack Pierce, que havia trabalhado em *O Homem que Ri* (*The Man Who Laughs*, 1928) e na adaptação de *Drácula* (*Dracula*, 1931), da Universal Studios. A maquiagem do monstro é engenhosa em sua simplicidade. A cabeça achatada e as pálpebras pesadas dão às feições já características de Karloff uma qualidade não natural, conservando ao mesmo tempo a liberdade de o ator se expressar. As bochechas estranhas, cavadas, foram obtidas por um procedimento muito simples – bastou que Karloff tirasse os implantes dentários.

A cena de nascimento do monstro é igualmente impressionante, graças em boa parte ao exaltado desempenho de Colin Clive como Frankenstein e a um formidável *design* de produção. Os efeitos de relâmpago e eletricidade – que lembram a criação do robô em *Metropolis*, de Fritz Lang – foram realizados por Kenneth Strickfaden, que era, ele próprio, uma espécie de homólogo do Dr. Frankenstein. Como *Herr* Frankenstein, Strickfaden revelou talento para física e química quando estava na escola e, na adolescência, ficou fascinado por eletricidade e engenhocas. A inventividade de Strickfaden levou a um trabalho num circo itinerante, para o qual ele projetou algumas atrações muito eficientes: uma delas incluía serras circulares girando, dançarinos e flashes de luz emanando de uma bobina de Tesla.[1]

---

[1] Ver: Harry Goldman, *Dr Frankenstein's Electrician* (Jefferson, CA: McFarland, 2005). Disponível em: <https://books.google.co.uk/books?id-1FKDBAAAQBAJ&pg-PA24&lpg-PA24&dq-kenneth+ strickfaden+carnival&source- bl&ots-7YMgsYpSo-&sig-1CYOJrCVASGdXJMk2k5mtXefAKQ&hl-en&sa- X&ved-0ahUKEwj-4aiR8uTRAhV FIsAKHUnbDeYQ6AEIlzAB#v-onepage&q-kenneth%20strickfaden%20 carnival&f-false>.

Strickfaden levou mais tarde o conhecimento de ciência e de mecanismos para a indústria cinematográfica e é muito provável que seu trabalho no laboratório de Frankenstein seja sua mais famosa contribuição ao cinema. Se o público não acreditasse que estava testemunhando um grande avanço científico, o impacto da história se perderia. Graças aos efeitos elétricos de Strickfaden – cheios de engenhocas piscando e ofuscantes luzes de arcos voltaicos – o laboratório de Frankenstein se transformou no arquétipo do laboratório do cientista louco, entulhado até o teto de tubos de ensaio e de dispositivos elétricos soltando faíscas (décadas mais tarde, a respeitosa paródia de Mel Brooks, *O Jovem Frankenstein* (*Young Frankenstein*, 1974), reutilizou exatamente os mesmos elementos de cenário – por incrível que pareça, Strickfaden tinha encaixotado e guardado todo o velho equipamento em sua garagem).

Quanto ao imaginário sombrio, de árida beleza, de *Frankenstein*, temos de agradecer ao diretor britânico James Whale. Como muitos cineastas europeus de sua época, Whale foi influenciado pelos cineastas expressionistas da Alemanha e há muito da natureza onírica de *O Gabinete do Dr. Caligari* e *O Golem – Como Veio ao Mundo* (ambos de 1920) em *Frankenstein*. Whale começou sua carreira como diretor de teatro e com a peça *Journey's End* [Fim da Jornada], sobre veteranos da Primeira Guerra Mundial, conheceu o aplauso da crítica e do público em ambos os lados do Atlântico. Como o cinema fazia a transição da era muda para a sonora, os estúdios de Hollywood estavam à procura de diretores que tivessem experiência em trabalhar com diálogos. Whale foi devidamente recrutado para dirigir uma adaptação de *Journey's End* para o cinema e levou o ator Colin Clive, que fora o protagonista no palco, para repetir o desempenho na tela prateada. Clive também acabaria ganhando o papel principal em *Frankenstein*.

Medida por padrões modernos, a produção de *Frankenstein* foi notavelmente curta. A filmagem teve início no verão de 1930 e mal durou seis semanas; no primeiro semestre do ano seguinte o filme estava nos cinemas. Enorme sucesso da Universal, *Frankenstein* – juntamente com *Drácula*, também lançado em 1931 – estimulou o estúdio a fazer mais investimentos em filmes de FC e terror que agradassem às grandes plateias. Whale, que assinara um contrato para cinco filmes, trabalhou em vários longas nos anos que se seguiram a *Frankenstein*. *A Noiva de Frankenstein* (*Bride of Frankenstein*, 1935), no qual se revela que o monstro sobreviveu a seu flamejante encontro com o destino, é um dos melhores filmes do diretor. É inspirado pela parte do livro de Shelley em que o monstro exige que Frankenstein crie uma companheira para ele. A princípio, o cientista concorda, mas acaba destruindo sua mais nova criatura quando percebe que o casal poderia gerar novos monstros. No filme, escrito por William Hurlbut e John L. Balderston, é o monstro que rejeita a noiva e o casal acaba morrendo no desmoronamento do laboratório de Frankenstein. Mais uma vez, o Dr. Frankenstein escapa do solitário destino sofrido por seu homólogo literário.

Frankenstein, tanto no livro quanto no filme, tornou-se um esboço da presunção científica, seja por meio de engenharia genética ou de inteligência de máquina. *Frankenstein*, no entanto, é mais que uma história de alerta sobre os perigos de brincar de Deus; também levanta questões morais a respeito de responsabilidade científica. Em ambas as versões da história, Frankenstein é, entre outras coisas, um pai nada amoroso. No romance de Shelley, o monstro é suficientemente eloquente para expressar seu sentimento de isolamento, tanto de seu criador quanto do restante da humanidade. Como para Caliban em *A Tempestade*, de Shakespeare, o autoconhecimento é uma maldição para o monstro: "Que a peste rubra te devore", diz Caliban a Próspero, o mago que lhe dá o poder da fala, "por teres me ensinado tua língua!".

Ao monstro do filme de James Whale falta esse dom de articular palavras, mas podemos sentir sua solidão por meio da calma e brilhante *performance* física de Karloff; sem dúvida ele é uma figura mais inocente, mais simpática que a criatura do livro.

Décadas mais tarde, *Frankenstein* ainda coloca questões difíceis: se a ciência conseguisse criar uma criatura senciente, fosse com partes roubadas de corpos ou trechos de programas de computador, que direitos teria ela? O que sua existência significaria para nós, humanos? São essas perguntas que fazem *Frankenstein* ressoar de forma tão atemporal e ser, com tanta frequência, usado como inspiração para outras histórias de descoberta científica.

Das páginas para as telas

Depois de *Frankenstein*, Hollywood desenvolveu uma inclinação por histórias extravagantes de cientistas loucos e suas perversas criações – uma inspiração para essas histórias era encontrada com frequência nas páginas da literatura do século XIX. Lançada não mais que meses depois de *Frankenstein*, a adaptação feita pela Paramount de *O Médico e o Monstro* (*The Strange Case of Dr Jekyll and Mr Hyde*, 1931), de Robert Louis Stevenson, também foi um grande sucesso. Fredric March encarna o distinto cientista cujo violento *id* – seu alter-ego mais peludo, Edward Hyde – é liberado pela droga experimental com que ele trabalha. Para a época, as sequências de transformação eram sensacionais; a atuação de March em dois papéis também foi elogiada e lhe rendeu um Oscar.

O próximo filme de impacto da Paramount com FC foi, no mínimo, ainda mais potente. O livro que o estúdio escolheu foi o controverso *A Ilha do Dr. Moreau* (*The Island of Dr. Moreau*, 1896), de H. G. Wells – talvez a mais perturbadora obra do gênero desde *Frankenstein*. Em uma remota ilha do Pacífico Sul, Moreau sujeita animais selvagens a experiências demoradas e dolorosas, que os pervertem em criaturas humanoides, falantes – não são mais animais, mas também não são de todo humanos.

Dirigido por Erle C. Kenton e com uma bela direção de fotografia de Karl Struss, *A Ilha das Almas Selvagens* (*Island of Lost Souls*, 1932) nem sempre se mantém fiel ao texto de Wells, mas não deixa de capturar o tom apavorante. A ilha é um lugar de gritos e indescritível sofrimento; o protagonista, Parker (Richard Arlen), fica assustado até a alma pelos gritos horripilantes das vítimas de Moreau. O médico, no entanto, vivido por um frio e carismático Charles Laughton, é totalmente indiferente à crueldade que engendra com os experimentos. Como o Dr. Frankenstein da literatura, Moreau, em última análise, é arruinado por suas próprias criações; ao desejar converter animais em gente, perde sua própria humanidade.

A Ilha das Almas Selvagens foi promovido com base na sedutora presença de Lota, uma mulher felina criada especialmente para o filme. Vivida por Kathleen Burke, foi divulgada como uma sedutora de roupa escassa interessada em destruir os homens "de corpo e alma". Os cinéfilos, no entanto, acabaram ganhando um dos filmes mais eficientes e inquietantes de FC de sua época; de fato tão eficiente que ficou décadas proibido no Reino Unido. Quando uma versão sem cortes do filme apareceu em DVD, em 2011, já haviam saído de Hollywood duas novas adaptações do Dr. Moreau. Nenhuma das duas conseguiu nem de longe se equiparar à *Ilha das Almas Selvagens*.

Um ano após *A Ilha das Almas Selvagens*, James Whale trabalhou com mais um grande romance de Wells. Em *O Homem Invisível* (*The Invisible Man*, 1933), estrelado por Claude Rains como Dr. Griffin, vemos outro cientista cujas experiências chegam aos limites mais sórdidos das barreiras morais. Rains, que passa grande parte do filme fora de campo ou envolto em bandagens, transmite ainda assim um esplêndido desempenho por meio dos formidáveis efeitos da invisibilidade.

Em 1935, Whale retornou – a princípio de forma relutante – à história do monstro incrivelmente popular que levara à tela havia não mais de quatro anos. *A Noiva de Frankenstein* tornou a reunir o personagem de Boris Karloff com seu irritadiço criador vivido por Colin Clive. Num eco sombrio do relacionamento do Dr. Frankenstein com a noiva Elizabeth (interpretada aqui por Valerie Hobson), o monstro recebe de bom grado uma companheira – Elsa Lanchester, no papel da noiva anônima, com uma maquiagem inesquecível de Jack Pierce, que retornava. *A Noiva de Frankenstein* consolidou o *status* do monstro como ícone da cultura *pop* e Karloff retomaria o papel em uma série de sequências, cada vez menos dispendiosas, lançadas até os anos 1950.

Aos poucos, o fértil período do cinema de terror e FC do início dos anos 1930, que com tanta frequência buscou inspiração na literatura e nos deixou filmes tão inesquecíveis quanto *Frankenstein*, *A Ilha das Almas Selvagens* e *Mad Love* ou *As Mãos de Orlac* (também conhecido como *Dr. Gogol*, *O Médico Louco*, uma refilmagem do homônimo filme de Robert Wiene de 1924 [*Orlacs Hände*]), dá lugar a um atoleiro de sequências que privilegiam o espetáculo em vez da história. Enquanto isso, um instituto cada vez mais prepotente que media os índices de audiência nos Estados Unidos assegurava que filmes tão perturbadores – e potencialmente blasfemos – quanto *A Ilha* *das Almas Selvagens* seriam rejeitados no final da década.* Quando a Segunda Guerra Mundial teve início, os cineastas europeus dificilmente poderiam se dar ao luxo de fazer os ambiciosos filmes de terror e FC que tinham brilhado nas décadas de 1920 e 1930; as salas americanas, por sua vez, estavam repletas dos títulos sinistros dos filmes B, obras de baixo orçamento envolvendo temáticas escapistas: *O Monstro Atômico* (*Man-Made Monster*, 1941), *Marte Invade a Terra* (*The Purple Monster Strikes*, 1945). Só nos anos 1950 é que uma nova era dourada do cinema de FC enfim despontaria.

PARA IR FUNDO, ASSISTA À SELEÇÃO DE FILMES DE FC MENCIONADOS NESTE CAPÍTULO:

O Médico e o Monstro (*The Strange Case of Dr Jekyll and Mr Hyde*, 1931)

A Ilha das Almas Selvagens (*Island of Lost Souls*, 1932)

O Homem Invisível (*The Invisible Man*, 1933)

A Noiva de Frankenstein (*Bride of Frankenstein*, 1935)

Mad Love/As Mãos de Orlac/Dr. Gogol, O Médico Louco (*The Hands of Orlac/Mad Love*, 1935)

O Monstro Atômico (*Man-Made Monster*, 1941)

Marte Invade a Terra (*The Purple Monster Strikes*, 1945)

---

* Isto é, seriam antieconômicos. Em alemão no original. (N. T.)

4. O Primeiro Herói de Ficção Científica do Cinema

Flash Gordon (1936)

*"Leve-o para um laboratório.
Dê tudo que ele pedir... menos sua liberdade!"*

Em meados da década de 1930, no período da Grande Depressão, as plateias estavam famintas por um entretenimento de fácil digestão, escapista, mas a ficção científica continuava sendo um gênero caro e muitas vezes arriscado para os estúdios cinematográficos de ambos os lados do Atlântico. *Daqui a Cem Anos* (1936), da Grã-Bretanha, por mais ambicioso e deslumbrante que fosse, não conseguiu retorno financeiro adequado. Do mesmo modo, *O Túnel* (*Der Tunnel*, 1935) – uma terceira adaptação do livro de Bernhard Kellermann – mostrou-se um fracasso de bilheteria. Nos Estados Unidos, a 20th Century Fox sofreu um golpe ainda maior com *Fantasias de 1980* (*Just Imagine*, 1930), uma FC musical ambientada no distante ano de 1980.[1] Os custos da produção foram elevados e as elegantes imagens de aeronaves em

---

[1] Ver: Tobias Hochscherf e James Leggott, *British Science Fiction Film and Television: Critical Essays* (Jefferson, CA: McFarland, 2005). Disponível em: <https://books.google.co.uk/books?id=JVqg-LWs5JYC&pg=PA18&lpg=PA18&dq=science+fiction+box+offi ce+poison&source=bl&ots=0xsHlGnzGO&sig=YcgIlzoxNg9AoXgJIp5ePn2EK_k&hl=en&sa=X&ved=0ahUKEwjApL32_qrSAhXkL8AKHUc5AMcQ6AEIQDAG#v=onepage&q=science%20fiction%20box%20office%20poison&f=false>.

voo e arranha-céus *art déco* de Manhattan suficientemente espetaculares para garimpar um prêmio da Academia. Mais uma vez, porém, os frequentadores de cinema não apareceram. A popularidade em declínio dos musicais pode ter sido um fator, mas, em consequência do baixo retorno, *Fantasias de 1980* seria o último filme de FC de alto orçamento a sair de um estúdio americano por mais de vinte anos. Ainda assim, embora o filme em si tenha sido um fracasso, *Fantasias de 1980* – e mesmo algumas partes de seu copião – se manteve em imprevista evidência.

Em meados dos anos 1930, a Universal adquiriu os direitos de *Flash Gordon* – quadrinho de enorme popularidade criado pelo artista Alex Raymond. Flash Gordon era a personificação do herói tipicamente americano: com queixo quadrado, bem educado e exímio jogador de polo, tirava alienígenas do caminho apenas com seus punhos. Numa era em que as histórias *pulp* sobre planetas desconhecidos e bravos heróis atingiam sua máxima popularidade, Flash Gordon planava nas asas da exótica e notável arte-final de Raymond. Nos cinemas, seriados proporcionavam uma provisão similar de ação, mistério e suspense. Divididos em capítulos que duravam em geral de 20 a 30 minutos, eles ofereciam, como as revistas *pulp* que enchiam as bancas de jornais na época da Grande Depressão, uma forma barata de entretenimento de massa.

Para a Universal, *Flash Gordon* representou uma espécie de desafio: como poderiam os planetas e as naves descritos nos quadrinhos de Raymond ser levados à tela sem implicar um enorme orçamento? Contudo, o investimento alavancado para fazer o filme, embora mais elevado que o da maioria dos seriados, não deixou de se encaixar nos padrões da maior parte dos filmes de longa-metragem dos estúdios. Durante a filmagem de *Fantasias de 1980*, a 20th Century Fox gastou declarados 168 mil dólares na construção de um panorama em miniatura de Manhattan – mais dinheiro do que um estúdio como Republic Pictures costumava gastar em um seriado de 15 capítulos, como *Dick Tracy*, em 1937. Para que o orçamento de 350 mil dólares de *Flash Gordon* rendesse um pouco mais, a Universal fez um uso esperto de música e adereços de cenário de outros seriados e filmes – incluindo

Fantasias de 1980.[2] Um foguete metálico, muito arredondado, que logo se torna famoso como a nave construída pelo Dr. Zarkov (Frank Shannon) em *Flash Gordon,* fora originalmente criado para o malsucedido musical de FC da Fox; tanto a miniatura em escala quanto o interior em escala real estiveram entre os acessórios e adereços comprados pela Universal. O cenário do laboratório e seu equipamento – criados por Kenneth Strickfaden, que também trabalhou em *Fantasias de 1980* – foram reciclados de *Frankenstein* e *A Noiva de Frankenstein.* Vários planos de efeitos e outros fragmentos foram retirados do filme, *O Raio Invisível (The Invisible Ray,* 1936), da Universal, e mesmo a música foi tirada de outros filmes do catálogo desse estúdio.

Flash Gordon pode ter sido uma espécie de monstro do Dr. Frankenstein, mas sob o controle de Henry MacRae, produtor veterano de seriados, e do diretor Frederick Stephani, a série lembrou uma aventura de histórias em quadrinhos ganhando vida real. Elemento vital para o sucesso do seriado foi seu elenco. Para o papel título, MacRae e Stephani contrataram Larry "Buster" Crabbe, um ex-nadador olímpico e advogado estagiário. Crabbe já tinha interpretado o papel principal em outro seriado, *Tarzã, o Destemido (Tarzan the Fearless,* 1933), e sua destreza atlética indicava que era um substituto perfeito do herói esculpido nos quadrinhos de Raymond.

Apresentado pela primeira vez nos cinemas em abril de 1936, *Flash Gordon* trouxe consigo o exotismo que estava ausente dos faroestes e dos filmes de ação mais baratos dos seriados rivais. A história começa quando habitantes de Mongo, um planeta desconhecido, ameaçam a Terra. Enquanto um ataque fulminante provoca o caos nos Estados Unidos, o campeão de polo Flash, sua provável namorada Dale Arden (Jean Rogers) e uma figura de cientista mentor, Dr. Zarkov, partem para Mongo. Lá, Flash e seus amigos se deparam com o cruel ditador do planeta, Ming, o Implacável (Charles Middleton), sua ardilosa filha, a princesa Aura (Priscilla Lawson), e um pequeno exército de monstros estranhos e agressivos. Cada episódio apresenta uma imprevisível caixa de surpresas de FC *pulp* e fantasia surreal; pistolas de raios e veículos que desafiam a gravidade estão por toda parte em

---

[2] Ver: <http://www.imagesjournal.com/issue04/infocus/flashgordon.htm>.

Mongo, mas os soldados também lutam com espadas e lanças. Num episódio, os cenários podem parecer metálicos e futuristas; em outro podem lembrar alguma coisa saída da antiguidade. Isso acontece, é claro, porque todos os acessórios reciclados de outros filmes, com uma eclética mistura de coisas egípcias, romanas e futuristas, fazem parte do apelo escapista de *Flash Gordon*. Além disso, apesar dos efeitos especiais baratos (lagartos gigantes são evidentemente pequenos répteis com chifres colados na cabeça), os episódios eram criados e interpretados com tamanho ritmo e vigor que as plateias se viam de fato arrebatadas por tudo aquilo. A corrente subterrânea de um morno erotismo também ajudava. A Universal encomendou *Flash Gordon* como uma tentativa de conquistar uma audiência mais adulta para um gênero cada vez mais assistido por crianças, o que explica a rivalidade amorosa entre a recatada Dale Arden e a princesa Aura, bem como a roupa apertada e o peito frequentemente desnudo de Crabbe.

Para um olhar moderno, é difícil ignorar as tendências ocultas e menos agradáveis de *Flash Gordon*. Ming, vivido com imponente entusiasmo por Charles B. Middleton, é uma caricatura oriental no molde de Fu Manchu, Átila, o Huno ou Gengis Khan; os personagens femininos existem, em geral, para desmaiar ou ser resgatados na última hora pelo herói. Contudo, a importância cultural de *Flash Gordon* não deve ser subestimada. No reino das histórias em quadrinhos, Flash foi criado para rivalizar com Buck Rogers, um herói *pulp* de FC criado por Philip Francis Nowlan em 1929. Buck Rogers teve um filme próprio antes de Flash, mas foi apenas um curta de 10 minutos exibido na Feira Mundial de Chicago, em 1933. Foi, portanto, Flash Gordon quem se tornou o primeiro verdadeiro astro da FC. Os 13 episódios do primeiro seriado foram tão populares – foi o segundo mais rentável lançamento da Universal em 1936 – que Crabbe retornou para atuar como herói dos 15 episódios de *Flash Gordon: A Viagem a Marte* (*Flash Gordon's Trip to Mars*, 1938) e dos 12 episódios de *Flash Gordon Conquista o Universo* (*Flash Gordon Conquers the Universe*, 1940).

A popularidade de Flash Gordon se manteve muito depois de ter passado a era dos seriados nas sessões da tarde e sobreviveu em muito a seu criador, Alex Raymond, que morreu tragicamente num acidente de carro em 1956.

Antes disso, o seriado original havia reaparecido sob múltiplos disfarces, às vezes editado como filme de longa-metragem e lançado com títulos como *Nave-Foguete (Rocket Ship)* ou *Espaçonave para o Desconhecido (Spaceship to the Unknown)*. Uma série de televisão, que contou com 39 episódios, foi ao ar pela primeira vez em 1954, estrelada por Steve Holland. Como Crabbe antes dele, Holland parecia ter vindo direto de uma história em quadrinhos (em parte porque servira de modelo para várias ilustrações de revistas *pulp*), mas o seriado que girava à sua volta, filmado na Alemanha e na França no pós-Segunda Guerra Mundial, parecia decididamente surrado.

Reprises regulares dos seriados originais de Buster Crabbe, a série de 1954 e a continuada popularidade dos quadrinhos indicavam que várias gerações de garotos americanos cresceram tendo Flash Gordon como parte de sua herança cultural. Tanto o escritor Ray Bradbury quanto o cineasta italiano Federico Fellini falaram francamente sobre a admiração que sentiram por Flash Gordon na juventude; enquanto isso, em Modesto, na Califórnia, nos anos 1950, o filho de um lojista, chamado George Lucas, devorava com entusiasmo as aventuras de Flash nas revistas e na tela. Como veremos mais tarde, *Flash Gordon* se tornou um dos ingredientes fundamentais da saga fenomenal de Lucas, *Star Wars*, que, como *Flash Gordon* antes dela, é uma mistura *pop-cultural* de fantasia, conto de fadas, filme de guerra e aventura espacial. Assim como *Flash Gordon* foi moldado com um pouco de um musical esquecido aqui, uma pitada de *A Noiva de Frankenstein* ali, *Star Wars* foi inspirado nos contos de fadas, literatura, *pulp fiction* e nas matinês dos anos 1930.

Ironicamente, o grande sucesso de efeitos especiais dos anos 1970 poderia ter sido *Flash Gordon* e não *Star Wars*. O produtor italiano Dino De Laurentiis vinha tentando conseguir uma nova adaptação de *Flash Gordon* para o cinema durante boa parte da década; é bem conhecido como o próprio Lucas quis dirigir um filme de Flash Gordon, mas, achando que os direitos eram muito caros, apresentou o argumento de uma *space opera* de sua autoria. Nesse meio-tempo, emergiu uma série de TV de Flash Gordon em cinema de animação e, o mais curioso de tudo, também uma paródia erótica chamada *Flesh* [Luxúria] *Gordon* (1974). A última trouxe para o primeiro plano a tendência subjacente e devassa do seriado original e contém personagens com nomes como Imperador Wang e Dr. Jerkoff. Nos bastidores, os jovens artistas Rick Baker e Dennis Muren trabalharam nos efeitos especiais de *Flesh Gordon*; daí a três anos, estariam trabalhando com George Lucas em *Star Wars*.[3]

O filme *Flash Gordon*, de Dino De Laurentiis, finalmente emergiu em 1980 – três anos depois de *Star Wars* ter batido recordes e com um orçamento um pouco maior que o da fantasia espacial de Lucas. Dirigido por Mike Hodges, *Flash Gordon* foi um exercício em vibrante estilo *high camp*, com o ex-página central da *Playgirl*, Sam J. Jones, no papel de um Flash com notável massa muscular. Max von Sydow, até então mais conhecido pelo trabalho com Ingmar Bergman, apresentou um soturno Imperador Ming, enquanto Brian Blessed roubava a cena como o alado príncipe Vultan. O tom de humor e ironia, a madura espontaneidade do diálogo do roteirista Lorenzo Semple Jr. ("Flash, eu te amo, mas nós só temos 14 horas para salvar a Terra!") e o rock de arena do Queen na trilha sonora conquistaram uma devotada plateia *cult* para *Flash Gordon*.

No século XXI, o filme acabou um tanto eclipsado por criações mais modernas saídas de histórias em quadrinhos, como o *Superman* da DC e *Os Vingadores* da Marvel; ainda assim, o herói da *space opera* continuou a pegar as ondas traiçoeiras da cultura *pop* aparecendo numa série de animação da TV em 1996 e num seriado *live action* em 2007. Em uma data tão recente quanto 2015, o diretor britânico Matthew Vaughn anunciou sua intenção de fazer uma nova versão de *Flash Gordon* para a tela grande, baseado num roteiro de Mark Protosevich.[4] Passados mais de setenta anos desde sua estreia, Flash Gordon continua sendo o arquétipo do aventureiro espacial.

Os primeiros seriados de ficção científica

Flash Gordon pode ter chegado primeiro aos cinemas dos Estados Unidos, mas seu sucesso indicava que Buck Rogers não ia demorar. A Universal,

---

[3] Ver: <http://variety.com/2014/film/news/comic-con-flesh-gordon-star-to-join-autograph-seekers-in-pressing-the-flesh-1201266935>.

[4] Ver: <http://uproxx.com/hitfix/mark-protosevich-hired-to-rewrite-matthew-vaughns-flash-gordon-for-fox>.

ávida para ter novas *space operas* para apresentar a seu público cinéfilo, levou Rogers às telas em 1939, mas, em vez de partir para um elenco totalmente novo, o estúdio lançou Buster Crabbe, que já representava o papel de Flash Gordon, como Rogers. Buck Rogers era, como Flash Gordon, um típico herói americano, mas representava dessa vez um veterano da Primeira Guerra Mundial, não um jogador campeão de polo. Rogers é um herói deslocado mais no tempo que no espaço. Um acidente esquisito o deixa num estado de animação suspensa durante quinhentos anos e, depois de acordar no século XXV, ele descobre que o planeta inteiro está sob o domínio de uma organização criminosa e de seu líder despótico – chamado, de modo bizarro, Matador Kane (Anthony Warde).

A história de *Buck Rogers*, de luta pela liberdade e bravura, se estende por 12 capítulos com cerca de 20 minutos cada um e, mais uma vez, os produtores do seriado usaram material de arquivo e acessórios reciclados para reduzir os custos. Crabbe só apareceu em um seriado de Buck Rogers, mas o personagem se manteve quase tão duradouro quanto Flash Gordon. Uma série Buck Rogers para a TV foi lançada no início dos anos 1950, enquanto o telefilme e o seriado de TV de 1979, estrelados por Gil Gerard como Rogers e Erin Gray como Wilma Deering, surgiram no rastro do entusiasmo fanático por *Star Wars*.

Para a maioria das pessoas, *Flash Gordon* e *Buck Rogers* continuam sendo os mais famosos exemplos de ficção científica da era dos seriados e embora os recursos de produção com que puderam contar não tenham sido, mesmo nos anos 1930, exatamente excepcionais, ainda assim estiveram a um mundo de distância dos *thrillers* de mistério, aventuras de aviação e faroestes baratos vistos com mais frequência nas matinês do período. Não obstante, outros seriados de FC pipocaram tanto antes quanto depois de *Flash Gordon*. O seriado *O Raio Invisível* (*The Invisible Ray*, 1920), que não devemos confundir com o filme homônimo de 1936, foi um *thriller* de ficção científica sobre uma arma que poderia se mostrar fatal nas mãos erradas – um tema popular nesses velhos seriados desde *A Energia de Deus* (*The Power of God*, 1925), que era também sobre um cientista cuja invenção podia se mostrar perigosa se caísse em mãos de criminosos. Como tantos filmes das primeiras décadas do cinema, *O Raio Invisível* infelizmente está perdido.

Um dos primeiros seriados da era sonora dizia respeito a uma ameaçadora invenção: *A Voz do Trovão* (*The Voice from the Sky*, 1929) começa com a sinistra irradiação da fala de um cientista que ameaça destruir os veículos e armas do mundo.

Foi depois de *Flash Gordon*, no entanto, que os produtores de seriados começaram a explorar com maior frequência a ficção científica. Um dos mais divertidos foi *A Sombra Destemida* (*The Phantom Creeps*, 1939), estrelado por Bela Lugosi. Mais uma vez, cientistas loucos tentam conquistar o mundo com suas maléficas invenções, que incluem um cinto de invisibilidade, gigantescas aranhas mecânicas e um robô de 2,5 metros com um rosto que lembra uma máscara do teatro kabuki japonês.

Em 1945, época em que foi lançado *O Monstro e o Gorila* (*The Monster and the Ape*), a popularidade dos seriados tinha começado a declinar. Embora estúdios como Republic e Columbia continuassem a produzir seriados em plenos anos 1950 – *O Marechal do Universo* (*Radar Men from the Moon*) foi um dos exemplos de FC –, o número crescente de televisores nos lares americanos sugeria que essas histórias serializadas começavam cada vez mais a aparecer na telinha. Os enredos simplistas e precários recursos de produção da maioria dos seriados também os faziam parecer cada vez mais antiquados, enquanto os filmes de longa-metragem apresentavam as coisas em tela grande, technicolor e *surround sound* para atrair novamente o público para os cinemas. Em 1956, o que já tinha sido um elemento básico do cinema americano havia se reduzido a uma ninharia; o faroeste de 15 episódios *Pioneiros do Oeste* (*Blazing the Overland Trail*) foi o último seriado importante de seu gênero.

Das dezenas de seriados produzidos na primeira metade do século XX, só uma minúscula fração poderia ser considerada ficção científica – e já então essas películas estavam interessadas em eletrizar o espectador, não em investigar a condição humana. Sem dúvida *Flash Gordon* e *Buck Rogers*, bem como os seriados mais tardios baseados em personagens das histórias em quadrinhos, como *Superman* e *Batman*, faziam parte do cinema de entretenimento de sua época. Com histórias cheias de ação e efeitos especiais, foram os precursores dos filmes de super-heróis de hoje – e, de fato, sua natureza episódica antecipou o conceito de "universo cinematográfico", estabelecido pela Marvel Studios, em que o amplo arco de uma história é contado em uma série de filmes.

Também vale a pena observar, por outro lado, como foram raros os filmes de ficção científica no cinema americano das décadas de 1930 e 1940. Enquanto as décadas anteriores tinham visto o lançamento de grandes marcos como *Metropolis*, *Daqui a Cem Anos* e *Aelita, a Rainha de Marte*, o gênero foi criteriosamente evitado pelos estúdios americanos de 1930 até o fim da Segunda Guerra Mundial. Só após o advento da bomba atômica e nos anos de grande prosperidade da década de 1950 começaria nos Estados Unidos uma era dourada do cinema de ficção científica. A época do herói das matinês *pulp* estava encerrada em 1951, mas logo seria substituída por uma nova forma de FC de tela grande que era mais vasta, mais profunda e incrivelmente variada.

PARA IR FUNDO, ASSISTA À SELEÇÃO DE FILMES E SÉRIES DE FC MENCIONADOS NESTE CAPÍTULO:

O Raio Invisível (*The Invisible Ray*, 1920) (seriado)

A Energia de Deus (*The Power of God*, 1925) (seriado)

A Voz do Trovão (*The Voice from the Sky*, 1929) (seriado)

O Túnel (*Der Tunnel*, 1935)

Fantasias de 1980 (*Just Imagine*, 1930) (seriado)

O Raio Invisível (*The Invisible Ray*, 1936)

Flash Gordon: A Viagem a Marte (*Flash Gordon's Trip to Mars*, 1938)

A Sombra Destemida (*The Phantom Creeps*, 1939)

Flash Gordon Conquista o Universo (*Flash Gordon Conquers the Universe*, 1940)

O Monstro e o Gorila (*The Monster and the Ape*, 1945) (seriado)

O Marechal do Universo (*Radar Men from the Moon*, 1952) (seriado)

Flesh Gordon (1974)

5. Os Clássicos da Era Óvni

O Dia em que a Terra Parou (1951)
"*Viemos visitá-los em paz e com boa vontade.*"

Em março de 1948, apareceu nas bancas americanas o primeiro número da revista *Fate*. Com letras amarelas sobre uma grossa faixa vertical vermelha, a capa trazia uma imagem impressionante: um pequeno avião parecendo ainda menor perto de três discos voadores de bronze. A ilustração poderia ter saído de uma das histórias de FC *pulp* que eram tão populares nas décadas de 1930 e 1940, mas era apresentada como descrição de um acontecimento real: um evento relatado pelo piloto amador Kenneth Arnold.

Em junho do ano anterior, Arnold causara sensação ao afirmar que tinha localizado uma série de objetos não identificados no céu sobre Mount Rainier, no estado de Washington. Arnold descreveu os objetos como metálicos, velozes e em forma de meia-lua. Comparou seus movimentos aos de um disco ricocheteando por uma extensão de água. A história se espalhou pelos jornais do país e, em poucas semanas, multiplicaram-se os relatos de avistamentos semelhantes. Em 8 de julho, o *Roswell Daily Record* estampou uma reportagem na primeira página afirmando que a Força Aérea dos EUA havia recuperado um disco voador que caíra num desolado trecho de terreno no Novo México. Mais tarde os militares negaram a informação, revelando que o "disco" era na verdade o que sobrara de um balão meteorológico acidentado – ainda assim, a história de um disco voador acidentado e de ocupantes alienígenas persistiu.

Ao que parecia, as histórias inverossímeis de visitantes alienígenas contadas nas revistas *pulp* estavam se materializando pelos céus da América. O planeta como um todo parecia estar diante tanto de um importante momento da ciência quanto da destruição iminente: em 1945, as bombas atômicas lançadas em Hiroshima e Nagasaki tinham levado ao encerramento da Segunda Guerra Mundial, mas o conflito fora logo substituído por tensões crescentes entre os Estados Unidos e a União Soviética. Havia grandes avanços em aeronaves supersônicas e o nascente programa espacial dos Estados Unidos (um foguete V-2, transportando plantas e moscas das frutas, fora lançado em fevereiro de 1947), mas um ruído de fundo, de paranoia e incerteza, crescia em surdina.

Foi contra esse pano de fundo que, em 1949, o produtor cinematográfico Julian Blaustein começou a pensar em fazer um filme de ficção científica. Na época, o gênero era praticamente ignorado pelos grandes estúdios de Hollywood, como vinha acontecendo desde os anos 1930. Blaustein, por outro lado, percebia tanto a crescente popularidade da FC quanto o indócil espírito da época: a antiga União Soviética testara havia pouco tempo sua primeira bomba atômica, desencadeando uma competição por armas nucleares que dominaria o restante do século XX. Blaustein via a ficção científica como o meio perfeito de passar uma mensagem de paz num clima que parecia perigosamente próximo de fomentar outra guerra.

O resultado foi *O Dia em que a Terra Parou* (*The Day the Earth Stood Still*, 1951). Dirigido por Robert Wise, que havia trabalhado como editor para Orson Welles em *Cidadão Kane* (*Citizen Kane*, 1941) e *Soberba* (*The Magnificent Ambersons*, 1942), foi o primeiro filme de FC de um grande estúdio de Hollywood desde o malfadado *Fantasias de 1980* (*Just Imagine*, 1930), vinte anos antes (veja o Capítulo 4). Ao contrário de outros filmes do gênero lançados em 1951, *O Monstro do Ártico* (*The Thing from Another World*) e *O Homem do Planeta X* (*The Man from Planet X*), *O Dia em que a Terra Parou* concebia o ocupante do disco voador como benigno, não agressivo; no filme de Wise, somos nós, terráqueos, que representamos a maior ameaça.

No papel principal está o ator britânico Michael Rennie, como Klaatu, um alienígena que, num belo dia, desce com tranquilidade de um disco voador estacionado no meio de um campo de beisebol da cidade de Washington. Klaatu chega trazendo uma espécie de presente, que os soldados cercando a nave, e prontos para atirar, presumem que seja uma arma. Um tiro é disparado, Klaatu é ferido e Gort (Lock Martin) – um enorme robô que serve como guarda-costas de Klaatu – responde defensivamente, pulverizando as armas dos soldados com um laser que sai de seu único olho.

Escapando mais tarde das garras dos militares e assumindo a identidade civil de Sr. Carpenter, Klaatu aprende mais sobre os ocupantes da Terra, dando início a uma amizade com uma jovem, Helen (Patricia Neal), e seu filho Bobby (Billy Gray) antes de revelar o motivo de sua visita: ele é o representante de um grupo de planetas que ficou temeroso em relação ao crescente arsenal nuclear da Terra. Existe a possibilidade, diz Klaatu, de que as agressões internas da Terra possam um dia se voltar para o espaço, colocando em risco outros planetas – e isso, segundo Klaatu, transforma a Terra numa ameaça. Klaatu, então, emite um alerta: um blecaute mundial de toda a atividade mecânica, levando o planeta a uma paralisação. A mensagem é clara. A Terra tem de corrigir seus hábitos belicosos ou perecerá.

Wise, que fez em seguida *A Noviça Rebelde* (*The Sound of Music*, 1965), *O Enigma de Andrômeda* (*The Andromeda Strain*, 1971) e *Jornada nas Estrelas: O Filme* (*Star Trek: The Motion Picture*, 1979), dirigiu *O Dia em que a Terra Parou* com sóbria lucidez e realismo. O uso generoso de locações reais, em vez de cenários de estúdio, o situa nos Estados Unidos contemporâneo; o efeito é reforçado pela atuação de apresentadores reais de noticiários do rádio e da TV, que murmuram, num tom nervoso, sobre o visitante alienígena em nosso meio.

O Dia em que a Terra Parou foi adaptado do conto "Farewell to the Master" [Adeus ao Mestre], escrito por Harry Bates em 1940 e publicado pela primeira vez em *Astounding Science Fiction*. Ao ampliá-lo para a tela, o roteirista Edmund H. North alterou muita coisa. Na história de Bates, o mundo não chega realmente a parar, Klaatu não traz nenhuma mensagem de paz e o borrifar de metáforas de Cristo no filme (morte, ressurreição, o pseudônimo "Carpenter" [carpinteiro] de Klaatu) foi todo de North. O que North, no entanto, manteve foi o momento que convenceu Blaustein a optar pela história: o soldado ultrazeloso que atira em Klaatu. Para Blaustein, essa imagem seria perfeita para um mundo que parecia ter um dedo coçando no gatilho.

Na verdade, o espantoso em *O Dia em que a Terra Parou* é que sua produção tenha sido possível, dado o clima beligerante da época. Como veremos no Capítulo 7, os cineastas de Hollywood passavam, no final dos anos 1940, por um escrutínio em busca de qualquer traço de simpatia comunista que pudesse comprometê-los. Além de se atrever a acrescentar um personagem nitidamente inspirado no cientista Albert Einstein (interpretado por Sam Jaffe), figura conhecida pelas inclinações socialistas, *O Dia em que a Terra Parou* continha cenas em que esse personagem organizava uma conferência de paz com cientistas de ambos os lados da Guerra Fria.[1] J. Hoberman, colaborador do *New York Times*, apontou em 2008 que essa conferência de paz trazia ecos evidentes de um encontro realizado na vida real, no hotel Waldorf Astoria, de Nova York, em 1948.[2] Organizado pelo Partido Comunista Americano, o evento foi sabotado por antiestalinistas, que o consideravam uma tentativa de promover ideais comunistas em solo americano. Como Klaatu, Blaustein queria defender a criação de laços mais fortes entre as nações – dificilmente uma opinião popular entre americanos na época.

Graças a Blaustein, *O Dia em que a Terra Parou* conseguiu misturar espetáculo em tela grande com intenções sérias. Gort, o elegante robô com visor de destruição, era uma criação assustadora, mas simpática, e tanto ele quanto a frase usada para desativá-lo – *"Klaatu barada nikto"* – passaram a fazer parte do panteão da ficção científica. Na verdade, é difícil encontrar falhas do filme. A trilha sonora de Bernard Herrmann, que mistura o som

---

[1] Ver: <http://monthlyreview.org/2009/05/01/why-socialism>.

[2] <Ver: http://www.nytimes.com/2008/11/02/movies/moviesspecial/02hobe.html?_r=0>.

característico do teremim com uma orquestra tradicional, é ao mesmo tempo extravagante e etérea. A encenação e a caracterização são bem cuidadas para um filme de FC em sua época. Enquanto a maioria dos filmes de FC vinham repletos de personagens vazios, Klaatu emerge como uma figura gentil, cativante. O esguio Rennie, de olhos tristes, foi a escolha perfeita para o papel e é difícil imaginar Spencer Tracy – um astro de início considerado para ser o protagonista – mostrando exatamente o mesmo ar de tranquila sensibilidade. Jaffe também é eficaz como o cientista que faz amizade com Klaatu. Após uma atuação indicada para o Oscar em *O Segredo das Joias* (*The Blackboard*, 1950), empresta ao professor Barnhardt uma humanidade infantil que está a um mundo de distância do arquétipo do arrogante "cientista louco", que com tanta frequência aparecia em filmes da época. Tragicamente, *O Dia em que a Terra Parou* seria o último papel de Jaffe num filme importante durante quase sete anos; em 1950, seu nome apareceu nos Canais Vermelhos, um folheto listando 151 supostos simpatizantes comunistas dentro da indústria de entretenimento dos EUA. Não importava que Jaffe não fosse comunista; o ator foi transformado num pária e ficou até 1958 sem aparecer em outro filme americano.

Item regular na televisão a cabo décadas depois de deixar os cinemas, *O Dia em que a Terra Parou* logo se tornou um dos mais reverenciados filmes do gênero no ciclo de discos voadores da década de 1950; houve inclusive conversas, na 20th Century Fox, sobre a possibilidade de ser produzida uma sequência. Segundo Robert Wise, o escritor Ray Bradbury havia escrito a sinopse para uma continuação, mas o projeto que daí resultou não foi à frente. No entanto, como tantos filmes de FC dos anos 1950, *O Dia em que a Terra Parou* acabou sendo refilmado. Lançada em 2008, a nova versão ganhou um viés ambientalista e um Gort reimaginado, muito mais alto, foi acrescido de um poder tecnológico capaz de se tornar uma nuvem de nanoinsetos mortais, que "come" qualquer tipo de matéria e a utiliza para aumentar sua massa. Dirigida por Scott Derrickson, a refilmagem multiplicou por dois os espalhafatosos efeitos especiais, o que significa que grande parte da sutileza dramática do filme de 1951 foi perdida; Keanu Reeves, o novo Klaatu, foi um pálido substituto para o digno Rennie.

Décadas depois do lançamento de sua versão do filme, Robert Wise refletiria que, numa carreira brilhante cravejada de clássicos como *Amor, Sublime Amor* (*West Side Story*, 1961) e *A Noviça Rebelde*, foi *O Dia em que a Terra Parou* que mais despertava a curiosidade das pessoas. Mesmo agora, não é difícil entender por quê. No meio da Guerra Fria, *O Dia em que a Terra Parou* defendia calma e tolerância – numa época que parecia ter pouco de uma ou de outra.

Os filmes da era dos discos voadores

O impacto dos discos voadores nas décadas de 1940 e 1950 esteve desde o início associado às ansiedades da Guerra Fria. Como prova disso, podemos dar uma olhada no primeiro filme a lidar com o tema de discos misteriosos no céu: *O Disco Voador* (*The Flying Saucer*, 1950). Filme B, de baixo orçamento, feito pelo ator Mikel Conrad, não era em absoluto sobre alienígenas; a pequena nave seria na realidade uma invenção secreta de um cientista americano que logo se torna alvo de agentes soviéticos que querem usar a tecnologia para seus objetivos comunistas. O filme passou quase desapercebido, mas serviu como exemplo da incerteza e paranoia da época: eram aquelas luzes e discos no céu de origem extraterrestre ou seriam uma nave-espiã experimental criada pelos russos?

O disco voador tornou-se um dos motivos dominantes na FC dos anos 1950. Em *O Monstro do Ártico*, a primeira adaptação da história de horror e FC *Who Goes There?* [Quem Está Aí?], de John W. Campbell, um alienígena congelado é encontrado na glacial paisagem da Antártida. Uma cena breve e marcante indica que a criatura rastejou de um grande veículo circular também enterrado sob o gelo. Os filmes da década estavam cheios de visitantes alienígenas pensando em maldades, quer chegassem silenciosamente em suas naves e planejassem a dominação do mundo, como em *Os Invasores de Marte*, quer aparecessem de modo barulhento, como na colorida adaptação de H. G. Wells, feita por Byron Haskin, em *Guerra dos Mundos* (*The War of the Worlds*, 1953). Produzida por George Pal, *Guerra dos Mundos* foi digno de nota não só pelo custo da produção, mas também pelos inventivos efeitos visuais; os veículos marcianos, com asas curvadas e os serpenteantes raios da morte, se destacavam numa época de brilhantes discos voadores. Vale a pena observar que, embora a nave dos invasores parecesse flutuar, ela era de fato sustentada por três pernas invisíveis, exatamente como os tripodes no livro de Wells – o supervisor de efeitos especiais do filme, Al Nozaki, optou por tornar as pernas invisíveis porque sua animação era muito difícil. As máquinas de guerra marcianas foram tão eficientes que, além de conseguirem trazer um Oscar de efeitos visuais para *Guerra dos Mundos*, tiveram seus projetos reciclados pelo diretor Byron Haskin para um filme mais tardio de FC, *Robinson Crusoé em Marte* (*Robinson Crusoe on Mars*, 1964).

Um dos filmes americanos de ficção científica de mais pródiga produção dos anos 1950 também apresentava um disco voador de aparência elegante. *Guerra entre Planetas* (*This Island Earth*, 1955), adaptado do romance de Raymond F. Jones, trazia uma perspectiva diferente e revigorada sobre a guerra interplanetária. Com o planeta nativo devastado por uma raça alienígena rival, um grupo de humanoides de testa alta do planeta Metaluna tem planos de migrar para a Terra. O cientista de queixo quadrado Dr. Meacham (Rex Reason) só passa a entender o que está acontecendo quando ele e a Dra. Ruth Adams (Faith Domergue) são recolhidos por um disco voador pertencente a Exeter, vivido por Jeff Morrow. Filmado em esplêndido technicolor, enquanto a maioria dos outros filmes de FC dos anos 1950 não saíam do preto e branco, *Guerra entre Planetas* se destacava pelas impressionantes cenas de devastação em Metaluna e de seu gigantesco monstro (ou "Mutante"), adicionado a mando do estúdio, a Universal International. O verdadeiro astro do filme, no entanto, é Exeter, que é o raro exemplo de um alienígena com uma consciência; seu destino, no final do filme, é inesperadamente comovente.

Enquanto isso, os cruéis invasores estão de volta em massa com *A Invasão dos Discos Voadores* (*Earth vs the Flying Saucers*, 1956). Nele, uma armada de alienígenas pousa nas principais cidades de nosso planeta; a história, para dizer o mínimo, é fraca, mas o filme continua sendo notável pelos efeitos em miniatura de Ray Harryhausen. Suas imagens de discos destruindo monumentos famosos – a cidade de Washington não se saiu bem

– tiveram um impacto evidente nos filmes de invasão dos anos 1990 como *Independence Day* e *Marte Ataca! (Mars Attacks!)*.

No final da década de 1950, o número crescente de filmes apresentando alienígenas de olhos esbugalhados em naves circulares já tinha ameaçado cair na paródia. Filmes como *Invasão dos Homens do Disco Voador (Invasion of the Saucer Men*, 1957), *Adolescentes do Espaço (Teenagers from Outer Space)* e o gloriosamente inepto *Plano 9 do Espaço Sideral (Plan 9 from Outer Space)*, do diretor Ed Wood (os dois últimos de 1959), poderiam ser descritos, de forma educada, como baratos e divertidos. *Adolescentes do Espaço* destaca-se por uma cena notável em que um cachorro latindo é reduzido a um esqueleto por uma pistola de raios alienígena.

Embora o disco voador sobreviva na televisão nos anos 1960 – exemplos podem ser vistos em séries como *Os Invasores (The Invaders*, 1967-1968) e *Perdidos no Espaço (Lost in Space*, 1965-1968) –, sua crescente associação com a realização de filmes de baixo orçamento fez com que passasse a ser desprezado pelos cineastas. As preocupações dos filmes de FC também mudaram quando o Pavor Vermelho macartista perdeu força quase no final da década de 1950; histórias de invasão deram lugar a filmes sobre a corrida espacial, sobre experiências que deram errado e monstros gigantes.

Contudo, a fascinação do cinema por óvnis nunca desapareceu e, em 1977, o subgênero ganhou uma última – e talvez definitiva – adesão. *Contatos Imediatos do Terceiro Grau (Close Encounters of the Third Kind)*, de Steven Spielberg, mexe, numa atmosfera de grande espanto, com algumas das teorias apresentadas por ufólogos: por exemplo, que as luzes percebidas no céu por milhares de americanos são, de fato, espaçonaves alienígenas e que o governo está ocultando um contato regular entre humanos e visitantes extraterrestres. A crença nos óvnis, tal como parece sugerir o filme, exige fé. E um homem comum, Roy Neary (Richard Dreyfuss) tem finalmente sua fé recompensada de modo espetacular no ato final do filme. Os bizarros discos prateados de outrora são imaginados pelo técnico em efeitos especiais Douglas Trumbull como objetos enormes, brilhantes, que descem do céu como catedrais invertidas; Neary é introduzido em uma das naves e carregado para o desconhecido com os sons melódicos da triunfante trilha sonora de John Williams. Para os que tinham erguido os olhos para o céu noturno com esperança e fascínio em vez de medo, *Contatos Imediatos do Terceiro Grau* proporcionava a extrema gratificação.

PARA IR FUNDO, ASSISTA À SELEÇÃO DE FILMES DE FC
MENCIONADOS NESTE CAPÍTULO:

Fantasias de 1980 (Just Imagine, 1930)

O Disco Voador (The Flying Saucer, 1950)

O Monstro do Ártico (The Thing from Another World, 1951)

O Homem do Planeta X (The Man from Planet X, 1951)

Guerra dos Mundos (The War of the Worlds, 1953)

Guerra entre Planetas (This Island Earth, 1955)

A Invasão dos Discos Voadores (Earth vs the Flying Saucers, 1956)

Invasão dos Homens do Disco Voador (Invasion of the Saucer Men, 1957)

Adolescentes do Espaço (Teenagers from Outer Space, 1959)

Plano 9 do Espaço Sideral (Plan 9 from Outer Space, 1959)

Robinson Crusoé em Marte (Robinson Crusoe on Mars, 1964)

O Enigma de Andrômeda (The Andromeda Strain, 1971)

Contatos Imediatos do Terceiro Grau (Close Encounters of the Third Kind, 1977)

Marte Ataca! (Mars Attacks!, 1996)

Os Invasores (The Invaders, 2007)

6. Monstros Atômicos

Godzilla (1954)

"*Quando não consegue encontrar peixes no mar,
encontra homens em terra firme...*"

Em 1º de março de 1954, um pequeno barco de pesca navegava pelas ilhas Marshall, no Pacífico Sul. Havia três meses, a tripulação de 22 homens vivia apinhada na minúscula embarcação de madeira e, com os suprimentos de comida se esgotando, aquele seria o último dia de pesca antes de darem início à jornada de duas semanas de regresso ao porto.

Às 6h45 daquela manhã, no oeste, o céu escuro de outono ganhou a claridade de um pôr do sol rubro, iluminando o horizonte e tirando dos beliches a tripulação do barco. Era uma visão apocalíptica, mas não inesperada: os EUA vinham testando bombas nucleares no vizinho Atol de Bikini desde 1946 e o comandante do *Daigo Fukuryu Maru*, Hisakichi Tsutsui, tinha levado o barco para uma parte do oceano que estava próxima, mas ainda assim fora da zona de perigo estabelecida pela marinha americana.

O dispositivo detonado em 1º de março, contudo, foi muito mais potente que os disparados nos primeiros testes – mais poderoso até do que tinham previsto os cientistas americanos. A explosão de 15 megatons lançou dejetos nucleares muito além da zona de exclusão e a tripulação do pesqueiro japonês de atum nada pôde fazer quando a poeira clara desceu lentamente do céu. Na longa viagem de volta ao porto, os tripulantes começaram a sofrer os efeitos da radiação; alguns meses depois, o radioperador do barco morreu de complicações provocadas pela exposição à precipitação radioativa.

Para um país ainda abalado pelas bombas que caíram em Hiroshima e Nagasaki em agosto de 1945, o incidente foi como sal numa ferida aberta e trouxe uma renovada tensão para as relações diplomáticas entre os Estados Unidos e o Japão. O sentimento antinuclear se desenvolveu com rapidez, tanto no Japão quanto em outros lugares – e logo suas ondas de choque ecoariam pelos cinemas ao redor do mundo.

Só tinham passado algumas semanas desde a explosão no Pacífico Sul, quando o produtor Tomoyuki Tanaka começou a pensar em fazer um filme de monstros. Queria repetir o sucesso de um filme americano, *O Monstro do Mar* (*The Beast from 20,000 Fathoms*, 1953), em que um teste nuclear despertava um enfurecido dinossauro de um demorado sono de milênios. Apresentando efeitos especiais de animação criados por Ray Harryhausen, o filme seria o *King Kong* (1933) do pós-guerra: uma história sobre um poder devastador liberado pela ciência. Na mente de Tanaka, o gigantesco réptil das profundezas do mar se fundia com o destino da embarcação de pesca, o *Daigo Fukuryu Maru*. Dias depois, ele tinha encontrado seu monstro gigante, talvez inspirado, ao nível subconsciente, pelo nome do pesqueiro de atum: *Daigo Fukuryu Maru* pode ser traduzido, de forma aproximada, por "Dragão Venturoso 5".

O resultado foi *Gojira* – rebatizado de *Godzilla* no Ocidente –, um filme que emergiu do Japão como um grito de angústia em novembro de 1954. *O Monstro do Mar* pode ter vindo primeiro, mas foi *Godzilla*, o monstruoso lagarto anfíbio e radioativo, vindo das profundezas, que captou com maior eficiência o clima daquela época. Dirigido por Ishiro Honda, *Godzilla* foi suficientemente bem-sucedido para inflamar um gênero inteiro em seu país nativo: o *kaiju eiga* ou "filme de monstros", com sequências de *Godzilla*, séries derivadas e cópias descaradas aparecendo anualmente (às vezes com mais regularidade) de meados dos anos 1950 em diante. Com títulos tão sensacionais quanto *A Guerra dos Gargântuas* (*The War of the Gargantuas*, 1966), *O Despertar dos Monstros* (*Destroy All Monsters*,1968) e *Gappa: O Monstro Gigante* (*Daikyojū Gappa*, 1967), os filmes japoneses de monstros atraíram um culto de adeptos no Ocidente e são, em geral, conhecidos por seu melodrama e efeitos especiais: um ator num traje de monstro marchando por cidades e veículos militares em miniatura.

Se, no entanto, revisitarmos o *Godzilla* original, encontraremos um filme desprovido por completo do excesso *camp* definido por seus sucessores. A seriedade da intenção do filme é registrada nas cenas de abertura, em que uma embarcação de pesca parecida com o *Dragão Venturoso* é destruída por um jato de luz que emerge do oceano. Na Ilha Odo, das vizinhanças, anciãos de uma aldeia começam a falar sombriamente de uma antiga ameaça que teria sido despertada de seu sono. Suas previsões logo começam a se concretizar quando, certa noite, uma besta colossal se ergue do mar, provoca devastação na ilha e vira os olhos para Tóquio.

Mesmo com um orçamento então sem precedentes (as estimativas giraram em torno de um milhão de dólares), os realizadores de *Godzilla* não puderam se dar ao luxo de recriar as dispendiosas e trabalhosas técnicas de animação que Ray Harryhausen havia levado para *O Monstro do Mar*. Mas a arma secreta da produção foi o diretor de fotografia, e gênio dos efeitos especiais, Eiji Tsuburaya,[*] o futuro criador da "família Ultra". Durante a Segunda Guerra Mundial, ele havia trabalhado numa série de filmes de propaganda que foram muito elogiados pela qualidade de suas imagens. Em *Kato hayabusa sento-tai* [Esquadrão de voo do coronel Kato], por exemplo, Tsuburaya misturava cenas de *live action* com miniaturas em escala para criar os combates aéreos e os voos de bombardeio – sequências que mostravam um realismo incomum para a época. Tsuburaya, que ficara ansioso para criar seu próprio filme de monstros desde que vira o clássico *King Kong*,

---

[*] Eiji ou Eiichi Tsuburaya, foi um diretor japonês, produtor, cineasta e especialista em efeitos especiais responsável por inúmeros filmes de ficção científica desde a década de 1920. Além de produzir *Godzilla*, também é conhecido por ser o principal autor das séries dos super-heróis alienígenas icônicos Ultraman, Ultra Q, Ultra Seven etc. (N. E.)

de 1933, trouxe toda sua habilidade criativa para *Godzilla* e, em conjunto com os *designers* Teizo Toshimitsu e Akira Watanabe, desenvolveu um filme tão icônico quanto o do gigantesco macaco animado por Willis O'Brien duas décadas antes. Embora o traje de Godzilla, usado pelos atores Haruo Nakajima e Katsumi Tezuka, tenha sido modelado a partir da forma de dinossauros, seu atributo mais notável é a pele: a besta de Tsuburaya não é coberta de escamas como os lagartos, mas por uma estranha textura malhada que lembra uma casca de árvore. Diz a lenda que a pele de Godzilla foi criada para se parecer com o tecido cicatrizado de sobreviventes da bomba atômica.

São detalhes como este que tornaram *Godzilla* mais que um filme de monstro: o filme de Honda era um símbolo desesperado de um país devastado pela bomba atômica. Ao contrário dos filmes mais tardios da série, a criatura do título raramente é vista; está com frequência oculta na sombra, iluminada por trás por uma explosão ou obscurecida pela fumaça. Na realidade, Honda concentra sua câmera no terror das vítimas: os moradores de Tóquio fogem lutando por suas vidas ou ficam paralisados de espanto e perplexidade. Vale observar que, do fim da Segunda Guerra Mundial até o início dos anos 1950, as forças de ocupação dos Estados Unidos proibiram expressamente que os cineastas japoneses mencionassem bombas nucleares em seus filmes. Embora a proibição já tivesse sido retirada na época em que *Godzilla* surgiu, mantém-se o sentimento de que um terror reprimido encontrara sua redenção no filme de Honda.

Os personagens humanos do filme também parecem assediados por memórias da bomba. Um cientista recluso, Dr. Serizawa (Akihiko Hirata), sobrevivente da guerra com uma cicatriz de radiação no rosto, cria um dispositivo chamado Destrutor de Oxigênio. Como Robert Oppenheimer, ele fica horrorizado com o poder destrutivo de sua invenção e a princípio se recusa a usá-la contra Godzilla. Do mesmo modo, o paleontólogo Dr. Yamane (Takashi Shimura) declara que deviam permitir que a criatura sobrevivesse para que pudessem estudá-la.

Do mesmo modo que Honda descreve a destruição de Tóquio mais como tragédia que como uma divertida exibição de fogos de artifício, a derrota de Godzilla é mostrada como uma vitória de Pirro. O Dr. Serizawa dispara seu Destrutor de Oxigênio, um dispositivo que descasca todas as coisas vivas até os ossos, matando tanto a si próprio quanto a Godzilla. É uma morte cruel para uma criatura trazida à vida como resultado de uma ação destrutiva; apesar de todo o seu terrível poder, Godzilla continua sendo uma fera nobre e sua morte é retratada como um fim indigno.

Com imagens frequentes dos mortos e dos feridos internados nos hospitais, e com uma hipnotizante sequência em que 2 mil crianças, estudantes, cantam um apelo de paz, *Godzilla* é o filme de monstros de maior eco e maior carga emocional do período pós-guerra. Tamanha era a crueza de sua força que, ao chegar aos Estados Unidos com o título *Godzilla: O Rei dos Monstros* (*Godzilla: King of Monsters,* 1958), foi bastante reeditado para que algumas de suas arestas mais pontudas, mais incômodas em termos emocionais, fossem removidas. Foram cortados cerca de 40 minutos da história, substituídos por cenas do ator Raymond Burr como um jornalista que seguia o rastro de destruição de Godzilla. Qualquer menção de armas ou de radiação nucleares também foi eliminada, juntamente com uma fala salutar do Dr. Yamane, no final do filme, em que ele prevê que novos testes nucleares darão origem a novos monstros.

Após a versão original de 1954, filmes subsequentes de Godzilla foram aos poucos se deslocando da *persona* da criatura como implacável destruidora de mundos para a figura de uma mascote benigna, um guerreiro excepcional que defende a Terra dos gigantescos alienígenas que ameaçam suas cidades. Contudo, mesmo essa gradual transformação proporciona um sentimento de catarse; a personificação ambulante da destruição se transforma numa aliada. Por meio do cinema, a besta selvagem é domesticada.

Os filmes de monstros da era nuclear

Alguns emergiam de obscuras profundezas, enquanto outros escapuliam do deserto. Uns chegavam de planetas distantes, outros despertavam de nossa pré-história. Durante as décadas de 1950 e 1960, nosso mundo foi várias vezes bombardeado por monstros enormes e apavorantes, alguns com forma de inseto, outros de réptil, quase todos tentando destruir tudo que encontravam em seu caminho.

King Kong já podia ter quase 20 anos de idade nos anos 1950, mas sua imagem central de fera incontrolável, semeando o caos no meio de uma cidade, revelou-se eterna – a ponto de ser relançada não menos de cinco vezes em cinemas americanos entre a década de 1930 e a de 1950. Quando os Estados Unidos e a antiga União Soviética deram início aos testes com bombas atômicas, monstros gigantes tornaram-se uma metáfora oportuna: um poder destrutivo liberado pela ciência que parecia impossível deter. A caixa de Pandora fora aberta e, a partir de *O Monstro do Ártico*, de 1951, o subgênero do monstro gigante desenvolveu-se com rapidez tanto nos Estados Unidos quanto no Japão.

O Mundo em Perigo (Them!), lançado em 1954, foi um dos mais eficientes filmes americanos de monstros da década de 1950, graças à terrível atmosfera de tensão mantida pelo diretor Gordon Douglas. Testes com bomba atômica no deserto do Novo México dão origem a um exército de formigas gigantes, ferozes; elas se encaminham rapidamente para as galerias pluviais sob Los Angeles, onde a rainha cria sua prole. Os efeitos desses monstros gigantes têm menos qualidade e classe que a criatura de animação de Ray Harryhausen em *O Monstro do Mar*, mas *O Mundo em Perigo* se beneficia por manter por longos períodos suas formigas assassinas longe da tela. Muitas vezes, no entanto, a presença delas se torna conhecida por um agudo e sinistro barulho de inseto ou uma enorme sombra passando na tela. A terceira parte do filme, em que encontram uma menina vagando traumatizada por um deserto tempestuoso, é um incrível exercício de aumento da tensão; esse terceiro ato – um duelo entre soldados dos Estados Unidos e monstruosas formigas sob as ruas de LA – pode ser visto como o ponto de partida de uma cena extremamente parecida em *Aliens, o Resgate*, de 1986 (ver Capítulo 20).

Seja um polvo gigante com seis tentáculos atacando São Francisco em *O Monstro do Mar Revolto (It Came from Beneath the Sea*, 1955) (o orçamento de Ray Harryhausen não conseguiu ser esticado para oito tentáculos), aranhas colossais em *Tarântula* (*Tarantula*, 1955) ou gafanhotos vítimas de radiação em *O Começo do Fim* (*The Beginning of the End*, 1957), os monstros nos filmes americanos tinham uma diferença sutil dos que marchavam enfurecidos pelo cinema japonês. Como já vimos, a morte de Godzilla em sua estreia de 1954 não foi recebida com alegria, mas com um sentimento de tragédia – a fera era apenas outra vítima da loucura humana. *Godzilla* não foi o primeiro filme a mostrar empatia por seu pequeno monstro – é possível que *King Kong* tenha feito o mesmo – mas os filmes *kaiju* ou *daikaijū* japoneses dos anos 1950 descreveram de forma quase unânime suas criaturas como nobres e, às vezes, até mesmo heroicas. A partir de *Godzilla Contra-Ataca* (*Godzilla Raids Again*, 1955), o monstro é mostrado como guerreiro, assim como uma força destrutiva é utilizada para protegê-lo. Grandes trechos do filme o veem combater um segundo monstro despertado pela Bomba – uma fera espinhosa, parecida com um crocodilo, chamada Anguirus. *Godzilla* deu início a uma rica tradição de filmes *kaiju* japoneses que continua sendo popular no século XXI: *Rodan, o Monstro dos Céus* (*Rodan*, 1956), *Mothra, a Deusa Selvagem* (*Mothra*, 1961) e *O Grande Monstro Gamera* (*Daikaijū Gamera*, 1965), que ganhou uma versão norte-americana editada com cenas adicionais com atores americanos em 1966 (*O Monstro Invencível* [*Gammera the Invincible*]) introduziram seus próprios monstros, cada um deles desovando suas próprias franquias ou aparecendo em outros filmes como combatentes. A monstruosidade voadora Rodan, por exemplo, foi um exemplar de um exército de criaturas que duelaram em *O Despertar dos Monstros*, de 1968. Longe das formigas sem rosto, idênticas, de *O Mundo em Perigo*, os monstros dos filmes japoneses se parecem mais com gladiadores romanos – grandes, poderosos, mas também individuais e majestosos. O caráter majestoso pode vir da localização do Japão em uma região tão vulcânica; no Extremo Oriente, a natureza é ao mesmo tempo bela e aterrorizante. Ou talvez Godzilla e seus colegas monstros sejam uma encarnação do progresso científico como, ao mesmo tempo, aniquilador e salvador. O Japão sabia perfeitamente bem que uma nova arma de ponta, como uma bomba nuclear, poderia ocasionar terrível sofrimento e perda de vidas; mas na esteira da

Segunda Guerra Mundial, a notável explosão de crescimento do Japão, que viu o país se transformar de sociedade basicamente agrícola em potência industrial, indicava que o progresso científico era também sua salvação.

O gênero *kaiju* continuou no Japão muito depois que o interesse em monstros gigantes declinou no cinema ocidental. A melancolia e a classe do primeiro *Godzilla* pode ter sido perdida nos filmes *kaiju* que vieram depois, mas eles continuaram impregnados de um calor e um charme que os tornavam diferentes dos filmes de monstro de qualquer outro país. Nos Estados Unidos, o subgênero não demorou a cair na patetice dos filmes B, com seus melhores, mais refinados exemplos – *O Monstro do Mar, O Mundo em Perigo, A 20 Milhões de Milhas da Terra* (*20 Million Miles to Earth*, 1957) – seguidos de perto por um entretenimento de má qualidade em filmes como *A Ameaça Vem do Polo* (*The Giant Claw*, 1957), *A Maldição da Aranha* (*Earth vs the Spider*, 1958) e *O Monstro que Desafiou o Mundo* (*The Monster that Challenged the World*, 1957).

Um dos grandes filmes de monstro da era atômica não foi, por assim dizer, um extraordinário filme sobre um monstro gigante. *O Incrível Homem que Encolheu* (*The Incredible Shrinking Man*, 1957), dirigido por Jack Arnold e adaptado por Richard Matheson de seu próprio romance, era um filme de monstro gigante ao contrário. O protagonista, Carey (Grant Williams) encontra uma nuvem radiativa quando estava no mar que, aos poucos, o faz diminuir de tamanho. A estatura de Carey diminui a uma taxa de 2,5 centímetros por dia; vemos como seus relacionamentos sutilmente se transformam, como a esposa começa a tratá-lo como criança – raramente um beijo no rosto pareceu tão carregado em termos emocionais. Por fim, Carey encolhe a tal ponto que é caçado por seu próprio gato doméstico e, mais tarde, luta com uma "colossal" aranha de jardim. Empolgante e instigante, *O Incrível Homem que Encolheu* também contém um dos mais satisfatórios finais não felizes de um filme de FC dos anos 1950. O que começa como um típico filme B da era atômica acaba como uma rara e pungente reflexão sobre a natureza da própria existência.

PARA IR FUNDO, ASSISTA À SELEÇÃO DE FILMES DE FC
MENCIONADOS NESTE CAPÍTULO:

King Kong (1933)

O Monstro do Mar (The Beast from 20,000 Fathoms, 1953)

O Mundo em Perigo (Them!, 1954)

O Monstro do Mar Revolto (It Came from Beneath the Sea, 1955)

Tarântula (Tarantula, 1955)

Rodan, o Monstro dos Céus (Rodan, 1956)

O Incrível Homem que Encolheu (The Incredible Shrinking
    Man, 1957)

O Começo do Fim (The Beginning of the End, 1957)

A 20 Milhões de Milhas da Terra (20 Million Miles to Earth, 1957)

A Ameaça Vem do Polo (The Giant Claw, 1957)

O Monstro que Desafiou o Mundo (The Monster that
    Challenged the World, 1957)

A Maldição da Aranha (Earth vs the Spider, 1958)

Mothra, a Deusa Selvagem (Mothra, 1961)

O Grande Monstro Gamera (Daikaijū Gamera, 1965)

A Guerra dos Gargântuas (The War of the Gargantuas, 1966)

Gappa: O Monstro Gigante (Daikyojū Gappa, 1967)

O Despertar dos Monstros (Destroy All Monsters, 1968)

Godzilla: O Rei dos Monstros (Godzilla: King of Monsters, 2019)

7. Os Invasores Silenciosos

Vampiros de Almas (1956)
"*Não quero viver num mundo sem amor, sofrimento ou beleza. Prefiro morrer.*"

Em 1947, o mesmo ano em que o avistamento de óvni de Kenneth Arnold marcou o início da era do disco voador, uma onda de suspeita e medo rolou pela América. Enquanto cresciam as tensões entre os Estados Unidos e a União Soviética na esteira da Segunda Guerra Mundial, o mesmo acontecia com as apreensões dentro dos EUA acerca da expansão do comunismo. Naquele novembro, o Comitê de Atividades Antiamericanas da Câmara, um órgão do governo criado para detectar tendências comunistas entre cidadãos americanos, começou suas investigações pelas atividades de escritores e cineastas de Hollywood.[1] Um panfleto publicado em 1950 resumia o clima da época: "Agora mesmo estão sendo feitos filmes para glorificar de forma astuta o marxismo, a Unesco e o mundo unificado", dizia, "e através de seu

---

[1] Paul Buhle e Dave Wagner, *Hide in Plain Sight: The Hollywood Blacklistees in Film and Television*, 1950–2002 (Nova York: Palgrave Macmillan, 2005). Disponível em: <https://books.google.co.uk/books?id=g2WluH1AAR0C&pg=PA73&lpg=PA73&dq=daniel+mainwaring+blacklisted&source=bl&ots=_AmJXp2BVh&sig=nTKX_l_NjHvtwsbmzpYATAqu5Ec&hl=en&sa=X&ved=0ahUKEwing5CWzN_PAhVlCcAKHS1iCblQ6AEIMzAE#v=onepage&q=daniel%20mainwaring%20blacklisted&f=false>.

aparelho de TV [...] eles estão envenenando a mente de seus filhos sob seus próprios olhos".[2]

Nem mesmo a fábrica de sonhos de Hollywood, ao que parecia, estava livre da insidiosa ameaça do comunismo. Não surpreende, então, que a Segunda Ameaça Vermelha se tornasse um proeminente pano de fundo para tantos filmes americanos de FC na década de 1950. Alguns, como *Marte, o Planeta Vermelho* (*Red Planet Mars*), lançado pela United Artists em 1952, eram tão completamente anticomunistas que funcionavam mais como peças de propaganda histérica que como verdadeiros filmes. *Vampiros de Almas* (*Invasion of the Body Snatchers*, 1956), por outro lado, explorava de forma tão vigorosa o clima da época que, passados mais de sessenta anos, sua atmosfera paranoica ainda parece relevante.

O filme foi adaptado do romance de Jack Finney, *Os Invasores de Corpos* (*The Body Snatchers*, 1955). Com uma premissa extremamente original, seres alienígenas vegetais chegam à Terra em suas cápsulas, ou vagens espaciais como muitos chamaram à época, e caem numa pequena cidade americana. Dotados da capacidade de copiar e substituir seres humanos, enquanto estão dormindo, por clones fisicamente idênticos, assumem a forma humana, mas são desprovidos de alma ou qualquer reação ou sentimentos humanos. Por meio dessa invasão silenciosa, os aliens colocarão todo o planeta em risco antes que a ameaça alienígena seja derrotada e posta em rápida retirada por uma decidida bravura humana.

Baseando-se na premissa de Finney, o diretor Don Siegel e o roteirista Daniel Mainwaring forjaram um dos filmes mais aterrorizantes dos anos 1950. A história se passa em Santa Mira, uma pacata cidadezinha californiana, tão pequena que o Dr. Miles Bennell (Kevin McCarthy) conhece a maioria de seus pacientes pelo nome. Pouco a pouco, os pacientes de Bennell começam a se queixar de que seus amigos ou entes queridos não são mais quem parecem ser: podem parecer os mesmos, mas é como se a centelha de vida deles tivesse se esvaído totalmente. De início, o crescente fenômeno é descartado como histeria, até que Bennell percebe, ao que parece tarde

---

[2] Ver: <https://en.wikipedia.org/wiki/McCarthyism#/media/File:Anticommunist_Literature_1950s.png.>

demais, que os residentes de Santa Mira estão sendo substituídos por cópias sem emoções provindas das cápsulas alienígenas. A invasão logo poderia se estender por toda a Califórnia – e possivelmente pelo mundo.

Don Siegel começou sua carreira no departamento de montagem da Warner Bros – a abertura de *Casablanca*, 1942, foi dele – antes de começar a dirigir seus próprios filmes. Foram dele alguns grandes filmes *noir* de 1949, como *Noite Após Noite* (*Night unto Night*), estrelado por Ronald Reagan, e *O Cais da Maldição* (*The Big Steal*, 1949), estrelado por Robert Mitchum e Jane Greer. *Vampiros de Almas* foi o primeiro filme de ficção científica de Siegel, que o realizou como um *thriller noir*. Filmado num melancólico preto e branco, *Vampiros de Almas* está cheio de sombras pesadas, ângulos de câmera baixa e ameaçadora tensão. Siegel também evita efeitos especiais na maior parte do filme e emprega um sugestivo conjunto de imagens para fazer alusão à ameaça alienígena: figuras em silhueta, closes dos astros McCarthy e Dana Wynter vendo algo horrorizados. Só bem depois de meia hora vemos alguma coisa que se assemelha a uma cena com efeitos e a chegada a essa cena, tão perfeitamente construída, coloca o filme num andamento diferente, horripilante. Bennell e os amigos que não foram afetados (interpretados por King Donovan e Carolyn Jones) encontram uma grande quantidade de vagens/cápsulas espaciais escondidas num galpão e observam, perplexos, como elas gotejam e pulsam. Algumas cenas mais tarde, as formas vagas das cápsulas já tinham se compactado em cópias idênticas de Bennell e de outros sobreviventes. Desse momento em diante *Vampiros de Almas* mal nos dá uma pausa para respirar. À medida que cresce o exército de pessoas das cápsulas, a rede se fecha em torno de Bennell, criando a cena mais inusitada de todo o filme: o médico em uma estrada, tentando em vão advertir os motoristas da invasão.

"Eles já estão aqui!", grita Bennell para a lente da câmera. "Você é o próximo, você é o próximo…"

Originalmente essa sequência foi concebida como a última tomada, a cena final, e com certeza teria deixado os frequentadores dos cinemas com uma inesquecível imagem que simbolizava ali uma crítica ferrenha à paranoia da caça às bruxas do macartismo. Mas esse final seria, no mínimo, vigoroso demais; o estúdio do filme, Allied Artists Pictures, se opôs a liberar uma película tão pessimista. Foi então, contra os desejos de Siegel e do produtor Walter Wanger, acrescentada uma sequência compensadora. Nela, o essencial do filme é contado em retrospecto da enfermaria de um hospital; a cena, seguindo o grito primal de Bennell na estrada, revela que a invasão foi detida na hora H, graças ao FBI.

Desde o lançamento de *Vampiros de Almas*, tem havido diferentes leituras do tema que lhe é subjacente: trata-se de um filme anticomunista ou, como a peça teatral escrita por Arthur Miller em 1953, *As Feiticeiras de Salem*, é uma crítica mordaz da lista negra e das ações do senador Joseph McCarthy? Siegel negava que houvesse algum subtexto político em *Vampiros de Almas*, mas uma pista para as inclinações do filme pode ser deduzida da história de seu roteirista. Daniel Mainwaring, como Siegel, esteve muito envolvido com o filme *noir*, tendo escrito o clássico *Fuga do Passado* (*Out of the Past*, 1947), *O Cais da Maldição*, de Siegel (1949) e *Cidade do Vício* (*The Phenix City Story*, 1955). No entanto, um dos filmes mais significativos da carreira de Mainwaring foi *O Fugitivo de Santa Marta* (*The Lawless*, 1950), um *thriller* sobre um redator de um jornal da Califórnia que acabou experimentando o tratamento racista e cruel dado aos trabalhadores migrantes. *O Fugitivo de Santa Marta* foi dirigido por Joseph Losey, um diretor cuja política esquerdista tornou-o uma pessoa de interesse para o Comitê de Atividades Antiamericanas da Câmara. Um ano após a conclusão desse filme, Losey foi posto na lista negra do senador Joseph McCarthy e, de repente, incapaz de encontrar trabalho, passou o restante de sua carreira fazendo filmes na Europa.

Losey certa vez comentou numa entrevista que Mainwaring também fora posto na lista negra, embora seja provável que estivesse enganado; o que se sabe é que Mainwaring emprestou seu nome ao trabalho de outros autores que não podiam trabalhar por causa da lista negra, incluindo o redator de TV Adrian Scott.

No final das contas, não parece uma conclusão arriscada afirmar que, ao adaptar o romance de Jack Finney, Mainwaring tinha em mente uma América sucumbindo a um tipo perturbador de pensamento coletivo, origem de um movimento populista que fazia as pessoas se voltarem contra seus vizinhos.

Isso certamente ecoa o que estava acontecendo nas décadas de 1940 e 1950, quando a comunidade coesa de Hollywood foi dilacerada pela paranoia e pelo fanatismo político. Atores eram encorajados a dar informações sobre os colegas na esperança de não perder seu ganha-pão; alguns, como o roteirista Dalton Trumbo, viram-se durante anos exilados da indústria cinematográfica. Não é de espantar, então, que tantos filmes de FC da década de 1950 lidem com o tema de uma ameaça informe, silenciosa – com seres capazes de se infiltrar em nossas cidades, em nossas casas, talvez até em nossas camas e corpos.

Quando o macartismo entrou em declínio em fins dos anos 1950, o conceito de *Vampiros de Almas* se mostrou tão irresistível que o filme teve três refilmagens: uma em 1978, realizada por Philip Kaufman, *Os Invasores de Corpos* (*The Invasion of the Body Snatchers*), outra em 1993, *Os Invasores de Corpos – A Invasão Continua* (*Body Snatchers*), de Abel Ferrara, e de novo em 2007, como *Invasores* (*The Invasion*), de Oliver Hirschbiegel. De todas essas, a versão de Philip Kaufman é a mais satisfatória, retendo a progressiva sensação de sonho do original de 1956. Como trabalhado em 1978 pelo roteirista W. D. Richter, *Os Invasores de Corpos* vê as sementes alienígenas descerem em São Francisco, onde a era *hippie flower-power* deu lugar a uma nova época de psicologia *pop* e livros de autoajuda. O herói no filme de Kaufman não é um respeitável médico de família, mas um inspetor de saúde pública um tanto insignificante vivido por Donald Sutherland. De novo, um pequeno grupo de americanos se encontra cercado por pessoas apáticas saídas de cápsulas alienígenas – e equipadas com uma perturbadora tendência a apontar e gritar quando localizam um intruso humano.

Excêntrico tanto no roteiro quanto no elenco – Sutherland é acompanhado por Leonard Nimoy, Brooke Adams, Veronica Cartwright e um jovem Jeff Goldblum –, *Os Invasores de Corpos* de 1978 é uma refilmagem engenhosa, inquietante, para a era Watergate. Correndo contra a versão de Siegel, na qual a ameaça alienígena transforma amigos e vizinhos em drones, a invasão no filme de Kaufman ocorre sob o manto do anonimato urbano: todos estão de tal forma ocupados e voltados para si mesmos que os clones provindos das cápsulas alienígenas conseguiram se apoderar de metade de São Francisco antes que alguém começasse a dar conta disso.

Como o original, que trazia uma breve aparição de um jovem Sam Peckinpah, *Os Invasores de Corpos* de Kaufman tem uma bela fileira de convidados especiais: procurem um Robert Duvall, que não consta dos créditos, como um padre assustador num playground infantil, Don Siegel como motorista de táxi e, o melhor que tudo, Kevin McCarthy numa irreverente reprise da cena mais vigorosa do filme de 1956.

Menos essencial que *Os Invasores de Corpos* de Kaufman, a refilmagem de 1993 não deixa de dar alguns retoques espertos na fórmula estabelecida. Desta vez, a invasão ocorre numa base militar no extremo sul dos Estados Unidos: um cenário propício para comentários sobre o efeito desumanizante do militarismo. A história diverge dos dois filmes anteriores ao ser contada da perspectiva de uma adolescente – Marti, interpretada por Gabrielle Anwar. Se a segunda refilmagem é menos satisfatória e segura que os dois primeiros filmes, é pelo menos desenvolvida com o mesmo clima de medo: Meg Tilly, no papel de mãe de Marti, oferece uma atuação esplêndida e misteriosa.

Quanto menos, no entanto, se falar sobre *Invasores*, de 2007, melhor é. Orçado com mais generosidade que os filmes mais antigos, *Invasores* recoloca a ameaça como um vírus do espaço, que é trazido à Terra por uma nave espacial acidentada. O vírus então se espalha de pessoa a pessoa até que a Dra. Carol Bennell (Nicole Kidman) encontra um meio de eliminá-lo.

Invasores segue a tradição dos filmes anteriores em termos de realização, na medida em que nenhum dos diretores que os realizaram era classificado como diretor de ficção científica. Antes de seu *Os Invasores de Corpos*, Philip Kaufman era mais conhecido por dramas aclamados como *Goldstein* (1964) e *A Sétima Aurora* (*The White Dawn*, 1974). Abel Ferrara era conhecido como o diretor temperamental de filmes tão descompromissados quanto *O Assassino da Furadeira* (*The Driller Killer*,1979) e *Sedução e Vingança* (*Ms 45*, 1981); um ano antes de *Os Invasores de Corpos – A Invasão Continua*, ele fez o controverso drama policial *Vício Frenético* (*Bad Lieutenant*, 1992). Os trabalhos desses diretores resultaram em filmes característicos, pessoais, e durante um certo tempo pareceu que o filme de 2007 pudesse seguir o mesmo caminho; o filme anterior do diretor Olivier Herschbiegel foi *A Queda: As Últimas Horas de Hitler* (*Der Untergang*, 2004), um drama indicado para o

Oscar sobre o colapso do Terceiro Reich. A mistura de Herschbiegel e ficção científica, no entanto, não produziu, é correto dizer, frutos criativos – principalmente porque o estúdio de *Invasores*, a Warner Bros, jogou fora cerca de 30 por cento do filme e fez com que o final fosse refilmado pelo diretor James McTeigue. O resultado é um curioso melodrama, sucesso de público e conduzido por Nicole Kidman, que se parece mais com um *thriller* sobre uma epidemia que com uma alegoria de FC. A trama flerta com a noção de que nosso planeta pode ser mais pacífico sob o controle das pessoas das cápsulas, mas isso é rapidamente abandonado em favor de um final muito mais confortável que o de qualquer outro filme até então feito sobre os temíveis invasores de corpos.

Talvez o século XXI ainda esteja esperando por seu próprio clássico com os invasores de corpos, mas as ideias e os temas apresentados no filme de Siegel – e sem dúvida na refilmagem de 1978 – tornaram-se atemporais. Intolerância, mentalidade de rebanho, ódio do outro: são esses os medos que *Vampiros de Almas* explora e que hoje continuam urgentes como sempre. Como o Dr. Bennell sabiamente reforçou em 1956: "Na minha clínica, tenho visto como as pessoas permitiram que sua humanidade se esgotasse – só que acontece devagar, não de repente. Todos nós endurecemos um pouquinho nossos corações, ficamos insensíveis. Só quando temos de lutar para continuar humanos percebemos como isso é precioso para nós, como é estimado e importante."

À vista de todos

O medo de invasão impregnava os filmes de ficção científica da era pós--guerra e, embora filmes como *A Invasão dos Discos Voadores* e *Guerra dos Mundos* oferecessem apenas espetáculo na tela grande, outros imaginavam um tipo de ameaça alienígena muito mais insidioso. Talvez *Vampiros de Almas* tenha sido o melhor desse pequeno subgênero, mas outros foram, à sua maneira, clássicos menores. Um dos mais impressionantes em termos visuais foi *Os Invasores de Marte* (*Invaders from Mars*, 1953). Foi dirigido pelo diretor de arte William Cameron Menzies, que havia mostrado seu talento em filmes como *Quando Fala o Coração* (*Spellbound*, 1945), de Alfred Hitchcock (produziu a celebrada sequência do sonho, concebida pelo pintor Salvador Dalí), e tinha dirigido *Daqui a Cem Anos*, baseado na obra *Things to Come* (1936), de H. G. Wells. Menzies trouxe um delicioso atributo surreal para seu filme de invasão, que parece às vezes um livro infantil ilustrado esparramado pela tela: o que é apropriado, já que o filme é contado inteiramente a partir da perspectiva de um garotinho, David MacLean (Jimmy Hunt).

Certa noite, durante uma tempestade violenta, David acorda e vê um disco voador descendo na área atrás da casa. No dia seguinte, o pai de David vai investigar e retorna como um homem mudado: distante, de olhar mortiço, agressivo. Uma a uma, as figuras de autoridade que cercam David caem vítimas do encantamento do disco voador e David percebe que estão sendo controladas por um dispositivo, que parece uma joia, implantado na nuca.

Durante a primeira meia hora, *Os Invasores de Marte* constrói uma atmosfera de pesadelo. Mais tarde o exército vai avançar, numa onda de tomadas de ação, e reverter a situação criada por um grupo de "mutantes" alienígenas com o zíper claramente visível em seus trajes (o mutante mais alto foi vivido por Lock Martin, o ator que vestiu o traje de Gort em *O Dia em que a Terra Parou*); antes disso, no entanto, *Os Invasores de Marte* evoca, de modo instigante, o clima da era de pânico anticomunista. Ao contar a história a partir do olhar de uma criança, o filme também adquire um tom quase kafkiano: os personagens que protegem e cuidam de David sucumbem à influência dos alienígenas e o resultado, durante algum tempo, é de fato enervante.

Lançado no mesmo ano que *Os Invasores de Marte*, *A Ameaça que Veio do Espaço* (*It Came from Outer Space*, 1953) imaginava uma conquista alienígena de um tipo muito diferente. O que parece ser um meteorito cai nos arredores de uma pequena cidade do Arizona e um escritor local, John (Richard Carlson), vai investigar. Logo ele percebe que o objeto acidentado é uma espaçonave alienígena e tenta avisar os habitantes da cidade de que há um misterioso aparelho enterrado no deserto. Como acontece com o pequeno David em *Os Invasores de Marte*, as notícias trazidas por John são completamente ignoradas – e então, um após outro, vários moradores locais começam a desaparecer e a reaparecer como pessoas sem emoções. Existe, no entanto, um detalhe que coloca *A Ameaça Que Veio do Espaço* num lugar à parte entre outros filmes de invasão de sua época: é revelado mais tarde que os alienígenas eram benignos e só pegavam os habitantes da cidade para que eles os ajudassem a reparar a nave danificada.

A Ameaça que Veio do Espaço foi dirigido por Jack Arnold, um dos mais talentosos e férteis diretores do gênero na época. A história, no entanto, foi criada por Ray Bradbury, um dos melhores escritores dos Estados Unidos trabalhando com FC e fantasia. Sua coletânea de contos *As Crônicas Marcianas* (*The Martian Chronicles*, 1950) concebia com nitidez todos os meios cruéis que a humanidade poderia usar para tratar os habitantes de Marte durante uma futura colonização. Em *A Ameaça que Veio do Espaço*, a verdadeira ameaça não são os alienígenas, mas o medo que nossa espécie tem do Outro.

O tema comum em todos esses filmes é a perda do ego, quer por meio da completa substituição por um impostor alienígena (como em *Vampiros de Almas* e *A Ameaça que Veio do Espaço*) ou por meio de alguma outra forma de controle mental. Inquietações sobre a perda da liberdade de pensamento eram outro assunto no início da Guerra Fria, com o termo "lavagem cerebral" entrando pela primeira vez na língua inglesa no início dos anos 1950. Como o fenômeno óvni, a lavagem cerebral logo se tornou matéria-prima para filmes, quer em *thrillers* – *Sob o Domínio do Mal* (*The Manchurian Candidate*, 1962), *Ipcress: Arquivo Confidencial* (*The Ipcress File*, 1965) – quer em ficção científica. *Os Devoradores de Cérebros* (*The Brain Eaters*, 1958), um filme de baixo orçamento, dirigido por Roger Corman, apresentou as mentes de vários personagens controladas por parasitas enterrados em seus pescoços; a ideia foi considerada tão próxima da novela de Robert A. Heinlein, *The Puppet Masters* (*Os Mestres dos Brinquedos*), que Corman acabou sendo forçado a se defender em juízo.

Nos anos 1950, nem mesmo animais domésticos estavam a salvo de uma possessão alienígena. Em *O Cérebro do Planeta Arous* (*The Brain from Planet Arous*, 1957), um ser alienígena chamado Vol assume controle do fiel cachorro de um cientista. Felizmente, Vol está do lado da raça humana: ele só encarna no vira-lata para nos advertir sobre Gor, um criminoso alienígena que se apoderou do dono do cão, Steve. O invasor é mais tarde revelado como um cérebro flutuante de grande tamanho – mente capaz de controlar outras mentes.

De todos os filmes dos anos 1950 sobre cérebros assassinos, o mais interessante e controverso foi certamente *O Horror Vem do Espaço* (*Fiend Without a Face*, 1958). Filmado no Reino Unido por uma bagatela, mostra um enxame de parasitas invisíveis atacando uma base aérea americana. Atraídas pelo poder atômico, as criaturas invisíveis atacam e matam vários homens de serviço na base, removendo seus cérebros ou se instalando neles e na medula espinhal. Animados pela dupla alemã Karl Ludwig Ruppel e barão Florenz von Fuchs-Nordhoff, os monstros de *O Horror Vem do Espaço* são hipnoticamente repulsivos e um confronto final, em que os heróis do filme abatem a tiro as criaturas rastejantes em grandes chuvas de sangue e gosma, foi considerado tão ofensivo que acabou em discussão no Parlamento britânico. O toque diferente em *O Horror Vem do Espaço* é que os parasitas não são absolutamente alienígenas, mas, como o monstro do *id* em *O Planeta Proibido* (*Forbidden Planet*, 1956) (ver Capítulo 8), uma projeção da mente subconsciente de um cientista, evocados por suas experiências envolvendo telecinese com um estranho maquinário de um laboratório criado por extinta raça alienígena.

Poderes telecinéticos foram utilizados com resultados arrepiantes em *A Aldeia dos Amaldiçoados* (*Village of the Damned*, 1960), baseado no livro de John Wyndham, *The Midwich Cuckoos* [A Aldeia dos Malditos]. Num pacato e típico vilarejo britânico, os habitantes caem adormecidos sem explicação; alguns meses depois, é constatado que todas as mulheres residentes estão grávidas. Mais tarde, todas as mulheres dão à luz bebês idênticos, que crescem depressa, com cabelos louros e olhos brilhantes ("Cuidado com os olhos fixos!", adverte uma citação no filme).

Como as pessoas das cápsulas alienígenas em *Vampiros de Almas*, a prole da aldeia provou ser calculista e destituída de emoções. Cabe ao professor Gordon Zellaby (George Sanders), vestido com distinção, descobrir um meio de repelir a ameaça alienígena. Dirigido por Wolf Rilla, da Alemanha, *A Aldeia dos Amaldiçoados* é um filme de invasão ante o fosso entre gerações do pós-guerra; há um divertido descompasso entre os adultos um tanto rígidos e seus filhos, de cabelo estranho e planos ocultos. Assim como os garotos britânicos no final dos anos 1950 e início da década de 1960 desconcertavam os pais ouvindo um barulhento *rock and roll*, os alienígenas louros em *A Aldeia dos Amaldiçoados* estão encenando seu próprio tipo de rebelião;

podem usar os caprichados terninhos dados pelos pais, mas, em segredo, estão planejando dominar o mundo. As pessoas mais velhas da plateia podem ter se sentido tranquilizadas pela conclusão do filme, quando o professor frustra os planos dos jovens invasores e restaura a ordem natural. O filme foi acompanhado de uma sequência, *A Estirpe dos Malditos* (*Children of the Damned*, 1963), que lança mais os adultos que as crianças como vilões. Em 1995, o diretor John Carpenter comandou uma refilmagem, desapontadora e insossa, chamada *A Aldeia dos Amaldiçoados*, em que as perucas e os olhos brilhando parecem, sem nenhuma dúvida, pouco convincentes. O original de 1960, por outro lado, continua sendo um exemplo extremamente eficiente do silencioso subgênero invasor. "Cuidado com os olhos fixos", de fato.

PARA IR FUNDO, ASSISTA À SELEÇÃO DE FILMES DE FC MENCIONADOS NESTE CAPÍTULO:

Marte, o Planeta Vermelho (*Red Planet Mars*, 1952)

Os Invasores de Marte (*Invaders from Mars*, 1953)

A Ameaça que Veio do Espaço (*It Came from Outer Space*, 1953)

A Invasão dos Discos Voadores (*Earth vs the Flying Saucers*, 1956)

O Cérebro do Planeta Arous (*The Brain from Planet Arous*, 1957)

Os Devoradores de Cérebros (*The Brain Eaters*, 1958)

O Horror Vem do Espaço (*Fiend without a Face*, 1958)

A Aldeia dos Amaldiçoados (*Village of the Damned*, 1960)

A Estirpe dos Malditos (*Children of the Damned*, 1963)

Os Invasores de Corpos (*The Invasion of the Body Snatchers*, 1978)

Os Invasores de Corpos – A Invasão Continua (*Body Snatchers*, 1993)

Invasores (*The Invasion*, 2007)

8. Viagens entre as Estrelas

O Planeta Proibido (1956)
"Culpado! Culpado! Meu maléfico ego está naquela porta e não tenho poder para detê-lo!"

Contra um bruxuleante pano de fundo de estrelas, ouvimos um som fantasmagórico. Dissonante, ecoante, mas estranhamente melódico, é como uma sinfonia de um mundo alienígena. Assim começa *O Planeta Proibido*, o mais caro filme americano de FC dos anos 1950. Havia muita coisa inovadora em *O Planeta Proibido*, mas nada tão arrojado quanto a extraordinária trilha sonora: criada por Bebe e Louis Barron, um casal que ampliou as fronteiras da música eletrônica experimental, foi a primeira trilha inteiramente eletrônica da história do cinema.

O Planeta Proibido era território virgem para a MGM, um estúdio mais conhecido na época por musicais extravagantes. Num período em que filmes de FC eram em geral filmes B, obras de baixo orçamento feitas para ser exibidas antes do filme principal, o estúdio reservou cerca de 2 milhões de dólares para *O Planeta Proibido* – não muito diferente da soma que estava gastando em musicais como *A Roda da Fortuna* (*The Band Wagon*, 1953) e *Sete Noivas para Sete Irmãos* (*Seven Brides for Seven Brothers*, 1954). O resultado foi um dos filmes de FC de aparência mais suntuosa da década – e, apesar de alguns elementos menos convincentes, um dos mais inteligentes.

Concebido pelos roteiristas Irving Block e Allen Adler (e mais tarde reescrito por Cyril Hume), *O Planeta Proibido* pega o esqueleto de *A Tempestade* de Shakespeare e o coloca no século XXIII. O feiticeiro Próspero torna-se um cientista chamado Dr. Mórbius; sua filha virgem, Miranda, torna-se Altaíra; a ilha em que estão encurralados transforma-se no distante planeta Altair IV.

Leslie Nielsen faz o papel de John J. Adams, comandante da espaçonave mais-rápida-que-a-luz C-57D. Ele e sua tripulação foram enviados para descobrir o que acontecera com uma expedição, ao que se presume condenada ao fracasso, enviada a Altair IV duas décadas antes. A nave de Adams, em forma de disco voador, pousa na superfície poeirenta do planeta e é recebida por Robby, um robô pesadão, mas benevolente, criado por Mórbius (Walter Pidgeon). O cientista explica que ele e Altaíra (Anne Francis) são os únicos sobreviventes daquela expedição mais antiga e desafortunada; afirma que uma força alienígena do planeta matou os outros e destruiu a nave de fuga. Surge um romance entre Adams e Altaíra; ao mesmo tempo, a tripulação da C-57D é atacada por um enorme monstro invisível – ao que parece, a mesma ameaça que havia aniquilado a expedição antiga retornava à vida.

Tirando inspiração de inúmeras capas de revistas *pulp*, o cartaz original de *O Planeta Proibido* é um belo exemplo de trabalho gráfico equivocado. Mostrando Robby, o robô, agarrando uma mulher inconsciente (que mal se parece com Anne Francis), a ilustração pode sugerir que o autômato é o principal vilão do filme. Na verdade, Robby poderia ser o equivalente de Caliban, o nativo da ilha em *A Tempestade* que serve como um relutante criado de Próspero.

Em última análise, o vilão do filme não é robô nem alienígena; é uma coisa abominável criada pelo lado sombrio da mente subconsciente de Mórbius, gerada por um artefato tecnológico abandonado pelos alienígenas do planeta, há muito tempo mortos. Ao usar essa tecnologia para estimular seu intelecto, Mórbius libera os "monstros do Id" – uma manifestação de seus pensamentos reprimidos que matou, anos atrás, os outros membros da expedição e agora está matando a tripulação de Adams. Dando continuidade ao tema freudiano do filme, parece que os sentimentos reprimidos de Mórbius pela filha, e sua ira ante o desejo claramente sexual da tripulação por ela, aceleraram o despertar de sua fúria sombria materializada no monstro invisível que atormenta a tripulação da nave.

O monstro do Id é uma medonha criação cinematográfica, trazida à vida em um deslumbrante estilo original. O diretor Fred M. Wilcox sugere sua presença invisível com pegadas enormes e escadas de aço retorcidas; a pulsante trilha sonora eletrônica dos Barrons lhe dá peso e presença sobrenatural. Na sequência mais empolgante de *O Planeta Proibido*, o monstro finalmente aparece por meio de materialização óptica quando entra em contato com o campo de força da nave de Adams. Foi, em 1956, uma amostra engenhosa do trabalho com efeitos especiais e hoje continua sendo impressionante. O animador da Disney, Joshua Meador, que havia trabalhado em *Branca de Neve e os Sete Anões* (*Snow White*, 1937) e *Fantasia*, de 1940, emprestou seus talentos à produção, desenhando os contornos de individualização do monstro do Id, que foram então definidos na filmagem em *live action*.

Projetado por Robert Kinoshita, Robby, o robô, também não deixou de ser uma façanha técnica. A um custo estimado de 100 mil dólares, Robby foi um dos mais caros acessórios de filmagem até então construídos – e foi certamente o autômato mais detalhado e de aparência mais realista visto na tela até aquele momento. Com sua característica cabeça abobadada revelando uma rede de mecanismos internos, Robby tinha ao mesmo tempo um aspecto funcional e um estranho carisma; não é de admirar que, após o lançamento de *O Planeta Proibido*, Robby tenha se tornado uma celebridade menor, ganhando seu próprio filme, *O Garoto Invisível* (*The Invisible Boy*, 1957), e aparecendo vez por outra em programas de TV, como *A Família Addams* (*The Addams Family*, 1964 a 1966) e *Columbo*.

Robby também se mostrou extremamente influente na indústria japonesa de brinquedos e nas dezenas de robôs em miniatura produzidos no Japão, bem como na TV e entre cineastas. O produtor Irwin Allen contratou Kinoshita para desenhar o robô de sua série de TV *Perdidos no Espaço* – um personagem cuja semelhança com Robby não foi apenas superficial. O mais memorável personagem de *O Planeta Proibido* teria também, como veremos mais tarde, influência sobre George Lucas, quando ele começou a fazer *Star Wars*.

O Planeta Proibido não foi um enorme sucesso da MGM, mas o filme teria um considerável impacto em duas das maiores franquias do final do século XX. Quando lhe perguntaram sobre as semelhanças entre *O Planeta Proibido* e a famosa série de TV dos anos 1960, *Jornada nas Estrelas*, Gene Roddenberry inicialmente negou que houvesse um elo criativo entre as duas. Ainda assim, cartas pessoais escritas por Roddenberry em 1964 revelam que ele havia recomendado uma exibição de *O Planeta Proibido* para sua equipe enquanto *Jornada nas Estrelas* ainda estava nos estágios de projeto e há, sem dúvida, nítidas semelhanças entre alguns dos cenários e objetos de cena em *Jornada nas Estrelas* e o filme de FC da MGM. O machão John J. Adams é um comandante de espaçonave bem no molde do capitão Kirk, enquanto a trama em si, com sua exploração das fraquezas humanas e alusões a Shakespeare, não pareceria deslocada em um episódio de *Jornada nas Estrelas* (episódios mais tardios da série faziam com frequência referências a Shakespeare, quer nas histórias, quer nos títulos: "O Punhal Imaginário", "Todos os Nossos Ontens" e assim por diante).

Além disso, havia o extraordinário ambiente sonoro de *O Planeta Proibido*, que logo fazia as imaginações dispararem. Uma das impressionáveis mentes jovens presente no cinema quando o filme foi lançado pela primeira vez era de um garoto chamado Ben Burtt. Mais tarde, após estudar física na Universidade da Pensilvânia, Burtt passou a fazer cinema e o impacto de *O Planeta Proibido* ainda ressoou, mais de vinte anos depois, quando ele criou os inesquecíveis efeitos sonoros de *Star Wars*.

Sob os extravagantes recursos de produção de *O Planeta Proibido*, no entanto, se encontra um sentimento que retornaria várias vezes nos filmes de FC dos anos 1950: o poder destrutivo da tecnologia quando ela não é bem utilizada. Uma imagem resume isso de forma adequada. Logo depois que o ruidoso monstro do Id destruiu vários integrantes da tripulação de Adams, o filme corta para um plano de Mórbius adormecido em sua escrivaninha, cercado de máquinas alienígenas. Parece uma referência à famosa gravura do artista espanhol Goya: um artista adormecido cercado de criaturas demoníacas. A legenda da gravura diz: "O sono da razão gera monstros".

Na época de um progresso científico que parecia ilimitado – poder nuclear, programa espacial – e da iminente possibilidade de aniquilação atômica, *O Planeta Proibido* proporcionava uma boa alegoria aos perigos do progresso tecnológico sem diretivas humanistas.

Rumo às estrelas

Dos primeiros livros de FC aos primeiros filmes mudos, cineastas e contadores de histórias sonharam em viajar para fora de nosso planeta muito antes de a corrida espacial começar. E quando a Segunda Guerra Mundial deu lugar a um novo período de prosperidade nos Estados Unidos, quem contava histórias voltou o olhar para o céu.

É talvez compreensível que, assim como muitos cientistas do programa espacial americano foram trazidos da Europa, um dos mais importantes produtores de FC no cinema americano fosse um imigrante. Nascido como György Pál Marczinksak, em 1908, George Pal foi um animador húngaro que, como tantos artistas de sua geração, fugiu para os Estados Unidos a fim de escapar da ascensão do nazismo. Na América, Pal retomou sua carreira fazendo comerciais de televisão, antes de alcançar uma posição de destaque com uma série de filmes de FC durante os anos 1950 e início da década de 1960, incluindo a adaptação, em 1951, de *Guerra dos Mundos* (*The War of the Worlds*), de H. G. Wells.

O primeiro grande sucesso de Pal em Hollywood foi *A Conquista da Lua* (*Destination Moon*, 1950), adaptação livre do romance *Nave Galileu* (*Rocket Ship Galileo*, 1947), de Robert A. Heinlein. Assim como *A Mulher na Lua*, de Fritz Lang, duas décadas antes, *A Conquista da Lua* foi louvado por um compromisso, que não era habitual, com o realismo. Dirigido por Irving Pichel, o filme tentava mostrar como poderia ser a primeira exploração da Lua feita pela humanidade e que perigos poderíamos encontrar ao longo do caminho. Para olhares modernos, o diálogo pesado e os personagens engessados podem não convencer, mas na época seus efeitos especiais foram considerados revolucionários e acabaram ganhando um prêmio da academia. Com um orçamento de 500 mil dólares, *A Conquista da Lua* foi consideravelmente mais caro que *Da Terra à Lua* (*Rocketship X-M*), um filme rival da Lippert Pictures, que conseguiu entrar nos cinemas apenas um mês antes do filme de Pal. O fato de *Da Terra à Lua* ter sido concluído às pressas fica evidente em suas sequências de efeitos e na trama que, embora se mantendo aparentemente a mesma (diz respeito à primeira missão na Lua), dá uma guinada (em sentido literal) numa direção mais fantasiosa. Os exploradores da nave *Da Terra à Lua* – comandados por Lloyd Bridges, no papel do piloto – acabam descendo em Marte, onde descobrem vestígios de uma civilização perdida, ao que parece extinta por uma catástrofe nuclear semelhante à que poderia ser causada pela nossa bomba atômica. Essas sequências em Marte, que têm como coautor o roteirista Dalton Trumbo, incluído na lista negra, se mostram estranhamente eficientes, assim como a conclusão pessimista do filme, nada habitual, e que tantos anos depois ainda nos deixa chocados: não pode haver viagem espacial sem sacrifício. O filme seguinte de exploração espacial de George Pal, o não menos dispendioso *A Conquista do Espaço* (*Conquest of Space*, 1955), carrega um sentimento similar. Saindo de uma nova estação espacial orbitando a Terra, a primeira missão a Marte decola, mas é ameaçada desde o início por atos de loucura divina e humana. Os exploradores alcançam seu destino, mas, outra vez, não sem algumas perdas no processo. Muito menos bem-sucedido que *A Conquista da Lua*, *A Conquista do Espaço* foi uma decepção para Pal; quando ele finalmente retornou ao gênero da FC cinco anos depois, foi com um filme muito menos rigoroso em termos científicos: uma adaptação colorida de *A Máquina do Tempo* (*The Time Machine*, 1960), de H. G. Wells, também dirigida por ele.

Alguns dos filmes mais belos de exploração espacial do período vieram não dos Estados Unidos, mas do bloco oriental. Na antiga União Soviética, uma geração de diretores de cinema estava criando seus próprios sonhos de naves espaciais e aventuras entre as estrelas. Frequentemente feitos com orçamentos muito mais altos que os equivalentes americanos, esses filmes ofereciam uma visão utópica de altruísmo e bravura em face do desconhecido. Na verdade, embora *2001: Uma Odisseia no Espaço* (ver Capítulo 10), de

Stanley Kubrick, fosse considerado o primeiro filme de ficção científica realmente cerebral dos Estados Unidos, os soviéticos começaram seu programa espacial cinematográfico muito mais cedo. Dirigido por Pavel Klushantsev, *A Caminho das Estrelas* (*Doroga k Zvezdam*, 1958) é um filme de extraordinária ambição – parte aula de ciência, parte história de exploração de FC, teria sido feito num período de três anos e os efeitos especiais continuam sendo incríveis. Vemos como os foguetes de vários estágios deixam a Terra, vemos os cosmonautas flutuarem no espaço sem peso, vemos, mais tarde, como poderia ser a vida numa estação espacial em rotação – com gravidade artificial, laboratórios científicos e um sistema de *links* de vídeo conectado à Terra. Uma década inteira antes de *2001: Uma Odisseia no Espaço*, de Kubrick, *A Caminho das Estrelas* proporcionou um olhar convincente, elegante, sobre a futura exploração do espaço.

Talvez o mais completo filme soviético de FC do final dos anos 1950 tenha sido *O Chamado dos Céus* (*Nebo Zovyot*), do diretor Valery Fokin. Nele, a antiga URSS está no processo de enviar sua primeira missão tripulada a Marte (lançada de uma estação espacial, como acontecia em *A Conquista do Espaço*) quando cientistas russos descobrem que os americanos estão planejando tomar a dianteira e levar seu próprio foguete ao Planeta Vermelho. Quando a missão dos EUA dá errado, os cosmonautas soviéticos bravamente se desviam de seu curso e fazem uma tentativa de resgate – mas eles próprios acabam atolados em uma situação não menos alarmante. O filme de Fokin dedica um certo tempo para distinguir entre o espírito competitivo dos americanos capitalistas e o coletivismo dos soviéticos. Entre, no entanto, os momentos de propaganda comunista, *O Chamado dos Céus* mostra alguns cenários e sequências com efeitos especiais realmente deslumbrantes.

Infelizmente, grande parte do tom majestoso do filme foi perdido em sua jornada para os Estados Unidos. Comprado pelo produtor Roger Corman, o filme recebeu o título mais atraente de *Batalha Além do Sol* (*Battle Beyond the Sun*), teve o diálogo sobre a corrida espacial URSS-EUA cortado e uma dúbia cena de monstro colocada em seu lugar. Filmados em um grande estúdio de Hollywood, os sugestivos efeitos da criatura foram concebidos por

Francis Ford Coppola, então com 24 anos – o futuro diretor de *O Poderoso Chefão* (*The Godfather*, 1972) e *Apocalypse Now*, de 1979.

Outros filmes do bloco oriental foram retrabalhados para audiências americanas de um modo similar, incluindo *O Planeta das Tempestades* (*Planeta Bur*, 1962) que chegou aos EUA assumindo a identidade de *O Planeta Pré-Histórico* (*Voyage to the Prehistoric Planet*, 1965), e o soberbo filme checo *Ikarie XB-1* (1963), baseado em um romance de Stanislaw Lem – lançado nos Estados Unidos [e no Brasil] como *Viagem ao Fim do Universo* (*Voyage to the End of the Universe*). Durante décadas, foi difícil encontrar as versões originais desses filmes, mas felizmente elas foram revividas no século XXI; em 2011, o Instituto de Cinema Britânico programou uma temporada de filmes soviéticos de FC para coincidir com o quinquagésimo aniversário do primeiro passeio espacial do cosmonauta russo Yuri Gagarin. Tardiamente, a contribuição essencial do bloco oriental para o cinema de FC vem sendo apreciada.

PARA IR FUNDO, ASSISTA À SELEÇÃO DE FILMES DE FC MENCIONADOS NESTE CAPÍTULO:

A Mulher na Lua (*Frau im Mond*, 1929)

A Conquista Lua (*Destination Moon*, 1950)

Da Terra à Lua (*Rocketship X-M*, 1950)

A Conquista do Espaço (*Conquest of Space*, 1955)

A Caminho das Estrelas (*Doroga k Zvezdam*, 1958)

O Chamado dos Céus (*Nebo Zovyot*, 1959)

A Máquina do Tempo (*The Time Machine*, 1960)

O Planeta das Tempestades (*Planeta Bur*, 1962)

Viagem ao Fim do Universo (*Ikarie XB-1*, 1963)

O Planeta Pré-Histórico (*Voyage to the Prehistoric Planet*, 1965)

9. Sob a Sombra da Bomba

Dr. Fantástico; ou *Como Aprendi a Parar de me Preocupar e a Amar a Bomba* (1964)

"Cavalheiros, não podem brigar aqui! Estamos na Sala de Guerra!"

A obra-prima *Dr. Fantástico* é muitas coisas: filme de suspense sobre a Guerra Fria, sátira política, humor desbocado. Mas é também uma obra penetrante e vital de ficção científica: um olhar malicioso e detalhado nos processos que poderiam levar nossa espécie a tropeçar em sua própria destruição. A noção de que a humanidade poderia destruir a si própria não era algo exagerado no início dos anos 1960; apenas dois anos antes do lançamento de *Dr. Fantástico*, a crise dos mísseis cubanos quase desencadeara um conflito nuclear entre os EUA e a URSS (em 2002, foi ainda revelado que, durante a crise, um submarino russo deixara por um triz de lançar sua carga de mísseis contra os Estados Unidos; o mundo esteve muito mais perto do completo aniquilamento do que as pessoas perceberam na época).

O estilo de filmagem do diretor Stanley Kubrick é tão sério e, em certas sequências, tão parecido com um documentário que *Dr. Fantástico* pode, à primeira vista, nem sequer parecer um filme de FC. Contudo, grande parte de seus recursos visuais e história é especulativa: o cenário principal do filme, a sala do Comando de Guerra, instalada muito abaixo do Pentágono, é inteiramente ficcional. Como Kubrick e sua equipe não tinham ideia de como seriam os controles de um bombardeiro americano, a coisa teve de ser inventada. Na época, o conceito de uma "máquina do juízo final", que poderia disparar automaticamente um ataque retaliatório na eventualidade de um conflito, era pura ficção científica. *Dr. Fantástico* é, portanto, um filme imaginativo baseado num tipo de guerra que ia se transformando numa possibilidade quando a Segunda Guerra Mundial deu lugar à Guerra Fria: um conflito que não significaria apenas a morte de centenas de milhares de soldados, mas também de milhões de civis inocentes. Kubrick contemplou esse perigo iminente e viu sua assustadora realidade, mas também seu caráter absurdo.

Na verdade, a intenção inicial de Kubrick era fazer um drama sério sobre a guerra nuclear, mas ele não demorou a mudar de ideia quando começou a pesquisar o assunto. Em particular, ficou fascinado pelo conceito de uma assegurada destruição mútua, o bizarro equilíbrio em que dois oponentes estão armados com uma força tão letal que ambos os lados ficam paralisados em um permanente estado de medo. Se ambas as partes possuem armamentos que poderiam resultar em sua própria destruição, assim como na de seu inimigo, o resultado disso é o que era descrito, em meados dos anos 1950, como "equilíbrio do terror". Quanto mais Kubrick pensava nessa situação paradoxal, mais sinistramente cômica ela parecia. Então ele pegou o romance *Red Alert* [Alerta Vermelho], de Peter George (1958), e começou a adaptá-lo conforme a conclusão severa, absurda, a que chegara. O resultado foi *Dr. Fantástico*; uma coautoria de Kubrick e Terry Southern, o filme se coloca entre os mais importantes e mais bem-feitos sobre a Guerra Fria.

Dr. Fantástico imagina uma crise nuclear que é provocada não por um colapso na diplomacia ou uma avaria técnica, mas pela paranoia, covardia e extrema estupidez. O gatilho de toda a situação é o perigosamente instável general de brigada Jack D. Ripper (Sterling Hayden), um lunático de olhar furioso que está convencido de que a adição de flúor ao suprimento americano de água é uma tentativa comunista de poluir a "pureza dos fluidos" da nação. A partir de uma ordem inicial de Ripper, *Dr. Fantástico* abre um catálogo de equívocos que levam ao inevitável. A bordo de um bombardeiro B-52 a caminho da Rússia, a tripulação executa friamente as instruções que recebe. Na Sala de Guerra do Pentágono, o ineficiente presidente Merkin Muffley (Peter Sellers) faz débeis tentativas de aplacar o premiê russo por telefone, antes de iniciar uma série de discussões com seus assessores, cada vez mais fúteis e dominadas pelo pânico, sobre como impedir a destruição do planeta. De volta à base do exército americano onde Ripper está entocado, o oficial da RAF Lionel Mandrake (ainda Sellers, desta vez escondido atrás de um espesso bigode) leva adiante suas próprias e fracassadas tentativas de encerrar a crise ao mesmo tempo que percebe quanto Ripper é de fato um sociopata.

Quando um embaixador russo explica com gentileza ao presidente Muffley que um ataque americano vai disparar de forma automática a secreta Máquina do Juízo Final dos soviéticos, todo o horror da situação se torna claro. Felizmente, o cientista alemão Dr. Fantástico, preso a uma cadeira de rodas (mais uma vez Sellers, agora usando óculos e um tufo de cabelo branco), está disponível para fornecer uma tábua de salvação: a elite da Terra – que inclui todos na Sala de Guerra, é claro – pode sobreviver em subterrâneos e terá de passar mais ou menos os próximos cem anos procriando para repovoar o planeta. Daí o subtítulo da versão original do filme: *Como Aprendi a Parar de me Preocupar e a Amar a Bomba*.

Quando deu início ao projeto de *Dr. Fantástico*, no começo dos anos 1960, Kubrick já era cineasta de renome e alvo de uma soma não pequena de controvérsia. O antigo fotógrafo havia entrado com força na cena mundial com o épico histórico *Spartacus*, antes de abordar o romance tabu de Vladimir Nabokov, *Lolita* – sua primeira colaboração com Sellers. *Spartacus* rendeu aplausos a Kubrick, mas foram seus filmes menores, como *Lolita*, *O Grande Golpe* (*The Killing*,1956) e *Glória Feita de Sangue* (*Paths of Glory*,1957), que melhor puseram à mostra seu estilo como cineasta: a serenidade e precisão da cinematografia em contraste com a ironia amarga e a dissimulada comédia das situações capturadas.

É esse choque que cria as centelhas mais brilhantes em *Dr. Fantástico*. A iluminação opressiva e a extraordinária cenografia de Kubrick sugerem um drama de absoluta seriedade. Durante a maior parte do filme, os atores, que incluem George C. Scott, Slim Pickens e James Earl Jones, assim como

Sellers, desempenham seus papéis com seriedade; é o caráter absurdo do diálogo e das situações que leva ao humor mais negro, mais corrosivo do filme.

A cenografia de *Dr. Fantástico* foi concebida por Ken Adam, o *designer* de produção que mais tarde se tornaria famoso pelo trabalho nos filmes de Bond. Em 1962, Adam tinha acabado de criar os cenários angulosos, futuristas de *007 contra o Satânico Dr. No* (*Dr. No*, 1962), o primeiro dos livros de Ian Fleming a aparecer na telona. Kubrick tinha visto o filme e contratou Adam para que ele aplicasse seu estilo à Sala de Guerra: as instruções de Kubrick foram para criar um cenário triangular, pois ele argumentava que esse formato seria forte o bastante para resistir a uma explosão nuclear se fosse construído com uma boa quantidade de concreto e aço. O resultado foi um dos projetos cenográficos mais marcantes e copiados da história do cinema. As paredes irregulares e as telas imponentes definindo as trajetórias de bombardeiros americanos sobre uma mesa de conferências circular é uma das imagens mais impressionantes de *Dr. Fantástico*: o presidente Muffley e seus assessores, iluminados do alto por um anel de luz, jogam pôquer com o destino da humanidade.

Há uma elegância pragmática no estilo de Kubrick que mascara os bastidores de *Dr. Fantástico*, as dificuldades enfrentadas em sua realização. Adam admitiu mais tarde que achou difícil trabalhar com Kubrick e recordou um momento de arrepiar os cabelos. Quando ele construiu e mostrou a Kubrick uma versão da Sala de Guerra com uma grande passarela povoada por dezenas de extras, o diretor se virou e disse que não servia. Adam foi forçado a sufocar o pânico e refazer o projeto.[1] Kubrick e o diretor de fotografia Gilbert Taylor entraram em conflito com relação ao uso de luzes no alto daquela enorme mesa redonda que, segundo Taylor, tornavam as cenas impossíveis de serem filmadas. As telas colossais – ou "grande tabuleiro" como o general Turgidson vivido por George C. Scott as descreveu – eram propensas a superaquecer e tinham de ser resfriadas com aparelhos de ar--condicionado. O chão preto ficou tão sujeito a arranhões que elenco e equipe técnica foram obrigados a usar pantufas – o que explica por que Scott

---

[1] Ver: <http://www.bbc.co.uk/news/entertainment-arts-23698181>.

acidentalmente cai numa das cenas dando uma cambalhota (como grande parte das cenas de Scott, aquela não deveria entrar no filme; quando Scott soube que Kubrick o havia manipulado para conseguir uma atuação mais radical, jurou que nunca mais trabalharia com o diretor).

Com seus interiores frios e personagens irritáveis, *Dr. Fantástico* de Kubrick também dá seguimento à linhagem de *Metropolis*, de Fritz Lang. A cenografia assimétrica é uma homenagem aos ângulos expressionistas vistos em *Metropolis* e em *O Gabinete do Dr. Caligari*, enquanto o Dr. Fantástico em si é um cientista louco no molde de Rotwang, de *Metropolis*. Como Rotwang, Dr. Fantástico possui um tufo de cabelo branco e uma luva preta numa das mãos – a luva pertencia a Kubrick e Sellers tomou-a emprestado para fazer uma alusão ao cientista de *Metropolis*.

O enfoque exigente de Kubrick se estendeu à cena final do filme, como constava no roteiro original. Supunha-se que *Dr. Fantástico* terminaria com uma tremenda luta por comida, com os líderes do mundo livre bombardeando uns aos outros com tortas de creme enquanto nuvens de cogumelo brotavam no mundo lá em cima. Kubrick e sua equipe gastaram uma semana filmando a sequência dessa batalha final, em que o elenco passou tomada após tomada atirando por volta de 3 mil tortas. Kubrick mais tarde cortou a cena, para grande decepção de Adam; na época, a maioria concordou que a segunda opção de final de Kubrick, que cortava da saudação nazista do Dr. Fantástico para uma apavorante sequência de explosões nucleares, era a melhor conclusão.

É a imaginação e o clima de humor negro de *Dr. Fantástico* que o transforma num clássico perene e citado com frequência. Como o romance *Ardil 22* (*Catch-22*), de Joseph Heller, outro produto do início dos anos 1960, *Dr. Fantástico* se atreve a sugerir que os que estão no poder podem não ser os líderes nobres, de espírito cívico, que afirmam ser, mas gente consciente de sua importância, vaidosa, arrogante e perigosamente instável. A tecnologia pode avançar, mas os desejos básicos de homens gananciosos e toscos raramente a acompanha. Desde o uso sugestivo de imagens de arquivo nos títulos de abertura, *Dr. Fantástico* exibe uma obsessão pouco velada com sexo: aviões sendo reabastecidos no ar, cones fálicos na proa das aeronaves, uma modelo da

Playboy estendida na cama do general Turgidson, até mesmo o sugestivo nome Merkin Muffley,* tudo isso aponta, de modo malicioso, para uma coleção de generais e políticos obcecados com suas próprias libidos – ou a falta dela.

Quando *Dr. Fantástico* foi lançado em 1964, tanto críticos quanto membros das forças armadas denunciaram o filme como "perigoso" e "nocivo". Vários peritos qualificaram os acontecimentos do filme como "impossíveis". A história, no entanto, acabaria dando razão a Kubrick e seus colaboradores; apesar dos protestos dos militares americanos, veio à tona nas décadas de 1950 e 1960 que era realmente possível que um general americano lançasse um ataque nuclear sem a aprovação do presidente. Nos anos 1970, cientistas russos também estavam trabalhando em um projeto secreto chamado *Mão Morta* – um dispositivo que tinha uma notável semelhança com a arma do juízo final descrita em *Dr. Fantástico*.[2] Também conhecido como *Perímetro*, o dispositivo, completado em 1985, foi projetado para lançar automaticamente um ataque contra os Estados Unidos se detectasse um ataque nuclear a território russo. Por incrível que pareça, só se ficou sabendo da existência desse equipamento no fim da Guerra Fria; de novo, como em *Dr. Fantástico*, os russos haviam construído um dispositivo radical de dissuasão – mas não se preocuparam em informar o mundo de sua existência.

Sob muitos aspectos, *Dr. Fantástico* é uma obra perfeita de ficção científica: uma meditação a respeito das faces sombrias que a tecnologia poderia adquirir num futuro próximo e uma advertência salutar sobre as pessoas que poderiam fazer mau uso dela.

Visões de guerra

Diante da assembleia das Nações Unidas, em 25 de setembro de 1961, John F. Kennedy fez um dos mais famosos discursos de seu mandato como presidente americano. "Cada homem, mulher e criança vive sob a espada

---

* *Merkin* costuma funcionar como gíria e se refere à vagina; *Muff* (de *Muffley*) pode indicar os pelos pubianos feminino, a própria vagina ou o sexo oral praticado numa mulher (como em *muff diver* [chupador]). (N. T.)

2 Ver: <http://www.newyorker.com/news/news-desk/almost-everything-in-dr-strangelove-was-true>.

nuclear de Dâmocles", disse Kennedy, "pendendo sobre a menor das ameaças, capaz de ser lançada a qualquer momento por acidente, erro de cálculo ou loucura. Devemos acabar com as armas de guerra antes que elas acabem conosco."

Era um discurso que dava concretude à escala da ameaça nuclear – um assunto abordado por uma série de cineastas, tanto antes quanto depois de *Dr. Fantástico* de Stanley Kubrick. Dirigido por Sidney Lumet, diretor indicado para o Oscar, *Limite de Segurança* (*Fail Safe*, 1964) – baseado em um romance de Eugene Burdick e Harvey Wheeler – poderia ter sido um grande sucesso se Stanley Kubrick não tivesse insistido (com a ajuda de sua equipe jurídica) para que *Dr. Fantástico* fosse lançado antes. *Limite de Segurança* era certamente o filme com o maior número de estrelas, apresentando Henry Fonda e Walter Matthau, e tratava seu tema em termos menos brincalhões e grotescos que a sátira sombria de Kubrick. Uma combinação de erros humanos e de computação faz com que um bombardeiro nuclear americano seja despachado para Moscou; o presidente dos EUA (Henry Fonda) fica horrorizado quando os soviéticos ameaçam lançar um contra-ataque completo. Para garantir aos russos que a iminente destruição de Moscou foi desencadeada por acidente, o presidente opta por fazer um sacrifício horripilante: ordena um ataque nuclear à cidade de Nova York. Do início ao fim de *Limite de Segurança,* políticos e chefes militares falam em termos graves sobre a natureza da guerra nuclear. Na época os críticos dedicaram a *Limite de Segurança* comentários muito positivos, mas é impressionante como o filme parece muito mais datado quando o comparamos com *Dr. Fantástico* – embora bem realizado e com frequência assustador, a ausência de Kubrick e do diálogo corrosivo de Terry Southern contribuem para um filme cansativo, sombrio.

O fato é que poucos filmes sobre a possibilidade de um Armagedom nuclear traziam alguma esperança. *A Hora Final* (*On the Beach*, 1959), lançado dois anos antes de *Dr. Fantástico* e baseado no livro de Nevil Shute, é um relato alarmante e desolador da vida após uma guerra nuclear. Quando o filme começa, os países do Hemisfério Norte já destruíram a si próprios; na Austrália, sobreviventes esperam enquanto uma nuvem letal de precipitação nuclear deriva cada vez mais para o sul. Como o livro, *A Hora Final*, dirigido por Stanley Kramer, contém todo tipo de inesquecíveis momentos macabros: uma São Francisco deserta, ao que parece sem danos, mas estranhamente deserta. Uma corrida de Grand Prix em que os competidores não se importam mais se vivem ou morrem; que o vencedor seja ninguém menos que Fred Astaire (no papel de um cientista chamado Julian Osborn) não ajuda muito a erguer o tom carregado de pessimismo. Na verdade, a presença de astros como Gregory Peck, Ava Gardner e Anthony Perkins em um filme tão apocalíptico serve apenas para fazê-lo parecer ainda mais enervante.

Embora feito com uma fração do orçamento de *A Hora Final*, *Pânico no Ano Zero! (Panic in the Year Zero!*, 1962) é um olhar igualmente eficaz sobre os efeitos sociais de uma guerra nuclear. Foi dirigido por Ray Milland, astro de filmes como *Farrapo Humano (The Lost Weekend*, 1945) e *Disque M para Matar (Dial M for Murder*, 1954), de Alfred Hitchcock. É dele o papel principal de Harry, patriarca de uma família de classe média que involuntariamente se torna personagem do feriado infernal. Ao partir de carro de Los Angeles, Harry, a esposa e os dois filhos escapam por um triz da devastação provocada por uma bomba nuclear. Sobrevivem para ver as consequências, com ladrões vagando pelas áreas rurais e nuvens de radiação mortal se acumulando no céu.

Nos anos 1980, tensões renovadas Leste-Oeste despertaram velhos pesadelos sobre a ameaça da bomba; é revelador que emissoras de TV de ambos os lados do Atlântico estivessem fazendo filmes sobre guerra nuclear na primeira parte da década. Nos EUA, *Herança Nuclear (Testament*, 1983) foi produzido como telefilme, mas acabou tendo um lançamento nos cinemas. Como *Pânico no Ano Zero!*, é sobre outra família americana comum apanhada pelo último fulgor da bomba. Dirigido por Lynne Littman, o drama se tornou ainda mais vigoroso por seu relato em grande parte interior, sóbrio, e algumas grandes atuações do elenco, que inclui Jane Alexander (que foi indicada para um Oscar) e tem as participações de um jovem Kevin Costner e Rebecca De Mornay.

O Dia Seguinte (The Day After, 1983), dirigido por um cineasta de FC, Nicholas Meyer, que entre outros filmes dirigiu *Um Século em 43 Minutos (Time After Time*, 1979), *Jornada nas Estrelas II: A Ira de Khan (Star Trek II:*

The Wrath of Khan,1982), conta uma história igualmente descompromissada em uma escala mais abrangente; passado numa base aérea, num hospital e numa cidade do Missouri, o filme mais uma vez enfatiza a impotência dos indivíduos diante da guerra.

No Reino Unido, o telefilme de drama pós-apocalíptico *Catástrofe Nuclear* (*Threads*, 1984), do diretor Mick Jackson, fornece um relato sinistro de colapso social; a população é reduzida pela doença e epidemias e o país deriva de volta a uma situação difícil, pré-industrial. Nos anos que se seguiram à sua primeira apresentação, *Catástrofe Nuclear* adquiriu a má fama de filme que marcou as lembranças de uma geração de estudantes.

Acenando do outro lado da Cortina de Ferro, *Cartas de um Homem Morto* (*Dead Man's Letters*, 1986) é igualmente pessimista. Numa coautoria de Boris Strugatsky (que escreveu *Piquenique na Estrada* [*Roadside Picnic*], adaptado por Andrei Tarkovsky como o clássico filme de arte de ficção científica, *Stalker*, de 1979), é ambientado logo após um conflito nuclear. O personagem central, um cientista vivido por Roland Bykov, faz o que pode para ajudar os colegas que sobreviveram, vez por outra escrevendo cartas para o filho ausente. Filmado com grande beleza pelo diretor Konstantin Lopushansky (antigo assistente de Tarkovsky), *Cartas de um Homem Morto* é talvez o filme mais pesado jamais feito sobre um conflito nuclear. Cada tomada parece impregnada de enfermidade e náusea, embora Lopushansky também encontre beleza entre a desolação e esperança no meio do desespero.

Uma das mais vigorosas histórias americanas sobre um apocalipse nuclear apareceu em fins dos anos 1980, quando a Guerra Fria começava a perder seu fôlego. Escrito e dirigido por Steve De Jarnatt, *Miracle Mile** (1988) é uma original mistura de gêneros; é ao mesmo tempo um filme de suspense, um filme romântico e uma saga apocalíptica de humor negro. Um músico de jazz de temperamento sóbrio, Harry (Anthony Edwards), se apaixona por uma garçonete e aspirante a romancista, Julie (Mare Winningham). Eles planejam um encontro à meia-noite numa lanchonete de Los Angeles, mas uma série de contratempos faz com que não consigam se ver. Num

---

* Nome de um bairro de Los Angeles. (N. T.)

período bizarro entre a meia-noite e o amanhecer, espalha-se em Los Angeles a notícia de que é iminente um ataque nuclear. Correndo contra o tempo, Harry resolve ir atrás de Julie e levá-la para um lugar seguro antes que caiam os mísseis. Assim começa um filme sensível, inesperadamente conciliador, que mistura o medo da Guerra Fria com o tipo de humor filosófico de Kurt Vonnegut. Às vezes de modo tortuoso, muitas vezes com um vigoroso golpe no estômago, *Miracle Mile* expõe a fragilidade da existência humana.

Segundo um relato de jornal em 1989, a pré-estreia de *Miracle Mile* num cinema de Toronto levou primeiro a um silêncio atordoado, depois a uma explosão espontânea de aplausos.[3] Mesmo hoje, o filme conserva seu extraordinário impacto.

PARA IR FUNDO, ASSISTA À SELEÇÃO DE FILMES MENCIONADOS NESTE CAPÍTULO:

A Hora Final (On the Beach, 1959)

Pânico no Ano Zero! (Panic in the Year Zero!, 1962)

Limite de Segurança (Fail Safe, 1964)

Um Século em 43 Minutos (Time After Time, 1979)

Herança Nuclear (Testament, 1983)

O Dia Seguinte (The Day After, 1983)

Catástrofe Nuclear (Threads, 1984)

Stalker (***Сталкер***, 1979)

Cartas de um Homem Morto (Dead Man's Letters, 1986)

Miracle Mile (1988)

---

[3] Ver: <https://news.google.com/newspapers?nid=1917&dat=19881014&id=9HwhAAAAIBAJ&sjid=vogFAAAAIBAJ&pg=4239,4039836&hl=en>.

10. Viagens pelo Desconhecido

2001: Uma Odisseia no Espaço (1968)

"Nenhum computador 9000 jamais cometeu um erro ou distorceu uma informação. Somos todos, por qualquer definição prática das palavras, à prova de acidentes e incapazes de erro..."

Uma vassoura é lançada no ar, girando e fazendo piruetas. A pessoa que a jogou é Stanley Kubrick, que dá uma volta pelos fundos de um grande estúdio, fazendo uma pausa em seu último filme: *2001: Uma Odisseia no Espaço*. Kubrick pega a vassoura e a lança de novo, vendo como ela gira e torna a cair no asfalto. Essa foi a gênese, segundo o escritor Arthur C. Clarke, de uma das mais famosas montagens da história do cinema: um corte que nos move com rapidez de nossa pré-história para os primeiros anos do século XXI.

Já tendo flertado com a FC na mordaz sátira política do *Dr. Fantástico*, Stanley Kubrick dá início à sua obra-prima em 1964. Em contraste com as câmeras na mão, os interiores minimalistas e o árido preto e branco de seu filme anterior, *2001: Uma Odisseia no Espaço* foi concebido como um épico em tela grande com efeitos especiais radicalmente inovadores. Kubrick gastou quatro anos e cerca de 12 milhões de dólares desenvolvendo e realizando *Uma Odisseia no Espaço* que, embora tenha inicialmente recebido uma recepção morna dos críticos, foi logo acolhido pelos frequentadores mais jovens dos cinemas e, em pouco tempo, tornou-se o filme que consolidou o *status* de Kubrick como diretor de cinema. Mas embora seja o nome de Kubrick que aparece em letras grandes nos cartazes, foram os colaboradores escolhidos com inteligência por ele que acabaram transformando *2001: Uma Odisseia no Espaço* em um clássico do gênero.

Em primeiro lugar vem a escolha de uma obra de Arthur C. Clarke, o autor britânico de FC que em 1964 já era conhecido por livros como *O Fim da Infância* (*Childhood's End*, 1953) e *Os Náufragos do Selene*[*] (*A Fall of Moondust*, 1961). Embora com frequência publicado em revistas *pulp*, Clarke fazia parte de um grupo de escritores que dava mais importância ao realismo técnico que à ação espalhafatosa e aos invasores alienígenas de olhos esbugalhados. Essa abordagem mexeu com Kubrick, que procurou o escritor com o objetivo de fazer, para repetir uma citação bastante famosa, "o proverbial bom filme de ficção científica" – uma obra cinematográfica que desse um senso de espanto e grandeza ao universo e aos mistérios que ele poderia conter. Dando uma olhada em vários contos de Clarke, Kubrick acabou escolhendo "A Sentinela" (*The Sentinel*) como potencial candidato para o filme. Escrito em 1948, dizia respeito à descoberta de um misterioso objeto alienígena, na Lua. Em uma investigação posterior, os exploradores lunares concluíram que o objeto – grande, em forma de tetraedro, lembrando uma pedra polida – fora deixado ali havia milhares de anos por alienígenas, como uma espécie de sinalizador. Essa sentinela, sugere o narrador, seria um antigo sistema de alerta destinado a advertir outros mundos de que uma nova civilização, talvez perigosa, havia surgido. "Talvez queiram ajudar nossa civilização incipiente", escreve Clarke, "mas devem ser muito, muito antigos e os velhos têm com frequência um ciúme insano dos jovens."

Esse artefato alienígena forneceu a semente da história de *2001: Uma Odisseia no Espaço*, em que Kubrick e Clarke colaboraram durante mais de um ano. Juntos, produziram uma narrativa, um tanto vaga, em três partes, associadas pela mesma imagem do artefato – recriado no filme como uma laje negra, retangular. O monólito aparece pela primeira vez na pré-história da Terra com ruídos estranhos que, ao que parece, educam e guiam a

---

[*] Também conhecido no Brasil como *Poeira Lunar*, lançado pela Editora Aleph em 2018. (N. E.)

humanidade em sua evolução de macaco tagarela para explorador espacial. Com um único corte espetacular de um osso dando cambalhotas por um céu azul a um satélite militar em órbita da Terra, saltamos para o ano 2001, quando outro monólito é descoberto na Lua, enterrado profundamente sob a poeirenta superfície lunar. De novo emitindo seu sinal misterioso, o monólito desencadeia o segundo ato do filme: uma viagem a Júpiter, onde os astronautas Dr. David Bowman (Keir Dullea) e Dr. Frank Poole (Gary Lockwood) entram na primeira etapa de uma missão cujos detalhes são inicialmente obscuros. Depois que o computador da nave, HAL 9000 (cuja voz, de uma calma assustadora, é de Douglas Rain), fica perigosamente fora de controle, Bowman descobre que eles foram enviados para investigar outro monólito, agora orbitando o planeta jupiteriano.

Ao se aproximar do objeto, Bowman é sugado por um portal estelar que parece levá-lo, para além do tempo e espaço, a uma dimensão onde as leis temporais não mais se aplicam. Após observar a si próprio em diferentes estágios de sua vida, Bowman parece experimentar um renascimento cósmico e flutua de volta à Terra como um feto colossal: símbolo da transcendência da humanidade do animal ignorante para o ser esclarecido.

A visita de alienígenas no passado remoto da Terra não era um conceito inteiramente novo na década de 1960, basta darmos uma olhada na série de filmes sobre o Dr. Quatermass[*] que recorria a uma ideia originalmente lançada em forma de um seriado de seis episódios chamado *The Quatermass Experiment*, que foi exibido pela primeira vez na televisão britânica em 1953. Mas no caso de *2001*, o bombástico tratamento visual que recebeu de Kubrick não estava longe de revolucionário. O crédito por esses visuais cabia, em grande parte, a um cineasta chamado Douglas Trumbull, que ainda estava em seus vinte e poucos anos quando se uniu à produção entre o pessoal de apoio. Suas contribuições acabariam se tornando cruciais para algumas das mais impressionantes sequências de efeitos do filme.

---

[*] *Terror que Mata* (*The Quatermass Experiment,* 1955), *Quatermass II: Usina de Monstros* (*Quatermass II,* 1955) e *Uma Sepultura na Eternidade* (*Quatermass and the Pit,* 1967). Na década de 1970, o personagem foi ressuscitado, embora com menos êxito, em *Quatermass* (1979), produzido pela Thames Television. (N. E.)

Em 1964, Trumbull estava trabalhando em uma pequena empresa de Hollywood, chamada Graphic Films, que havia acabado de criar um filme sobre viagem espacial: *Para a Lua e Além* (*To the Moon and Beyond*). Kubrick tinha visto o filme na Feira Mundial de Nova York daquele ano e ficou tão impressionado com as imagens e técnicas de filmagem – era usada uma grande angular e um filme de 70 mm para projetar uma imagem de 360 graus em uma tela côncava – que incluiu a empresa na consultoria do projeto de *2001: Uma Odisseia no Espaço*. Trumbull foi um dos 35 *designers* contratados para trabalhar no filme de Kubrick quando a produção começou em 1965. Embora achasse de início que só ficaria alguns meses no Reino Unido, Trumbull acabou passando dois anos e meio trabalhando no filme e foi, aos poucos, avançando na hierarquia até se tornar um dos quatro principais supervisores de efeitos.

Trumbull, como ficaria claro, tinha no sangue a combinação certa de arte e engenharia. O pai, Donald, havia trabalhado nos efeitos visuais de *O Mágico de Oz*, de 1939. Fã desde criança de ficção científica, Trumbull encontrou um escoadouro para suas habilidades em *2001: Uma Odisseia no Espaço* ao se deslocar entre departamentos durante sua demorada produção – construindo miniaturas em escala, trabalhando em cenários, propondo novas e inventivas técnicas fotográficas para o terceiro ato do filme. A suprema realização de Trumbull foi seu pioneiro efeito *slit-scan*, que usava uma complexa técnica fotográfica para criar a ilusão de um voo por um hipnotizante túnel de luz. Essa imagem, como tantas outras do filme, seria copiada e citada por dezenas de outros cineastas nos anos vindouros.

Foi a atenção de Kubrick ao detalhe e o desejo de ampliar as fronteiras técnicas que fez com que *2001: Uma Odisseia no Espaço* não demorasse a se tornar o filme seminal do gênero. Exemplificando como o estilo descontraído de Kubrick resultava numa imagem deslumbrante, há um momento na segunda parte em que vemos como é a rotina a bordo da nave *Discovery One*. A nave usa a força centrífuga para simular gravidade, o que significa que a tripulação essencialmente vive e trabalha no cubo de uma enorme roda em movimento. Num dos palcos de filmagem da Shepperton Studios, Kubrick tinha uma seção de quase 12 metros de altura do interior da

Discovery, construída em tamanho natural, capaz de girar enquanto o ator Keir Dullea corria dentro dela como um hamster numa roda. Essa dispendiosa proeza de planejamento e engenharia resultou em algumas ilusões estonteantes, em particular numa sequência em que a câmera parece seguir Dave Bowman enquanto ele corre por todos os 360 graus do cenário. Outros efeitos, não menos fascinantes, foram alcançados com mais facilidade: uma caneta colada num pedaço de espelho e girada diante da câmera trazia a ilusão de um objeto flutuando no espaço.

Apesar, no entanto, de toda a engenhosidade técnica e a obsessão de Kubrick com a precisão, *2001: Uma Odisseia no Espaço* é sobretudo fantasia científica. Imagina, frequentemente com espanto e às vezes com medo, como poderia ser a era espacial num futuro próximo e o que poderíamos encontrar em nossas viagens. Como *O Dia em que a Terra Parou* (um filme, aliás, que Kubrick pouco apreciava), *2001: Uma Odisseia no Espaço* sugere que nossos encontros com extraterrestres poderiam ser mais enriquecedores que desastrosos. Segundo o filme, o monólito alienígena nos ajudou através de nossos difíceis anos formativos e, quando chegou o momento de deixarmos o ninho, acenou para nós da Lua à fronteira de nosso sistema solar, e se afastando desta na direção das estrelas. Vale a pena observar que, ao dar forma a seu filme, Kubrick foi aos poucos aparando a explicação científica e o diálogo, concentrando-se nos visuais e na música. As primeiras versões do roteiro continham uma narração; uma sequência incluía breves entrevistas com cientistas. Aos poucos, tudo isso foi sendo abandonado, juntamente com uma explicação mais detalhada do mau funcionamento de HAL 9000. Podado de sua apresentação, *2001: Uma Odisseia no Espaço* se inicia como um filme silencioso, sendo a história inteiramente contada pelos visuais e o som: os gritos dos macacos, o inquietante berreiro em torno do monólito. Foi uma decisão corajosa, em particular para um filme cujo orçamento se aproximava de *Spartacus*, um épico que tornou Kubrick famoso. Kubrick transformou *2001: Uma Odisseia no Espaço* em um filme a ser mais experimentado e interpretado que compreendido; uma espécie de ópera cinematográfica adaptada à música de Johann e Richard Strauss. O filme atinge um *crescendo* em sua última meia hora, quando Bowman é submetido a uma experiência além das palavras: uma profusão de cores e imagens insólitas acompanhadas pelas mudanças tonais extraterrenas da peça *Lux Aeterna*, de György Ligeti.

Quando *2001: Uma Odisseia no Espaço* finalmente emergiu na primavera de 1968, foi tanto elogiado por sua escala e imaginação quanto repreendido pelo ritmo glacial. A esposa de Kubrick, Christiane, certa vez recordou que alguns executivos mais velhos da MGM saíram da sala durante uma primeira exibição: "O filme foi, de fato, descoberto pelo pessoal jovem", disse ela mais tarde.[1] Uma pessoa jovem que compreendeu o potencial do filme de Kubrick foi Mike Kaplan, um assessor de imprensa da MGM. Enquanto vários críticos do *mainstream* – mais notadamente Pauline Kael – haviam atacado bastante o filme chamando-o de "o maior filme amador de todos os tempos", Kaplan lutou por ele, compreendendo seu potencial como uma película que representava o pensamento da contracultura.

Na época de seu lançamento, havia no pôster original uma propaganda com a frase "Um Drama Épico de Aventura e Exploração". Um ano mais tarde, *2001: Uma Odisseia no Espaço* foi relançado com o *slogan* "A Viagem Final",[2] bem mais ajustado à psicodelia da época ligada aos *hippies* e ao *Flower Power*, e assim o filme de Kubrick começou a ganhar impulso entre o público e sua fama como uma singular experiência cinematográfica cresceu. Na verdade, o filme foi muitas vezes citado como experiência formativa para uma geração de cineastas que amadureciam em fins das décadas de 1960 e 1970, incluindo George Lucas e James Cameron, que logo passariam a fazer seus próprios filmes de FC. Foi *2001: Uma Odisseia no Espaço*, com cenas majestosas de espaçonaves e planetas em movimento, que mostrou como os efeitos visuais poderiam ser surpreendentes quando saídos das mãos certas. A história de evolução, viagem espacial e a descoberta científica de alienígenas

---

[1] Ver: <http://www.denofgeek.com/movies/kubrick/30844/a-closer-look-at-taschens-deluxe-book-the-making-of-2001-a-space-odyssey>.

[2] Ver: <https://www.theguardian.com/film/2007/nov/02/marketingandpr>.

de Kubrick e Clarke trazia uma seriedade de intenção e uma inteligência que eram um tanto raras no cinema norte-americano.

2001: Uma Odisseia no Espaço também lançou a carreira de Douglas Trumbull, cuja contribuição com outros filmes não deve ser subestimada. Após trabalhar com Kubrick, Trumbull dirigiu a espetacular fábula ecológica *Corrida Silenciosa* (*Silent Running*, 1972), que apresentava Bruce Dern como um explorador espacial cuidando de seu jardim no espaço sideral. Em 1977, Trumbull faz novamente um trabalho pioneiro com os efeitos especiais para *Contatos Imediatos do Terceiro Grau*, a fantasia com óvnis de Steven Spielberg sobre um operário (Richard Dreyfuss) e seu encontro quase religioso com alienígenas benignos. A nave extraterrestre de Trumbull, barroca como uma catedral e com a beleza das luzes no horizonte noturno de uma cidade, proporcionou ao filme alguns momentos de genuíno espanto.

2001: Uma Odisseia no Espaço foi, portanto, mais que apenas um filme seminal de FC: serviu também como lente de aumento para outros cineastas. Assim como o brilhante monólito negro, *2001: Uma Odisseia no Espaço* apareceu no final dos anos 1960 e convidou seu público a olhar e a pensar de modo diferente. Depois dele, o cinema nunca mais seria o mesmo.

A solidão do espaço

Em 2001, Kubrick descrevia a exploração do sistema solar como um grandioso, imponente balé. Mesmo quando Dave Bowman fazia sua jornada por uma dimensão desconhecida potencialmente aterrorizante, iluminação e renascimento estavam à sua espera. Mas em certos momentos Kubrick também imaginava o lado mais assustador da viagem espacial: o isolamento, a ausência dos confortos de casa e da sociedade, o tédio, o terror quando mecanismos que pareciam infalíveis emperravam. De uma cena inicial em que o Dr. Floyd (William Sylvester) aparece muito cansado, logo adormecendo em sua poltrona numa viagem à Lua, ao sinistro silêncio da viagem de Bowman e Poole na *Discovery One*, o filme transmite o senso de isolamento em um grande vácuo, nas impensáveis distâncias entre planetas. Outros cineastas levaram essas noções ainda mais longe e usaram a viagem espacial como teste de resistência para nossas fraquezas humanas.

No inigualável *Solaris* (1972), de Andrei Tarkovsky, adaptado do romance homônimo do autor polonês Stanislaw Lem, a investigação científica de um planeta alienígena deixa os pesquisadores face a face com seu próprio subconsciente. Um psicólogo, Kris Kelvin (Donatas Banionis) é enviado à estação espacial em órbita do planeta Solaris para descobrir por que um trio de cientistas que sempre pareceram racionais começaram a transmitir mensagens bizarras, indecifráveis. Kelvin aos poucos descobre que os habitantes da estação estão sendo assombrados por imagens de seu passado – Solaris não é apenas um planeta, mas um vasto organismo consciente, um oceano de energia inteligente capaz de ler as memórias humanas e, a partir delas, criar cópias físicas de gente que há muito se foi. Para Kelvin isso significa o repentino reaparecimento de sua falecida esposa, Hari (Natalya Bondarchuk), que cometera suicídio anos antes. O encontro dos dois é de intenso sofrimento, tanto para Kelvin, cuja dor é repentinamente trazida de modo inquietante à superfície, quanto para Hari, que a princípio não faz ideia de que é a criação de uma entidade alienígena. No contexto de um filme de FC, *Solaris* lida com temas pesados sobre a natureza da existência e da memória; é um filme sóbrio, cerebral, mas também humano e belo.

Como vimos no Capítulo 8, os filmes de FC da Europa e da União Soviética não temiam explorar temas complexos, provocadores, e trabalhos como *Ikarie XB-1* (também conhecido como *Viagem ao Fim do Universo*, 1963) e *O Planeta das Tempestades* (1962) descrevem a monotonia da viagem espacial assim como os perigos. Sem dúvida alguma seus efeitos especiais não podem se comparar às cenas caras e pesquisadas com rigor de espaçonaves e planetas no filme de Kubrick, mas têm um imaginário e uma atmosfera que são, à sua maneira, igualmente impressionantes.

Foi só depois de *2001: Uma Odisseia no Espaço* que o cinema americano começou a explorar os custos psicológicos da viagem interestelar com exatamente a mesma profundidade. *Dark Star* (1974), o filme inicial, de baixo orçamento, do diretor John Carpenter (veja *O Enigma de Outro Mundo*, Capítulo 17), pode ser uma comédia de humor negro, mas também descreve de modo convincente a exploração espacial como desconfortável, frustrante e penosamente enfadonha. Do mesmo modo, em *Corrida Silenciosa* (1972), de Douglas Trumbull, Bruce Dern, o guerreiro ecológico explorador do espaço, se vê confinado com um punhado de caras que ele não suporta. Quando os acontecimentos o impelem a matar seus colegas de trabalho e partir para o espaço desconhecido com os últimos espécimes vegetais sobreviventes da humanidade, Dern encontra companhia em três robôs simpáticos e atarracados que ele reprograma e batiza de Huey, Duey e Louie [Huguinho, Zezinho e Luisinho, em referência aos sobirnhos do Pato Donald]. Operados por três pessoas amputadas, os robôs de *Corrida Silenciosa* são precursores óbvios de R2-D2 e dos outros droides do universo de *Star Wars*. O momento angustiante que surge quando algo terrível acontece a um deles é revelador da competência com que foram projetados. Na verdade, poucos filmes americanos descreveram um senso de solidão de forma tão vigorosa e eficiente quanto *Corrida Silenciosa*.

Lunar (*Moon*, 2009), estreia do diretor britânico Duncan Jones, é um filme de baixo orçamento de ficção científica no filão dos clássicos dos anos 1970. Apresenta Sam Rockwell como um trabalhador que fiscaliza uma base lunar de mineração; já serviu três anos em sua função e agora, barbado e sozinho, ele precisa suportar os dias antes de poder voltar à Terra. Mas então uma descoberta casual o leva a repensar seu relacionamento com a base lunar e o papel que desempenhava lá. Como *Solaris* e *Corrida Silenciosa*, *Lunar* funciona tanto como FC verossímil – parece cada vez mais provável que, em um prazo não demasiado longo, estejamos explorando a superfície lunar em busca de minerais – quanto como um drama humano emocionalmente carregado. Através de Sam Bell, vivido de forma sublime por Rockwell, somos confrontados com algumas difíceis questões filosóficas: o que nos torna únicos como seres humanos? Somos realmente muito mais que a soma de nossas lembranças e experiências?

Como outros filmes de FC sobre a vida fora de nosso planeta, *Lunar* gira mais em torno de jornadas para nossas psiques que de jornadas para as estrelas. Como um cientista, em *Solaris*, coloca de forma tão eloquente, a exploração espacial diz mais respeito a tentarmos compreender a nós mesmos que a encontrar novas e estranhas formas de vida em outros planetas.

"Não queremos absolutamente conquistar o espaço", diz o Dr. Snaut. "Queremos nos expandir de modo interminável na Terra. Não queremos outros mundos; queremos um espelho."

Para ir fundo: assista à seleção de filmes mencionados neste capítulo:

The Quatermass Experiment (série de TV em 6 episódios, 1953)

Terror que Mata (The Quatermass Experiment, 1955)

Quatermass II: Usina de Monstros (Quatermass II, 1955)

Uma Sepultura na Eternidade (Quatermass and the Pit, 1967)

Solaris (Solaris, 1972)

Corrida Silenciosa (Silent Running, 1972)

Dark Star (1974)

Quatermass (1979)

Lunar (Moon, 2009)

11. Uma Franquia em Evolução

Planeta dos Macacos (1968)
"*O homem é um transtorno. Quanto mais cedo for exterminado, melhor.*"

No calor abrasador de um verão no Arizona, um pequeno exército de atores vestidos de modo estranho se protege do Sol. Um segura um guarda-chuva. Outro usa um guarda-sol. Outro ainda utiliza um chapéu de aba larga e passa o tempo lendo um jornal. Com os rostos cobertos de látex e tinta, a cabeça e as mãos escurecidas por espessos pelos pretos, os atores não estão muito preparados para lidar com as temperaturas de quase 50 graus. Apesar de já terem passado cerca de quatro horas na cadeira do maquiador, ainda há muita coisa pela frente: um dia inteiro de filmagens, um intervalo para o almoço, quando terão de usar um espelho para ajudar a empurrar a comida até a boca por entre as máscaras de látex, e então, depois de tudo isso, uma hora adicional para ter todas as próteses, pelos e tinta cuidadosamente removidos.

É a filmagem de *Planeta dos Macacos* (*Planet of the Apes*) e todo o filme depende de o público aceitar ou não a maquiagem aplicada de forma meticulosa. A essa altura, o produtor Arthur P. Jacobs já tinha batalhado durante muito tempo para colocar sua aventura de FC na frente da câmera; tentara vender o projeto em Hollywood no início da década e apresentou-o não menos de quatro vezes à 20th Century Fox antes de finalmente conseguir que o aceitassem.

Como a maioria dos estúdios, a Fox tinha fortes reservas com relação à ficção científica e seu envolvimento com o gênero estivera praticamente restrito a trabalhos como *Viagem ao Fundo do Mar* (*Voyage to the Bottom of the Sea*, 1961), que serviu como ponto de partida para uma nova série de TV, e à distribuição de filmes de baixo orçamento como *O Dia em que Marte Invadiu a Terra* (*The Day Mars Invaded Earth*, 1963), o pouco visto *A Maldição da Mosca* (*Curse of the Fly*, 1965) e *Spaceflight* IC-1 (1965), um filme britânico de exploração espacial dirigido por Bernard Knowles. Ainda assim, Jacobs continuava convencido de que *Planeta dos Macacos* poderia ser um sucesso, exatamente como se convencera em 1963, quando leu pela primeira vez o romance em que ele se baseava.[1]

Escrito por Pierre Boulle, autor francês do livro *A Ponte sobre o Rio Kwai* (*Le Pont de la Rivière Kwai*), *O Planeta dos Macacos* (*La Planète des Singes*) conta a história de três astronautas que viajam para um mundo distante, onde os macacos são a espécie dominante. Enquanto os humanos são mudos e selvagens, os macacos avançaram a ponto de usarem roupas, dirigirem veículos e morarem em cidades. Por meio dessa sociedade simiesca, Boulle constrói uma sátira habilidosa sobre os impulsos mais sombrios de nossa espécie. Jacobs, que em 1963 estava no meio da produção de uma cara adaptação de *O Fabuloso Doutor Dolittle* (*Doctor Dolittle*) para a Fox, leu *O Planeta dos Macacos* logo após sua publicação nesse mesmo ano e não demorou a comprar os direitos para transformá-lo em filme. Em retrospectiva, a fé que Jacobs depositou no seu projeto com macacos parece notável; Boulle considerava o livro uma de suas obras menores, enquanto os estúdios recuavam ante os custos potencialmente enormes de adaptar para as telas de cinema aquela visão de uma sociedade primata. Jacobs, no entanto, pressionava: contratou uma equipe de artistas conceituais para criar uma espécie de brochura, com *sketches storyboards*, que mostrava como o filme poderia ser

---

[1]   *Big Screen Scene Showguide* (1968). Disponível em: <http://pota.goatley.com/cgi-bin/pdfview.pl?uri=misc/screenguide/screenguideuk-1968-04.pdf>.

– uma abordagem bastante incomum para vender um filme naquela época. Depois ele se voltou para Rod Serling, o talentoso escritor de FC por trás do programa de TV *Além da Imaginação* (*Twilight Zone*), para desenvolver *O Planeta dos Macacos* como um roteiro de cinema. Mesmo um escritor talentoso como Serling, no entanto, pareceu ter dificuldades para transformar a alegoria de Boulle num filme viável; após um ano e a informação de que houvera trinta rascunhos, a versão da história de Serling foi rejeitada.

Enquanto isso, chefões de estúdios por toda a Hollywood estavam dizendo a Jacobs que ninguém aceitaria um filme sobre macacos falantes. "Fui a todas as empresas cinematográficas de que pude lembrar, esperando interessar a alguma", contou Jacobs à revista *Big Screen Scene Showguide* em 1968. "Todas disseram que aquele filme não poderia ser feito."

As coisas começaram a avançar quando Jacobs adotou uma abordagem diferente: ele começou a vender a ideia a vários astros de Hollywood, incluindo Marlon Brando e Paul Newman. Embora de início todos a rejeitassem, Jacobs encontrou uma recepção inesperadamente positiva em Charlton Heston, um astro com influência suficiente para fazer o executivo de um estúdio ficar atento e examinar o projeto. Mais ou menos na mesma época, a aventura de FC de 5 milhões de dólares *Viagem Fantástica* (*Fantastic Voyage*, 1966) era um sucesso não desprezível da Fox; girava em torno de uma equipe de cientistas que foi encolhida e injetada num colega deles que estava muito doente. Aquilo provava que o público pagaria para ver um imaginativo filme do gênero.

Quando *Planeta dos Macacos* finalmente conseguiu o sinal verde, Jacobs contratou o roteirista Michael Wilson para revisar o roteiro de Rod Serling. Veterano de Hollywood, Wilson havia trabalhado em filmes tão aclamados quanto *A Felicidade não se Compra* (*It's a Wonderful Life*, 1946) antes de se tornar um dos vários escritores cujas carreiras foram quase arruinadas pela lista negra anticomunista. Imperturbável, Wilson se mudou para a Europa e continuou a escrever sob um pseudônimo; um de seus trabalhos de maior sucesso dos anos 1950 foi justamente a adaptação de *A Ponte do Rio Kwai*, de Boulle, em coautoria com Carl Foreman. Foi ideia de Wilson tirar os macacos de sua sociedade de tecnologia mais avançada, como descrita no romance de Boulle e nos rascunhos de Serling, e colocá-los num cenário pré-industrial. Os macacos retêm sua inteligência e sua estrutura de classes, mas a ausência de veículos e arquitetura sofisticada significava que o filme poderia ser feito com um orçamento muito mais baixo.

Em 1968, quando *Planeta dos Macacos* apareceu nos cinemas, era evidente que havia um clima de mudança no ar, tanto em Hollywood quanto no mundo em geral. Apenas três meses antes, a adaptação de *O Fabuloso Doutor Dolittle* feita por Jacobs (dirigida por Richard Fleischer, de *Viagem Fantástica*), que havia custado surpreendentes 17 milhões de dólares devido ao salário do astro Rex Harrison e a numerosos contratempos da produção, tinha se mostrado um dispendioso fracasso. Nesse mesmo ano, *Bonnie e Clyde: Uma Rajada de Balas* (*Bonnie and Clyde*), um drama furiosamente violento sobre ladrões de bancos no período da Grande Depressão, havia conseguido fazer 70 milhões de dólares com uma fração do orçamento de *O Fabuloso Doutor Dolittle*. Os executivos da Nova Hollywood estavam despontando e o público, ao que parecia, estava pronto para filmes que refletissem a complexidade e a agitação do mundo real.

A década de 1960 já vira o assassinato do presidente John F. Kennedy, a ascensão do movimento de direitos civis dos negros e protestos contra o dispendioso envolvimento dos Estados Unidos na Guerra do Vietnã. A ciência logo colocaria o homem na Lua, mas, na Terra, a ameaça de um Armagedom nuclear continuava sempre presente.

No contexto do entretenimento escapista, *Planeta dos Macacos*, dirigido por Franklin J. Schaffner, trata dos medos da época através do prisma de um empolgante filme de FC. Se o astronauta Taylor, vivido por Charlton Heston, fica espantado ao se ver num mundo onde tudo que ele compreende foi rejeitado, isso apenas refletia o sentimento de revolta que varria os Estados Unidos no final dos anos 1960.

Depois de tropeços pelo tempo e espaço, Taylor e seus colegas exploradores Landon (Robert Gunner) e Dodge (Jeff Burton) fazem um pouso acidentado num planeta desconhecido, com a nave mergulhando de imediato e de modo irremediável no meio de um lago. Tendo aprendido que os humanos do planeta são pouco mais que animais selvagens, os astronautas são capturados por uma falange de macacos a cavalo e Taylor acaba se vendo sozinho, cercado por uma sociedade de orangotangos e chimpanzés inteligentes que o encaram com rancor e desconfiança. O Dr. Zaius (Maurice Evans), membro da classe dirigente orangotanga, encara os humanos como uma ameaça perigosa que precisa ser exterminada. Graças a uma simpática dupla de cientistas, Zira (Kim Hunter) e Cornelius (Roddy McDowall), Taylor consegue escapar das garras dos macacos e, numa jornada para uma área conhecida como Zona Proibida, descobre uma amarga verdade: o planeta dos macacos é a Terra, cerca de 2 mil anos no futuro.

O final de *Planeta dos Macacos* está entre os mais vigorosos, mais bem conhecidos e mais satirizados de todo o cinema. Há, no entanto, algum desacordo quanto a suas origens. Segundo o livro *Planet of the Apes: The Evolution of a Legend* [Planeta dos Macacos: A Evolução de uma Lenda], a conclusão do filme veio pela primeira vez à tona durante uma conversa entre Jacobs e o diretor Blake Edwards, que num primeiro momento tinha pensado em produzir ele próprio o filme.[2] O final, no entanto, sem a menor dúvida existe nos primeiros rascunhos do roteiro feito por Serling e foi conservado quando Michael Wilson o reescreveu. Tenha a famosa imagem da Estátua da Liberdade emergindo numa praia desolada sido ideia de Serling ou não, houve precedentes para esse final nas capas de livros e revistas de FC *pulp* muitos anos antes.[3] Mais de uma edição do livro *After the Rain* [Depois da Chuva], de John Bowen, publicado pela primeira vez em 1958, mostram imagens incrivelmente semelhantes, enquanto a edição de fevereiro de 1941 de *Astounding Science Fiction* apresenta a estátua de pé, nitidamente submetida pelo tempo à erosão, numa paisagem de um futuro distante. Como plano final de um grande filme de Hollywood, no entanto, a conclusão de *Planeta dos Macacos* era de um corajoso pessimismo; vindo apenas alguns anos depois que a Crise dos Mísseis Cubanos quase desencadeara uma guerra nuclear, a noção de que a humanidade poderia acabar destruindo a si própria parecia assustadoramente digna de crédito.

---

[2] Joe Fordham e Jeff Bond, *Planet of the Apes: The Evolution of a Legend* (Londres: Titan, 2014).

[3] Ver: <https://sciencefictionruminations.wordpress.com/2012/10/01/adventures-in-science-fiction-cover-art-the-statue-of-liberty>.

Os efeitos obtidos com as próteses de *Planeta dos Macacos*, concebidas por John Chambers, desbravaram novos terrenos. Para criá-las, Chambers criou técnicas novas e engenhosas que resultaram em um látex mais fino, permitindo que as expressões dos atores fossem vistas através da maquiagem – um avanço que fez Chambers ganhar um justificado prêmio da Academia pelo seu trabalho.

Planeta dos Macacos conheceu um enorme sucesso e inflamou algo relativamente novo em Hollywood: uma franquia multimídia que logo abrangeria histórias em quadrinhos, brinquedos, séries derivadas de TV com *live action* e animação, além de uma várias sequências cinematográficas. *Planeta dos Macacos*, portanto, abriu o caminho para *Star Wars*, que viria menos de uma década depois; um filme que ia depositar enorme confiança em efeitos especiais para contar sua história de um mundo familiar, mas visto pelo avesso, e que também conseguiria criar uma franquia de colossal popularidade.

É notável que toda a franquia de *Planeta dos Macacos* deva sua existência a um único momento. Muito tempo antes que o diretor Franklin J. Schaffner, seu elenco e equipe técnica partissem para filmar numa locação do Arizona, Pierre Boulle visitou um zoológico na França. Olhando com curiosidade para um cercado, observou as expressões estranhamente humanas de um macaco e se perguntou o que poderia acontecer se suas posições fossem invertidas: Boulle no cercado e o macaco do lado de fora, encarando-o. Essa foi a semente que levou à criação de *O Planeta dos Macacos*, uma história que explora o lado sombrio da natureza humana de uma perspectiva divertidamente distorcida. Da mesma forma, os filmes da franquia *Planeta dos Macacos* nos oferecem um espelho de nossa própria sociedade – e do feio reflexo que ela pode ter.

Ascensão dos macacos

A ideia de múltiplas sequências e franquias estava relativamente inexplorada quando *Planeta dos Macacos* apareceu em 1968. O filme, no entanto, ganhou popularidade com tanta rapidez que, antes de completados dois meses de seu lançamento, a 20th Century Fox disse ao produtor Arthur P. Jacobs que queria uma continuação. Assim começou um padrão que desde então se repetiu em Hollywood: Jacobs tinha de encontrar um meio de dar continuidade a uma história que já havia chegado a uma conclusão natural no primeiro filme. E foi assim que um conjunto de escritores – incluindo Pierre Boulle, a mente por trás do romance original, o Rod Serling de *Além da Imaginação* e, por fim, o roteirista britânico Paul Dehn – foram recrutados para descobrir como a saga dos *Macacos* poderia ser continuada.

O resultado, *De Volta ao Planeta dos Macacos* (*Beneath the Planet of the Apes*, 1970), estava comprometido, de forma inevitável, por sua condição de sequência encomendada pelo estúdio – como tantas continuações depois disso, *De Volta ao Planeta dos Macacos* teve de trabalhar um pouco para justificar sua existência. A relutância de Charlton Heston para repetir seu papel como Taylor também não ajudou; Heston acabou concordando em aparecer no filme, mas só em algumas cenas breves, e foi preciso introduzir um novo protagonista: o viajante espacial Brent, vivido por alguém parecido com Heston, James Franciscus, que é enviado para descobrir o que aconteceu com Taylor e seus colegas astronautas.

Ainda que menos interessante, a sequência consegue ser ainda mais pessimista que sua predecessora. *De Volta ao Planeta dos Macacos* leva o tema da natureza autodestrutiva da humanidade à sua conclusão radical, com Brent descobrindo uma tribo subterrânea de sobreviventes humanos mutantes que cultuam uma bomba nuclear recuperada. Como veremos no Capítulo 12, as explosivas cenas finais em *De Volta ao Planeta dos Macacos* deram, de forma involuntária, o primeiro passo para uma década de filmes pessimistas de FC – em particular *No Mundo de 2020* (*Soylent Green*, 1973), também estrelado por Heston. Mais uma vez, *De Volta ao Planeta dos Macacos* parecia entregar à nascente série da Fox uma narrativa que levava a um beco sem saída. Como se continua a história depois que detonamos o planeta inteiro?

Ainda assim a franquia continuou com três sequências adicionais: *Fuga do Planeta dos Macacos* (*Escape from the Planet of the Apes*), *A Conquista do Planeta dos Macacos* (*Conquest of the Planet of the Apes*) e *A Batalha do Planeta dos Macacos* (*Battle for the Planet of the Apes*), que apareceram anualmente entre 1971 e 1973. Embora os orçamentos fossem cada vez menores e os efeitos de maquiagem, antes espetaculares, se degradassem a cada novo lançamento, os filmes tiveram os mesmos fios condutores em termos de comentário social negativo. *Fuga do Planeta dos Macacos* reverteu a premissa do primeiro filme, com três macacos viajando de volta no tempo para a Los Angeles dos anos 1970 na velha espaçonave de Taylor. Lá, os macacos visitantes – Zira (Kim Hunter), Cornelius (Roddy McDowall) e Dr. Milo (Sal Mineo) – se tornam por algum tempo celebridades entre os humanos (antes que as tendências mais desagradáveis, mais temíveis dos habitantes do planeta tomem a frente). Temendo pelo futuro da espécie humana, o governo americano – representado pelo presidente (William Windom) – decide que os macacos têm de ser extintos.

De *Fuga do Planeta dos Macacos* em diante a franquia se tornou uma espécie de banquete variado, já que o sempre presente escritor Paul Dehn usou a saga para explorar temas como racismo, Guerra Fria e tensão política no período do Vietnã. Após 1974, a saga migrou para a televisão, como série de TV tanto em *live action*, exibida numa temporada de 14 episódios na CBS, quanto como filme de animação no programa *De Volta ao Planeta dos Macacos*, que também teve vida curta (o último se notabilizou por concretizar certas ideias do livro original que foram consideradas caras demais para reproduzir nos filmes).

Foram feitos esforços para levar *Planeta dos Macacos* de volta aos cinemas durante as décadas de 1980 e 1990, mas um carrossel de diretores, produtores e escritores não conseguiu colocar em prática esse renascimento. Por fim, o diretor Tim Burton, em 2001, teve êxito onde outros fracassaram e o resultado foi mais uma generosa reciclagem do filme de Schaffner, de 1968, uma corajosa reinterpretação do livro de Boulle. Mark Wahlberg interpreta o papel do herói astronauta que acaba no planeta dos macacos; mais uma vez ele descobre que os humanos se tornaram subservientes a uma espécie dominante e simiesca, que, como no filme original, ainda não saiu da era pré-industrial. Os efeitos de maquiagem de Rick Baker são espetaculares e Tim Roth cria um imponente vilão como general Thade, o chimpanzé da casta militar. No geral, no entanto, o filme de Burton carrega as cicatrizes de sua demorada pré-produção, com uma soberba direção de arte contrariada pela narrativa confusa. É louvável que o filme pelo menos tente oferecer um final diferente da versão de 1968, mas é provável que mesmo seus críticos menos severos concordem que falta por completo o impacto do filme original.

A franquia obteve uma reelaboração muito menos tímida em 2011, graças aos roteiristas Rick Jaffa e Amanda Silver e ao diretor britânico Rupert Wyatt. Servindo como prelúdio medíocre para o filme de 1968, *Planeta dos Macacos: A Origem* (*Rise of the Planet of the Apes*) fornece uma explicação alternativa para como os macacos acabaram dominando todo o planeta. Um geneticista chamado Will Rodman (James Franco) é o protagonista, antes de uma reviravolta mostrar que o verdadeiro herói da história da trama é o chimpanzé César (Andy Serkis com movimentos capturados com tecnologia *mocap* [de *motion capture*] e CGI),[*] a quem foi conferida uma superinteligência pelos experimentos de Rodman com um vírus, originalmente criado para curar o mal de Alzheimer, criando novas sinapses, as conexões entre os neurônios. Mobilizando seus colegas primatas em cativeiro num zoológico para onde foi enviado após um acidente envolvendo um vizinho de Will, César lidera um ataque que atravessa São Francisco e se prolonga para uma floresta nos arredores da cidade; as forças humanas contra-atacam, mas inconscientes de que já era tarde demais (as pesquisas de Rodman haviam liberado um vírus mortal para nossa espécie, que estava com os dias contados, sendo este o mesmo vírus que torna os macacos extremamente inteligentes).

Filme insolitamente sombrio para ser lançado no período de férias, *Planeta dos Macacos: A Origem* deu vida nova a uma série debilitada. *Planeta dos Macacos: O Confronto* (*Dawn of the Planet of the Apes*, 2014) e *Planeta dos Macacos: A Guerra* (*War for the Planet of the Apes*, 2017), dirigidos por Matt Reeves, impeliram a franquia para áreas ainda mais obscuras. Nas décadas após a queda da humanidade, um incômodo equilíbrio entre espécies é quebrado pelo fanatismo de ambos os lados; no meio de tudo isso, César luta para conciliar a lealdade à sua própria espécie com uma pitada de empatia

---

[*] CGI é sigla em inglês para o termo Computer Graphic Imagery, ou seja, imagens geradas por computador, a famosa computação gráfica. O termo se refere a todas as imagens geradas por meio de computadores feitas em três dimensões, com a profundidade de campo sendo possível graças apenas à computação. Essa tecnologia é utilizada no filme juntamente com a tecnologia *mocap*, que, através de uma série de dispositivos eletrônicos luminosos colocados nas roupas dos atores, consegue, a partir de seus movimentos reais, capturar as imagens por computador, que são geradas com perfeição a partir dos movimentos dos próprios atores. (N. E.)

pelos humanos. Com o soberbo desempenho de Serkis e dos atores Terry Notary, Toby Kebbell e Karin Konoval, que encarnam macacos, *O Confronto* e *A Guerra* tomaram a corajosa iniciativa de filmar suas sequências de efeitos em condições extremas do mundo real. As cenas resultantes são assustadoramente realistas em termos fotográficos e muito contribuem para vender a ideia de humanos que ficam frente a frente com seus instintos primitivos.

Passados cinquenta anos, *Planeta dos Macacos* conserva a coroa de uma das franquias mais tecnicamente arrojadas e inteligentes do cinema de FC.

PARA IR FUNDO, ASSISTA À SELEÇÃO DE FILMES DE FC MENCIONADOS NESTE CAPÍTULO:

O Dia em que Marte Invadiu a Terra (*The Day Mars Invaded Earth*, 1963)

A Maldição da Mosca (*Curse of the Fly*, 1965)

Spaceflight IC-1 (1965)

Viagem Fantástica (*Fantastic Voyage*, 1966)

De Volta ao Planeta dos Macacos (*Beneath the Planet of the Apes*, 1970)

Fuga do Planeta dos Macacos (*Escape from the Planet of the Apes*, 1971)

A Conquista do Planeta dos Macacos (*Conquest of the Planet of the Apes*, 1972)

No Mundo de 2020 (*Soylent Green*, 1973)

Batalha do Planeta dos Macacos (*Battle for the Planet of the Apes*, 1973)

Planeta dos Macacos (*Planet of the Apes*, 2001)

Planeta dos Macacos: A Origem (*Rise of the Planet of the Apes*, 2011)

Planeta dos Macacos: O Confronto (*Dawn of the Planet of the Apes*, 2014)

Planeta dos Macacos: A Guerra (*War for the Planet of the Apes*, 2017)

12. Futuros Sombrios e Distopias

Laranja Mecânica (1971)

"A bondade é uma coisa que se escolhe. Quando um homem não pode escolher, ele deixa de ser um homem."

É um pouco de coincidência que dois grandes romances distópicos do século XX fossem escritos quando seus autores estavam extremamente doentes. George Orwell sofria de tuberculose enquanto escrevia *1984* (*Nineteen Eight-Four*); o livro foi publicado em 1949, seis meses antes de sua morte. Anthony Burgess escreveu *Laranja Mecânica* (*A Clockwork Orange*, 1962) pouco depois de ter sido incorretamente diagnosticado como portador de um tumor cerebral inoperável. Acreditando que não tinha muito tempo de vida, Burgess criou uma parte considerável de *Laranja Mecânica* num ano agitado e perturbador que passou escrevendo, redigindo, em prazos curtos, não só esse, mas um punhado de outros livros – o objetivo era deixar a esposa com um sólido fluxo de direitos autorais após sua morte.

O resultado foi uma agressiva carga de palavras. Escrita, segundo Burgess, em apenas dez dias, *Laranja Mecânica* é uma fábula futurista contada a partir da perspectiva de um anti-herói adolescente, Alex, e redigida numa linguagem característica, apelidada de *nadsat* – um linguajar deformado que soa como a gíria rimada do *cockney*[*] misturada com russo. Burgess escreveu o livro parcialmente inspirado por um horrível ataque sofrido pela mulher, Lynne; em 1944, ela foi cruelmente espancada e estuprada por quatro soldados americanos bêbados e a agressão, disse Burgess, resultou num trágico aborto. O ataque alimentou uma sequência de revirar o estômago em *Laranja Mecânica*, em que Alex e seu bando arrombam a casa de um escritor e violentam sua esposa; num arrojado salto de imaginação, Burgess relata o incidente da perspectiva dos atacantes.

Os violentos acessos de fúria de Alex têm um fim repentino quando ele é preso e submetido a uma forma experimental de reabilitação chamada Técnica Ludovico. Alex é amarrado a uma cadeira e forçado a ver imagens violentas enquanto lhe administram drogas e o agridem com música alta de Beethoven – que por acaso é seu compositor favorito. O tratamento tem êxito em "curar" Alex da vontade de estuprar, agredir ou matar, mas também extingue sua iniciativa. Quando mais tarde ele é atacado por antigos membros de seu próprio bando, o mero pensamento de tentar se defender o deixa incapacitado. Para os que estão no poder e querem acabar com a violência juvenil nas ruas, o efeito colateral da Técnica Ludovico é perfeitamente justificado. Burgess, por outro lado, deixa seu ponto de vista bastante claro: é melhor ter vontade de fazer o mal do que não ter absolutamente qualquer tipo de vontade.

Quando foi publicado em 1962, *Laranja Mecânica* teve uma recepção literária conflitante. Alguns se queixavam do vocabulário impenetrável. Outros condenavam a sordidez de sua violência. O livro foi mais bem recebido nos Estados Unidos, embora estranhamente, os leitores de lá tenham ficado com uma versão da história muito diferente da que circulou na Grã-Bretanha, onde ele foi escrito. A pedido do editor americano, o capítulo final de *Laranja Mecânica*, em que Alex rejeita uma vida de violência por vontade própria, foi cortado. Burgess escreveu mais tarde, em um prefácio de 1988, que seu livro "era kennedyano e aceitava a noção de progresso moral. Mas o que realmente se esperava era um livro nixoniano, sem qualquer vestígio de otimismo".

---

[*] Linguajar da área de Londres conhecida como *East End*. (N. T.)

Foi essa edição "nixoniana" do livro que Stanley Kubrick adaptou para a tela em 1971 e, embora Burgess possa ter desaprovado a violência e pessimismo glaciais do filme, a obra, sem a menor dúvida, se harmonizava com o clima pós-Nixon, pós-Guerra do Vietnã, de recessão e declínio. Rodado em grande parte em Londres e em locações fora da cidade, perto da casa de Kubrick, a interpretação que o diretor dá ao romance reflete a fracassada utopia do *boom* imobiliário no pós-guerra. Como pano de fundo, *Laranja Mecânica* usa o condomínio Thamesmead South: uma área modernista de gélido concreto disposta em frente às áreas pantanosas do Tâmisa que, no início dos anos 1970, já estava começando a parecer descorada e inóspita.

A visão de Kubrick de uma distopia de concreto antecipava a onda de música eletrônica que captaria o espírito britânico no despertar do *punk*, na segunda metade dos anos 1970. Na verdade, a aspereza dos visuais está inteiramente associada à trilha sonora pioneira do filme, criada por Wendy Carlos em um sintetizador Moog. Como *O Planeta Proibido*, tantos anos atrás, a música de Carlos – derivada de peças clássicas de Beethoven, Rossini e Elgar – criava uma perturbadora paisagem auditiva, bem diferente de tudo o que havis sido ouvido antes num filme. Como a arquitetura e como Alex (vivido por Malcolm McDowell), é o som de uma cultura despida de sua humanidade. Menos de uma década após *Laranja Mecânica*, a queda dos preços dos sintetizadores viu músicos e bandas britânicas como Throbbing Gristle e Cabaret Voltaire em sua primeira fase (1974-1977) e The Human League, Clock DVA, Gary Numan, Fad Gadget e Depeche Mode (1978-1980), entre dezenas de outras menores, comporem suas próprias canções eletrônicas influenciadas pela visão distópica do filme de Kubrick e pela música do grupo alemão Kraftwerk, pioneiro no uso de sintetizadores para criar música eletrônica *pop* e glacialmente fria. Martyn Ware, ex-membro do The Human League, disse mais tarde que a capa de seu primeiro álbum, *Reproduction*, de 1979, devia ser "uma espécie de visão distópica do futuro".[1]

Após a prolongada filmagem de *2001: Uma Odisseia no Espaço* (ver Capítulo 10), que se arrastou por quatro anos, Kubrick tocou *Laranja Mecânica*

---

[1] Ver: <https://www.creativereview.co.uk/the-human-league-and-a-vision-of-the-future>.

com um rigor próximo do ritmo da escrita de Burgess. As filmagens se completaram em cerca de oito meses, o que, pelos padrões do diretor, era um prazo excepcionalmente curto. Isso, por sua vez, alimenta o tom frenético do filme: ruidoso, com *performances* grandiosas, câmera agressiva e cortes ásperos. Com um orçamento relativamente baixo, Kubrick (que também adaptou o roteiro) cria a impressão de uma Grã-Bretanha, num futuro próximo, que parece ao mesmo tempo familiar e, de um modo perturbador, exótica. A violência de gangues, prédios desmoronando e pessoas sem teto dormindo embaixo de pontes sugerem uma sociedade que se desintegra por todos os poros; a onipresença de imagens sexuais – como o enorme falo que pertencia a uma das mulheres vítimas de Alex – sugere uma cultura cruamente obcecada por sexo.

O filme de Kubrick preserva o sentimento moral do livro – de que a violência é parte da natureza humana, de que a tecnologia pode nos tirar o livre-arbítrio e pode, por sua vez, abrir a porta ao totalitarismo – mas a descrição que ele faz dessa violência é profundamente incômoda. Como na escrita de Burgess, vemos os ataques da perspectiva de Alex e sua gangue, mas sem o jargão do romance oferecendo um véu protetor contra a violência, a coisa assume um tom ainda mais voyeurista. O uso da música tema de *Cantando na Chuva* (*Singing in the Rain*, 1952) – cantada aos berros por Alex numa sequência – poderia ser interpretado como a versão do próprio Kubrick da Técnica Ludovico: ela converte, por meio de simples associação, uma inocente peça de música em algo muito mais aterrador.

Laranja Mecânica surgiu no meio de uma onda crescente de filmes de violência explícita nos Estados Unidos, que brotou quando as normas de censura foram relaxadas. A Nova Onda americana de diretores, que incluía Dennis Hopper (*Sem Destino* [*Easy Rider*, 1969]), Francis Ford Coppola (*O Poderoso Chefão* [*The Godfather*, 1972]), Martin Scorsese (*Taxi Driver*, 1976]) e Arthur Penn (*Bonnie e Clyde – Uma Rajada de Balas* [*Bonnie and Clyde*, 1967]), trouxe consigo um tipo de filme mais rude, sem concessões – filmes que não tinham medo de contar suas histórias a partir da perspectiva de forasteiros, *gangster*, motoqueiros ou assassinos. *Laranja Mecânica*, houvesse ou não intenção, pode ter sido a resposta de Kubrick a essa onda que varria

Hollywood; Alex DeLarge é sem dúvida um antagonista tão incômodo e desafiador quanto Travis Bickle de *Taxi Driver*. A violência gerou tanta polêmica quanto a de *Sob o Domínio do Medo* (*Straw Dogs*), de Sam Peckinpah, também lançado em 1971, ou *Desejo de Matar* (*Death Wish*, 1974), de Michael Winner – outro filme sobre estupro, violência e mal-estar urbano.

Laranja Mecânica, no entanto, e não esses dois últimos filmes, tornou-se o ponto sensível de uma reação muito mais pronunciada da mídia. Houve relatos imprecisos de jornal de que o filme havia sido imitado, provocando um crime contra uma freira nos EUA, enquanto no Reino Unido a expressão *Laranja Mecânica* foi mencionada em dois casos de rapazes adolescentes acusados de assalto e homicídio culposo. Com o debate em torno dos eventos do filme chegando inclusive às duas casas do Parlamento Britânico, a família de Kubrick relatou ter começado a receber ameaças de pessoas que protestavam contra o filme. Como resposta, Kubrick entrou em contato com a Warner Bros e, usando sua formidável influência no estúdio, fez com que o filme fosse retirado dos cinemas britânicos. Durante vinte e sete anos, *Laranja Mecânica* ficou indisponível, nos cinemas ou em *home video*, para exibição no Reino Unido. Como era de se esperar, desenvolveu-se uma mística em torno do filme e ela só cresceu até o filme ser finalmente relançado depois da morte de Kubrick em 1999.

O tempo pode ter tido um grande efeito para corroer a extensão do impacto de *Laranja Mecânica*, mas grande parte de sua capacidade de perturbar se conserva – em especial a incômoda justaposição de violência, estupro e evidente comédia de humor negro. Ao mesmo tempo, seu imaginário penetrou de modo furtivo em nossa cultura: o plano de abertura do filme, em que Alex nos encara com ar de desafio e um olho realçado pelo delineador, é, à sua maneira, tão eloquente quanto a perfeição do tom na escrita de Burgess.

Ao contrário de Orwell, Burgess viveu para ver o impacto que seu livro teria. Mais no final da vida, ele expressou uma ambivalência ao avaliar a descrição que o livro fazia da violência e uma certa frustração pela obra ter sido, até certo ponto, obscurecida pela adaptação de Kubrick.[2] Seja como for,

---

[2] Ver: <http://www.thewrap.com/sexplosion>.

Laranja Mecânica é um filme inteligente e visionário; reflexo do clima cultural dos anos 1970 e um provocante alerta sobre controle do Estado *versus* liberdade individual.

Melancolia e paranoia na FC dos anos 1970

Publicado pela primeira vez em 1976, o livro *Nunca Fomos à Lua* (*We Never Went to the Moon*), de Bill Kaysing, ajudou a perpetuar uma teoria de conspiração que ainda tem alguma aceitação em certos recantos da internet: aquela que diz que uma das maiores realizações científicas do século XX foi uma fraude. O livro é, talvez, um símbolo do espírito cada vez mais azedo do público nos anos 1970, em que o otimismo paz e amor da década anterior começava a vergar sob o peso da Guerra do Vietnã e do escândalo de Watergate. Com a crise do petróleo, a recessão e o desemprego elevado tanto nos EUA quanto no Reino Unido, os anos 1970, parafraseando Hunter S. Thompson, foram uma era de medo e raiva crescentes.

Não é de admirar, então, que o clima da época escorresse para os filmes. Enquanto *Laranja Mecânica* imaginava um futuro de declínio cultural e controle da mente patrocinado pelo Estado, *THX 1138*, de George Lucas, também lançado em 1971, descreve uma distopia subterrânea em que a tecnologia tornou tudo incolor e estéril. Numa alusão quase explícita a *Admirável Mundo Novo* (*Brave New World*, 1931), de Aldous Huxley, emoções e procriação são estritamente controladas via medicação; a vigilância e a presença da polícia são onipresentes; religião e consumismo se fundiram numa massa profana em uníssono. É uma visão glacial e opressiva de um futuro visto como pesadelo tecnológico e sem emoção, no qual as desoladas imagens de Lucas se casam com o projeto sonoro um tanto opressivo de Walter Murch, que foi coautor do roteiro. No final, o herói da história, THX 1138 (Robert Duvall), escapa da cidade e ruma para um futuro incerto. Como *Laranja Mecânica*, Lucas sugere que uma vida de incerteza e individualidade é preferível ao conformismo maquinal estúpido e desprovido de propósito.

O crescente movimento ecológico dos anos 1970 também alimentou os filmes da década. *Corrida Silenciosa* (1972), do diretor Douglas Trumbull, é ambientado em um futuro no qual a vida vegetal da Terra seguiu o caminho da extinção; tudo que resta são algumas amostras de flora que flutuam entre as estrelas em estufas gigantes. Em *No Mundo de 2020* (1973), de Richard Fleischer, baseado num romance de 1966, *À Beira do Fim* (*Make Room*), de Harry Harrison, a Terra do século XXI é destruída pelo desastre ambiental e a superpopulação. Ao investigar o assassinato de um rico empresário de Nova York, o detetive Frank Thorn (Charlton Heston) descobre uma conspiração envolvendo Soylent Green, um alimento artificial supostamente derivado do plâncton. Enquanto a elite de 2022 janta carne e verduras frescas, o restante da população do mundo, Thorn descobre, tem subsistido graças a algo muito menos palatável.

Os ricos e poderosos dificilmente são mais benevolentes em *Rollerball – Os Gladiadores do Futuro* (*Rollerball*, 1975), uma contundente distopia dirigida por Norman Jewison. Num futuro próximo, controlado por corporações rivais, as massas são mantidas anestesiadas por um violento esporte televisionado, *rollerball*   mistura brutal de *roller derby* com futebol americano. O jogador veterano Jonathan E (James Caan) é o astro em ascensão do esporte, o que traz um certo problema para os que estão no poder; o *rollerball* deve demonstrar a impotência do indivíduo frente ao Estado e o rebelde estilo de jogo de Jonathan é uma contradição viva dessa ideia no rinque de patinação. Quando Jonathan desafia repetidas tentativas de obrigá-lo a sair do jogo, as corporações respondem tornando o esporte ainda mais parecido com uma luta de gladiadores. O que começa como diversão termina como uma guerra horripilante do homem contra o Estado.

Conspirações e apocalipses foram temas correntes em muitos filmes de ficção científica dos anos 1970. O delicioso e estranho *Zardoz* (1974), dirigido por John Boorman, vê uma Terra pós-apocalíptica dividida entre "imortais", que vivem no luxo, e uma classe inferior de "brutais", gente violenta e mal-educada, sobre quem os primeiros governam. No pouco visto *Herança Nuclear* (*Damnation Alley*, 1977), um desastre nuclear deixa o planeta saturado de baratas e escorpiões gigantes.

O ar de cinismo que permeava os anos 1970 foi habilmente cristalizado em *Capricórnio Um* (*Capricorn One*, 1977). Mistura de FC e *thriller* de conspiração, o filme diz respeito à tentativa que faz um governo de simular uma primeira missão tripulada a Marte; para impedir que a verdade venha à tona, são despachados assassinos para silenciar os astronautas envolvidos. O diretor-escritor Peter Hyams apresentou pela primeira vez a ideia de *Capricórnio Um* quando trabalhava na rede CBS nos anos 1960. Ao acompanhar o desenrolar de uma missão Apolo, ele se perguntou: e se tudo isso fosse apenas uma fraude?

"Lembro que sentei e fiquei pensando: É uma história contada para a câmera", recorda Hyams. "E se podemos distorcer com a câmera, podemos distorcer a história. Na época em que meus pais foram criados, a geração deles achava que, se lemos a coisa nos jornais, ela é verdade. Eu fui da geração que pensava que, se víssemos a coisa na televisão, ela era verdade. Então descobrimos que aquilo que os jornais diziam às vezes era falso e, mais tarde, descobrimos que com a televisão podia acontecer o mesmo."[3]

Durante boa parte dos anos 1970, filmes de FC olhavam com desconfiança para as narrativas tecidas por políticos, pela mídia e pelos ricos. Mesmo *Star Wars* e *Contatos Imediatos do Terceiro Grau*, que introduziram um tipo mais leve, mais escapista de fábula de FC na parte final da década, trouxeram alguma coisa dessa desconfiança com eles. Em *Contatos Imediatos do Terceiro Grau*, o governo encobre a chegada da nave alienígena simulando um vazamento de gás em Wyoming; em *Star Wars*, o Império acoberta o assassinato de jawas no planeta Tattoine fazendo suas mortes parecerem obra de Saqueadores Tusken, o povo da areia. Lucas ia um dia sugerir que sua *space opera* era um disfarçado filme de protesto contra a Guerra do Vietnã; trata-se, afinal, de uma potência tecnicamente superior combatendo um grupo de rebeldes menos bem equipados. É um exemplo de como, mesmo entre os filmes mais arejados de ficção científica, as preocupações e os ideais cultivados por seus criadores não podem deixar de encontrar um caminho para a superfície.

---

[3] Ver:<http://www.denofgeek.com/movies/peter-hyams/27854/director-peter-hyams-outland-2010-gravity-kubrick>.

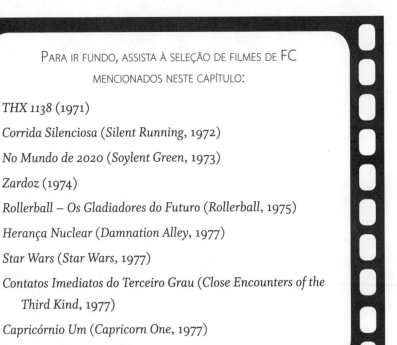

Para ir fundo, assista à seleção de filmes de FC mencionados neste capítulo:

THX 1138 (1971)

Corrida Silenciosa (*Silent Running*, 1972)

No Mundo de 2020 (*Soylent Green*, 1973)

Zardoz (1974)

Rollerball – Os Gladiadores do Futuro (*Rollerball*, 1975)

Herança Nuclear (*Damnation Alley*, 1977)

Star Wars (*Star Wars*, 1977)

Contatos Imediatos do Terceiro Grau (*Close Encounters of the Third Kind*, 1977)

Capricórnio Um (*Capricorn One*, 1977)

13. Aventuras Galácticas

Star Wars (1977)

"Há muito tempo, em uma galáxia muito, muito distante..."

As tensões estavam aumentando no Elstree Studios na primavera de 1976. No estúdio em Hertfordshire, na Inglaterra, o diretor George Lucas, de 32 anos, tentava filmar os exteriores para seu terceiro longa, uma *space opera* chamada *Star Wars*. A essa altura, já tinha enfrentado duas semanas de filmagem na Tunísia: um período tortuoso que incluiu peças de cenário que não funcionavam, calor abrasador e chuva torrencial.

Muito antes disso, ele passara meses tentando negociar seu projeto de FC pelos estúdios de Hollywood e se vendo rejeitado por quase todos; mesmo Alan Ladd Jr., o chefe da 20th Century Fox que deu sinal verde à ideia, admitiu que acabou não entendendo exatamente o que Lucas estava tentando fazer. Ladd só sabia que Lucas era um cineasta promissor, que mostrara suas habilidades como *designer* em *THX 1138* (1971), uma fria distopia estrelada por Robert Duvall, e havia capturado o espírito nostálgico dos anos 1950 com uma comédia dramática independente – e muito bem-sucedida: *Loucuras de Verão* (*American Graffiti*, 1973).

Agora, Lucas tinha de lidar com um elenco desmotivado e o ceticismo de uma equipe técnica. A cabeça podia estar explodindo de ideias, mas Lucas se sentia desconfortável no *set* e achava difícil a comunicação com seus atores. Mais ou menos todos, dos mandachuvas da Fox passando pelo elenco e chegando aos que construíam os cenários, achavam que estavam trabalhando numa espécie de desastre excêntrico. O roteiro estava cheio de passagens estranhas como: "Eu devia ter tido a esperteza de não confiar na lógica de um assistente doméstico termocapsular compacto". A história era uma mistura de misticismo oriental e contos de fadas europeus com o que havia de básico em velhos seriados e filmes de faroeste. Mesmo o vestuário era estranho. Peter Mayhew, um londrino de 2,13 metros de altura, vestia da cabeça aos pés um traje feito de pelo castanho de iaque; mais adiante o fisiculturista David Prowse, de 1,98 metro, trajava uma capa preta e uma esquisita máscara pontuda que abafava o sotaque característico do sudoeste inglês, mas que acaba sendo dublado pelo ator James Earl Jones.

Harrison Ford, coestrelando como o contrabandista e adorável vigarista Han Solo, se queixava do diálogo e aliviava o tédio entre as tomadas ajudando a serrar peças do cenário. Com a produção correndo atrás do programado, Lucas tentava convencer a equipe a trabalhar horas extras para continuar filmando. Quando o presidente do sindicato disse que a equipe não queria fazer isso, Lucas colocou o assunto em votação, achando que lhe dariam apoio. A equipe votou ir para casa.

Enquanto isso, Lucas também tinha de se preocupar com os efeitos especiais do filme. Nos velhos tempos do estúdio, havia departamentos internos dedicados a criar efeitos especiais; em meados dos anos 1970, todos estavam fechados. Lucas, então, tomou a inabitual iniciativa de abrir sua própria firma, a Industrial Light & Magic (ILM), que era um nome imponente para um punhado de vinte caras trabalhando num depósito em Van Nuys, na Califórnia. Chefiados inicialmente por John Dykstra – assistente de Douglas Trumbull em *Corrida Silenciosa* –, foi tarefa deles criar as centenas de planos com efeitos visuais que dariam vida aos guerreiros espaciais de Lucas e às encenações de batalha em uma estação de combate do tamanho da Lua. Vale a pena comparar o número de planos com efeitos em *Star*

Wars com os de *2001: Uma Odisseia no Espaço* que, havia menos de uma década, estabelecera uma marca tão elevada para efeitos com miniatura. O filme de Kubrick teve cerca de 200 planos com efeitos; *Star Wars* exigiu 360. Pior ainda, Lucas não tinha a espantosa influência de Kubrick nem o privilégio nos prazos que a reputação do outro diretor proporcionava; tudo somado, a ILM teve um ano para filmar todos esses planos.

A equipe da ILM, no entanto, tinha a nova tecnologia do seu lado. Usando câmeras controladas por computador, podia filmar *takes* isolados de uma miniatura e agrupá-los com uma precisão que não estava disponível para Kubrick ou para Douglas Trumbull, seu gênio de efeitos nos anos 1960. Em termos simples, isso significa que a equipe de efeitos especiais poderia ter múltiplas naves em miniatura movendo-se no mesmo quadro, umas parecendo passar por cima das outras ou mesmo aparecendo para voar diretamente sobre a câmera. Sem dúvida usar essa tecnologia não deixaria de trazer problemas sérios; Dykstra e sua equipe passaram os primeiros seis meses produzindo quatro planos de efeitos, que Lucas considerou imprestáveis. Isso deixava seis meses para a ILM se recompor e conseguir terminar todas as sequências. A equipe completou seu último plano – a primeira cena do filme – dias antes da pré-estreia de *Star Wars*.

Sem essas sequências de efeitos, o filme pareceria esquelético; ele precisava das naves e dos campos estelares para adicionar mais realismo às cenas. Em parte, isso poderia explicar por que, quando *Star Wars* chegou à etapa de montagem, o espectro do fracasso ainda pairava sobre ele. É muito conhecida a história de como um dia Lucas exibiu uma primeira e precária versão do filme para alguns amigos cineastas, incluindo Francis Ford Coppola, Steven Spielberg e Brian De Palma. No lugar dos planos incompletos de efeitos especiais, Lucas tinha encaixado sequências em preto e branco de combate aéreo tiradas de velhos filmes de guerra.[1] Os colegas de Lucas não ficaram muito convencidos.

Montar a *space opera* de Lucas também se revelou uma dor de cabeça, pois ele se chocava repetidas vezes com o veterano montador John Jympson

---

[1] Ver: <http://www.starwars.com/news/from-world-war-to-star-wars-dogfights>.

sobre o tom e o ritmo do filme. Jympson acabou sendo substituído pelos montadores Richard Chew, Paul Hirsch e a então esposa de Lucas, Marcia, que acabara de ganhar um Oscar por sua edição de *Alice Não Mora Mais Aqui* (*Alice Doesn't Live Here Anymore*, 1974), de Martin Scorsese. Trabalhando em conjunto, os montadores começaram a reduzir ao básico o copião e a construir novamente o filme, acelerando o ritmo e removendo cenas supérfluas.

Star Wars teve seu lançamento em 25 de maio de 1977, com uma pré-estreia no Grauman's Chinese Theatre, em Los Angeles. Lucas pode ter arrastado o filme até a linha de chegada, mas não estava convencido de que pudesse fazer muito mais que estrear, conseguir algumas críticas mordazes e desaparecer de vista. Com o trabalho feito, George e Marcia viajaram de férias para o Havaí, esperando abandonar os dias cheios e as noites de insônia. Tudo isso indica que Lucas esteve alheio à reação que *Star Wars* começou a despertar nos Estados Unidos: plateias dando gritos de aplauso enquanto a marcha triunfal de John Williams retumbava nos cinemas, gente ofegante desde o primeiro plano de um Destróier Estelar Imperial passando por cima da câmera como uma gigantesca ponta de flecha. A novidade estava se espalhando; as filas cresciam na frente dos cinemas. O verão da mania *Star Wars* tinha começado. E sem perceber, George Lucas havia criado um fenômeno: o *blockbuster*.

Somando todos os valores, *Star Wars* faturou 775 milhões de dólares no seu primeiro lançamento em 1977, tomando o lugar de *Tubarão* (*Jaws*, 1975) como o filme de maior bilheteria de todos os tempos. *Star Wars*, no entanto, foi mais que um sucesso e mais que um fenômeno de merchandising (devido a um acordo com a Fox, Lucas logo se tornaria multimilionário graças apenas às vendas de brinquedos). *Star Wars* penetrou na cultura em geral como poucas outras obras de ficção científica tinham feito antes, com uma versão em disco de seu tema entrando nas discotecas – feita pelo produtor e músico Meco – e humoristas fazendo piadas na TV sobre o filme.

Star Wars também marcou uma mudança de tom nos filmes de Hollywood. Antes de *Star Wars*, uma leva de cineastas tinha dirigido filmes que eram duros, engajados e ligados ao clima político e cultural do final das décadas de 1960 e 1970: Arthur Penn horrorizou uma geração mais velha com um violento romance de *gangsters*, *Bonnie e Clyde – Uma Rajada de Balas*, Dennis Hopper manteve o motor em funcionamento com *Sem Destino*, William Friedkin emocionou e apavorou com *Operação França (The French Connection*, 1971) e *O Exorcista (The Exorcist*, 1973). Todos esses filmes, além de aclamados pela crítica, fizeram sucesso nos cinemas. Numa época de Watergate, Guerra do Vietnã, recessão e a segunda fase da Crise do Petróleo, eram filmes fortes para tempos tumultuados.

Star Wars, por outro lado, oferecia o tipo de escapismo irreverente que não fora visto desde os seriados das matinês que floresceram no rastro da Grande Depressão. Longe dos anti-heróis de *Taxi Driver* ou *Sem Destino*, os personagens em *Star Wars* estavam cuidadosamente divididos em bons e maus: os bravos rebeldes de um lado, o maléfico Darth Vader e o Império Galáctico do outro. O público, assim parecia, queria ser afastado de seus problemas e levado para um tempo e lugar mais simples, mais inocente.

Star Wars, aliás, não foi o único conto de fadas de FC de 1977. *Contatos Imediatos do Terceiro Grau*, de Steven Spielberg, expressava o fascínio do diretor pelos óvnis. O que poderia ter sido um *thriller* razoavelmente sério sobre discos e conspiração do governo (o roteirista Paul Schrader chegou a redigir um rascunho) acabou como uma mistura de drama familiar e experiência religiosa. Richard Dreyfuss interpretava o papel de um operário cujo contato com luzes estranhas no céu o leva numa missão ao Wyoming, onde ele encontra seres angelicais e, por fim, ascende aos céus em brilhantes carruagens criadas por Douglas Trumbull. George Lucas, fatalista ao extremo, apostou com Spielberg que *Contatos Imediatos do Terceiro Grau* seria um sucesso maior que *Star Wars*. Não é preciso dizer que não foi e Lucas até hoje paga a Spielberg uma porcentagem sobre a receita de *Star Wars*.

Não resta dúvida de que *Star Wars* continua a ser um fenômeno da cultura *pop*. Suas primeiras duas sequências, *O Império Contra-Ataca (The Empire Strikes Back*, 1980) e *O Retorno de Jedi (The Return of the Jedi*, 1983), foram enormes sucessos, ainda que não da mesma magnitude que o original. Mesmo uma trilogia de prelúdios inferiores – *Star Wars: Episódio I – A Ameaça Fantasma (Star Wars: Episode I – The Phantom Menace*, 1999), *Star Wars: Episódio II – Ataque dos Clones (Star Wars: Episode II – Attack of the*

Clones, 2002) e *Star Wars: Episódio III – A Vingança dos Sith* (*Star Wars: Episode III – Revenge of the Sith*, 2005) – não conseguiu extinguir inteiramente a afeição do público pelo universo e personagens que Lucas criou. Depois da aposentadoria de Lucas em 2012, a franquia *Star Wars* – e a companhia que a criou, Lucasfilm – foram passadas para a Disney em um negócio de 4 bilhões de dólares. Sob a administração da Disney, a franquia continuou a prosperar, com diretores como J. J. Abrams, Gareth Edwards e Rian Johnson trazendo suas próprias perspectivas à saga de Lucas.

Para além dos limites da franquia, os filmes *Star Wars* ajudaram a introduzir uma revolução de efeitos especiais. A ILM logo se tornou a mais respeitada e famosa companhia de efeitos especiais nos Estados Unidos e de seu cérebro coletivo foram criadas coisas como o Photoshop, um *software* de edição de imagens que é padrão na indústria, e a Pixar, o estúdio de animação que começou como uma ramificação da ILM. Além dos avanços técnicos do primeiro filme, chama atenção o detalhe e a reflexão que entrou em seu projeto. Foi George Lucas quem apresentou a ideia de que o universo de *Star Wars* deveria parecer "gasto", mas acolhedor; uma ideia que orienta até hoje o visual dos filmes de ficção científica, como sublinha o professor Will Brooker, autor de *Using the Force*:

"Acho que [*Star Wars*] foi incrivelmente inovador, arrojado e inventivo em seus efeitos", diz o professor Brooker. "Além das realizações técnicas em termos de (por exemplo) filmagem de miniaturas e criação de convincentes *matte paintings* e rotoscopias*, o cuidado, detalhe e criatividade que entraram no desenho de naves, trajes e objetos cenográficos me parecem extraordinários. Talvez, acima de tudo, a estética do 'universo gasto' tenha sido radical e crucial – a ideia de que a tecnologia deveria parecer surrada e suja."

O próprio Lucas foi mudado para sempre pela força de sua criação. Falava com frequência da possibilidade de voltar aos filmes experimentais depois que terminou *O Retorno de Jedi*, em 1983, mas até agora o diretor que

---

* Em termos muito gerais, *matte painting* ou "pinturas matte" são cenários pintados e rotoscopia é a inserção, com o uso de um rotoscópio, de objetos ou silhuetas no filme digital, como no caso dos sabres de luz de *Star Wars*. (N. T.)

nos trouxe as perturbadoras imagens de *THX 1138* e a brilhante, descontraída comédia dramática *Loucuras de Verão* nunca tornou a emergir. Algumas das decisões criativas mais tardias de Lucas também o tornavam numa figura controvertida entre fãs de *Star Wars*, em particular de fins de 1990 em diante: elas incluem as sequências com CGI acrescentadas e as cenas retrabalhadas no relançamento de *Star Wars* em 1997 (a alteração mais conhecida foi a reelaboração de um tiroteio entre Han Solo e Greedo, o caçador de recompensas de olhos grandes), a introdução do parceiro cômico Jar Jar Binks em *Star Wars: Episódio I – A Ameaça Fantasma* e a conclusão apressada do filme de animação *Star Wars: A Guerra dos Clones* que utilizava computação gráfica e foi desenvolvido originalmente como um piloto de série de TV (ele seria redirecionado, por insistência de Lucas, para exibição nos cinemas). Não obstante, Lucas redefiniu o cinema americano de forma mais drástica que talvez qualquer outro cineasta do final do século XX; os efeitos de *Star Wars* ainda hoje estão sendo sentidos, tanto dentro quanto fora da indústria cinematográfica. Ao imaginar seu mundo de fantasia espacial, Lucas mudou também o mundo real.

O retorno das *space operas*

Bastante esquecida, durante décadas, por Hollywood, o subgênero da FC chamado *space opera* logo voltou aos holofotes graças a *Star Wars*. De 1977 em diante, filmes que antes não poderiam contar com orçamentos multimilionários de repente receberam o sinal verde; James Bond, que originalmente deveria aparecer na aventura *007 – Somente para Seus Olhos (For Your Eyes Only)* em 1979, acabou sendo lançado ao espaço em *007 Contra o Foguete da Morte (Moonraker)*.

Jornada nas Estrelas, com um enorme *fandon*, um verdadeiro culto de seguidores que só havia crescido desde seu cancelamento no final dos anos 1960, ia ser trazida de volta à tela pequena numa nova série de televisão. Em março de 1978, porém, Michael Eisner, que chefiava a Paramount, anunciou que o elenco original de *Jornada nas Estrelas* estava escalado para um retorno triunfal – não na tela pequena, mas nos cinemas. De fato, o trabalho em um filme *Jornada nas Estrelas* começara havia três anos com um projeto abortado, *Planeta dos Titãs*, que por sua vez deu lugar a uma série de TV chamada *Star Trek: Phase II* antes que a Paramount decidisse, de forma repentina, voltar a fazer um longa.

Jornada nas Estrelas: O Filme, dirigido por Robert Wise e lançado em 1979, era sob muitos aspectos a antítese de *Star Wars*. Movendo-se num ritmo majestoso, oferecia uma jornada para o desconhecido mais parecida com *2001: Uma Odisseia no Espaço* que com um *Star Wars* cintilante de sabres de luz. O filme também se mostrou dispendioso para a Paramount, com um orçamento de 46 milhões de dólares; uma soma que teve de ser aumentada devido principalmente aos custos dos efeitos especiais. Quando a Paramount rompeu a parceria com o estúdio originalmente encarregado de criar os numerosos efeitos especiais de *Jornada nas Estrelas*, Douglas Trumbull, cujo trabalho tinha iluminado a tela em *2001: Uma Odisseia no Espaço*, entrou para preencher a lacuna. Sem dúvida seu trabalho se mostraria formidável.

Embora muito bem filmado e montado, *Jornada nas Estrelas: O Filme* não foi exatamente o concorrente de *Star Wars* com que a Paramount poderia ter contado. Com uma bilheteria de 139 milhões de dólares, foi um sucesso, mas não um fenômeno que capturasse o espírito da época. Mesmo assim, a *Enterprise* tinha enfim tornado a emergir: *Jornada nas Estrelas* estava de volta. Alguns críticos podem ter feito comentários irônicos sobre o ritmo do filme ou talvez sobre a idade do elenco em eventuais sequências, mas a Paramount conseguiu uma coisa que nenhum outro estúdio que estivesse no rastro de *Star Wars* alcançou: lançou com êxito uma franquia própria de *space opera* a partir do título original. Muitos outros tentaram e falharam.

A Disney, um dos estúdios que haviam recusado *Star Wars* em meados dos anos 1970, destinou a então imensa quantia de 20 milhões de dólares para compensar o terreno perdido. *O Abismo Negro* (*The Black Hole*, 1979) era uma *space opera* na qual robôs com ar bobalhão, com as vozes de Slim Pickens e Roddy McDowall, surgiam estranhamente acompanhados de mortes violentas e referências ao inferno. Mais assustadora que emocionante, a inesperada aventura *dark* da Disney estava destinada a se tornar antes um item *cult* que um sucesso financeiro.

Duna (*Dune*), adaptado do *best-seller* de Frank Herbert e dirigido por David Lynch, devia ser o filme que daria origem a várias sequências. Relatos por ocasião de sua estreia em 1984 sugeriam que havia cinco filmes planejados – nada mau para concretizar a história de Herbert sobre a mineração de especiarias e os clãs em guerra em planetas distantes. Rumores sobre dificuldades de produção, no entanto, afligiram a produção de *Duna* durante meses e os críticos voltaram-se contra o filme quando ele enfim foi lançado. A Universal, que tinha investido declarados 40 milhões de dólares na esperança de obter sua própria saga espacial com grandes oportunidades de merchandising, ficou com uma película com algo de barroco, excêntrica, uma epopeia um tanto perturbadora com sugestões de terror – dificilmente o tipo de coisa que resulta em álbuns de figurinhas ou colchas infantis com gravuras. É irônico que Lynch tenha dispensado a chance de dirigir *O Retorno do Jedi*, sequência de *Star Wars*, para fazer *Duna*.

Duna, como tantos candidatos a sucesso de bilheteria dos anos 1980, acabaria se tornando um estimado filme *cult*. O mesmo aconteceu com *O Último Guerreiro das Estrelas* (*The Last Star Fighter*, 1984), um filme de FC que, no papel, pode ter parecido um estouro certo de bilheteria. Era uma *space opera* parecida com *Star Wars* e que também tirava proveito da explosão de popularidade dos *videogames*. Lançado em 1984, *O Último Guerreiro das Estrelas* é particularmente digno de nota pela extensa utilização de computação gráfica em vez de efeitos com miniaturas (filmes como *Tron: Uma Odisseia Eletrônica* [*Tron*, 1982] e *Jornada nas Estrelas II: A Ira de Khan* [*Star Trek II: The Wrath of Khan*, 1982] podem ter sido os primeiros a usar imagens criadas em computador, mas só num punhado de cenas – a maior parte de *Tron*, por exemplo, foi criada com técnicas tradicionais de animação).

Se os grandes estúdios estavam desapontados com as respostas mornas a seus filmes espaciais, pequenos produtores independentes se encontravam muito felizes apelando aos cinemas de segunda ou ao mercado doméstico de fitas VHS. O veterano cineasta de filmes B, Roger Corman, um dia se queixou de que, na esteira de *Tubarão* e *Star Wars* nos anos 1970, Hollywood estava começando a pegar todas as suas ideias e a refilmá-las com enormes orçamentos. Isso, no entanto, não impediu Corman ou cineastas independentes como ele de tomar de volta as mesmas ideias e fazer com elas, com cenários e efeitos pouco convincentes, filmes baratos de aventuras. Algumas das *space operas* mais dignas de nota da era pós-*Star Wars* foram *Starcrash – O Choque das Estrelas* (*Starcrash*, 1978), dirigido por Luigi Cozzi, da Itália, distribuído por Corman e estrelado por David Hasselhoff e Christopher Plummer; *Mercenários das Galáxias* (*Battle Beyond the Stars*, 1980), quase uma refilmagem, com espaçonaves, de *Os Sete Samurais* (*Shichinin no Samurai*, 1954), de Akira Kurosawa; e *Space Raiders* (Invasores do Espaço, 1983), que reciclava o copião de *Mercenários das Galáxias*. Quer pretendessem isso ou não, muitos desses filmes acabavam ficando muito mais parecidos com os velhos seriados das matinês dos anos 1930 e 1940 do que o próprio *Stars Wars*, e sim, o que você pode ver nos muros em *Mercenários das Galáxias* são caixas de hambúrguer do McDonald's pintadas com spray.

Quando os anos 1990 chegavam ao fim e o novo milênio se anunciava, fazer *space opera* continuou sendo uma proposta arriscada. *Wing Commander – A Batalha Final* (*Wing Commander*, 1999), baseado numa série de *videogames* de sucesso e estrelado por Mark Hamill, foi uma decepção financeira e de crítica; numa suprema humilhação, circularam notícias de que os frequentadores dos cinemas estavam comprando ingressos, vendo o *trailer* de *Star Wars: Episódio I – A Ameaça Fantasma* no início e saindo rapidamente da sala. *A Reconquista* (*Battlefield Earth*, 2000), baseado num romance de L. Ron Hubbard e estrelado por um quase irreconhecível John Travolta, foi um desastre involuntariamente engraçado.

Foi a explosão de efeitos digitais provocada por *Jurassic Park: Parque dos Dinossauros* (*Jurassic Park*, 1993) e a trilogia prelúdio de *Star Wars*, de George Lucas, lançada a partir de 1999, que estimularam um interesse renovado pela *space opera*. O filme mais bem-sucedido foi *Avatar*, de James Cameron (ver Capítulo 29), que desafiou expectativas e se tornou o filme de maior bilheteria de todos os tempos quando não se leva em conta a inflação. Em vista de tudo que veio antes, talvez fosse inevitável que *John Carter: Entre Dois Mundos* (*John Carter*, 2011), da Disney, baseado numa série de novelas *pulp* de Edgar Rice Burroughs, não conseguisse criar a mesma impressão. Os livros de Rice Burroughs tinham sido pilhados de tantas ideias por contadores de histórias – incluindo os criadores de *Superman*, *Flash Gordon*, *Star Wars* e *Avatar* – que John Carter pareceu quase antiquado para olhos modernos.

A Marvel Studios não deixou de correr um risco considerável quando criou sua própria *space opera* em 2014. Contudo, *Guardiões da Galáxia* (*Guardians of the Galaxy*), dirigido por James Gunn, provou ser mais um grande sucesso, capaz de rivalizar com outros grandes sucessos das histórias em quadrinhos produzidos pela Marvel. Cheio de personagens excêntricos e humor inteligente, o filme de Gunn – e sua sequência de 2017, *Guardiões da Galáxia – Vol. 2* (*Guardians of the Galaxy – Vol. 2*) – regressa ao exotismo e ao prazer das matinês de seriados e das cópias piratas de *Star Wars* dos anos 1980.

A Disney, pouco mais de quatro décadas depois de ter perdido a chance de fazer *Star Wars*, é dona tanto da Lucasfilm quanto da Marvel – e, por extensão, de duas das maiores franquias de *space opera* do planeta. Com os filmes *Star Wars* planejados para serem lançados em uma base anual após o ressurgimento da franquia com *O Despertar da Força*, em 2015, é provável que a *space opera* ainda prospere durante anos.

PARA IR FUNDO, ASSISTA À SELEÇÃO DE FILMES DE FC MENCIONADOS NESTE CAPÍTULO:

Starcrash – O Choque das Estrelas (*Starcrash*, 1978)

007 Contra o Foguete da Morte (*Moonraker*, 1979)

Jornada nas Estrelas: O Filme (*Star Trek: The Motion Picture*, 1979)

O Abismo Negro (*The Black Hole*, 1979)

Mercenários das Galáxias (*Battle Beyond the Stars*, 1980)

Invasores do Espaço (*Space Raiders*, 1983)

Duna (Dune, 1984)

O Último Guerreiro das Estrelas (The Last Star Fighter, 1984)

Jurassic Park: Parque dos Dinossauros (Jurassic Park, 1993)

Wing Commander – A Batalha Final (Wing Commander, 1999)

Star Wars: Episódio I – A Ameaça Fantasma (Star Wars: Episode I – The Phantom Menace, 1999)

A Reconquista (Battlefield Earth, 2000)

Star Wars: Episódio II – Ataque dos Clones (Star Wars: Episode II – Attack of the Clones, 2002)

Star Wars: Episódio III – A Vingança dos Sith (Star Wars: Episode III – Revenge of the Sith, 2005)

John Carter: Entre Dois Mundos (John Carter, 2011)

Guardiões da Galáxia (Guardians of the Galaxy, 2014)

Star Wars: O Despertar da Força (Star Wars: The Force Awakens, 2015)

Guardiões da Galáxia – Vol. 2 (Guardians of the Galaxy – Vol. 2, 2017)

14. Monstros das Estrelas

Alien, o Oitavo Passageiro (1979)

"*Eu admiro sua pureza...*"

No final dos anos 1970, um jovem escritor chamado Dan O'Bannon se viu deitado no sofá de um amigo. Estava sem trabalho, ansioso e deprimido. Durante quase um ano, estivera trabalhando em um filme que poderia ter sido o ponto máximo de sua carreira: uma adaptação ambiciosa, complexa, da epopeia de ficção científica *Duna*, de Frank Herbert. O diretor Alejandro Jodorowsky, o cineasta chileno por trás de sucessos *cult* tão excêntricos quanto *A Montanha Sagrada* (*The Holy Mountain*, 1973) e *El Topo*, havia reunido uma extraordinária equipe de artistas e *designers* de toda a Europa – e o trabalho dado a O'Bannon fora supervisionar todos eles.

Depois de ser coautor, montador e ator na comédia *trash* de FC *Dark Star*, de 1974, dirigida por John Carpenter com um orçamento muito limitado, O'Bannon recebia a tarefa de coordenar artistas tão diversos quanto Chris Foss, do Reino Unido, Jean "Moebius" Giraud, da França, e H. R. Giger, da Suíça. O roteiro de *Duna*, de Jodorowsky, alcançou cerca de 300 páginas; o orçamento do filme foi estabelecido em pouco menos de 10 milhões de dólares, enquanto foi definido que o eclético elenco incluiria Mick Jagger, Orson Welles e o pintor surrealista Salvador Dalí.

Durante seis meses, o departamento de arte de O'Bannon, baseado em Paris, trabalhou numa extraordinária variedade de *designs* de produção e esboços conceituais para a *space opera* de Jodorowsky. Todo o roteiro foi decupado em detalhe e sugeria um filme de FC com um tipo de grandeza raramente vista desde os dias de Fritz Lang. A vastidão e o porte da desenfreada escala de *Duna* foi o que acabou dando fim ao projeto; o financiamento para o filme caiu por terra e O'Bannon não teve escolha a não ser voltar para os Estados Unidos.

A morte de *Duna*, no entanto, trouxe o tipo de fruto criativo que talvez O'Bannon nunca tivesse previsto. O amigo de O'Bannon, que generosamente lhe permitira usar seu sofá, era Ronald Shusett, um colega escritor que ambicionava ter êxito em Hollywood. Juntos, começaram a trabalhar em um projeto chamado inicialmente "Starbeast" [Monstro Estelar], um filme de terror ambientado numa espaçonave onde a tripulação é perseguida por um feroz alienígena. Quando O'Bannon batalhava para encontrar um meio de introduzir o monstro na nave, Shusett apresentou uma solução sinistra e criativa: o alienígena é um parasita que impregna um membro da tripulação. Na volta à espaçonave, a criatura sai brutalmente de dentro de seu hospedeiro e começa a aterrorizar todos que estão a bordo.

Era o tipo de conceito visceral, inaugural, que separava a história de O'Bannon e Shusett do que era contado em outros filmes de monstros no espaço, de *Guerra entre Planetas* a *Ele! o Terror que Vem do Espaço* (*It! The Terror Beyond Space*, 1958). A dupla começou a tentar vender o roteiro em Hollywood e foi essa assustadora sequência do nascimento que atraiu os produtores Gordon Carroll e David Giler, quando o roteiro pousou na mesa deles em meados dos anos 1970. Renomeado simplesmente como *Alien*, o roteiro tinha montes e montes de clichês comuns em um filme B de baixo orçamento – na verdade, em determinado momento ele quase foi comprado por Roger Corman –, mas os delicados detalhes de horror biológico presentes no roteiro o fazia parecer mais intimamente sintonizado a uma década que produzia filmes tão descritivos quanto *Aniversário Macabro* (*Last House on the Left*, 1972), *O Exorcista* e *O Massacre da Serra Elétrica* (*The Texas Chain Saw Massacre*, 1974).

Na realidade já havia um precedente para um organismo parasita que brota do estômago de sua vítima no final dos anos 1970. *Calafrios* (*Shivers*, 1975), o primeiro longa do cineasta canadense David Cronenberg, apresentou uma criatura parecida com sanguessuga que passava de uma pessoa para outra, era incubada no estômago e brotava arrebentando a pele – mas só depois de ter transformado a vítima num zumbi maníaco, obcecado por sexo (Cronenberg um dia sugeriu que O'Bannon tinha visto *Calafrios* e que *Alien* fora inspirado por ele; mas nem O'Bannon nem Shusett admitiram isso).

Sobre as origens criativas de *Alien, o Oitavo Passageiro*, O'Bannon disse um dia que sua história "não foi roubada de alguém; foi roubada de todos".[1] Sem dúvida, é verdade que ela tem elementos em comum com uma parte do livro de A. E. van Vogt, *Voyage of the Space Beagle* [*Missão Interplanetária*,1950] – e o escritor acabou recebendo um crédito no final do filme como parte de um acordo com a 20th Century Fox. A diferença entre *Alien* e a maioria dos filmes de monstro desse período, contudo, era que *Alien* emergia de um grande estúdio de Hollywood. O sucesso de *Star Wars* havia tornado a FC um gênero viável e o sucesso de bilheteria de *Tubarão*, *A Profecia* (*The Omen*, 1976) e *O Exorcista* indicava que o público pagaria para ver um filme de terror com o orçamento de um filme A. E foi assim que, em 1977, o chefe do estúdio Fox, Alan Ladd Jr, deu o sinal verde para *Alien, o Oitavo Passageiro*, reservando-lhe um orçamento de 4,2 milhões de dólares. A essa altura, o roteiro já fora reescrito por David Giler e Walter Hill – para grande desgosto de O'Bannon. Hill havia escrito filmes tão sombrios quanto *Os Implacáveis – Fuga Perigosa* (*The Getaway*, 1972) e *Caçador de Morte* (*The Driver*, 1978) (que também dirigiu) e foi bastante franco quanto à sua falta de interesse

---

[1] Ver: Chris Taylor, *How Star Wars Conquered the Universe: The Past, Present and Future of a Multi-Billion Dollar Franchise* (Londres: Head of Zeus, 2015). Disponível em: <https://books.google.co.uk/books?id= z7GbBAAAQBAJ&pg=PT234&lpg=PT234&dq=I+didn%27t+steal+alien+from+anybody+shusett &source=bl&ots=9Ijq9KZsoL&sig=ps6zRltdPJTSAzXWYUoggGPkwME&hl=en&sa=X&ved=0ahUK EwjO39jouLPUAhXIK1AKHfwHB0cQ6AEIJDAA#v=onepage&q=I%20didn't%20steal%20alien%20 from%20 anybody%20shusett&f=false>.

em ficção científica. O'Bannon se enfureceu quando Hill alterou todos os nomes dos personagens, que passaram a adotar nomes mais comuns como Parker e Dallas em vez de Melkonis e Robie, mas o ângulo mais ancorado de Hill se mostraria vital para *Alien*. Foi ideia de Hill que a nave fosse uma espécie de cargueiro estelar que rebocava uma refinaria interplanetária (ideia do diretor Ridley Scott) e que tivesse uma tripulação de "caminhoneiros espaciais" – uma turma mal ajustada que discutia sobre ganhos de bônus e salário baixo. Hill teve a ideia de colocar a nave como propriedade de uma companhia cruel, que encarava seus empregados como preocupação secundária; era um pano de fundo perfeito para uma década turbulenta de escassez de combustíveis, efeitos colaterais de Watergate e greves operárias.

Quando Walter Hill passou adiante a oportunidade de dirigir ele próprio *Alien*, a empresa produtora Brandywine se decidiu por Ridley Scott, um ex-diretor de comerciais de 40 anos (sua publicidade da Hovis fora exibida durante anos na televisão britânica), cujo primeiro longa, *Os Duelistas* (*The Duellists*, 1977), tinha recentemente aparecido em festivais de cinema. Estrelado por Harvey Keitel, *Os Duelistas* pode ter sido um filme de época de baixo orçamento, mas havia algo na precisão da direção de Scott que chamou atenção dos produtores de *Alien*. Como ficou demonstrado, o faro de Scott para arte e *design* era justamente o que *Alien* precisava para ser elevado bem acima do nível de filme B – na verdade, a clareza das ideias de Scott para *Alien*, registradas em uma série de *storyboards*, convenceram a Fox a quase dobrar o orçamento. Com o suporte de Scott, O'Bannon – já então contratado como supervisor de efeitos visuais – conseguiu reunir um grupo de artistas e *designers* de categoria internacional, muitos dos quais ele já conhecia por causa do malsucedido *Duna*. Desempenhando um papel central entre eles estava o excêntrico H. R. Giger, o artista suíço que, usando tintas acrílicas e um aerógrafo, especializou-se em visualizar seus pesadelos como paisagens insólitas, biomecânicas. Foi O'Bannon quem primeiro passou a Ridley Scott um exemplar do *Necronomicon*, um livro de 1977 contendo grande parte do trabalho de Giger até aquele ponto. Em um momento crucial para a história do filme de FC, Scott foi rapidamente virando página após página das imagens surreais, em grande parte monocromáticas, e se deteve numa pintura denominada *Necronom IV*. Mostrava uma bizarra criatura de perfil, o corpo humanoide coberto por afloramentos ósseos, a brilhante cabeça insectoide alongada e sugestivamente fálica. Como boa parte do trabalho de Giger, a criatura era ao mesmo tempo grotesca e bela; mecânica, mas também carnal.

Scott e sua equipe haviam pensado durante meses sobre como poderia ser a criatura-título de *Alien*; desenhos iniciais de Ron Cobb mostravam a besta parecendo um cruzamento entre um peru sem penas e um caranguejo. Mas ali, nas páginas do livro de Giger, estava algo que de fato parecia um monstro saído de um sonho perturbador. Scott havia encontrado seu *Alien*.

Em 1979, *Alien* estreou nos cinemas americanos em 25 de maio – mesma data de *Star Wars* dois anos antes e dia de sorte de Alan Ladd Jr, chefe da Fox. De início os comentários da crítica foram mornos, mas o público reagiu de modo mais sonoro; segundo um relato, vários espectadores na estreia de *Alien*, em Dallas, foram vistos fugindo aterrorizados pelos corredores. Parte do brilho de *Alien* está na imersão criada pela direção comedida, atenta, de Ridley Scott, acompanhada da sinistra, suave trilha sonora de Jerry Goldsmith e do arrojado *design* de produção de Michael Seymour. Ao contrário dos cenários dispersos, angulosos, de espaçonaves nos anos 1950 e 1960, a nave de *Alien*, a *USCSS Nostromo*, é claustrofóbica, uma colmeia opressivamente gélida de corredores compridos e salas desarrumadas com tetos rebaixados. Chega o momento em que a *Nostromo* alcança Acheron, cujo nome técnico de catalogação astronômica no filme é LV-426, uma das três luas que orbitam Calpamos, um gigante gasoso e quarto planeta que orbita o sistema estelar de Zeta Reticuli, a 39 anos-luz da Terra. Acheron é uma lua repulsiva, desolada, coberta de rochas em forma de garras e com uma espécie de névoa rodopiante em sua atmosfera, e em meio a esse cenário perturbador, o pressentimento de que alguma coisa ruim os aguarda já está presente ali, de forma densa, surgindo quase como uma espécie de medo premonitório que toma conta da atmosfera de quase todo o filme.

O elenco de Scott e o caráter conciso do roteiro também contrariavam a maior parte dos filmes de FC que vieram antes de *Alien* – o senso de contenção e representação realista está mais próximo de *2001: Uma Odisseia no*

Espaço (um filme que Scott apreciava) que de *Ele! o Terror que Vem do Espaço*. Na falta de autênticos superastros, atores como Sigourney Weaver, Yaphet Kotto, Ian Holm e Veronica Cartwright somam-se à rigorosa normalidade do filme. Grande parte do diálogo é murmurado, tem falas sobrepostas ou simplesmente desaparece sob os silvos e gemidos da nave cavernosa. Juntos, Scott e seu elenco conseguem criar a impressão de que aquele grupo de astronautas cansados, desleixados, encontra-se há anos preso numa armadilha e as tensões entre eles começam lentamente a se revelar em sua irritada convivência.

Ficamos quase uma hora acompanhando o filme antes que a tripulação da *Nostromo* descubra a fonte do alarme que os despertou do estado de animação suspensa – uma nave alienígena que parece mais orgânica que construída. Como todos os elementos extraterrestres em *Alien*, essa nave – apelidada de *Juggernaut* – foi desenvolvida, desenhada e construída por Giger, que trabalhou ardorosamente com pilhas de ossos, poliestireno, argila e tinta spray na Shepperton Studios. Com o cabelo liso repuxado para trás e jaqueta de couro preto, que se recusava a tirar mesmo no sufocante calor do verão, Giger foi com frequência comparado a Peter Lorre pelos colegas da equipe. Giger, no entanto, apesar de toda a excentricidade, provou ser a arma secreta do filme; sua nave, com um interior cheio de estrias e um piloto estranho, havia muito tempo morto, fossilizado, parecia diferente de qualquer coisa vista antes num filme.

Depois há o próprio alienígena, que Kane (John Hurt) descobre nas entranhas da nave desconhecida: um parasita que se parece com uma espécie de fusão biológica entre um crustáceo e um aracnídeo, que irrompe de um ovo de casca dura, como se fosse feito de couro, e se agarra a seu rosto. Contrariando o comportamento que achavam mais prudente, os colegas de Kane o arrastam de volta para a *Nostromo*, e Ash, o oficial de ciências da equipe (interpretado por Ian Holm), permite que eles entrem, contrariando as ordens da tenente Ripley para seguir o protocolo de quarentena da nave. Sem sucesso, eles tentam remover o alienígena do rosto de Kane durante uma fracassada intervenção cirúrgica em uma das garras do alienígena, e neste momento, descobrem acidentalmente que seu sangue é uma espécie de ácido extremamente corrosivo. Durante o processo, é revelado que o parasita depositou alguma coisa nas vísceras de Kane. Ash parece saber o que é; e sem a menor sombra de dúvida, o filme está avançando para algo terrível. Após algumas horas, o parasita se descola sozinho do rosto de Kane, e a partir deste ponto, o público em 1979 não estava preparado para o que viria em seguida.

Kane mal consegue comer mais que alguns bocados de sua última refeição antes que as "dores do parto" tenham início. Numa das cenas mais famosas do cinema de FC, um feto alienígena irrompe do tórax de Kane, rasgando e guinchando por entre uma camisa encharcada de sangue. É uma sequência abrupta e violenta, tanto em termos visuais quanto em suas implicações: os atores, escritores e técnicos por trás de *Alien* conseguiram trazer à luz um artefato hediondo do subconsciente humano. Uma manifestação de todos os nossos piores medos da doença, da violência sexual, do nascimento e da morte. É, como Ash coloca de modo eloquente e perturbador, o "filho de Kane".

Pior de tudo, o horrível ciclo de vida do alienígena parece extremamente convincente: é um parasita que pode ficar em estado latente, talvez durante séculos, antes de saltar e impregnar sua presa. Uma vez incubado, o alienígena, após o nascimento de sua segunda etapa de vida, cresce, atingindo o tamanho de 2,5 metros de altura e então… bem, o filme de Scott deixa as atividades da criatura em grande parte obscuras, pelo menos na versão de *Alien* para exibição nos cinemas. Uma cena deletada mostra Ripley (Weaver) descobrindo uma espécie de ninho, onde o monstro estelar mantém, em um casulo, o capitão Dallas, que parece estar em estado de semianimação suspensa orgânica, para servir mais tarde, talvez, como um novo hospedeiro – para perpetuar a espécie. As motivações do alienígena são elaboradas de modo um tanto diferente na sequência de Cameron em 1986 (ver Capítulo 20), mas, para o público do final dos anos 1970, a criatura permanecia assustadora e ambígua. Lampejos de sangue, não incluindo a cena do nascimento, têm um efeito passageiro; fica a nosso critério decidirmos sozinhos se o alienígena é sugador de sangue, comedor de carne ou utiliza suas vítimas para fins ainda mais perturbadores.

A maior sacada de *Alien*, no entanto, foi jogar Sigourney Weaver como a única sobrevivente da *Nostromo*. Foi supostamente Alan Ladd Jr quem sugeriu que Ripley deveria ser um personagem feminino depois de ler um primeiro esboço do roteiro; o próprio Ladd admitiu mais tarde que foi influenciado pela popularidade de uma série de filmes protagonizados por mulheres nos anos 1970, como *Júlia* (*Julia*, 1977), estrelado por Vanessa Redgrave e Jane Fonda, e *Momento de Decisão* (*The Turning Point*, 1977), estrelado por Shirley MacLaine e Anne Bancroft – ambos os filmes que ele apoiou na Fox. Mas embora a sugestão de Ladd pudesse ter sido conduzida, ao menos em parte, pelo instinto comercial, o resultado foi algo de fato raríssimo no cinema de ficção científica antes de 1979: uma heroína inteligente e capaz como qualquer um dos personagens masculinos à sua volta. As plateias que assistiram *Alien* nos anos 1970 podem ter presumido que Dallas (Tom Skerritt), o macho alfa da *Nostromo*, poderia ser a pessoa que dominaria a ferocidade do oitavo passageiro da nave; em vez disso, Dallas encontra um destino cruel ao rastejar perto de um oleoso sistema de ventilação. É Ripley – astuta, inteligente, até mesmo um tanto reservada – que acaba enganando a criatura que parecia indestrutível.

Quase por acaso, os criadores de *Alien* produziram uma perfeita imagem no espelho com Ripley e o alienígena. Como o Dr. Mórbius em *O Planeta Proibido*, Giger faz surgir um monstro apavorante de seu subconsciente: uma escorregadia materialização de medos nitidamente masculinos com relação a sexo, contaminação e parto. Talvez, então, seja de fato adequado para o final do filme uma mulher expelir esse monstro violento da psique masculina.

O melhor e o pior do horror espacial

Antes de *Alien*, filmes de horror espacial eram em geral coisas baratas, caracterizadas por cenários precários e monstros que não chegavam a ser convincentes. Uma exceção notável foi *Planeta dos Vampiros* (*Terrore nello spazio*), dirigido pelo cineasta italiano Mario Bava, e lançado em 1965. Embora traga muitas das características de um filme B (atuação mecânica de um elenco nada carismático, efeitos especiais irregulares), contém momentos de genuína tensão. Como em *Alien, o Oitavo Passageiro*, em *Planeta dos Vampiros* um grupo de exploradores pousa num planeta inóspito; lá, uma força invisível faz com que eles se voltem, com violência, uns contra os outros. Iluminado pelo colorido suntuoso, que é típico de Bava, e apresentando alguns projetos cenográficos e figurinos notáveis, *Planeta dos Vampiros* traz muita coisa em comum com *Alien* e algumas tomadas chegam a ter uma semelhança marcante.

Depois de *Alien*, o subgênero do horror espacial sentiu-se vingado. Como nenhum dos novos filmes, apesar de variarem de forma radical em qualidade e orçamento, poderia se equiparar ao clássico de Scott em termos de detalhe ou suspense, muitos optaram pelo caminho mais fácil da repugnância e dos jorros de sangue. *Planeta do Medo* (*Inseminoid*, 1981), do Reino Unido, foi uma imitação de mau gosto de *Alien*, com o monstro do título em inglês impregnando suas vítimas e transformando-as em alucinados zumbis. Stephanie Beacham encabeça o elenco e passa grande parte do filme tropeçando nos túneis do que é, sem dúvida, uma mina abandonada.

Líder em Hollywood dos filmes de baixo orçamento, Roger Corman respondeu com alguns clones de *Alien* de sua autoria. É possível que o melhor tenha sido *Galáxia do Terror* (*Galaxy of Terror*, 1981), que vê um grupo de exploradores neuróticos pousarem num planeta onde seus piores medos são concretizados É um filme divertidamente mal-acabado e ordinário, mas que se destaca por várias razões: antes de qualquer coisa fornece uma primeira incursão no gênero do ator Robert Englund, futuro intérprete de Freddy Krueger; em segundo lugar, tem uma cena na qual a cabeça de Erin Moran, da série *Dias Felizes* (*Happy Days*, 1974-1984), explode; e quem der uma olhada nos créditos do final vai ver que o *designer* de efeitos e diretor da segunda unidade em *Galáxia do Terror* foi um tal de James Cameron.

Outros clones de *Alien* dos anos 1980 incluíram *Titan Find* (também conhecido como *Criatura* [*Creature*, 1985], com uma *performance* tipicamente desvairada de Klaus Kinski, e *XB: Galáxia Proibida* (*Forbidden World*) (também conhecido como *Mutant*, 1982), que apresenta, dentre todos eles, um dos finais de mais espantoso mau gosto de todos os tempos. O diretor Tobe Hooper, cujo *O Massacre da Serra Elétrica* tinha proporcionado muita inspiração a Ridley Scott nos anos 1970, testou sua habilidade num filme de quase horror espacial dirigido por ele em 1985: *Força Sinistra (Lifeforce)*, baseado num romance de Colin Wilson, *Vampiros do Espaço (The Space Vampires*, 1976). O filme mostra uma equipe de astronautas resgatando um trio de alienígenas pseudo-humanoides de uma nave oculta na cauda do Cometa Halley. Os astronautas são mortos, de forma misteriosa, na viagem de volta à Terra, enquanto os alienígenas – despontando entre eles, Mathilda May, completamente nua – revelam-se como predadores que sugam energia vital dos humanos e levam o caos a Londres por meio de uma epidemia na qual cada pessoa atacada e morta pelos alienígenas renasce como um zumbi que suga energia de outros em uma mortal reação em cadeia.

Como a maior parte dos filmes de terror pós-*Alien*, *Força Sinistra* não causou grande impacto em termos de bilheteria e, para olhos modernos, parece extremamente chocante que tanto dinheiro – uma então considerável cifra de 25 milhões de dólares – fosse esbanjado em um filme tão bizarro. Seja como for, *Força Sinistra* sobreviveu como uma excentricidade *cult*, assim como os outros filmes mencionados até aqui. Mesmo os filmes de horror espacial lançados mais recentemente, como, por exemplo, *O Enigma do Horizonte (Event Horizon*, 1997), uma espécie de versão gótica de *O Iluminado (The Shinning*, 1980) misturada com viagem espacial, se esforçaram para causar o mesmo tipo de impressão que *Alien*, ainda que, vez por outra, produzam suas próprias imagens fantásticas.

Em 2012, Ridley Scott fez *Prometheus*, o filme inicial de uma planejada trilogia de prelúdios de *Alien*. Mais uma vez, a tripulação de uma espaçonave faz uma infortunada viagem para um planeta distante, onde todo tipo de monstros a aguarda. As imagens são com frequência espetaculares, mas mesmo Scott não conseguiu replicar, com *Prometheus*, a tortuosa ameaça de *Alien*. Sua trama, com ecos de *Planeta dos Vampiros* e mesmo de *Galáxia do Terror*, possui uma tendência a desmistificar o universo *Alien* até mesmo enquanto o expande. Os monstros, apesar da palidez da pele, dos tentáculos e dentes afiados, não passam de uma sombra do apavorante alienígena de *Alien*. Sem dúvida a descrição feita por Ash do monstro de *Alien* se aplicava também àquele primeiro filme: "É o organismo perfeito. Sua perfeição estrutural só se equipara à sua hostilidade".

PARA IR FUNDO, ASSISTA À SELEÇÃO DE FILMES
MENCIONADOS NESTE CAPÍTULO:

Planeta dos Vampiros (Terrore nello spazio, 1965)

Dark Star (1974)

Planeta do Medo (Inseminoid, 1981)

Galáxia do Terror (Galaxy of Terror, 1981)

XB: Galáxia Proibida (Forbidden World, 1982)

Criatura (Titan Find, 1985)

Força Sinistra (Lifeforce, 1985)

O Enigma do Horizonte (Event Horizon, 1997)

Prometheus (2012)

15. Veio do Deserto

Mad Max (1979)

"*Estou há mais tempo nessa estrada e sou um deles, sacou? Uma loucura incurável. Só que tenho um distintivo de bronze para dizer que sou um dos mocinhos.*"

Desde uma tenra idade, George Miller teve uma espécie de relação de amor e ódio com carros. Foi criado em Chinchilla, uma pequena cidade no interior de Queensland, na Austrália, onde os rapazes disputavam corridas subindo e descendo as estradas poeirentas em arrepiantes velocidades. Na época em que deixou Queensland para estudar medicina, Miller já tinha perdido vários amigos em acidentes de carro; durante seu período como médico residente no St Vincent's, um hospital de Sydney, viu uma série de pessoas levadas de maca para a emergência, gente que tinha sofrido acidentes envolvendo alta velocidade.

"Os EUA têm sua cultura das armas", Miller disse um dia à *Cinema Papers*, uma revista sobre filmes australianos, "nós temos nossa cultura dos carros."[1]

Embora exercesse a medicina, a outra paixão de Miller era fazer cinema. Seu curta *Violence in Cinema: Part I* [*Violência no Cinema: Parte I*], produzido em 1971 com um parceiro criativo, Byron Kennedy, ganhou vários

---

[1] Ver: <https://issuu.com/libuow/docs/cinemapaper1979mayno021>.

prêmios – para não mencionar uns murmúrios de controvérsia por sua carnificina explícita. Miller não foi de modo algum o primeiro cineasta australiano a investigar a atitude de seu país com relação à violência. O medonho drama *cult* de terror *Pelos Caminhos do Inferno* (*Wake in Fright*, 1971), do diretor Ted Kotcheff,* explorava a cultura de muito álcool e brigas violentas de uma cidadezinha australiana e obtina um efeito hipnótico. A estreia de Peter Weir, *Violência por Acidente* (*The Cars that Ate Paris*, 1974), era sobre uma pequena cidade solitária cujos habitantes tiravam visitantes incautos da estrada, saqueavam os veículos destroçados e carregavam os motoristas para usá-los em estranhos experimentos médicos (ao que parece, o trabalho de Weir inspirou o próprio Roger Corman a fazer um filme, em 1975, sobre carnificina sobre rodas: *Corrida da Morte – Ano 2000* [*Death Race 2000*].

Foi, no entanto, o filme de Miller de 1979, *Mad Max*, que realmente conquistou as plateias de cinema e, apesar de seus humildes começos como filme apelativo de baixo orçamento, acabou se tornando uma franquia de muitos milhões de dólares – transformando, no processo, em astro de Hollywood seu principal destaque, Mel Gibson.

A trama de *Mad Max* é despojada como uma corrida de carros. Em uma Austrália de um futuro próximo, um suprimento de combustível cada vez menor deixou a sociedade em completa desordem. Diversas gangues de assaltantes e psicopatas vagam pelas longas faixas de asfalto como salteadores ou bandidos no Velho Oeste. Um grupo de ação policial chamado Força Central de Patrulha [MFP na sigla em inglês] faz o que pode para lidar com toda essa anarquia. O agente Max Rockatansky (Gibson) é um dos melhores membros da MFP – isto é, até quando vê um colega, Goose (Steve Bisley), e depois sua própria família ser assassinada por uma violenta gangue liderada pelo maníaco Toecutter [Corta Pé], interpretado por Hugh Keays-Byrne. Uma névoa vermelha desce sobre Max e ele parte numa fúria abastecida pela vingança.

A partir dessa premissa deliberadamente simples, Miller apresenta um exercício cinematográfico de filmagem com baixo orçamento. Com um

---

* Kotcheff seria, cerca de dez anos depois, o diretor de *Rambo: Programado para Matar* (*First Blood*, 1982). (N. E.)

punhado de carros e poucos recursos, ele cria a impressão de um mundo à beira do colapso; *Mad Max* é um filme violento não só em termos do conteúdo, mas na trilha sonora, na filmagem e na edição. Há uma brutalidade crua no modo como uma sequência flui para a próxima; como o grande tubarão branco em *Tubarão*, de Steven Spielberg, *Mad Max* nunca para de se mover. Como o próprio Miller certa vez colocou, *Mad Max* tem "o impacto de um acidente de carro".

Por incrível que pareça, *Mad Max* foi feito por quase absolutamente nada – Miller situa seu orçamento em torno de 300 mil dólares, que é mais ou menos o que Roger Corman estava gastando para fazer seus filmes no fim dos anos 1970. Essa pequena soma de dinheiro foi arrecadada em grande parte de investidores privados, de Miller e do produtor Byron Kennedy; durante três meses, a dupla trabalhou como uma equipe de paramédicos, Kennedy dirigindo o carro e Miller pulando para prestar assistência. "Pegamos muitas histórias para o filme visitando vítimas de acidentes na estrada que haviam passado por experiências traumáticas", Kennedy recordou mais tarde. "Nesse curto período, também conseguimos ganhar uma soma de dinheiro bem razoável..."[2]

Ainda assim, 300 mil dólares era uma quantia muito pequena, em particular dado o número de cenas arriscadas que a trama requeria. Tempo e dinheiro eram de fato tão curtos que numerosas cenas foram rodadas sem autorização, com Miller e sua equipe fechando estradas, roubando alguns planos e seguindo em frente; sintonizando a frequência da polícia, conseguiam escapar. Sem dúvida o baixo orçamento contribuiu para o estilo áspero do filme, completado por alguns detalhes extras nas cenas arriscadas: numa sequência do filme acabado, podemos ver com clareza um dublê sendo atingido na cabeça pela própria motocicleta; em outra cena, um carro em excessivos 160 km/h derrapa e fica perigosamente fora de controle – incidentes conservados por Miller na versão final. O enfoque improvisado do filme se estendeu aos cenários: o diretor de arte Jon Dowding "tomou emprestado" placas com dizeres de uma mercearia local para um punhado de

---

[2] Ver: <https://issuu.com/libuow/docs/cinemapaper1979mayno021>.

cenas, usou-as para preparar um cenário e devolveu-as após a filmagem na manhã seguinte.

Em 1979, George Miller e sua equipe voltaram da savana nos arredores de Melbourne com um ruidoso, turbulento filme de FC que explorava o espírito dos anos 1970. O conflito no Oriente Médio e o declínio da produção de petróleo nos Estados Unidos levaram a duas crises de combustíveis, em 1973 e 1979; os suprimentos minguaram, o custo do petróleo disparou, as bolsas de valores fraquejaram.

"Eu havia morado em Melbourne, uma cidade adorável e tranquila", Miller explicou mais tarde ao *Daily Beast*, "e durante a Opep e o período mais grave da crise do petróleo, quando as únicas pessoas que conseguiam obter alguma gasolina eram os profissionais de saúde da área de emergência, os bombeiros, as equipes de hospitais e a polícia, bastaram dez dias nessa cidade realmente pacífica para o primeiro tiro ser disparado. Então eu pensei: 'E se isso acontecesse durante dez anos?'"[3]

Contra esse pano de fundo global, e a partir de suas próprias experiências como australiano, Miller forjou uma mistura extremamente pessoal de distopia de FC, faroeste, terror, *thriller* de vingança e filmes com motocicletas. Embora lhe faltassem os recursos disponíveis para os diretores de filmes como *Planeta dos Macacos*, *No Mundo de 2020* ou do pouco visto *Herança Nuclear*, Miller conseguiu criar um sentimento apocalíptico. *Mad Max* é, ao mesmo tempo, um filme que dá uma olhada melancólica no que um futuro com recursos esgotados poderia produzir e, talvez, também uma sátira condenatória de um determinado tipo de masculinidade; o filme pinta um retrato sombrio e divertido do homem como um animal de rebanho, habituado a seguir um líder carismático – neste caso, Toecutter – e a transformar em fetiches carros, armas e atos frios de violência. E como logo veremos, o estilo maltrapilho, desleixado de *Mad Max* não demoraria a desovar uma série de imitadores de todos os cantos do globo.

---

[3] Ver: <http://www.thedailybeast.com/articles/2015/05/16/mad-max-fury-road-how-9-11-mel-gibson-and-heath-ledger-s-death-couldn-t-derail-a-classic.html>.

Com uma bilheteria estimada em 100 milhões de dólares, *Mad Max* ainda figura entre os mais lucrativos filmes independentes de todos os tempos. Como resultado, a humanidade se afundou ainda mais no caos dois anos depois com *Mad Max 2 – A Caçada Continua* (*Mad Max 2: The Road Warrior*, 1981), em que Max Rockatansky de novo entra em combate com gangues de maníacos em desoladas estradas da Austrália. Menos lucrativo que o primeiro *Mad Max*, *Mad Max 2 – A Caçada Continua* é, no mínimo, ainda mais espetacular que seu predecessor. A sequência um pouco menos satisfatória *Mad Max – Além da Cúpula do Trovão* (*Mad Max Beyond Thunderdome*) aparece em 1985, coestrelada por Tina Turner como a personagem com o magnífico nome de Titia Entidade, e desloca o foco da ação com veículos para o combate de gladiadores numa arena em forma de meia-lua. Filme mais caro, até aquele momento, da série *Mad Max*, foi também o mais limitado em termos de bilheteria – embora o cuidado atento de Miller com a ação e a construção de mundos sugira que o filme tem um devotado culto de seguidores.

A partir do final dos anos 1990, Miller lutou para fazer um quarto filme *Mad Max*, com inúmeros obstáculos, do financiamento ao tempo, frustrando várias vezes seus planos. A filmagem do que se tornaria *Mad Max: Estrada da Fúria* (*Mad Max: Fury Road*) só começou para valer em 2012, com Miller e sua equipe provocando batidas repetidas de carros, durante quase quatro meses, no calor abrasador do deserto da Namíbia. A essa altura, Miller estava se aproximando dos 70 anos; seu diretor de fotografia, John Seale, teve de ser convencido a fazer uma pausa na aposentadoria para juntar-se a ele na produção. Uma filmagem nessas condições teria sido extenuante para cineastas com a metade da idade deles, mas os dois persistiram; em meados de 2013, quando o trabalho se encerrou, Miller e sua equipe haviam criado um copião de espantosas 480 horas. Dessa bizarra nuvem de areia, poeira, fogo e metal surgiu outro perturbador delírio cinematográfico, editado de forma impecável pela parceira de Miller, Margaret Sixel: um filme de perseguição alucinante, que atualiza a loucura do original de 1979 para uma moderna audiência multiplex. O ator britânico Tom Hardy substitui Mel Gibson como um novo, monossilábico Max Rockatansky, mas a trama do filme realmente pertence a Charlize Theron, como Furiosa, uma motorista de caminhão atormentada, magoada, que rouba um grupo de "esposas" cativas de um chefe guerreiro, Immortan Joe (Hugh Keays-Byrne, de volta do primeiro *Mad Max* em um novo disfarce), dando o pontapé inicial numa perseguição apocalíptica, praticamente sem pausas, durante duas sólidas horas.

A crítica da masculinidade em *Mad Max: Estrada da Fúria* é, no mínimo, ainda mais corrosiva que três décadas atrás. Por meio de seu perverso mundo apocalíptico, Miller comenta a tendência do homem a converter tudo em mercadoria (a água é rotulada de "Água Cola" por Immortan Joe) e a sinistra inevitabilidade da violência. Em 1979, Miller viera não se sabe de onde com um projeto inovador que se tornou um dos filmes mais influentes de sua época; que tenha conseguido fazer outro filme com a mesma energia e entusiasmo trinta e cinco anos mais tarde é um testemunho de sua competência como cineasta.

Ação pós-apocalíptica

Na descrição de uma sociedade em rota de colisão com o colapso, *Mad Max* não precisou de planos com efeitos especiais, de cidades em ruínas, nem de cenários caros. Seu uso de locações reais, remotas, deixa o filme com um clima de sujeira e abandono; com a adição de alguns veículos decrépitos, modificados, e um punhado de dublês valentes (e, é bem possível, malucos), *Mad Max* prova que se pode fazer um *thriller* de ação futurista tendo apenas "uns trocados" como orçamento.

O filme de George Miller inspirou outros cineastas a partir para o meio do nada com um punhado de atores, alguns acessórios de cena, uma câmera e voltar com seu próprio *thriller* apocalíptico. O resultado foi um subgênero surpreendente e vibrante, envolvendo as Ilhas Antípodas, a Europa, as Filipinas e a América. Embora poucos – se é que algum – dos diretores por trás desses filmes tivessem a inteligência e o talento exibidos por Miller, eles costumavam compensar a falta de habilidade para contar uma história com uma brutal e descuidada falta de moderação.

A grande usina de força europeia para as derivações de *Mad Max* foi a Itália, um país que substituiu uma orgulhosa linhagem de faroestes, filmes de ação e filmes de terror das décadas de 1960 e 1970 por um desfile de clones baratos de filmes de Hollywood. Um dos primeiros foi *Os Guerreiros do Bronx* (1990: *The Bronx Warriors*, 1982), que pega emprestado o poeirento pós-apocalipse de *Mad Max 2* e, para compor o cenário, acrescenta uma fatia do *thriller* de gangues de Walter Hill, de 1979, *Os Selvagens da Noite* (*The Warriors*). Filmado com um orçamento visivelmente baixo, ainda assim *Os Guerreiros do Bronx* faz tudo para entreter: seus compactos 90 minutos incluem pegas de alta velocidade envolvendo gangues de motoqueiros e baderneiros em carros antigos, além de tiroteios, lutas de espadas, explosões e porções liberais de sangue. O diretor Enzo G. Castellari, que tinha dirigido, entre outras coisas, um filme *cult* de 1977, *Assalto ao Trem Blindado*, também conhecido como *Bastardos sem Glória* (*Quel Maledetto Treno Blindato*), fez mais dois filmes pós-apocalípticos em rápida sucessão: *Os Novos Bárbaros* (*The New Barbarians*, 1983) e *Fuga do Bronx* (*Escape from The Bronx*, 1983), cada qual com seu próprio encanto rústico. Uma das grandes proezas em *Os Novos Bárbaros* envolve um carro abrindo caminho por uma pilha de barris de chope vazios.

O clone mais rústico digno de lembrança vindo da Itália foi, talvez, *Exterminadores do Ano 3000* (*Gli sterminatori dell'anno 3000*, 1983), uma orgia de 90 minutos de homens de cabelos compridos batendo com carros em regiões selvagens da Itália e Espanha. Como em tantos desses filmes, a trama é quase inexistente; o que distingue *os exterminadores* é seu desfile de proezas que parecem genuinamente perigosas. Na batalha final do filme, irrompe um vigoroso choque entre dois exércitos de veículos enferrujados, resultando num cômico, ainda que meio apavorante, carnaval de metal retorcido e corpos voando. A certa altura, um dublê explode sem nenhuma razão que se possa identificar.

Enquanto isso, do outro lado do Atlântico, nos Estados Unidos, cineastas tentavam a sorte com suas próprias homenagens a *Mad Max*. *Crepúsculo de Aço* (*Steel Dawn*, 1987) estava tão concentrado em incorporar o espírito de *Max* que seus criadores contrataram o compositor australiano do filme, Brian May (não confundir com o guitarrista do Queen), para fazer a trilha sonora. Ambientado em outra área remota e arenosa do pós-apocalipse, *Crepúsculo de Aço* é um pouco mais elegante que seus confrades da Itália. Primeiro temos o elenco, que apresenta Patrick Swayze, como o herói, Nomad; Anthony Zerbe, como chefe de uma gangue do mal que aterroriza uma cidadezinha de colonos; e atores especialistas em tipo estranhos, como Brion James (de *Blade Runner*) e Arnold Vosloo. Com orçamento um pouco mais folgado que a maioria dos clones de *Mad Max* (cerca de 3,5 milhões de dólares), *Crepúsculo de Aço* se vangloria por contar com alguns imponentes recursos de produção e fotografia competente (por acaso, aliás, também rodaram o filme na Namíbia, na mesma locação do deserto que Miller usou, quase trinta anos depois, para *Mad Max: Estrada da Fúria*). *Crepúsculo de Aço* foi apenas um exemplar numa pequena onda de filmes de ação pós-apocalíptica que teve pérolas *cult* como *Cherry 2000* (dirigido por Steve De Jarnatt, de *Miracle Mile*), *A Continuação da Espécie* (*Hell Comes to Frogtown*) e *Juggers – Os Gladiadores do Futuro* (*The Salute of the Jugger*) (estrelado por Rutger Hauer), todos seguindo em seu rastro. Contudo, se os produtores por trás deles também esperavam tirar proveito do modesto sucesso de *Mad Max – Além da Cúpula do Trovão*, logo ficariam desapontados. Embora tenham conseguido um culto dedicado de fãs ao serem lançados em VHS, nenhum desses filmes conquistou o público mais amplo, como fizera a série de pesadelo de Miller.

Mesmo assim, *Mad Max* continuou sendo uma fecunda fonte de inspiração para cineastas do mundo inteiro. O mangá japonês e série de anime *Hokuto no Ken*, conhecido no Ocidente como *O Punho da Estrela do Norte*, foi uma saga oriental pós-apocalíptica na tradição de *Mad Max*. Extraordinariamente sangrento e violento (é sobre uma classe guerreira que consegue matar os adversários fazendo pressão em certos pontos do corpo), *O Punho da Estrela do Norte* ganhou um longa-metragem de animação em 1986, a adaptação em um filme B de *live action* em 1995 e um pequeno exército de *videogames* derivados que existem até hoje.

Talvez o maior de todos os filmes inspirados em *Mad Max*, no entanto, seja *Waterworld – O Segredo das Águas* (*Waterworld*). Feito com o que era, em 1995, uma gigantesca soma de dinheiro (172 milhões de dólares), sua ação se passa num mundo futuro submerso pelo derretimento das calotas polares. Sem nenhum lugar para dirigir um caminhão ou moto, bandos sem lei migraram para o alto-mar, onde realizam violentos ataques a ilhas artificiais povoadas por sobreviventes esfarrapados. Kevin Costner, no papel de um *mariner* geneticamente modificado, é um herói de poucas palavras, com algumas das aptidões para a natação do herói dos quadrinhos Aquaman, enquanto Dennis Hopper encarna seu oponente tagarela, Deacon. Prejudicado por uma filmagem conturbada e orçamento estourado, *Waterworld* reembolsou seus custos, mas lutou para se livrar do estigma de produção tensa, coberta em festivos detalhes pela imprensa.

Até agora nenhum outro filme de ação pós-apocalíptica conseguiu de fato se equiparar a *Mad Max* e suas sequências em termos de engenhosidade e imagens icônicas. Os imitadores da série agarram-se vorazmente à ideia de heróis e vilões lutando por sucata no fim do mundo, mas tendem a ignorar o significado mais profundo dos filmes de George Miller: a crítica corrosiva e cômica da idiotice machista – uma obsessão por armas, carros e violência; o desejo de se apossar de terras e dominar o menos capaz; a tendência a seguir estupidamente um líder, como um animal de rebanho. Essa linha satírica estava de volta com força total em *Mad Max: Estrada da Fúria* – e mais uma vez outros cineastas tentaram seguir a vibração de seu rastro. No final de 2016, uma empresa produtora chinesa anunciou *Mad Shelia: Virgin Road*[4] [*Mad Shelia: Estrada Virgem*], um plágio tão flagrante de *Mad Max: Estrada da Fúria* quanto aqueles velhos filmes italianos eram plágios de *Mad Max 2*. O que só prova, mais uma vez, que imitar é a forma mais sincera de mostrar aprovação.

---

[4]   Ver: <http://edition.cnn.com/2016/11/25/asia/china-mad-max-mad-shelia>.

PARA IR FUNDO, ASSISTA À SELEÇÃO DE FILMES DE FC
MENCIONADOS NESTE CAPÍTULO:

Os Guerreiros do Bronx (*1990: The Bronx Warriors*, 1982)

Os Novos Bárbaros (*The New Barbarians*, 1983)

Fuga do Bronx (*Escape from The Bronx*, 1983)

Exterminadores do Ano 3000 (*Gli sterminatori dell'anno 3000*, 1983)

O Punho da Estrela do Norte (*Hokuto no Ken*, 1986)

Crepúsculo de Aço (*Steel Dawn*, 1987)

Cherry 2000 (1987)

A Continuação da Espécie (*Hell Comes to Frogtown*, 1988)

Juggers – Os Gladiadores do Futuro (*The Salute of the Jugger*, 1989)

Waterworld – O Segredo das Águas (*Waterworld*, 1995)

16. Mais Humano que o Humano

Blade Runner (1982)

"Se ao menos você pudesse ver o que eu vi com seus próprios olhos…"

Deve ter havido um momento durante a produção de *Blade Runner, o Caçador de Androides* em que Ridley Scott se perguntou no que havia se metido. O diretor estava batendo de frente com produtores e chefes de estúdio, que queriam saber para onde todo seu dinheiro estava indo. Ele não estava se dando bem com o astro do filme, Harrison Ford. A greve de um escritor irrompeu no meio da produção. As filmagens ocorreram quase inteiramente à noite, com máquinas de chuva encharcando o elenco com galões de água. Talvez o pior de tudo é que Scott estava enfrentando um motim de sua equipe, que havia se oposto a certas declarações que o cineasta dera à imprensa do Reino Unido sobre como era trabalhar nos Estados Unidos. Após o sucesso de *Alien*, Scott se tornara "um estranho numa terra estranha": um diretor britânico trabalhando em Los Angeles em seu primeiro filme propriamente americano. *Alien* pode ter sido financiado pela 20th Century Fox, mas foi rodado nos Shepperton Studios no Reino Unido; *Blade Runner*, por outro lado, foi rodado inteiramente na Califórnia, no pátio da Warner Bros ou em locações nos arredores de Los Angeles.

Talvez tudo isso explique por que, num *thriller* sobre um detetive-assassino encarregado de caçar uma gangue de humanos artificiais – ou replicantes –, Scott se identifique com tanta força mais com a presa que com o caçador. Harrison Ford é o herói de *Blade Runner*, Rick Deckard, mas o filme dedica a mesma importância a Roy Batty (Rutger Hauer) e seu trio inumano de foras da lei. Baseado no romance *O Caçador de Androides* (*Do Androids Dream of Electric Sheep?* [*Androides Sonham com Ovelhas Elétricas?*]), do influente autor de ficção científica Philip K. Dick, *Blade Runner* é ambientado num século XXI assolado pela poluição e devastado pela guerra. Grande parte da humanidade migrou para colônias em outros planetas, deixando as ruas de cidades como Los Angeles povoadas por todos os criminosos e tipos estranhos que não conseguiram fugir do ninho tóxico que o planeta se tornou. Em 2019, a Corporação Tyrell aperfeiçoa a técnica de fabricar humanos artificiais que quase não podem ser distinguidos das outras pessoas. Criados como soldados, operários ou prostitutas, esses replicantes são de fato escravos para os colonizadores de outros mundos. Proibidos de colocar o pé na Terra, são considerados suficientemente problemáticos para haver inclusive uma ramificação especial da polícia, apelidada *Blade Runners*, dedicada a caçá-los.

O taciturno Deckard é um desses caçadores de androides, cuja aposentadoria é interrompida por seu antigo e desleixado chefe (M. Emmet Walsh). Ele volta ao serviço com um enigmático parceiro mais jovem, Gaff (Edward James Olmos), para perseguir um perigoso quarteto de replicantes. O problema de Deckard é que a Corporação Tyrell se tornou um tanto boa demais no seu trabalho; agora os replicantes são tão realistas que o único meio científico de detectá-los é usar um dispositivo chamado máquina Voight-Kampff – uma espécie de polígrafo que mede as mínimas reações emocionais de seus entrevistados. O processo, no entanto, continua sendo lento e carregado de riscos. Um colega de Deckard leva vários tiros de Leon (Brion James), um replicante descoberto durante um desses interrogatórios. Leon é um Nexus 6 e um dos quatro replicantes sobreviventes que estão à solta nas ruas selvagens de Los Angeles.

Tamanhos são o detalhe e a abrangência de *Blade Runner* que filmes inteiros poderiam ter sido derivados de apenas um dos elementos da história.

Não é difícil imaginar uma versão alternativa que fosse simplesmente sobre caçadores de androides usando a máquina Voight-Kampff para dar sumiço em suas presas; uma espécie de novela policial de Agatha Christie misturada com a inquisição espanhola. Como os replicantes são feitos já é algo fascinante. O filme sugere que são construídos de um modo que lembra como eram feitos os relógios no século XVIII, com os artesãos trabalhando órgãos específicos e partes do corpo em oficinas particulares. Podemos presumir que as partes fossem todas enviadas a um laboratório Tyrell para serem montadas. Só encontramos dois desses artesãos em *Blade Runner:* Chew (James Hong), que se especializa em fazer os olhos, e J. F. Sebastian (William Sanderson), um *designer* genético. O filme nos leva a imaginar todos aqueles outros órgãos criados de forma artesanal e o que lhes é acrescentado nos laboratórios.

Grande parte desses detalhes podem ser encontrados no romance de Philip K. Dick que originou o filme e, sem dúvida, há muitos detalhes apenas esboçados na tela ou inteiramente omitidos. Que a vida animal na Terra esteja em grande parte extinta e que os humanos tenham resolvido fabricar criaturas artificiais é apenas um breve detalhe contextual em *Blade Runner;* no livro, é muito mais crucial. Possuir um animal de estimação real é visto como símbolo de *status* em *Androides Sonham com Ovelhas Elétricas?*; num curioso floreio típico do autor, a motivação de Deckard para caçar os replicantes é levantar fundos para ter um animal de carne e osso. Outros elementos do livro, como uma máquina que permite que os usuários "disquem" emoções e uma religião futurista chamada mercerismo são completamente omitidos.

Ao adaptar o livro de Dick, os roteiristas Hampton Fancher e David Peoples trabalharam com elementos de uma ficção detetivesca sem carga sentimental, com Deckard retratado como um investigador muito chegado a bebida, parecido com o Philip Marlowe de Raymond Chandler. A busca de Deckard pelos androides [replicantes] abrange apartamentos abandonados e clubes barra-pesada; o recluso Eldon Tyrell (Joe Turkel), chefe da corporação que fabrica os humanos artificiais, é parecido com o velho milionário de *O Sono Eterno* (*The Big Sleep*, 1939), de Chandler (por coincidência, *Blade*

Runner, o Caçador de Androides foi filmado no mesmo pátio da Warner que a adaptação feita desse livro em 1946). Mesmo o título do filme foi tirado de algum lugar; em 1974, o escritor Alan E. Nourse escreveu um romance de ficção científica chamado *The Bladerunner* [O Traficante de Lâmina]*, que foi transformado na sinopse de um filme chamado *Blade Runner* (*A Movie*) pelo autor de *Almoço Nu* (*The Naked Lunch*, 1959), William S. Burroughs. Hampton Fancher, à procura de um nome satisfatório, finalmente se decidiu pelo título conciso, evocativo de Burroughs.

O resultado é um filme que se afasta bastante de sua fonte em termos de trama e detalhes, mas, como o escritor e professor acadêmico Will Brooker destacou, *Blade Runner* capta com êxito o tom e a estrutura pouco articulada do livro de Dick. "*Blade Runner* [...] retém a incoerência fascinante e o emaranhado de ideias de Philip K. Dick", diz o professor Brooker, "e talvez também, devido às diferenças entre as versões, incorpore um senso dickiano de paranoia e alucinação. Entre uma e outras versões de *Blade Runner*, não conseguimos ter certeza do que vimos, ouvimos ou experimentamos, e podemos achar que estamos desenvolvendo falsas memórias".

Do início ao fim da obra de Dick, temos a sugestão repetida de que não é aquilo de que somos feitos que nos torna especificamente humanos, mas o modo como tratamos uns aos outros. Nas histórias do escritor, motoristas de táxi com inteligência artificial podem se mostrar tão sensatos quanto qualquer consultor de carne e osso; um alienígena pode se mostrar um marido melhor, mais sensível que a pessoa que ele substituiu. Tanto no romance *O Caçador de Androides* quanto no *Blade Runner* de Ridley Scott, somos informados de que o único meio confiável de distinguir entre humano e replicante é usar uma máquina que mede a empatia do replicante, mas é demonstrado durante todo o filme que os humanos podem ser tão desprovidos de empatia quanto os replicantes. Senão como explicar a capacidade de Deckard de balear friamente pelas costas uma mulher em fuga e,

---

* O título do livro de Nourse se refere a um contrabando de instrumentos para uma rede clandestina de saúde. *Blade* evoca bisturi e *runner* (um fugitivo, um homem que corre do sistema legal) o agente clandestino que o introduz. (N. T.)

desarmada? Em um momento de clímax, numa perseguição entre Deckard e o agonizante Roy Batty interpretado por Rutger Hauer, vemos um replicante executar um ato que só pode ser descrito como de empatia: Deckard tropeça e quase tem uma queda mortal; Batty, mesmo tendo visto Deckard matar seus irmãos artificiais um por um, estende a mão e o salva. O terceiro ato de *Blade Runner* vê Deckard completar sua jornada de matador a sangue-frio com uma nova compreensão: os replicantes realmente não são diferentes de nós.

Como *Metropolis*, quase setenta anos antes, *Blade Runner* esteve longe de ser um sucesso imediato. Exibições de teste foram desastrosas e, após uma filmagem contundente e difícil, Scott foi forçado a modificar consideravelmente o filme, adicionando uma narração (que pretendia esclarecer a trama) e um final inteiramente novo, menos ambíguo: na versão para exibição nos cinemas, como lançada em 1982, Deckard parte para o campo com sua amante androide, Rachael (Sean Young) – uma conclusão positiva em completo desacordo com o restante do filme. Essas mudanças finais pouco fizeram para ajudar na bilheteria de *Blade Runner*; num ano cheio de ofertas de FC, o filme foi bastante desconsiderado tanto pela crítica quanto pelo público. Para o professor Brooker, a suposição generalizada de que *Blade Runner* seria outro movimentado filme de aventuras como *Star Wars* pode ter sido um fator que contribuiu para a glacial recepção do filme.

"Minha teoria pessoal é que as plateias estavam esperando outro Harrison Ford, como nos filmes da saga *Star Wars*, e não tiveram isso", disse Brooker. "*Os Caçadores da Arca Perdida* (*Raiders of the Lost Arc*, 1981) também tinha consolidado a presença icônica de Ford e os tipos de filme em que ele aparecia: ação e aventura, recorrendo a seriados dos anos 1930, que eram reelaborados e embalados com a presença marcante de um anti-herói com um sorriso esperto e muito charme. E *Blade Runner* não trazia nada disso.

"Se nos dissessem que, após a bravura retrô de *Star Wars* e *Os Caçadores da Arca Perdida*, Ford ia aparecer numa versão dos filmes *noir* dos anos 1940, mas ambientada no futuro, ficaríamos esperando esse tipo de pastiche dissimulado, malicioso, afetuoso, com muito tiroteio, cenas arriscadas e romance."

"*Blade Runner* foi um desastre", me disse Ridley Scott em 2015. "Não funcionou. Não foi aceito pelas pessoas. Foi aí que eu aprendi a seguir em frente sem ler os jornais. Você não pode ler os jornais... Isso vai destruí-lo."[1]

Mas *Blade Runner* encontrou uma audiência receptiva em VHS e, aos poucos, suas imagens de um sombrio futuro de neon passaram a se infiltrar na cultura popular; Scott começou a reparar na sutil influência de seu filme sobre a MTV.

"E definitivamente ele florescia em bandas de rock-and-roll", disse Scott. "Florescia na MTV. Não são os músicos e caras desse tipo que pegam as coisas com mais rapidez que as outras pessoas? Sempre me lembro dos vídeos de vários grupos que eu via e achava incríveis! Porque eu costumava ver a MTV [...] E pensava: 'Oh, isso se parece com *Blade Runner*'. Mas não foi de repente. Começou a acontecer. Percebi que o filme exercia uma enorme influência sobre outros que trabalhavam com imagens."

Mesmo assim, era como se o dano a *Blade Runner* já tivesse sido feito. Durante anos, a versão alterada para o cinema do filme de Ridley Scott era tudo que existia. Só na década de 1990 uma cópia mais antiga – uma versão do filme que combinava melhor com as intenções originais do diretor – foi finalmente encontrada.

"Não havia uma voz em *off* e nenhum final idiota de um carro indo para as montanhas", disse Scott. "Era a versão em que eu realmente achei que tinha conseguido; acaba com o Harrison olhando fixo para o pedaço de origâmi, depois se juntando a Rachel. Feche a porta... é filme *noir*."

Quando finalmente ressurgiu em 1991, a versão do diretor de *Blade Runner* consolidou o crescente *status* do filme como um clássico do gênero. Com seu final original, mais ambíguo, que insinua de forma enfática que o próprio Deckard é um replicante, *Blade Runner* tem sido dissecado e analisado com atenção tanto por aficionados quanto por acadêmicos. A incrível cenografia e os efeitos visuais, criados por Douglas Trumbull, provaram ser tão cruciais quanto os de *Metropolis*, de Fritz Lang. E embora

---

[1] Ver: <http://www.denofgeek.com/movies/the-martian/37130/ridley-scott-interview-the-martian-prometheus-sequels>.

recorra ao filme de Lang, a atmosfera de *Blade Runner*, sua arrojada música eletrônica (assinada pelo músico e compositor grego Vangelis) e a riqueza de detalhes tiveram um impacto muito forte nas visões de futuro de outros filmes, livros e *videogames*.

"Em termos culturais, sem dúvida é uma referência frequente e importante", diz o professor Brooker, cujo livro *The Blade Runner Experience* examina em profundidade o legado do filme. "Acho que o teste Voight-Kampff se tornou uma inspiração cultural suficientemente familiar para as pessoas se referirem a ele com razoável regularidade, comparando-o a tecnologias como a Captcha (que pergunta de forma explícita: 'Você é um robô?'). Eu diria que o filme é muito digno de citação e que suas falas principais são com frequência repetidas."

A fala mais importante de todas vem de Roy Batty, interpretado com franca excentricidade pelo ator holandês Rutger Hauer. Escrita em parte pelo próprio Hauer, ocorre na cena final que leva à essência do apelo atemporal de *Blade Runner*. Quando está morrendo, com o período de vida de quatro anos, desesperadamente breve, quase no fim, Batty reflete sobre todas as coisas que viu e fez – e sobre como as memórias que o definiram logo desaparecerão para sempre.

"Em sua maquiagem, em seu programa, havia um clima de poesia", comentou Hauer, em 2016, sobre seu personagem. "Um clima da alma. Há também elementos que não fazem sentido. Mas ele tem uma consciência. Foi daí, portanto, que veio a ideia."[2]

Originalmente, o monólogo de Batty no momento da morte teria sido muito mais longo – com cerca de 20 linhas, segundo Hauer. Mas nas vésperas do último dia de filmagem, quando Scott passou a enfrentar uma pressão cada vez maior para concluir *Blade Runner*, o ator passou uma noite em claro retrabalhando o que se tornaria a fala mais importante do filme.

"Na véspera do último dia de filmagem, eu ainda tinha aquela página na minha frente com tantas falas que não me agradavam", Hauer me

---

[2] Ver: <http://www.denofgeek.com/movies/alien/40184/rutger-hauer-interview-alien-out-of-the-shadows>.

contou. "Por isso não dormi naquela noite, me levantei e fui escrever. A única fala que eu sugeri foi: 'Todos esses momentos vão ficar perdidos no tempo como lágrimas na chuva'. Só isso. Veio do meu coração, da minha alma e da minha frustração."

É uma fala que também resume o ar de anseio existencial que permeia todo o filme: sob a árida beleza da visão futura de *Blade Runner*, passa um fio vital de humanidade.

Humanidade e as máquinas inteligentes

Numa convenção canadense de FC em 1972, Philip K. Dick fez uma palestra sobre um assunto que lhe era muito caro: as relações entre humanos e robôs.[3] Fazendo eco a um dos temas recorrentes em seus livros, Dick perguntou: qual seria a diferença entre uma pessoa comum, de carne e osso, e uma pessoa artificial?

Para ilustrar a questão, Dick descreveu um cenário que poderia ter surgido de uma de suas histórias. Um ser humano encontra um androide que saiu há pouco, novo e reluzente, de uma fábrica. Por alguma razão, o humano – vamos chamá-lo de Fred – dá um tiro no androide e, para surpresa de Fred, o androide começa a sangrar como um ser vivo real. Quando cai no chão se contorcendo, em evidente agonia, o androide puxa um revólver e devolve o tiro; Fred baixa os olhos e vê que, por entre o grave ferimento no peito do androide, no lugar onde o coração dele deveria estar, palpita uma bomba elétrica [...].

Essa história compacta enfatiza o que provavelmente se tornará uma questão filosófica cada vez mais urgente no século XXI: a fronteira entre os humanos e as máquinas. De *Frankenstein* a *Blade Runner*, e além dele, o mesmo tema vem sendo abordado de inúmeros ângulos: o que nos torna humanos? Ao longo da história da ficção científica, temos visto humanos artificiais criados pelos mais diferentes meios, dos remendos feitos com restos de cadáveres a robôs construídos numa linha de produção. Invariavelmente,

---

3   Ver: <http://1999pkdweb.philipkdickfans.com/The%20Android%20and%20the%20Human.htm>.

porém, as histórias estão menos preocupadas em saber como esses humanos artificiais são criados do que como eles se comportam e de que forma nós os tratamos. Seus comportamentos refletem nossos fracassos como humanos; da mesma forma, o modo cruel, indiferente, como tratamos nossas criações diz, com frequência, algo profundamente inquietante sobre nós como espécie.

Destaques do gênero nos anos 1970, como *Mulheres Perfeitas* (*The Stepford Wives*) (adaptado pela primeira vez em 1975 do romance de Ira Levin) e *Westworld – Onde Ninguém tem Alma* (*Westworld*, 1973), sugerem que usaríamos seres artificiais para o prazer. No primeiro filme, os homens de uma cidade do interior, nitidamente cansados do fato de suas mulheres terem vontade própria, substituem-nas por recatados robôs que lhes dão prazer. Em *Westworld – Onde Ninguém tem Alma*, os robôs são usados para tiro ao alvo ou como objetos sexuais por decadentes humanos em férias. *Blade Runner*, é claro, sustenta um ponto de vista não menos sinistro: seus replicantes são pouco mais que escravos, condenados a serem caçados como animais se visitarem a Terra.

Em tempos mais recentes, temos o soberbo *Ex-Machina: Instinto Artificial* (*Ex Machina*, 2015), escrito e dirigido pelo romancista e roteirista Alex Garland (*Extermínio* [*28 Days Later*, 2002], *Sunshine – Alerta Solar* [*Sunshine*, 2007]). O gênio da computação Caleb Smith (Domhnall Gleeson) é chamado para participar de uma série de entrevistas com uma androide, Ava (Alicia Vikander), sabendo muito bem que ela não é humana. O criador de Ava, o recluso bilionário da internet Nathan Bateman (Oscar Isaac), encarrega Caleb da tarefa de esclarecer se um androide tem ou não uma verdadeira consciência ou se isso é apenas um sofisticado truque de programação. Pouco a pouco, Ava é que começa a entrevistar Caleb, enquanto o humano é envolvido pelo charme mesmerizante emanado da máquina e pela forma como ela conversa com Nathan. O filme traz questões pertinentes, difíceis, não apenas sobre inteligência artificial, mas também sobre o modo como os homens objetificam as mulheres. Na verdade, a tecnologia atual sugere que escritores como Philip K. Dick, Isaac Asimov e Michael Crichton não estavam demasiado longe do possível em suas histórias a respeito de robôs e sobre como poderíamos usá-los. Companhias do Japão já estão produzindo robôs humanoides que podem servir como secretárias ou parceiras sexuais. Nos modernos *videogames*, podemos nos divertir explodindo soldados ou alienígenas que possuem uma inteligência artificial cada vez mais sofisticada.

De uma perspectiva moral e filosófica, a criação de uma inteligência artificial levanta outras questões hipotéticas. Como seria possuir consciência, mas não os demais atributos associados à existência humana? Sem a aptidão para procriar, e até mesmo a aptidão para envelhecer e morrer, o que a existência poderia significar? As histórias de FC costumam ilustrar essa falta como uma espécie de vazio ou anseio; assim como Roy Batty procurava encontrar uma extensão de seu brevíssimo período de vida em *Blade Runner*, as formas de vida artificial em outros filmes desenvolveram suas próprias questões filosóficas. *A.I. – Inteligência Artificial* (*A.I. Artificial Intelligence*, 2001), de Steven Spielberg, vê David, um jovem androide, iniciar uma busca para descobrir como se tornar um garoto realmente humano. O mesmo acontece com os inocentes protagonistas em *D.A.R.Y.L.* (1985), *Short Circuit: O Incrível Robô* (*Short Circuit*, 1986) e *Chappie* (2015), todos criados pelos militares, mas que acabam escapando para buscar seu próprio destino. *Chappie*, em particular, levanta uma relevante questão filosófica sobre o valor da vida artificial. Através do personagem central do filme – um robô infantil, senciente –, o diretor Neill Blomkamp argumenta que qualquer forma de consciência, seja humana, animal ou artificial, tem o mesmo valor.

"Se uma coisa é senciente ou consciente", disse Blomkamp em 2017, "será que ela tem mais ou menos importância que uma consciência ou senciência humana? Para mim, a resposta é um óbvio não. Todas as coisas conscientes têm o mesmo valor."[4]

Nesses filmes e em outros do mesmo estilo, incluindo o longa de animação de Brad Bird, *O Gigante de Ferro* (*The Iron Giant*, 1999), baseado no poema de Ted Hughes "The Iron Man", os personagens humanos são a verdadeira ameaça.

Tudo isso nos leva de volta à conversa de Philip K. Dick sobre o humano e o androide. Dick sugeriu várias vezes em sua obra que os dois poderiam

---

[4] Ver: <http://www.denofgeek.com/uk/movies/chappie/49924/looking-back-at-chappie-withdirector-neill-blomkamp>.

ser permutáveis; seja nascido ou criado de modo artificial é a empatia que define, de fato, um ser humano. Por causa do egoísmo, da crueldade ou por cumprir ordens de maneira cega, as pessoas costumam acabar como máquinas frias e sem emoções; como Dick um dia observou, o nazismo encorajava as pessoas a pensar de forma mecânica, não movidas pela compaixão. Numa época de crimes cibernéticos on-line e provocações na internet, onde o anonimato dá a algumas pessoas licença para destruir a vida de outras, talvez a necessidade de empatia seja nossa mais importante questão filosófica. Quer se interaja por meio das mídias sociais ou, olhando mais para o futuro, substituamos as partes falhas de nossos corpos por próteses mecânicas – um braço protético aqui, um olho cibernético ali – no final é nossa empatia e compaixão que devemos, a todo custo, preservar.

PARA IR FUNDO, ASSISTA À SELEÇÃO DE FILMES DE FC MENCIONADOS NESTE CAPÍTULO:

Westworld – Onde Ninguém tem Alma (*Westworld*, 1973)

Mulheres Perfeitas (*The Stepford Wives*, 1975)

D.A.R.Y.L. (1985)

Short Circuit: O Incrível Robô (*Short Circuit*, 1986)

O Gigante de Ferro (*The Iron Giant*, 1999)

A.I. – Inteligência Artificial (*A.I.*, 2001)

Ex-Machina: Instinto Artificial (*Ex Machina*, 2015)

Chappie (2015)

17. Um Clássico Revivido

O Enigma de Outro Mundo (1982)
"Por que não ficamos aqui esperando um pouco...
para ver o que acontece?"

Quando lhes foi oferecida a escolha entre terror niilista ou assombro infantil, frequentadores de cinema optaram de forma decidida pelo segundo no verão de 1982. *E.T. – O Extraterrestre* (*E.T. The Extra-Terrestrial*), lançado naquele junho, foi um fenômeno de bilheteria; *O Enigma de Outro Mundo* (*The Thing*), de John Carpenter, lançado no mesmo mês e fustigado por resenhas hostis, logo sumiu de vista.

Nem os críticos nem o público, ao que parece, estavam preparados para a atmosfera opressiva e a violência explícita oferecidas por *O Enigma de Outro Mundo*. Em nada ajudou que o filme de Carpenter fosse uma refilmagem de *O Monstro do Ártico*, um filme de terror de FC muito estimado, produzido por Howard Hawks – um dos mais respeitados cineastas da era clássica de Hollywood. O filme de Hawks, dirigido por Christian Nyby, era sobre um grupo de militares que descobre um alienígena congelado perto de seu posto avançado no Alasca. Quando o alienígena, uma vez descongelado (interpretado por um robusto James Arness), se revela hostil, os militares trabalham em conjunto para reduzir a ameaça a proporções razoáveis.

O Monstro do Ártico tinha seus choques e sustos, mas o tom geral era mais de coragem diante do ataque que de desespero, tudo coroado pela frase de encerramento: "Fique de olho nos céus".

A refilmagem de Carpenter, por outro lado, era uma adaptação mais fiel de uma fonte original, *Who Goes There? [Quem Está Aí?]*, romance escrito por John W. Campbell e publicado em 1938. Enquanto *O Monstro do Ártico*, de 1951, imaginava o alienígena como um vegetal agressivo, humanoide ("uma cenoura inteligente – a mente fica atordoada", exclama um personagem), a criatura descongelada na história de Campbell é um ser informe, que está sempre se transformando e é capaz de imitar com perfeição qualquer forma de vida em que toque. Com a ajuda de Rob Bottin, um artista de 22 anos especialista em efeitos especiais, Carpenter resolve colocar pela primeira vez a criatura na tela.

O Enigma de Outro Mundo foi o sexto longa-metragem de John Carpenter como diretor, mas seu primeiro trabalho para um grande estúdio de Hollywood. Graças a isso, Carpenter teve acesso ao tipo de orçamento e recursos com que não pudera contar ao fazer filmes tão cultuados quanto *Dark Star* ou *Assalto à 13ª DP (Assault on Precinct 13*, 1976). Carpenter havia muito tempo admirava tanto *O Monstro do Ártico* quanto a história em que ele fora baseado; o filme de Hawks fizera inclusive uma aparição no sucesso de terror *slasher* de Carpenter em 1978, *Halloween – A Noite do Terror (Halloween)*. Quando, no entanto, a Universal ofereceu a Carpenter a chance de refilmar *O Monstr do Ártico*, o diretor inicialmente não gostou da ideia. E, então, Bottin – recém-saído de seus extraordinários efeitos para o lobisomem em *Grito de Horror (The Howling*, 1981) – propôs o conceito de uma criatura cuja verdadeira forma jamais é vista e Carpenter acabou cedendo. E se o monstro tivesse encontrado e imitado todo tipo de outras criaturas de toda a galáxia e fosse capaz de se transformar, em qualquer momento, em cada uma delas?

Escrito por Bill Lancaster e Carpenter, *O Enigma de Outro Mundo* põe em destaque o mistério e a paranoia da história original de Campbell. Frustrados e entediados após meses de confinamento num posto avançado de pesquisa na Antártida, um grupo de cientistas americanos vai percebendo, aos poucos, que pelo menos um deles poderia ser um monstro que mudava de forma. A princípio indistinguível do hospedeiro que imita, o alienígena assume as formas mais grotescas quando encurralado. Em uma cena de destaque, brotam olhos e patas de aracnídeo de uma cabeça humana decepada antes que ela consiga escapulir para um lugar seguro. Em outra cena, o corpo de um husky siberiano explode num emaranhado de tentáculos se contorcendo.

A década de 1970 e o início da década de 1980 viram novos avanços em efeitos especiais de maquiagem em filmes como *O Exorcista*, de William Friedkin, *Um Lobisomem Americano em Londres* (*An American Werewolf in London*, 1981), de John Landis e *Videodrome – A Síndrome do Vídeo* (*Videodrome*, 1983), de David Cronenberg, todos apresentando exemplos atordoantes de uma modalidade artística em evolução. Dick Smith fez a cabeça de Linda Blair girar em *O Exorcista* e criou uma das mais icônicas cabeças explodindo para Cronenberg em *Scanners, Sua Mente Pode Destruir* (*Scanners*, 1981). Rick Baker criou uma transformação em lobisomem notavelmente realista na comédia de terror de Landis, antes de invadir a tela com armas pesadas e televisões pulsando no errático *Videodrome*, de Cronenberg.

É possível que os efeitos obtidos com maquiagem tenham atingido seu pico em *O Enigma de Outro Mundo*, que é um filme notável tanto pela engenhosidade técnica quanto por sua chocante e arrojada concepção. Bottin trabalhou com muito afinco esculpindo e desenhando as diferentes formas do monstro, chegando a dormir sob uma bancada em seu estúdio e quase acabando num hospital por absoluta exaustão; a carga de trabalho foi tamanha que outro gênio dos efeitos com maquiagem, Stan Winston, foi ajudá-lo a criar uma ou duas cenas – a sequência envolvendo um cachorro mutante, que dava grunhidos, foi dele.

A iluminação e os enquadramentos eloquentes, à espreita, do diretor de fotografia Dean Cundey também foram importantes. *Halloween* começa com uma celebrada câmera subjetiva em que compartilhamos o ponto de vista do matador Michael Myers; Cundey e Carpenter criam um momento igualmente eficaz em *O Enigma de Outro Mundo*, no qual a criatura, em seu disfarce de husky, caminha em surdina pelo posto avançado da Antártida, o suave deslizar da câmera sugerindo que o monstro poderia atacar em qualquer lugar e a qualquer momento. Quando a criatura de Bottin entra em campo, Cundey usa luzes esparsas e sombras pesadas para selecionar detalhes individuais, nauseantes: uma veia latejando aqui, uma perna ossuda ali. Graças aos talentos combinados de Bottin e Cundey, é facil acreditar que a criatura está vivendo na estação de pesquisa com os huskies, os cientistas, os pilotos bêbados do helicóptero e o cozinheiro que anda de patins.

O Enigma de Outro Mundo também recua até a glacial literatura de horror de H. P. Lovecraft. A novela *Nas Montanhas da Loucura*, de Lovecraft, publicada pela primeira vez em 1931, tem muitos pontos em comum com o filme. Trata de uma expedição científica que descobre uma coisa antiga e alienígena enterrada sob o gelo; mais tarde, o narrador é perseguido nas vastidões nevadas por um ser hediondo, tentacular. Campbell, vez por outra, citava a história de Lovecraft como uma inspiração para *Quem Está Aí?* Tivesse ou não essa intenção, Carpenter também captura o tom sinistro, gélido, dessa narrativa e de outros contos lovecraftianos. Em *Quem Está Aí?*, os cientistas conseguem impedir que o alienígena deixe a instalação e alcance o mundo civilizado. A história termina com uma nota de otimismo quase religioso ("Pela graça de Deus... preservamos nosso mundo"). No filme de Carpenter, MacReady (Kurt Russell) consegue impedir o monstro de escapar, mas conclui que o único meio de assegurar que sua ameaça, semelhante à de um vírus, não se espalhe é reduzir toda a estação a cinzas. Mesmo assim, o filme termina com uma nota de incerteza: MacReady e Childs (Keith David) sentados entre as cinzas da instalação, um sem saber se pode confiar no outro.

É um final tão sombrio que mesmo Carpenter ficou meio em dúvida se ia funcionar; filmou então, para servir de opção, uma segunda cena final em que MacReady acorda numa cama de hospital com um teste confirmando que ele ainda é humano. Carpenter acabou escolhendo o fim que melhor refletia o tom apocalíptico do filme – algo que evidentemente se mostrou excessivo tanto para o público quanto para os críticos. *O Enigma de Outro Mundo* foi condenado pelo crítico Vincent Canby, do *New York Times*, como "grande porcaria"; mesmo revistas ligadas ao gênero, como

Starlog e *Cinefantastique*, publicaram comentários devastadores. Uma edição da última trouxe a matéria de capa: "Será esse o filme mais detestado de todos os tempos?"

The Thing, a Coisa, acabou sendo derrotada não pelo lança-chamas de MacReady ou o terrível frio da Antártida, mas pelo alienígena fofo de *E.T. – O Extraterrestre*. Carpenter, abalado pela inesperada aversão ao filme, abandonou quase por completo os estúdios de filmagem. Seu projeto seguinte, uma adaptação de *A Incendiária* (*Firestarter*, 1984, intitulado no Brasil como *Chamas da Vingança*), de Stephen King, foi retirado dele como resultado do fracasso financeiro de sua refilmagem para *O Monstro do Ártico*.

Foi graças ao VHS e à TV a cabo que *O Enigma de Outro Mundo* começou aos poucos a ser descoberto e reavaliado. No final dos anos 1980, os aspectos que tinham sido condenados pelos críticos estavam começando a ser vistos como virtudes: apesar de todo o sangue e órgãos internos palpitando, os efeitos visuais estão entre os melhores da década. O desempenho dos atores pode ser limitado, mas as conversas concisas e as brigas emprestam ao filme um agradável caráter imprevisível. Até hoje, fãs do filme discutem sobre quem foi infectado pelo monstro e quando. Childs era realmente *A Coisa* no final do filme? Era MacReady? Ou seriam os dois?

Os efeitos especiais de *O Enigma de Outro Mundo* tiveram uma nítida e duradoura influência sobre cineastas e criadores de *videogames*. A série de Chris Carter, sucesso na TV, *Arquivo X* (*The X-Files*), homenageia o filme de Carpenter no episódio "Gelo" [*Ice*]. O anime japonês de longa-metragem *Cidade Perversa* (*Wicked City*, 1987), dirigido por Yoshiaki Kawajiri, apresentava algumas sequências de transformação tiradas diretamente de *O Enigma de Outro Mundo*, incluindo uma cabeça cortada por pernas de aranha se contorcendo. Em 2002, a refilmagem de Carpenter ganhou uma adaptação de mesmo nome para *videogame*, seus eventos tendo lugar logo após os do filme.

A Universal concedeu a Carpenter seu melhor elogio em 2011, quando lançou *A Coisa* (*The Thing*) – um prelúdio dirigido por Matthijs van Heijningen Jr. Assim como, de forma engenhosa, o filme de 1982 inseriu na história alusões à versão de 1950 – como na sequência grosseira do disco voador acidentado do monstro, cena tirada diretamente do clássico de Hawks-Nyby –, *The Thing* de 2011 contém repetidas referências às imagens e ao tom do filme de Carpenter. Apresenta Mary Elizabeth Winstead como uma cientista americana estacionada na Antártica e conta a história do que aconteceu à devastada base norueguesa descoberta por MacReady em 1982. Está longe de ser um mau filme, mas *The Thing* de 2011 enfrentou seus próprios problemas. Os efeitos para a criatura do filme foram originalmente criados com as técnicas tradicionais que Rob Bottin havia usado quase trinta anos antes, mas a Universal chegou à conclusão de que as plateias modernas não aceitariam algo de aparência tão retrô. Foi por isso que os efeitos visuais práticos criados pela Amalgamated Dynamics – a equipe por trás dos monstros em filmes como *O Ataque dos Vermes Malditos* (*Tremors*, 1990) e *Alien 3* – foram retrabalhados com CGI. Com uma fotografia e uma iluminação que imitam o estilo estudado, de combustão lenta, de John Carpenter e Dean Cundey, e cenas de mutação ou sangrentas que parecem nitidamente digitais, *The Thing* de 2011 é tanto uma imitação sem alma quanto uma homenagem afetuosa. Na verdade, o filme serve apenas para enfatizar como o horror da FC de Carpenter era construído de forma soberba. Os críticos podem ter protestado contra a violência explícita do filme de 1982 e os personagens mal desenvolvidos, mas, visto hoje, o filme de Carpenter assume quase uma aura de humor negro. Há, também, uma grotesca beleza no monstro de Rob Bottin, em como ele se contorce, estremece, goteja e rasteja; com o advento das imagens geradas em computador, os cineastas podem criar, com facilidade, todo tipo de visual estranho, mas fazer algo que pareça tão natural e único quanto a criatura de *O Enigma de Outro Mundo* é sem dúvida difícil de realizar com imagens de computador.

Na TV, filmes, jogos e quadrinhos, contadores de histórias têm com frequência tentado apresentar seus monstros multiformes como aquele do filme de Carpenter. Na realidade, há uma certa ironia no nível de reverência que artistas, cineastas e fãs têm pelo filme, dado o completo repúdio que ele enfrentou em 1982. Mas embora tenha muitos imitadores, o filme de Carpenter ainda não foi superado.

Ascensão da refilmagem de FC clássica nos anos 1980

O gênero ficção científica, que Hollywood já encarou como veneno para as bilheterias, virou, de repente, no final dos anos 1970, um excelente negócio, aquecido como estava por *Star Wars*, *Contatos Imediatos do Terceiro Grau* e *Alien, o Oitavo Passageiro*. Esses filmes provavam que conceitos antes considerados a base dos filmes B e dos seriados *pulp* das matinês podiam resultar em filmes A de sucesso se suas produções recebessem um adequado suporte financeiro.

Foi assim que, apenas alguns anos após a refilmagem exemplar feita por Philip Kaufman de *Os Invasores de Corpos*, em 1978, Hollywood pegou o vírus do *remake*. *O Enigma de Outro Mundo*, nova versão de *O Monstro do Ártico*, pode ter sido um fracasso do ponto de vista da Universal, mas não impediu que outros estúdios mergulhassem nos seus acervos para encontrar seus próprios materiais para refilmar.

A Mosca (*The Fly*, 1986), de David Cronenberg, esteve possivelmente entre os melhores e mais considerados *remakes* dos anos 1980. Como o original de 1958, dirigido por Kurt Neumann, a versão de 1986 é um terror de FC sobre um cientista que inventa uma revolucionária cabine de teletransporte. Quando o cientista participa ele próprio de um teste com a máquina, seu DNA se funde com o de uma mosca doméstica comum. O filme de Neumann (baseado na história de George Langelaan com o mesmo título) fez o cientista David Hedison sair da cabine com uma gigantesca cabeça de mosca e uma das mãos parecida com uma garra. O cientista de Cronenberg, Seth Brundle (Jeff Goldblum), passa, no entanto, por uma transformação mais lenta e mais dolorosa. A princípio, a infusão do DNA da mosca deixa Brundle revigorado e maravilhado com a nova e recém-descoberta energia; aos poucos, porém, o inseto dentro dele começa a assumir o controle e sua namorada, a jornalista Veronica Quaife (Geena Davis), nada pode fazer além de observar o corpo de seu amado se transformar numa coisa nova e horripilante.

À primeira vista, *A Mosca* é uma película barata sobre arrogância científica que o sucesso de bilheteria transformou no filme mais bem-sucedido

– e mais convencional – da carreira de Cronenberg até aquele momento. Mas *A Mosca* é também um trágico drama de relacionamento e, como a obra de Franz Kafka, *A Metamorfose*, uma vigorosa metáfora para a doença e a incapacidade. As plateias podem se eletrizar com a gosma, os membros desprendidos e o sangue, mas sob tudo isso, *A Mosca* é também uma parábola existencial sobre o envelhecimento e a morte – tudo transmitido de forma brilhante pelas atuações naturais e magistrais de Jeff Goldblum e Geena Davis.

Nenhum outro *remake* da época pôde se equiparar à *Mosca* em termos de *páthos* ou inteligência, mas um ou dois outros filmes proporcionaram uma boa e arrepiante soma de entretenimento. *A Bolha Assassina* (*The Blob*, 1988), de Chuck Russell (uma refilmagem da versão de 1958, na qual víamos um Steve McQueen pré-estrelato), foi um esbanjamento de sangue e de efeitos de maquiagem após o remake de Carpenter para *O Monstro do Ártico*. Mais uma vez, um letal volume pegajoso de lodo aterroriza uma pequena cidade americana e Kevin Dillon interpreta o papel de um jovem desordeiro que se atreve a cruzar seu caminho. O detalhe é que essa bolha em particular não se limita a engolir sua presa, mas também possui a capacidade de dissolver os corpos como ácido, soltar tentáculos ou se esconder no interior das vítimas e matá-las por dentro. O filme pouco oferece em termos de sutileza, mas é um passeio emocionante e agradavelmente grotesco: entre as mortes imaginativas, o verdadeiro destaque é uma sequência envolvendo a desafortunada garçonete vivida por Candy Clark. Numa tomada filmada do alto, vemos Clark se agachando numa cabine telefônica enquanto a bolha a engole num pulsante gêiser de lodo. O diretor de fotografia de *A Bolha Assassina* foi Mark Irwin, que fizera os filmes de David Cronenberg parecerem tão inesquecivelmente viscerais, enquanto o coautor do roteiro foi Frank Darabont, que mais tarde dirigiria filmes baseados em obras de Stephen King, como *Um Sonho de Liberdade* (*The Shawshank Redemption*,1994) e *O Nevoeiro* (*The Mist*, 2007). Curiosamente, a avidez de *A Bolha Assassina* para agradar não a tornou assim tão palatável para o público de cinema; ao contrário de *A Mosca*, ela mal conseguiu o retorno de metade do investimento de 19 milhões de dólares.

A nova versão de 1986, dirigida por Tobe Hooper, de *Os Invasores de Marte*, de William Cameron Menzies, também não foi bem, apesar de sua origem clássica. Os talentos combinados de Stan Winston e John Dykstra deveriam ter garantido que *Os Invasores de Marte* parecesse tão inesquecivelmente sofisticado quanto o original de 1953; acabou, no entanto, parecendo ainda mais instável e irregular. Que a refilmagem de 1986 tenha sido produzida pela Cannon Films, uma empresa mais conhecida pela quantidade que pela qualidade de sua produção, também não ajudou.

Agora, no século XXI, chegamos ao ponto onde está sendo aplicado a filmes das décadas de 1980 e 1990 o tratamento do *remake*. *O Vingador do Futuro* (*Total Recall*, 1990), de Paul Verhoeven, por exemplo, teve uma refilmagem morna em 2012 do diretor Len Wiseman e é um exemplo de como um filme pode ser oco quando é feito pelas razões erradas. A história é quase idêntica (um homem comum, vivido aqui por Colin Farrell, descobre que sua vida não é tudo que parece ser), mas sem os excessos de humor negro, ofensivamente violentos, de Verhoeven, o filme logo se torna um *thriller* de ação comum.

Como provam os filmes *O Enigma de Outro Mundo*, de Carpenter, e *A Mosca*, não é obrigatório que as refilmagens sejam uma muleta para estúdios cinematográficos que ficaram sem ideias originais. Os melhores *remakes* pegam histórias existentes e as contam de uma nova perspectiva ou as atualizam para atender a preocupações mais atuais. As refilmagens podem dar errado quando os filmes são suavizados por executivos que estão mais interessados em dourar histórias que em contá-las. A refilmagem de *RoboCop*, dirigida por José Padilha, do Brasil, e lançada em 2014, tem muito a recomendá-la: é de novo sobre um agente da lei que é transformado num ciborgue blindado e acrescenta comentários sobre guerra de drones, política externa americana e a natureza do livre-arbítrio à história estabelecida por Paul Verhoeven em 1987. Reviver filmes antigos pode parecer uma opção segura numa Hollywood cada vez mais avessa ao risco, mas filmes menores, como a versão de 2011 de *The Thing* e muitos outros, provam que as refilmagens estão condenadas a viver na sombra de seus predecessores.

PARA IR FUNDO, ASSISTA À SELEÇÃO DE FILMES DE FC
MENCIONADOS NESTE CAPÍTULO:

A Mosca (*The Fly*, 1986)

Invasores de Marte (*Invaders from Mars*, 1986)

A Bolha Assassina (*The Blob*, 1988)

RoboCop (2014)

18. Assassinos, Viagens no Tempo e Paradoxos Temporais

O Exterminador do Futuro (1984)

"*Venha comigo se quiser viver...*"

A batida de uma porta e o grito assustado de uma recepcionista marcaram o início de um encontro bastante estranho em Hollywood. Era 1982 e John Daly, o produtor cinematográfico e chefe do estúdio independente Hemdale, acabara de receber um visitante inesperado: quando Daly sentou-se à sua mesa, uma figura vestida de preto marchou pelo escritório e sentou-se na poltrona na frente dele. Olhando para o intruso de cima a baixo, Daly notou alguns ferimentos na testa do homem, que não pareciam reais, uma jaqueta de couro muito surrada e... era papel-alumínio de um maço de cigarros o que cobria seus dentes?

Durante 15 minutos, os dois ficaram parados, olhando um para o outro, pouco à vontade, antes que um segundo homem, mais novo, entrasse na sala e começasse a falar com rapidez de sua ideia para um filme de ficção científica. Era sobre um ciborgue assassino vindo do futuro – uma figura que lembrava a que estava sentada na poltrona e olhava de cara feia para John Daly. O cara que era o único que falava, Daly saberia mais tarde, era um jovem cineasta chamado James Cameron; seu associado, com o pedaço do maço de cigarros cintilando na boca, era Lance Henriksen – um ator que Cameron, pelo menos na época, achava que seria perfeito para interpretar o papel principal em seu projeto, *O Exterminador do Futuro* (*The Terminator*).

Esse episódio bizarro surgiu no livro de Rebecca Keegan sobre James Cameron, *The Futurist* [O Futurista] – e é aqui, diante de um produtor independente de surpreendente receptividade, que a carreira do diretor tomou novo rumo. O primeiro filme de Cameron não passara de um desastre. *Piranha II: Assassinas Voadoras* (*Piranha II: The Spawning*, 1981) foi uma sequência de baixo orçamento, de pouca bilheteria, da deliciosa comédia de horror de Joe Dante, produzida por Ovidio Assonitis, da Itália. Cameron foi demitido apenas duas semanas depois de iniciada a produção; Assonitis insistia em dizer que o copião que Cameron havia rodado até aquele momento não daria montagem. Cameron rebatia dizendo que o que Assonitis realmente queria era dirigir o filme.

Seja como for, em 1981 Cameron estava empacado em Roma sem um tostão e as esperanças de uma carreira no cinema pareciam em farrapos. Foi mais ou menos nessa época que, estressado e atacado por uma febre forte e uma gripe daquelas, Cameron teve um sonho sinistro: um esqueleto de metal brilhante, empunhando uma faca, saía rastejando de uma cortina de fogo. Essa imagem de pesadelo se mostraria crucial no desenvolvimento de *O Exterminador do Futuro*, o filme que ia definir as perspectivas da carreira de Cameron.

Antes do fracasso de *Piranha II*, Cameron tinha feito, em 1978, o curta *Xenogenesis* uma ambiciosa peça de ficção científica sobre humanos lutando contra um robô gigante. Bancado por um consórcio de dentistas e filmado em apenas alguns dias, o filme forneceu uma primeira pista da engenhosidade técnica de Cameron, com suas *matte paintings* e efeitos com miniaturas, além de vários elementos que seriam desenvolvidos em seus filmes futuros: o tema da humanidade contra a máquina, robôs assassinos deixando rastros de tanques de guerra e poderosos *mecha* (robôs gigantes) que podiam se mover de um lado para o outro comandados pelos braços e pernas de um piloto. *Xenogenesis* atraiu a atenção de um diretor de filmes de baixo orçamento, Roger Corman, que contratou Cameron como criador de modelos e *designer* de efeitos especiais em filmes tão baratos quanto *Mercenários das Galáxias* (*Battle Beyond the Stars*, 1980) e *Galáxia do Terror* (*Galaxy of Terror*, 1981). Mais ou menos na mesma época, Cameron também concluiu um trabalho como artista de *matte* para um cultuado *thriller* de FC de John Carpenter, *Fuga de Nova York* (*Escape from New York*, 1982).

Decidido a se tornar diretor, Cameron sabia que tinha de propor o roteiro de um filme de baixo orçamento para entrar na indústria. Não muito tempo antes, John Carpenter havia definido o gênero do horror *slasher* com *Halloween – A Noite do Terror*, uma ágil montanha-russa de emoções que deu origem a uma avalanche de imitadores. Cameron havia escrito um roteiro, uma incursão habilidosa da FC pelo horror *slasher*, quando despertou do pesadelo romano. Num futuro próximo, a raça humana fora praticamente dizimada por um computador dotado de inteligência artificial, chamado Skynet, e seu exército de máquinas militares assassinas. Decidido a esmagar qualquer resistência humana, Skynet envia um ciborgue de volta no tempo para matar Sarah Connor – a mãe de John Connor, o combatente pela liberdade que poderia mudar as regras do jogo e virar a guerra a favor dos humanos. Em resposta, a resistência ataca a Skynet e manda um soldado para proteger Sarah. Assim começava uma implacável e sangrenta perseguição pela Los Angeles de 1984, com uma garçonete caçada por um ciborgue assassino sem emoções e, ao que parece, impossível de deter.

Mesmo com um orçamento de apenas 6,4 milhões de dólares, Cameron conseguiu criar um dos filmes de FC mais influentes de meados dos anos 1980. Uma experiência anterior com efeitos visuais lhe permitira conceber uma visão do futuro com recursos relativamente escassos. Dela vieram tanques blindados inteligentes que esmagavam pilhas de crânios sob suas rodas e drones colossais que patrulhavam os céus.

Além desse verdadeiro exército de máquinas assassinas havia o próprio Exterminador, tão imponente e inesquecível que, como *Tubarão* e *Alien*, conseguiria uma enorme bilheteria. Sobre um brilhante endoesqueleto de metal recoberto por tecido vivo, o Exterminador é um sinistro ceifador criado para a era do computador inteligente; um matador frio que vê o mundo através de um filtro de pixels e o rolar de uma lista de dados. Interpretado pelo ex-fisiculturista e ex-Mr. Universo, Arnold Schwarzenegger, em *O Exterminador do Futuro*, tem a implacável disposição do robô caubói de Yul Brynner em *Westworld – Onde Ninguém Tem Alma*, de Michael Crichton, lançado em 1973 (o escritor Harlan Ellison também observou uma nítida semelhança entre o filme de Cameron e os episódios "Soldier" [Soldado] e "The Glass Hand" [A Mão de Vidro] que escreveu para a série de TV *Quinta Dimensão [Outer Limits]*; mais tarde Ellison foi citado nos créditos e a questão se resolveu de forma amigável).[11]

O Exterminador do Futuro foi produto de uma época em que os computadores estavam entrando nas casas das pessoas, tornando-se quase que eletrodomésticos, e a Guerra Fria começava novamente a se tornar uma ameaça. Em 1983, o *thriller* de ficção científica de John Badham, *Jogos de Guerra (WarGames)*, via a habilidade tecnológica de jovens em idade escolar abrir caminho pelos computadores de defesa dos Estados Unidos e, sem querer, colocar o planeta à beira do Holocausto nuclear. Em *O Exterminador do Futuro*, Cameron sugere que nossas máquinas, apesar de toda a sua lógica fria, também podem herdar alguns de nossos defeitos: inicialmente, a nossa capacidade de matar.

Ironicamente, Michael Crichton, que se tornara um célebre escritor e diretor em virtude do fracasso de seus romances e filmes sobre ciência, teve também um filme de FC lançado no outono de 1984. *Runaway – Fora de Controle (Runaway)*, feito com um orçamento bem maior que *O Exterminador do Futuro*, retratava um futuro próximo no qual os robôs são quase onipresentes. Retangulares, coisas pesadas lembrando caixas acústicas dos anos 1980, eles cuidam de nossas colheitas, preparam nossas refeições e até tomam conta de nossos filhos. Quando um renegado terrorista (Gene Simmons, da banda de rock Kiss) transforma esses robôs, normalmente dóceis, em letais máquinas de matar, um policial perito em eletrônica – interpretado por Tom Selleck – resolve ir atrás dele. Apesar de todas as excelentes engenhocas eletrônicas, incluindo mortais aranhas-robôs e revólveres com balas teleguiadas atraídas pelo calor do corpo humano, *Runaway* parece um

---

[1] Ver: <http://harlanellison.com/heboard/archive/bull0108.htm>.

tanto banal quando posto ao lado de *O Exterminador do Futuro*. O filme de Cameron, com sua visão das ruas de Los Angeles, traz consigo um clima vigoroso, sombrio, no qual a ficção científica colide com a sujeira cotidiana que encontramos nas grandes metrópoles. O estilo do filme é mais bem resumido pela expressão *Tech Noir* – nome da boate onde Sarah Connor (Linda Hamilton) é atacada pela primeira vez por seu assassino ciborgue. *O Exterminador do Futuro* deve seu sucesso não apenas à confiante direção de Cameron, mas também ao projeto do ciborgue de Stan Winston, supervisor de efeitos especiais, que abrange da maquiagem (dando a ilusão do crânio e ossos metálicos do robô cintilando sob a pele danificada) à animação em *stop-motion* do endoesqueleto (que sai mancando de uma bola de fogo na conclusão do filme: aparição vigorosa da imagem de pesadelo original de Cameron).

Saído de uma grande mistura de influências, *O Exterminador do Futuro* inspiraria muitas imitações. Filmes como *Androide Assassina* (*Eve of Destruction*, 1991) e *O Tesouro do Óvni* (*Alien Terminator*, 1988) foram cópias descaradas; *Hardware – O Destruidor do Futuro* (*Hardware*, 1990), um filme britânico de baixo orçamento dirigido por Richard Stanley, repete tanto as tomadas de câmeras subjetivas quanto o design do robô.

O Exterminador do Futuro se estende, no entanto, para muito além dos cinemas. Embora não tenha sido o primeiro filme de FC a imaginar uma revolta de máquinas sencientes, permeou a consciência do público como poucos filmes de seu gênero; artigos sobre o possível aparecimento da IA vão com frequência se referir à Skynet com seu exército de drones e caçadores-assassinos. Na verdade, o professor Noel Sharkey, cientista de computação da Universidade de Sheffield, tem escrito repetidas vezes sobre os perigos de negligentes robôs assassinos. Uma entidade como Skynet pode não vir a existir no século XXI, mas o uso de drones em conflitos e mesmo em policiamento cotidiano é uma realidade – um robô foi usado para matar um suspeito em Dallas, em 2016 – e indica que algumas das ideias de *O Exterminador do Futuro* não estão longe de ser ultrapassadas.

O Exterminador do Futuro foi também o filme que lançou as carreiras de Cameron e Schwarzenegger. O último já havia deixado sua marca em Hollywood graças à interpretação, com duelos de espada, do personagem-título em *Conan, o Bárbaro* (*Conan the Barbarian*, 1982), mas o sucesso repentino de *O Exterminador do Futuro* consolidou seu *status* como astro – e deu-lhe o bordão imortal: "Eu voltarei".

Quanto a Cameron, ele andara escrevendo um rascunho para outro filme de FC ao mesmo tempo que realizava *O Exterminador do Futuro*. Mais uma vez, estava ansioso para dirigir, mas conseguir a nova direção dependia de como *O Exterminador do Futuro* se saísse. Pouco depois de o filme entrar no circuito dos cinemas americanos em 26 de outubro de 1984, Cameron recebeu um telefonema da 20th Century Fox: o estúdio lhe dera o sinal verde. Seu próximo filme seria *Aliens, o Resgate* (1986).

Jornadas através do tempo

"Enquanto o grande disco da máquina zumbe, habitações brotam e desmoronam, o Sol se levanta e se põe, civilizações inteiras ascendem e caem." Essa é a vibrante descrição feita por H. G. Wells da viagem pela história em seu romance seminal *A Máquina do Tempo*, publicado pela primeira vez em 1895. Escrito quase no início de sua carreira, foi esse livro que trouxe a Wells o sucesso que ele esperava – e que, em termos mais amplos, introduziu o conceito de ficção científica de uma máquina que podia transportar fisicamente um viajante para diferentes pontos da história. Narrativas como *Um Conto de Natal* (*A Christmas Carol*, 1843), de Dickens, e *Um Ianque na Corte do Rei Artur* (*A Connecticut Yankee in King Arthur's Court*, 1889), de Mark Twain, apresentavam a viagem no tempo, mas *A Máquina do Tempo*, assim como *O Homem Invisível*, também de Wells, deram a um conceito de fantasia um ar de plausibilidade científica.

A Máquina do Tempo foi adaptada mais de uma vez para o cinema. A adaptação mais conhecida é a de 1960, com Rod Taylor no papel do viajante; a de 2002, menos bem-sucedida, foi feita pelo diretor Simon Wells, bisneto de H. G. Wells. As possibilidades dramáticas da viagem no tempo, no entanto, têm sido garimpadas em uma espantosa variedade de formas por gerações de contadores de histórias, para a tela grande e a tela pequena, do perene *Dr. Who: O Senhor do Tempo* à franquia de *O Exterminador do Futuro*.

O número total de filmes que tiveram por base a viagem no tempo é tão vasto que seria impossível fazer-lhes justiça aqui. A trilogia *De Volta para o Futuro* (*Back to the Future*, 1985-1990) trouxe com ela partes iguais de aventura e nostalgia. Um *thriller* independente, de micro-orçamento, *Primer* (2004), do cineasta Shane Carruth, explorou as implicações da viagem no tempo com tantos detalhes matemáticos que fica quase impossível descrever o filme – é talvez suficiente dizer que, se existisse um dispositivo de viagem no tempo, seu efeito sobre o curso da história poderia ser perigosamente difícil de controlar.

Embora a viagem no tempo tenha sido, com frequência, matéria-prima de filmes de ação com grandes orçamentos, incluindo *Timecop – O Guardião do Tempo* (*Timecop*, 1994) e *Déjà Vu* (2006), alguns dos usos mais convincentes da ideia, como em *Primer*, vieram de cineastas independentes. O filme francês *La Jetée*, de Chris Marker (1962), usa pouco mais que a narração e fotos fixas em preto e branco para evocar, de forma vigorosa, um mundo pós-apocalíptico. De um bunker sob os escombros de Paris, cientistas mandam um voluntário de volta no tempo para ajudar a evitar a catástrofe; em apenas 30 minutos, Marker constrói um enigma fascinante e de profunda coerência. *La Jetée* foi, reconhecidamente, a inspiração para *Os 12 Macacos* (*12 Monkeys*, 1995), de Terry Gilliam, um *thriller* de ficção científica que, em termos gerais, tinha a mesma premissa; dirigido com o olho infalível de Gilliam para o bizarro e o perturbador, talvez seja o mais inteligente *thriller* de ficção científica a emergir de Hollywood nos anos 1990.

Realizado com apenas 2,6 milhões de dólares, *Crimes Temporais* (*Los Cronocrímenes*, 2007), do roteirista e diretor espanhol Nacho Vigalondo, funciona como um pesadelo com uma relação de parentesco com *Primer*, de Carruth. Um ato de voyeurismo coloca Hector (Karra Elejalde), um homem banal, comodista, no caminho de um aterrorizante psicopata enrolado em bandagens e brandindo uma tesoura. Fugindo apavorado, Hector descobre um prédio nas proximidades que esconde em seu interior um estranho artefato, o qual se revela como uma máquina do tempo. Assim começa um *loop* causal, cada vez mais cheio de nós, em que os esforços de Hector para desfazer um equívoco levam a vários outros que não podem ser previstos.

O ritmo é vertiginoso, com uma atmosfera carregada de medo; podemos chegar ao fim e apontar falhas no emaranhado da trama de Vigalondo, mas sua jornada através do tempo continua sendo inesquecível.

Se a viagem no tempo é matéria-prima perfeita para *thrillers*, isso acontece porque o conceito nos permite fazer todo tipo de perguntas sobre nós mesmos. Se pudéssemos ir para o passado, que mudanças provocaríamos? Se fôssemos ao encontro de nossos eus mais jovens, o que diríamos a eles? Será que iríamos entender? Essa é a base de *Looper: Assassinos do Futuro* (*Looper*, 2012), uma história inovadora e sombria retrabalhada em sólidos conceitos de ficção científica. Em um Kansas do século XXI, onde os jovens têm poucas oportunidades de trabalho, vinte figuras como Joe (Joseph Gordon-Levitt) assumem o papel de *loopers* – basicamente assassinos de aluguel para a Máfia. Se algum idiota passou a perna na quadrilha, ele é amarrado, encapuzado, levado de volta no tempo e friamente baleado por um desses *loopers*. Mas, então, uma coisa perturbadora acontece a Joe: na execução de um trabalho regular, o idiota que ele deve balear se revela como nada menos que seu velho eu, interpretado por Bruce Willis. Começa assim um *thriller* hilariante, mergulhado na incerteza de uma crise pós-financeira. Destacando-se em toda a ação, a cena mais eficiente do filme ocorre numa lanchonete – os dois Joes, um na faixa dos 20, o outro na dos 50, sentam-se frente a frente e cada um procura tirar proveito das fraquezas do outro: o primeiro, da idade e do cinismo do segundo; o segundo, do comodismo e da ingenuidade do primeiro. *Looper* usa a ficção científica como um retrato da amargura e desilusão de uma geração.

O mesmo acontece em *O Predestinado* (*Predestination*, 2014), um *thriller* pouco visto e agora com *status* de *cult*, mas de soberba eficiência, sobre um grupo de personagens afetados por um *loop* temporal. Baseado num conto de Robert A. Heinlein chamado "All You Zombies", de 1959, apresenta Ethan Hawke como um agente enviado de volta no tempo à Nova York dos anos 1970 para caçar um terrorista; lá, esse agente encontra um homem num bar cuja trágica história se entrelaça de modos imprevistos com a dele. Apresentando uma inigualável atuação da atriz australiana Sarah Snook e uma direção firme dos irmãos Spierig, *O Predestinado* é um *thriller* com um clima pungente, humano – uma história alucinante de tragédia pessoal e arrependimento. Filmes como *O Predestinado* e *Primer* brincam com a relação cotidiana que temos com o tempo; como gostaríamos de poder fazer o relógio voltar para trás e desfazer erros passados, e de que maneira nossas experiências, para o melhor ou para o pior, nos moldam como indivíduos.

PARA IR FUNDO, ASSISTA À SELEÇÃO DE FILMES DE FC MENCIONADOS NESTE CAPÍTULO:

A Máquina do Tempo (*The Time Machine*, 1960)

La Jetée (1962)

Mercenários das Galáxias (*Battle Beyond the Stars*, 1980)

Galáxia do Terror (*Galaxy of Terror*, 1981)

Fuga de Nova York (*Escape from New York*, 1982)

Jogos de Guerra (*WarGames*, 1983)

Runaway – Fora de Controle (*Runaway*, 1984)

De Volta para o Futuro (*Back to the Future*, 1985)

Hardware – O Destruidor do Futuro (*Hardware*, 1990)

Androide Assassina (*Eve of Destruction*, 1991)

Timecop – O Guardião do Tempo (*Timecop*, 1994)

Os 12 Macacos (*12 Monkeys*, 1995)

Primer (2004)

Déjà Vu (2006)

Crimes Temporais (*Los Cronocrímenes*, 2007)

Looper: Assassinos do Futuro (*Looper*, 2012)

O Predestinado (*Predestination*, 2014)

19. Admiráveis Mundos Novos

Brazil – O Filme (1985)

"Este é seu recibo para seu marido. E este é meu recibo para seu recibo."

Assim como a detonação da primeira bomba nuclear desencadeou a era atômica, o advento do circuito integrado nos anos 1950 apressou a era da informação. À medida que os computadores se tornavam menores, mais rápidos e mais acessíveis no final da década de 1970 e início dos anos 1980, a nova tecnologia, de forma bastante previsível, era recebida com entusiasmo e com desconfiança. Por um lado, havia as previsões de que os computadores iriam revolucionar tudo, da educação aos negócios; por outro, havia sugestões de que os computadores poderiam ser utilizados, de forma indevida, por *hackers* – sobre o filme *Jogos de Guerra*, de 1983, por exemplo, pairava a noção de que um garoto suficientemente esperto, equipado com um computador e uma linha telefônica, poderia raquear sistemas de defesa das forças armadas americanas.

Muito antes que a internet se tornasse onipresente, escritores e cineastas já estavam pensando nas possibilidades de um planeta interconectado; em suas obras extremamente criativas da Trilogia do Sprawl, como no seminal *Neuromancer* (1984), William Gibson escreveu sobre as tecnologias, contraculturas e atividades criminosas que poderiam surgir com a revolução da informática. Antes mesmo de Gibson, George Orwell tinha escrito de forma visionária em seu romance *1984* (1949) sobre como as novas tecnologias poderiam ser usadas como instrumentos de controle da população: por meio do protagonista Winston Smith, descobrimos uma sociedade futura em que cada movimento do cidadão é registrado e analisado, e onde o pensamento individual é encarado como crime.

Cineastas adaptaram o livro de Orwell, incluindo o diretor Michael Radford, cuja adaptação, estrelada por John Hurt como Winston Smith e Richard Burton como O'Brien, apareceu – de forma bastante apropriada – em 1984. E o diretor Terry Gilliam, filtrando a distopia de Orwell através da excentricidade de sua própria imaginação, nos deu o que pode ser o melhor filme de FC a nos advertir sobre o totalitarismo: *Brazil – O Filme*.

Nas mãos de Gilliam, o mundo futuro de *Brazil* se torna tão absurdo quanto o de Orwell era apavorante: nele tudo é governado por uma caótica rede de máquinas e informação. Há extensos bancos de dados sobre tudo e todos, e grande parte da população, ao que parece, vive amontoada em escritórios escuros revirando papéis ou lutando com gigantescos computadores numa vã tentativa de processar tudo aquilo. A sociedade está se afogando em dados e burocracia – uma Babilônia de informação confusa e frequentemente falsa.

O resultado é um filme com a temática tirada da obra de Orwell e com a ironia surreal de Gilliam, o ex-membro do Monty Python que criava os excêntricos e inesquecíveis esquetes de animação da trupe.[*] Para conseguir lançar o filme, no entanto, Gilliam teve primeiro de navegar por um estúdio de Hollywood que era quase tão cheio de labirintos e insondável quanto o descrito em seu filme. Na verdade, a própria existência de *Brazil* não deixa de ser um pequeno milagre.

Brazil – O Filme começa não com uma leitura de *1984* – Gilliam disse mais de uma vez que só leu o livro de Orwell depois de ter feito o filme – mas com uma visita a Port Talbot, no País de Gales. Cidade do aço, com uma

---

[*] Apresentados no programa de TV *Monty Python's Flying Circus*. (N. T.)

praia que ficou escurecida com a poeira do carvão, Port Talbot deixou gravada uma imagem instigante na mente de Gilliam: um homem sentado na praia coberta de fuligem, mexendo no mostrador de um rádio e ouvindo uma canção dos anos 1930, "Aquarela do Brasil". A canção, Gilliam disse mais tarde, era diferente de tudo que o homem solitário na praia tinha ouvido antes – uma música que o transportava para outro mundo, um mundo melhor.

"Era a América na década de 1940", disse Gilliam a Salman Rushdie no Telluride Festival em 2002. "Estávamos sempre indo para o Rio e fui criado nesse tempo de sonho. Parece que o mundo de sonho estava em algum lugar na América do Sul, onde tudo seria perfeito."[1]

A partir dessa minúscula semente nasceu uma distopia grotesca, muito maior, sobre um homem de 30 e poucos anos, sem nada de especial (Sam Lowry, interpretado por Jonathan Pryce) que está relativamente feliz com sua condição de engrenagem de uma máquina. Nascido numa família privilegiada – a vaidade de sua mãe idosa burguesa (Katherine Helmond) traz repetidos momentos de humor –, Sam leva uma vida de monotonia e complacência. É somente em sonhos que sua imaginação alça voo, pois ele sonha repetidas vezes com uma vida alternativa, na qual é um herói como Ícaro, que resgata uma bela mulher (Kim Greist) de uma série de bizarras experiências de quase morte. No trabalho de Sam, um erro de computador faz com que forças do Estado avancem para a casa de um sapateiro inocente em vez de um suspeito de terrorismo. A pedido de seu chefe, Sr. Kurtzmann (Ian Holm), Sam é despachado para desfazer o erro – isto é, para retirar a tortura e execução de um homem inocente dos registros do governo. Como resultado, Sam é arrastado ainda mais para uma máquina opressiva que ele sempre havia mantido a distância; ao longo do caminho, encontra um excêntrico inimigo do Estado, Archibald Tuttle (Robert de Niro), e a mulher de seus sonhos, que descobre ser uma firme combatente da resistência. Enquanto isso, Jack Lint (Michael Palin), um colega de escola de Sam, competitivo, mas que parecia inofensivo, é apontado como o sádico torturador-chefe do regime.

---

[1] Ver: <http://www.believermag.com/issues/200303/?read=interview_gilliam>.

Embora enraizado no passado, com sua cidade cheia de máquinas imperfeitas, dutos e engenhocas que funcionam mal e evocam tanto uma América dos anos 1930 e 1940 quanto um futuro distópico, *Brazil – O Filme* é também perturbadoramente futurista. Além de explorar os temas de vigilância das massas e controle do Estado, o filme mostra como um regime totalitário poderia consolidar seu poder criando um clima de apatia. Em uma sequência engraçada e mordaz, Sam, sua mãe e as amigas dela de classe alta estão escolhendo o jantar num restaurante *high-tech* quando terroristas detonam uma bomba a poucos metros do grupo; de repente sentados entre a poeira e os cadáveres, eles mal conseguem se mover. Um dos sentimentos mais urgentes de *Brazil*, então, é seu alerta sobre a complacência, sobre como a indiferença pública, tanto quanto uma figura de Big Brother com avidez pelo poder, poderia promover o totalitarismo. É significativo que o líder supremo no Estado futuro de *Brazil* mal apareça na história; é um homem médio, suavemente malvado (como o Jack Lint interpretado por Palin), que mantém em movimento a máquina do poder.

Brazil era um filme corajoso demais até mesmo para tentar passar pelo sistema de Hollywood, mas graças ao produtor israelense Arnon Milchan, Gilliam conseguiu, por um triz, fazer a travessia. Em fevereiro de 1985, a 20th Century Fox lançou o filme, que foi bastante aclamado na Europa e no restante do mundo. Em razão de um azedo relacionamento de Gilliam com a Universal, produtora associada, que tinha assinado um contrato para distribuir o filme nos Estados Unidos, as coisas se complicaram um pouco.

Uma exibição privada para executivos da Universal em meados de 1984 resultou na conclusão de que *Brazil* era um tanto pesado e carente de perspectivas comerciais para inspirar confiança. Então o chefe do estúdio, Sid Sheinberg, apresentou uma sugestão: cortar todos os acontecimentos depressivos após Sam ter relações com a mulher de seu sonho, Jill (Greist), e encerrar a história em um clima feliz. Quando Gilliam resistiu, a Universal respondeu que o diretor havia quebrado uma cláusula de seu contrato exigindo que ele entregasse uma versão do filme de 127 minutos ou menos; a versão de Gilliam chegava a 142 minutos.

Como nem o diretor nem o estúdio arredaram pé de suas posições, uma rixa pública tomou conta dos periódicos voltados para Hollywood. Gilliam e Sheinberg evitavam o confronto direto, mas fizeram uma exposição clara de suas queixas ao escritor Jack Mathews, do *Los Angeles Times*. Mathews, percebendo que tinha caído na história mais importante do mundo do entretenimento naquele ano, entregou-se com prazer ao papel de árbitro e publicou em sua coluna a discussão cada vez mais amarga entre um lado e outro. Sem o conhecimento de Gilliam, a Universal já tinha uma equipe de montadores trabalhando em uma nova versão de *Brazil*. Enquanto isso, Gilliam gastava vários milhares de dólares num anúncio de página inteira na *Variety*: uma página avulsa, quase em branco, com as palavras: "Caro Sid Sheinberg, quando vai lançar o meu filme *Brazil*? Terry Gilliam".

O que a Universal não sabia era que, enquanto ela trabalhava numa versão alternativa, Gilliam estava colocando sua montagem original do filme na frente do maior número possível de críticos, fazendo com que voassem para assisti-la no lançamento oficial na Europa ou realizando exibições secretas nos Estados Unidos. Numa universidade americana, Gilliam deu uma entrevista a um grupo de estudantes e disse que lhe fora permitido mostrar apenas um trecho de seu mais novo filme – mas o trecho simplesmente incluiu a versão, em sua totalidade, dos 142 minutos de *Brazil*.

Por fim, Gilliam seguiu seu próprio caminho: na premiação da Los Angeles Film Critics Association [Associação de Críticos Cinematográficos de Los Angeles], em 1985, o ainda não lançado *Brazil – O Filme* ganhou o prêmio de Melhor Filme – batendo o grande concorrente da Universal para o Oscar daquele ano, *Entre Dois Amores (Out of Africa)*. Diante do crescente aplauso à versão original de *Brazil*, a Universal não teve outra opção a não ser preparar rapidamente o lançamento do filme sem cortes. A edição mais curta de Sheinberg com o final feliz – popularmente apelidada de *"Love Conquers All"* [O Amor Supera Tudo] – acabou sendo exibida na TV a cabo. Hoje, essa versão é bastante lembrada como subproduto de uma batalha muito estranha de Hollywood. O pobre Sam Lowry pode ter sido esmagado pelas engrenagens de um regime brutal, mas *Brazil*, felizmente, sobreviveu ileso à máquina de Hollywood.

O poder da distopia

"Na *novilíngua*", escreveu George Orwell em seu romance *1984*, "não há palavra para ciência."

A princípio, isso pode soar como uma declaração estranha e paradoxal, já que o mundo futuro em que *1984* está cheio de tecnologia: televisões e microfones monitoram cada movimento de seus cidadãos; livros são escritos automaticamente por um tipo estranho de computador. Orwell compreendeu que, embora a tecnologia possa ser usada para difundir a informação – como fez a máquina de impressão no Iluminismo –, ela também pode ser usada como ferramenta de opressão. Com a tecnologia e a informação nas mãos de um punhado de poderosos, os habitantes comuns de Airstrip One vivem em um estado de ignorância imposta, em que as normas são obedecidas sem reflexão, vocabulários são aos poucos reduzidos e "dois mais dois, igual a cinco" é uma frase popular na mídia.

Como o diretor José Padilha disse um dia, pouco depois do lançamento de sua refilmagem de *RoboCop*, "a tecnologia pode lhe trazer liberdade – você pode estar livre para entrar numa espaçonave e ir para outro lugar – mas, por outro lado, a tecnologia pode tirar a liberdade. A chave que abre a porta do céu abre também a porta do inferno".[2]

Metropolis (1927), de Fritz Lang, foi um dos primeiros filmes a mostrar como uma sociedade tecnologicamente avançada poderia estar dividida com rigidez entre ricos e pobres, e esse é um tema que desde então temos visto em filmes distópicos de FC. *Alphaville* (1965), de Jean-Luc Godard, uma junção, com baixo orçamento, de ficção científica e *thriller noir*, retrata de modo engenhoso uma cidade futura sem o uso de efeitos especiais; Godard imagina uma cidade governada por um computador senciente, Alpha 60, que administra sua infraestrutura e proíbe, de forma estrita, o pensamento individual. Uma das cenas mais futuristas e memoráveis envolve um dicionário conectado ao computador central. Com uma simples

---

[2] Ver: <http://www.denofgeek.com/movies/jose-padilha/29178/jose-padilha-interview-robocop-elite-squad-philosophy>.

atualização, palavras proibidas podem desaparecer de suas páginas (num estranho eco, vindo do mundo real, uma reportagem de jornal de 2012 narrava a provação de Linn Jordet Nygaard, uma norueguesa cujo Kindle foi, de repente, bloqueado, sem explicação, pela Amazon, vendedora do dispositivo. Durante semanas, sua biblioteca virtual permaneceu fora de alcance, enquanto Nygaard navegava pelas camadas de documentos de uma burocracia empresarial).[3]

Fahrenheit 451, a adaptação cinematográfica do romance de Ray Bradbury feita em 1966 por François Truffaut, também tratava do controle da informação. Num futuro totalitário, uma equipe especial de bombeiros é encarregada não de apagar incêndios, mas de iniciá-los – recolhendo todas as formas de literatura das casas das pessoas e queimando-as nas ruas. É uma característica imagem poética de Bradbury e uma descrição menos brutal de um Estado futuro que a de Orwell; o sentimento de que os Estados fascistas tentarão sempre limitar nosso acesso ao conhecimento continua sendo muito forte.

Como vimos no Capítulo 12, os anos 1970 trouxeram com eles uma onda de visões de pesadelo do futuro, da Grã-Bretanha concreta de *Laranja Mecânica* aos Estados Unidos apinhado de gente de *No Mundo de 2020*, passando pela cidade de *Fuga no Século XXIII* (*Logan's Run*, 1976), onde envelhecer é, em sentido literal, passível de ser punido com a morte. Curiosamente, uma adaptação de outro grande romance distópico do século XX, *Admirável Mundo Novo*, de Aldous Huxley, só aconteceu em um telefilme, de baixo orçamento, que foi ao ar na NBC em 1980. Só em 1997, o roteirista e diretor Andrew Niccol explorou em *Gattaca – A Experiência Genética* (*Gattaca*) a ideia de Huxley de uma sociedade futura "purificada" pela eugenia – de um modo muito semelhante à filtragem de *1984* em *Brazil – O Filme* pelo excêntrico estilo de direção de Terry Gilliam.

No futuro próximo de *Gattaca*, a sociedade está dividida de modo higiênico entre válidos – os que são puros em termos genéticos e, assim, se

---

[3] Ver:<http://www.nbcnews.com/technology/technolog/you-dont-own-your-kindle-booksamazon-reminds-customer-1c6626211>.

qualificam para empregos de categoria – e inválidos – aqueles que herdam distúrbios, como problemas no coração, e são forçados a pegar trabalhos de baixo nível, como faxina, por exemplo. Vincent Freeman (Ethan Hawke) é um inválido que, desde a infância, sonhou em ser astronauta, mas se vê excluído da profissão devido a uma débil procedência genética. Determinado a satisfazer sua ambição, Vincent soma forças com outro *outsider* – o válido Jerome (Jude Law), geneticamente perfeito, mas que teve a carreira esportiva destruída após um acidente de carro. Jerome, agora um recluso amargurado, concorda em fornecer a Vincent as amostras diárias de DNA que ele precisa para passar como válido – permitindo assim que Vincent siga a carreira que sempre quis. Contudo, por mais meticuloso que seja Vincent ao levar adiante a fraude, uma investigação da polícia em seu local de trabalho o deixa sob um escrutínio cada vez mais atento; do início ao fim da história, ele oscila entre realizar seus sonhos e ser apanhado por um sistema terrivelmente zeloso. Escrito, filmado e interpretado com grande beleza, *Gattaca* foi um trágico fracasso de bilheteria. Continua, no entanto, sendo um filme inteligente e de importância duradoura; ainda é discutido e citado por cientistas por abordar questões atuais sobre experiências genéticas e o que elas podem significar para nossa liberdade.[4]

Hoje, vigilância pela internet, drones e guerra mecanizada são assuntos comuns em filmes e literatura distópicos. A série de romances de sucesso de Suzanne Collins, *Jogos Vorazes* (*The Hunger Games*, 2012), adaptada como uma franquia cinematográfica igualmente bem-sucedida, é uma distopia para jovens adultos criados numa época de mídias sociais e *reality TV*. Para sobreviver a um brutal programa televisionado de jogos e derrubar um regime despótico, a heroína Katniss Everdeen (Jennifer Lawrence) logo percebe que uma imagem pública administrada com cuidado é parte vital para uma vitória segura.

Tanto na ficção quanto no mundo real, regimes opressivos tentam com frequência limitar nosso acesso ao conhecimento ou alterar a linguagem que podemos usar para definir e descrever nossa opressão. Os nazistas

---

[4] Ver: <http://www.depauw.edu/sfs/essays/gattaca.htm>.

queimaram livros e baniram a arte "degenerada" nos anos 1930; o líder soviético Josef Stálin tentou mudar a história executando adversários políticos e eliminando seus rostos de fotografias. Sejam livros ou filmes, as grandes distopias servem a uma função vital: elas nos dão o vocabulário para reconhecer e descrever o Big Brother em nosso meio.

PARA IR FUNDO, ASSISTA À SELEÇÃO DE FILMES DE FC
MENCIONADOS NESTE CAPÍTULO:

Alphaville (1965)

Fahrenheit 451 (1966)

Fuga no Século XXIII (*Logan's Run*, 1976)

Gattaca – A Experiência Genética (*Gattaca*, 1997)

Jogos Vorazes (*The Hunger Games*, 2012)

20. Desta Vez É Guerra

Aliens, o Resgate (1986)

"O que está querendo dizer com eles cortam a energia? Eles são animais..."

Um monstro, uma espaçonave, uma tripulação que de nada suspeita à espera para ser dilacerada. O que mais havia para fazer com um roteiro como *Alien, o Oitavo Passageiro*, de Ridley Scott? Durante cinco anos a pergunta foi deixada no ar, ao que parece à espera de que aparecesse um cineasta com esperteza suficiente para respondê-la. Quando *O Exterminador do Futuro* surpreendeu ao se tornar um sucesso em 1984, a 20th Century Fox e a produtora Brandywine deram a Cameron e à produtora associada Gale Anne Hurd as chaves para a franquia de *Alien*: menos de quatro anos após passar *O Exterminador do Futuro* para a Hemdale Pictures, Cameron estava no comando de um importante filme de Hollywood.

O orçamento de *Aliens, o Resgate* era mais generoso que o de *O Exterminador do Futuro*, mas ainda assim reduzido, considerando as ideias ambiciosas de Cameron. O enredo de Cameron se passa cinquenta e sete anos após os eventos de *Alien, o Oitavo Passageiro* e devolve Ripley ao planeta LV-426, onde um exército de xenomorfos consegue encapsular toda uma colônia de mineração montada por seus antigos empregadores, a

Weyland-Yutani. *Aliens, o Resgate* requeria, portanto, uma variedade maior de sets de filmagem, um elenco maior, mais efeitos especiais e um número muito maior de criaturas para projetar e construir do que o original de 1979. Mais uma vez, no entanto, a experiência de Cameron com produções de baixo orçamento fez com que ele e sua equipe conseguissem encontrar numerosos meios de esticar os 18 milhões de dólares de investimento da Fox. Quando, por exemplo, o orçamento não foi suficiente para construir 12 câmaras de animação suspensa para a equipe da USS Sulaco com tampas que se movessem, um espelho foi cuidadosamente posicionado para fazer uma fileira de seis câmaras parecer duas vezes mais longa. O ritmo e a montagem do filme podem ter criado a impressão de um planeta infestado de monstros, mas, na realidade, só oito "soldados" alienígenas foram construídos para o filme.

Um fator crucial para o sucesso de *Aliens, o Resgate* é o modo como ele expande o filme original. Enquanto a maioria das sequências talvez se contentem em apenas repetir tudo que veio antes, *Aliens, o Resgate* se desloca sabiamente de um clima de avanço furtivo do horror para uma ação com armas em pleno combate militar. *Alien, o Oitavo Passageiro* era uma obra-prima de atmosfera e clima; a sensação de terror, que crescia devagar, era tão importante quanto a sugestão de violência que escorria do monstro de seu título. Percebendo que não poderia fazer duas vezes a mesma mágica, Cameron transformou *Aliens, o Resgate* num filme sobre maternidade e sobrevivência. Tendo sobrevivido a um encontro com o terrível monstro espacial, após a autodestruição da espaçonave *Nostromo*, a tenente Ripley permanece em estado de animação suspensa a deriva, dentro da nave auxiliar que utilizou para a fuga, durante décadas pelo espaço até finalmente acordar numa estação espacial na órbita da Terra. Com sua reputação e a carreira sem dúvida dilaceradas (Weyland e Yutani, seus empregadores, não se deixam impressionar por sua alegação de ter explodido uma nave tão cara porque havia um alienígena dentro dela), Ripley é atormentada por pesadelos e pelo doloroso sentimento de perda (numa versão mais longa do filme, liberada em vídeo em 1992, ficamos sabendo que Ripley tinha uma filha, Amanda, que morrera de idade avançada enquanto Ripley estava à deriva no espaço).

Ripley é sacudida de seu torpor pelas notícias de que a Weyland-Yutani perdera contato com a colônia mineradora localizada em LV-426. Quando um destacamento de Marines Coloniais é convocado para partir em busca de sobreviventes, um astuto executivo da companhia, Carter Burke (Paul Reiser), convida Ripley a prestar assessoria; Ripley, disposta a ver erradicada a ameaça alienígena ao planeta, concorda, com relutância, em participar da missão. Começa assim um *thriller* de ação empolgante e incansável em que o instinto de sobrevivência de Ripley se mostra repetidas vezes muito mais ativo e mais importante que o furioso poder de fogo dos marines. Quando o grupo se vê ilhado no planeta após o ataque de um dos xenomorfos, a espaçonave que os conduziu com parasitas que secretam ácido quando são feridos e os cercam por todos os lados, Ripley vai aos poucos se transformando de sobrevivente atormentada em guerreira destemida. Sob esse ângulo, *Aliens, o Resgate* funciona como a segunda metade da história de Ripley, afastando-se do irresistível terror de *Alien, o Oitavo Passageiro* rumo a algo parecido com um final feliz. Enquanto o restante do elenco vai aos poucos se reduzindo, tanto em razão de suas falhas propriamente humanas quanto pelas habilidades de caça dos xenomorfos, Ripley emerge como indomável heroína. Ela forja um laço maternal com a única sobrevivente da colônia do planeta – Newt (Carrie Henn), de 12 anos – e há um indício de afeto entre Ripley e um marine de voz suave, o cabo Hicks (Michael Biehn). O confronto final de Ripley com a Rainha Alienígena – um verdadeiro feito de *animatronics* e *design* – torna-se um símbolo de sua realização; matando aquela imagem distorcida de mãe humana, Ripley finalmente se livra de seu trauma.

Quando conceberam *Alien, o Oitavo Passageiro* nos anos 1970, Dan O'Bannon e Ronald Shusett recorreram a décadas de *pulp fiction* e filmes de FC. Cameron seguiu o exemplo deles. Sua descrição de guerreiros com armadura, navegadores espaciais, evoca o romance *Tropas Estelares* (*Starship Troopers*, 1959), de Robert A. Heinlein, com seu estilo provocador adaptado para o cinema por Paul Verhoeven em 1997. A fala de um Marine Colonial em *Aliens, o Resgate* – "isto é um combate de verdade, senhor, ou só outra caça de insetos?" – poderia inclusive ser uma citação consciente ao livro de Heinlein, cuja trama envolvia o extermínio em massa de insetos gigantes num planeta distante. Em sua descrição dos alienígenas como uma colmeia insectoide (algo inteiramente ausente em *Alien, o Oitavo Passageiro*), Cameron também parece tirar alguma coisa de um terror de FC de 1954, *O Mundo em Perigo*, que via um exército de formigas mutantes, gigantes, ameaçando a Califórnia. A parte final desse filme, em que o exército dos Estados Unidos abre caminho para o sombrio ninho das formigas com metralhadoras e lança-chamas, é incrivelmente parecida com o centro dramático de *Alien*, no qual um esquadrão mal preparado é atacado por todos os lados pelos xenomorfos em seu covil biomecânico.

Da mesma maneira, Cameron também recorreu de forma considerável à linguagem e iconografia da Guerra do Vietnã.[1] Todos os seus Marines Coloniais falam como os soldados americanos dos anos 1960 e 1970 – algo que ele tem prontamente admitido nas entrevistas – e os equipamentos, armas e naves, todos trazem ecos do *hardware* militar da mesma época: a *Dropship*, por exemplo, que leva Ripley e os marines para a superfície do planeta, tem certa semelhança com um helicóptero Huey. É provável que algumas das ideias militares que Cameron aplicou em *Aliens, o Resgate* tenham surgido como resultado de sua pesquisa para o roteiro de *Rambo II: A Missão* (*Rambo: First Blood Part II*, 1985), que ele escreveu para o astro de filmes de ação Sylvester Stallone ao mesmo tempo que escrevia sua sequência de *Alien, o Oitavo Passageiro*. Como o veterano do Vietnã John Rambo, Ripley é uma sobrevivente traumatizada, algo que foi subestimado no roteiro retrabalhado da filmagem de *Rambo II – A Missão*, mas se manteve intacto em *Aliens, o Resgate*.

O rico imaginário que Cameron evocou para *Aliens* influiu na cultura popular de um modo que ele não poderia ter previsto. Liberado menos de um ano mais tarde, o *videogame Contra*, da companhia japonesa Konami, recorre livremente aos monstros biomecânicos e à artilharia futurista de *Aliens*; sua vigorosa dupla de heróis, Bill Rizer e Lance Bean, são um uma fusão mal-acabada de quatro atores do filme de Cameron: Bill Paxton, Paul Reiser, Lance Henriksen e Michael Biehn.

---

[1] Ver: <http://www.lofficier.com/cameron.htm>.

Esse sucesso da konami foi apenas um dentre muitos *videogames* que, nos últimos trinta anos, tomaram emprestado elementos de *Aliens, o Resgate*. *R-Type, Doom, Halo, Metroid* e *Gears of War* são apenas alguns títulos que foram inspirados pelas armas, personagens, criaturas ou diálogos de *Aliens* – ou, em certos casos, por todos os quatro. Na verdade, a ideia do marine espacial de pescoço de touro, carregando um rifle de assalto e convidando alguém para uma conversinha tornou-se um clichê tão conhecido do gênero que passou a funcionar como paródia. Ironicamente, os criadores de jogos e os cineastas que garimparam *Aliens, o Resgate* para sua própria obra não compreenderam muito bem o filme original: neste, todos os Marines Coloniais acabam morrendo devido a uma falsa demonstração de coragem e a um excesso de confiança na tecnologia militar. Assim que os efetivos dos marines começam a cair, vemos seu moral e seus egos entrarem em colapso; e Ripley – a sobrevivente de extrema habilidade – toma de novo a frente como a verdadeira guerreira da história. *Alien, o Oitavo Passageiro* introduziu Ripley, mas foi *Aliens, o Resgate*, em meio a uma década dominada por heróis masculinos de filmes de ação, como Arnold Schwarzenegger e Sylvester Stallone, que a transformou num ícone da cultura *pop*.

Até hoje Ripley continua sendo um dos grandes exemplos femininos em um filme de FC e é possível ver nuances de seu espírito e determinação em personagens tão variados quanto Katniss Everdeen de *Jogos Vorazes*, Furiosa, a guerreira de estrada em *Mad Max: Estrada da Fúria* e Rey, em *Star Wars: O Despertar da Força*. Como Sarah Connor, Ripley é descrita mais como uma combatente que como vítima – uma heroína que, preservando sua humanidade e não se entregando a um puro instinto assassino, consegue olhar de frente para sua nêmesis e derrotá-la.

Alien, o Oitavo Passageiro e *Aliens, o Resgate* são, portanto, um exemplo incomum de dois filmes que se complementam. Formam, no essencial, duas metades de uma história sem rupturas quando vistos um depois do outro, o que pode explicar por que, quando a 20th Century Fox pediu uma sequência de *Aliens, o Resgate* no final dos anos 1980, uma sucessão de escritores e diretores tiveram dificuldades em descobrir por onde a franquia podia ser retomada. O que finalmente se tornaria *Alien 3*, lançado em 1992, foi desenvolvido no decorrer de cinco anos tempestuosos por talentos tão diversos quanto William Gibson, o diretor Renny Harlin de *Duro de Matar 2* (*Die Hard 2*, 1990) e Vincent Ward, da Nova Zelândia, que deram sua contribuição e depois partiram. O diretor estreante David Fincher foi contratado de forma tardia para a sequência, no final da produção, quando a Fox já estava desesperada para concluir *Alien 3* a tempo de cumprir uma data predeterminada de lançamento. Como Ripley tinha se realizado no final de *Aliens, o Resgate* – ganhando uma substituta para a filha, um amor e sonhos doces – o único meio de os roteiristas de *Alien 3* conseguirem fazê-la enfrentar de novo seu inimigo mais mortal foi confiscar tudo que ela havia obtido. Após o triunfo de *Aliens, o Resgate*, a sequência de 1990 envia Ripley para um purgatório niilista: todos que entram naquele planeta-prisão abandonam a esperança.

Mesmo na morte, ao final de *Alien 3*, Ripley não pôde encontrar descanso. *Alien – A Ressurreição* (*Alien: Resurrection*, 1997), dirigido pelo autor de *Delicatessen*, Jean-Pierre Jeunet, viu Ripley revivida graças ao milagre da clonagem genética, tendo seu DNA fundido com o de um xenomorfo e sendo encurralada em mais uma nave cheia de monstros. Que a franquia de *Alien* tenha perdurado, apesar das decepções dos filmes derivados *Alien vs. Predador* (*Alien vs Predator*, 2004) e *Aliens vs. Predador 2* (*Aliens vs Predator: Requiem*, 2007) – que faziam um cruzamento com outra franquia de FC da 20th Century Fox, *Predador* – é um testemunho do poder do monstro originalmente trazido à vida por H. R. Giger no final dos anos 1970. A série, de Ridley Scott, de prelúdios ao *Alien* original de 1979, que começou com *Prometheus*, em 2012, e continuou com *Alien: Covenant*, em 2017, pretende explorar os recantos escuros do universo da franquia e finalmente expõe os alienígenas humanoides sem cabelos conhecidos simplesmente como "Engenheiros" – que, num toque inspirado por Erich von Däniken e H. P. Lovecraft, disseminaram a vida na Terra. Eles possuem uma espécie de gosma negra mortal, que funciona como uma arma biológica altamente mutante, multiforme, capaz de se adaptar a centenas de formas de vida nativas, modificando suas estruturas genéticas e são os violentos tataravôs, do próprio monstro estelar.

Infelizmente, H. R. Giger morreu em 2014, não muito depois de ter dado algumas pequenas contribuições finais a *Prometheus*. Sua criatura, quase quarenta anos depois de criada, conserva uma apavorante atração, mesmo que décadas de exposição tenham ameaçado torná-la tão familiar e tantas vezes parodiada quanto Drácula ou o monstro de Frankenstein.

É possível, no entanto, que esse alienígena não fosse nada sem Ripley, a engenhosa e compadecida imagem no espelho da criatura. Se o xenomorfo representa tudo que é grotesco e horripilante na existência de uma criatura viva, que respira (nossa capacidade para a violência, nossas vulnerabilidades à doença e ao envelhecimento), então Ripley representa nossas qualidades mais nobres. *Aliens, o Resgate* é famoso pelas conversas duras entre marines e pelo imaginário militar, mas é Ripley que reflete o melhor de nós em sua busca desesperada pela sobrevivência.

Eles vêm de dentro: ficção científica e horror corporal

Tudo começou com uma imagem simples: uma aranha saindo da boca de uma vítima adormecida. A partir dessa diminuta semente, surge o primeiro filme de longa-metragem do diretor canadense David Cronenberg: *Calafrios*, de 1975. Derivação violadora de tabus de *A Noite dos Mortos-Vivos* (*Night of the Living Dead*, 1968), de George A. Romero, *Calafrios* foi um filme de terror com um toque de FC que logo se tornaria sinônimo do nome de Cronenberg. Em um luxuoso bloco de apartamentos, as experiências de um cientista resultam num parasita que passa de vítima a vítima, disseminando uma doença que transforma o contaminado num maníaco alucinado, obcecado por sexo. Em um curioso eco de *Arranha-Céus* (*High-Rise*, 1975), do autor britânico J. G. Ballard, publicado no mesmo ano, *Calafrios* vê uma sociedade civilizadamente estruturada de aposentados, famílias e jovens profissionais desmoronar quando as feras interiores são soltas.

Filmado com um orçamento minúsculo, *Calafrios* não podia se dar ao luxo de mostrar as aranhas da visão original de Cronenberg, mas os vermes se contorcendo, que as substituem, não são menos perturbadores: prontos a emergir e entrar em quase todos os orifícios, os parasitas de Cronenberg são uma criação magistralmente repulsiva. Uma cena em que um parasita emerge de um ralo de banheiro e, devagar, avança para as regiões inferiores do ícone Barbara Steele foi tão inesquecível e eficaz que não só apareceu no cartaz do filme, mas também inspirou uma cena quase idêntica numa comédia de terror e ficção científica de 2006, chamada simplesmente *Slither,* dirigida por James Gunn. Na verdade, a estreia de Cronenberg exerceu uma silenciosa influência, mesmo nos anos 1970; como vimos no Capítulo 14, uma cena em que dezenas de parasitas saem da barriga do ator Allan Kolman precede a criatura arrebentando o peito de um personagem em *Alien, o Oitavo Passageiro,* de 1979, em cerca de quatro anos.

O pungente horror de *Calafrios* – lançado no Canadá como *They Came from Within* [Eles Vieram de Dentro] e conhecido como *The Parasite Murders* [Os Assassinos Parasitas] – definiu o tom de grande parte da carreira inicial de Cronenberg. Em seu país nativo, o filme foi considerado sórdido e violento a ponto de ser discutido no Parlamento (que tenha sido, em parte, financiado com dinheiro dos contribuintes era um ponto bastante delicado, embora *Calafrios* tenha se notabilizado por ser um dos poucos filmes canadenses a dar retorno sobre o investimento). O não menos angustiante terror de ficção científica *Enraivecida na Fúria do Sexo (Rabid)* apareceu em 1977 e é, sob muitos aspectos, um complemento de *Calafrios.* Uma cirurgia experimental de enxerto de pele, realizada numa jovem muito ferida em um acidente de moto, faz com que um organismo parasita, que suga o sangue, saia de baixo de sua axila. À medida que a mulher passa de um lugar para outro, saciando a necessidade de sangue, seus ataques espalham uma doença que desencadeia um colapso social no centro de Montreal.

Nesses primeiros filmes, o estilo de filmagem de Cronenberg se desenvolveu plenamente, definindo um subgênero específico em geral denominado "horror corporal". Os filmes do roteirista e diretor funcionam como lâminas sob um microscópio, cada um permitindo o exame de tópicos como nascimento, morte, envelhecimento, doença e identidade de um modo com frequência chocante, violento, e quase sempre eletrizante. *Videodrome – A Síndrome do Vídeo (Videodrome,* 1983) mostra um desleixado executivo de TV a cabo, Max Renn (James Woods), tentando descobrir as origens de um programa clandestino de TV que parece mostrar a tortura e morte de pessoas reais. As investigações de Renn o colocam na trilha de um profeta recluso da mídia que só aparece na televisão e, pior, de uma organização terrorista que pretende limpar a América do Norte de quem for suficientemente doente para assistir a um programa como *Videodrome*. Com efeitos especiais de Rick Baker, *Videodrome* é um filme grotesco, impressionante, tanto reflexo de sua época – na qual a disseminação de videotapes violentos e sexualmente explícitos estava criando pânico da mídia, em particular no Reino Unido – quanto de extrema relevância para o século XXI.

Após *A Mosca* (1986), que transformou o filme B dos anos 1950 em um drama de relacionamento existencial explosivo e sangrento, Cronenberg começou a se afastar da FC e do terror, embora *eXistenZ*, de 1999, ainda emergisse como uma espécie mais potente de *Videodrome* para a era PlayStation. Ainda que Cronenberg tenha se deslocado para outros territórios, quer com o profundamente trágico *Gêmeos, Mórbida Semelhança* (*Dead Ringers*, 1988) ou a sátira de humor negro sobre Hollywood, *Mapas para as Estrelas* (*Maps to the Stars*, 2014), suas ideias de horror corporal continuam a inspirar outros cineastas.

Tetsuo, o Homem de Ferro (*Tetsuo*, 1989), do diretor japonês Shinya Tsukamoto, é um horror surreal em preto e branco capaz de revirar o estômago ao modo de Cronenberg. Nele, um executivo de baixo escalão (Tomorowo Taguchi) se transforma gradualmente numa enorme criatura biomecânica que ameaça destruir Tóquio. As sequências *Tetsuo II: Body Hammer* (*Tetsuo II: The Body Hammer*, 1992) e *Tetsuo – O Homem Bala* (*Tetsuo: The Bullet Man*, 2009) deram continuidade aos mesmos temas inquietantes de homem e máquina, ambas descrevendo, num tom de pesadelo, a destruição da humanidade pela tecnologia.

Um dos mais notáveis filmes de horror corporal é originário do Reino Unido. Adaptação livre do romance de mesmo nome de Michel Faber, *Sob a Pele* (*Under the Skin*, 2013), dirigido por Jonathan Glazer, é um filme de arte de FC muito especial. Scarlett Johansson encabeça o elenco como uma enigmática entidade alienígena que se move como uma aparição pela moderna Glasgow. No disfarce de uma mulher comum, dirige um carro pelas ruas no outono pegando homens inocentes e os atraindo para sua casa – o destino deles, atrás de portas fechadas, é sobrenatural e perturbador de um modo que desafia a descrição. Aos poucos, porém, os movimentos da alienígena entre humanos levam a alguma coisa contagiante; vemos como ela se torna mais curiosa, mais calorosa, parecendo experimentar uma empatia crescente pelas pessoas que encontra. No final do filme, começamos a perceber que a alienígena é muito menos predadora que algumas das pessoas à sua volta.

PARA IR FUNDO, ASSISTA À SELEÇÃO DE FILMES DE FC E OUTROS GÊNEROS MENCIONADOS NESTE CAPÍTULO:

A Noite dos Mortos-Vivos (*Night of the Living Dead*, 1968)

Calafrios (*Shivers*, 1975)

Enraivecida na Fúria do Sexo (*Rabid*, 1977)

Videodrome – A Síndrome do Vídeo (*Videodrome*, 1983)

A Mosca (*The Fly*, 1986)

Gêmeos, Mórbida Semelhança (*Dead Ringers*, 1988)

Tetsuo – O Homem de Ferro (*Tetsuo*, 1989)

Tetsuo II: Body Hammer (*Tetsuo II: The Body Hammer*, 1992)

Alien 3 (1992)

Alien – A Ressurreição (*Alien: Resurrection*, 1997)

eXistenZ (1999)

Slither (2006)

Tetsuo – O Homem Bala (*Tetsuo: The Bullet Man*, 2009)

Sob a Pele (*Under the Skin*, 2013)

Mapas para as Estrelas (*Maps to the Stars*, 2014)

21. Sátira Brutal

RoboCop (1987)

"*Eles vão consertá-lo. Eles consertam tudo.*"

Uma simples foto resume tanto o tom de *RoboCop* quanto a personalidade de seu diretor, Paul Verhoeven. Mostra o cineasta holandês parado na frente de um gigantesco robô, que lembra um tanque de guerra com duas pernas, coberto de metralhadoras. A coisa mais apavorante da foto, no entanto, é o próprio Verhoeven: dentes à mostra, braços se agitando, dedos tortos como as garras de um gavião. De um modo brilhante, o fotógrafo de produto de *RoboCop* registrou o momento em que o diretor, parado rente à borda do quadro, está tentando provocar uma reação aterrorizada do elenco. No filme acabado, o robô ED-209 entra furioso na sede da empresa de seus criadores e aponta sua arma de cano duplo contra um executivo apavorado.

No *set* do filme, o ED (*Enforcement Droid* [Androide Anticrime]) de grandes dimensões é apenas um acessório; os movimentos do androide serão criados mais tarde pelo realizador da animação Phil Tippett. Assim, para obter a violenta reação de que precisa, Verhoeven começa gritando e sacudindo os braços, imitando os movimentos ondulantes do robô, andando com passos pesados como um corpulento lutador de boxe. É um exemplo da feroz atitude de confrontação mantida por Verhoeven com relação à filmagem: ao mesmo tempo inteligente e heroica, humanista, mas de uma violência alarmante.

Lançado no mesmo ano que *RoboCop*, um drama de Oliver Stone sobre a compra e venda de ações, *Wall Street – Poder e Cobiça* (*Wall Street*, 1987), tentava cristalizar a especulação dos anos 1980 na figura de um vilão, Gordon Gecko, que tinha inclusive um mote para combinar com seu agressivo estilo de operação: "A ganância, por falta de uma palavra melhor, é uma coisa boa". É possível que *RoboCop* seja equivalente a *Wall Street* no coroamento de uma década de *reaganomics* e brutal excesso: em *RoboCop*, há literalmente sangue na sala de reuniões.

Encaixados na ultraviolenta história de vingança de *RoboCop*, há temas de morte e ressurreição, a decadência da siderúrgica US Steel e das indústrias automotivas, a gentrificação, a política da época da Guerra Fria, o entorpecido mercantilismo e, sim, a cobiça empresarial. Ambientado na Detroit de um futuro próximo, *RoboCop* vê um agente da lei idealista, Alex Murphy (um Peter Weller de olhar duro), ser baleado de forma brutal e fatal por uma quadrilha de bandidos liderados pelo sádico Clarence Boddicker (Kurtwood Smith). O corpo mutilado de Murphy é transportado por uma empresa chamada Omni Consumer Products (OCP), que está tentando criar um exército privado de robôs policiais – o primeiro passo em seu objetivo declarado de demolir a velha Detroit e substituí-la por reluzentes arranha--céus para os ricos. O primeiro protótipo da OCP, o robô ED-209, é um exercício cômico de uso excessivo da força: imaginado pelo executivo Dick Jones (Ronny Cox), da OCP, é o equivalente cibernético de um grande e dispendioso sedã americano. Murphy, no entanto, é ressuscitado como um xerife ciborgue numa armadura brilhante: é um autômato frio, lustroso, sem nenhuma memória do marido e pai que um dia fora. Mas quando Murphy faz as primeiras patrulhas nas vizinhanças como RoboCop, imagens de seu assassinato vão aos poucos reaparecendo em sua mente, agora parte máquina. Com uma velha parceira, Anne Lewis (Nancy Allen), Murphy resolve investigar seus assassinos; vivos ou mortos, vão se deparar com ele.

RoboCop – O Policial do Futuro foi o segundo filme americano de Verhoeven, um diretor que havia sido objeto tanto de louvor quanto de controvérsia por filmes como *Sem Controle* (*Spetters*, 1980) (estrelado por Rutger Hauer), *O Quarto Homem* (*The Fourth Man*, 1983) e *Soldado de Orange* (*Soldier of Orange*, 1977), feito na sua querida Holanda. Cineasta atento ao que é extremo e chocante, Verhoeven traz uma qualidade perturbadora aos elementos de cena em *RoboCop*. Eles são mostrados com tanto sangue e crueza que acabam sendo lidos como sátira de outros filmes de ação dos anos 1980: uma época em que os músculos se destacavam e os heróis atiravam primeiro e deixavam as perguntas para "os maricas" do Capitólio. A cena na qual ED-209 tinha uma avaria e atirava num empregado da OCP definia logo o tom, pois a metralhadora do robô reduzia o corpo do executivo a uma pilha de coisa roxa, viscosa, e a um terno cinza desfiado. Quando a imagem era colocada contra o grito impotente de "será que ninguém vai chamar um maldito paramédico?", Verhoeven introduzia um tom de humor negro.

O próprio elenco está em choque com a pureza de um filme de ficção científica. Ronny Cox, o esquelético vilão corporativo Dick Jones, era mais conhecido como um dos tocadores de banjo no duelo de *Amargo Pesadelo* (*Deliverance*, 1972) que como um bandido. Verhoeven também parece sentir grande prazer em pegar o ator Paul McCrane (o Montgomery da série de TV *Fama*), cobri-lo de lixo tóxico e fazer com que seja estraçalhado e reduzido a uma pasta pelo carro fora de controle de Boddicker (num toque brilhante, Boddicker liga o limpador de para-brisas para clarear a visão).

O grotesco e a sátira na figura do RoboCop lembram um personagem de quadrinhos britânicos, o juiz Dredd, e de fato a influência do juiz, do júri e do carrasco distópicos se estenderam ao desenho do personagem. Fotos de bastidores mostram que os conceitos iniciais de Rob Bottin para a armadura de RoboCop estavam extremamente perto do traje do juiz Dredd como concebido pelo desenhista de quadrinhos Carlos Ezquerra: os ombros largos, o capacete que cobre os olhos do personagem. O desenho do RoboCop visto no filme não é baseado de forma tão óbvia em Dredd, mas a face obscura e a voz severa ("venha comigo ou vai haver problema") ainda traz ecos da história em quadrinhos.

Como escrito pelo roteirista Ed Neumeier, *RoboCop – O Policial do Futuro* seguiu *Alien, o Oitavo Passageiro* e *Aliens, o Resgate* na descrição de um mundo futuro controlado por corporações indiferentes. Mas Neumeier leva a noção de indiferença corporativa um passo à frente: após sua morte, o corpo despedaçado e a mente de Alex Murphy tornam-se propriedade da OCP. Numa referência engenhosa às Três Leis da Robótica de Isaac Asimov, o livre-arbítrio de Murphy é constrangido por cinco diretivas que o desumanizam até só restarem pequenos traços de sua personalidade original. Se nós, humanos, temos de fato uma alma, *RoboCop* parece sugerir que talvez também ela possa ser capturada, alterada e transformada num objeto.

Não é difícil descartar de imediato a mistura de ideias de *RoboCop* e, sem dúvida, talvez Verhoeven jamais fizesse o filme se tivesse se deixado levar por sua reação inicial ao roteiro de Neumeier. Zombando do título bobinho e da trama típica de filme B, Verhoeven não demorou a jogar o roteiro no lixo; foi sua esposa, Martine Tours que, após recuperar e ler a pilha de papéis estimulou Verhoeven a dar mais uma olhada no roteiro. Foi nessa segunda lida que Verhoeven começou a ver as camadas por baixo do tiroteio: o uso engenhoso da publicidade, noticiários e trechos de programas de TV, o que sugeria uma sociedade onde a própria informação era filtrada e reembalada; histórias perturbadoras sobre a escalada de uma crise nuclear na África do Sul continuamente repetidas por âncoras de telejornais e contrastando, de modo macabro, com anúncios de jogos de tabuleiro com temas relacionados à Guerra Fria ("Nukem! Pegue os caras antes que eles peguem você!") e com a reposição de corações mecânicos vendidos por um médico que usava uma desajeitada peruca. O resultado era uma mistura singular de ação e sátira, com *RoboCop* fazendo por uma América pós-industrial dos anos 1980 o que *Dr. Fantástico* fez pela política de destruição mutuamente assegurada nos anos 1960.

O roteiro de Neumeier, sempre digno de citação é, sem a menor dúvida, uma pedra angular, mas é difícil imaginar outro diretor realizando *RoboCop* com a mesma perfeição de Verhoeven. Um diretor menor teria enfatizado a violência e provavelmente tratado de forma superficial as alusões ou, ainda pior, um diretor mais sério que Verhoeven poderia tentar desenvolver sua história de morte, renascimento e vingança de forma explícita. Verhoeven, ao contrário, aprofunda as ideias presentes no roteiro e introduz muitas ideias próprias; acentua o imaginário quase-religioso que já estava latente na história de *RoboCop*, de uma ressurreição assistida pela ciência, transformando o herói envolto em metal numa mistura de xerife do Velho Oeste de pistola na mão com um Cristo moderno – trazendo a implicação astuta de que um salvador americano provavelmente carregaria uma arma.

"No fundamental, é claro, *RoboCop* é uma história de Cristo", Verhoeven disse certa vez à MTV. "É sobre um cara que é crucificado após 50 minutos e ressuscitado nos 50 minutos seguintes. É um superpolicial mundano, mas é também uma figura de Jesus quando caminha sobre as águas no final."[1]

RoboCop é também um improviso dos anos 1980 sobre o *Frankenstein* de Mary Shelley. Como o monstro de *Frankenstein*, Robocop é construído com os restos dos mortos e, outro ponto comum, não tem um nome próprio: ao contrário, recebe um nome de marca da OCP – a companhia se dá inclusive ao trabalho de fazer com que seu logotipo empresarial seja gravado no lado do capacete. *RoboCop* é, portanto, um monstro de Frankenstein criado por encomenda: um produto fabricado para atender a diretivas – corresponder à confiança do público, proteger o inocente, cumprir a lei – mas sem nenhuma vontade própria. Gradualmente, porém, a humanidade dentro da máquina começa a ressurgir e, na cena final, o tema de *RoboCop* é trazido à tona: Alex Murphy retoma sua identidade das pessoas que a tiraram dele. Os vilões que vagam pelas ruas de Detroit podem ter destruído o corpo de Murphy, mas foi a OCP que pegou e manipulou sua mente. Nessa cena, perguntam ao herói qual é o nome dele.

"Murphy", ele responde com um sorriso irônico: a alma dentro da máquina foi libertada e Murphy encontrou realização.

Com uma história perfeitamente amarrada como essa, não é de espantar que as várias sequências, séries derivadas e o *remake* de *RoboCop* em 2014 pareçam tão supérfluos. *RoboCop 2*, dirigido por Irvin Kershner de *O Império Contra-Ataca* e lançado em 1990, teve algumas ideias próprias – inclusive um comentário sobre sua condição de sequência – mas lhe faltava a profundidade do predecessor. *RoboCop 3* veio três anos depois e foi pouco

---

[1] Ver: <http://moviesblog.mtv.com/2010/04/14/paul-verhoeven-robocop-christ-story-remake-update>.

mais que um embelezado brinquedo comercial (em um sinal certo de que a série havia se desviado para a paródia de si mesma, uma sequência mostra RoboCop voando num *jetpack*). Em 1994, época em que surgiu uma série da TV canadense, *RoboCop* tinha se tornado um produto de consumo: domesticado, embalado, comercializado, uma sombra de seu primeiro eu.

O diretor brasileiro José Padilha tentou trazer um pouco do antigo vigor de Verhoeven para sua refilmagem de 2014, intitulada simplesmente *RoboCop*, que retrabalhava a história para uma era de guerra de drones, da Foxconn e de smartphones. Infelizmente para Padilha, *RoboCop* é propriedade de um grande estúdio de Hollywood, a MGM, não de uma destemida produtora pequena-mas-importante como a Orion, a empresa por trás do original de 1987. O filme de Padilha vê a tecnologia como um possível canal para o totalitarismo, já que drones e robôs participam de uma guerra sem fim no Oriente Médio e a OCP planeja expandir seu exército de autômatos para os Estados Unidos. *RoboCop* é desenvolvido, no essencial, como um truque de publicidade: uma face humana (ou, pelo menos, um belo queixo) para desfilar diante da mídia. Infelizmente para Padilha, a MGM parecia querer que o novo *RoboCop* interessasse ao bando de garotos que afluíam aos cinemas para ver os longas do *Homem de Ferro*, da Marvel, e o filme surgiu como um longa de ação sem sangue e um tanto estéril, classificado para maiores de 13 anos – outro produto de consumo. Exasperado, Padilha disse mais tarde que fazer *RoboCop* foi uma das experiências mais estressantes de sua vida.

O *RoboCop* original de Verhoeven, por outro lado, está entre os melhores filmes de FC jamais feitos. Absurdo no tom e ainda hoje extremamente brutal, *RoboCop* continua sendo uma das grandes histórias sobre os encaixes defeituosos entre humanidade, capitalismo e tecnologia.

A ficção científica de Paul Verhoeven

Se a atitude da esposa de Paul Verhoeven foi fundamental para levar o diretor holandês a fazer *RoboCop*, temos de agradecer a Arnold Schwarzenegger pela incursão de Verhoeven no gênero FC. Schwarzenegger, que no final de 1980 era um genuíno superastro graças ao sucesso de seus filmes de ação pós-*Exterminador do Futuro*, assistiu *RoboCop* e ficou extremamente impressionado. Havia alguns anos Schwarzenegger tinha um projeto que em várias ocasiões tentara levar adiante, mas nunca conseguira. Chamava-se *Total Recall* [Memória Total], um *thriller* de ação numa adaptação livre do conto "We Can Remember It for You Wholesale". [Podemos fazer você se lembrar disso do começo ao fim] (1966), de Philip K. Dick. Tendo passado por muitas redações e numerosos atores principais desde que o produtor Ronald Shusett o adquiriu em fins de 1970, o projeto estivera a um passo de se tornar realidade graças ao DEG, estúdio do magnata do cinema Dino De Laurentiis. Semanas antes da data marcada para o início da produção em Roma, no entanto, De Laurentiis faliu, deixando *Total Recall* no limbo. Schwarzenegger moveu-se com rapidez, encorajando um estúdio pequeno, mas influente em Hollywood, o Carolco (o estúdio por trás dos filmes *Rambo*), a comprar do DEG os direitos de *Total Recall*, enquanto convencia Verhoeven a entrar como diretor.

O resultado é outra mistura de comédia de humor negro e violência trovejante, em que o essencial do conceito de Philip K. Dick ainda soa no meio do tiroteio. Schwarzenegger interpreta Douglas Quaid, um trabalhador da construção civil assediado por sonhos recorrentes de uma vida mais exótica e empolgante em Marte. Tentando fazer o sonho se aproximar um pouco mais da realidade – e duro demais para se dar ao luxo de uma viagem real às colônias no Planeta Vermelho –, Quaid visita a Rekall, uma empresa dedicada a implantar memórias diretamente na mente de seus clientes. Durante o procedimento de implantação, os técnicos da Rekall descobrem que a mente de Quaid já estava adulterada: ao que tudo indicava, ele era um ex-espião que tivera suas lembranças apagadas.

Em seguida, Quaid se vê no meio de uma conspiração que envolve o destino de Marte, uma antiga tecnologia alienígena e um pequeno exército de assassinos liderado por Cohaagen (Ronny Cox, retornando de *RoboCop*) e seu irritado braço direito, Richter (Michael Ironside). Até mesmo a outrora recatada esposa de Quaid, Lori (Sharon Stone), está disposta a matá-lo. Mas será que tudo que Quaid está experimentando é real ou faz parte da convincente "viagem do ego" implantada pela Rekall?

O Vingador do Futuro (*Total Recall*, 1990) tem menos profundidade temática que *RoboCop*, mas Verhoeven não deixa de exercitar seu endiabrado senso de humor no contexto de um sarado Schwarzenegger como veículo estelar. No roteiro original, *O Vingador do Futuro* – assim como o conto de Dick – retratava Quaid como um homem comum que trabalhava num escritório. Com Arnold sendo mais parecido com alguém que acabou de descer do Monte Olimpo, Verhoeven multiplica os excessos de sua abordagem e descreve Quaid, maliciosamente, como uma espécie de Alice no País das Maravilhas ao cubo, perdida num mundo onírico de personagens estranhos. Um comercial de TV equivale, em *O Vingador do Futuro,* ao Coelho Branco e conduz Quaid em sua aventura marciana. Há pistas por todo lado de que o que vemos continua fazendo parte da fantasia de Quaid; antes de cair adormecido na cadeira de sonhos da Rekall, Quaid viu fotografias das pessoas e dos lugares que encontraria nos próximos 90 minutos. Em determinado ponto, o homem do comercial da TV aparece advertindo Quaid de que ele está no meio de uma fantasia; de volta ao mundo real, Quaid continua preso com correias à cadeira da Rekall, experimentando uma espécie de episódio psicótico. Se não sair do delírio, diz o homem, Quaid será submetido a uma lobotomia. Se olharmos com atenção no final do filme, quando Quaid já salvou o planeta, derrotou os maus elementos e ficou com a garota, veremos uma ofuscante luz branca emanando do canto da tela – é a pista sutil dada por Verhoeven de que a lobotomia está de fato ocorrendo. Quaid preferiu a sedutora fantasia em vez da realidade; Verhoeven, se acreditarmos nessa leitura, fez lobotomia no maior astro de ação dos anos 1980 e escapou ileso.

Verhoeven deu continuidade a seu estilo subversivo de ficção científica com *Tropas Estelares,* que vira a política pró-militarista do romance de 1959, de Robert A. Heinlein, de cabeça para baixo. Heinlein imaginou um futuro no qual o serviço militar é um requisito para a cidadania e em que a propagação da humanidade pela galáxia tem levado a uma guerra total entre a Terra e insetos gigantes num planeta distante, Klendathu. Verhoeven e o roteirista Edward Neumeier mantêm esse conceito, mas apresentam a Federação do século XXIII de Heinlein como abertamente fascista: reportagens de TV parecem propaganda da época nazista, uniformes lembram aqueles usados no Terceiro Reich e Verhoeven pega emprestado tomadas de *O Triunfo da Vontade*, o filme de 1935 de Leni Riefenstahl.

Vistos em conjunto, os filmes das décadas de 1980 e 1990, da trilogia de Verhoeven, investigam como o individualismo pode ser ameaçado por forças externas, seja a ganância empresarial, a tecnologia ou, no caso de *Tropas Estelares*, o fascismo e o conformismo. O fio condutor que corre por todos os três filmes é o papel que a televisão – ainda a forma dominante de comunicação de massa – desempenha ao permitir que essas ameaças ao ego fiquem abafadas, seja nos pacificando com falsas impressões do mundo real no caso das redes de notícias ou desviando inteiramente nossa atenção com a publicidade.

De forma hilariante, alguns críticos tomaram a descrição feita por Verhoeven de uma América fascista ao pé da letra quando *Tropas Estelares* foi lançado em 1997, ao que parece achando que o diretor estava pedindo que as plateias se alinhassem com seus esquemáticos personagens de novela diurna (interpretados por Casper Van Dien e Denise Richards) e o extermínio em massa de criaturas alienígenas. Ao contrário de *RoboCop* e *O Vingador do Futuro*, *Tropas Estelares* não foi um enorme sucesso financeiro, talvez porque seus distribuidores simplesmente não souberam divulgá-lo.

Terminada a década de 1990, Verhoeven fez um último filme em Hollywood: o *thriller* de FC *O Homem sem Sombra* (*Hollow Man*), lançado em 2000. Sórdida atualização de *O Homem Invisível*, de H. G. Wells, o filme foi um sucesso maior que *Tropas Estelares*, mas é um filme decepcionante e convencional, um *thriller* rotineiro com os assassinatos a granel de um psicopata e pouca coisa da garra que o diretor mostrava no passado; o inquietante tema central do voyeurismo acaba sendo deixado de lado por um ato final de violência explícita. O próprio Verhoeven admitiu que não estava satisfeito com *O Homem sem Sombra* e com o trabalho dos estúdios. *RoboCop* e *O Vingador do Futuro* tinham sido rodados sob a égide de empresas produtoras que trabalhavam fora da máquina de Hollywood, significando que Verhoeven pôde fazer o que quis. Nos anos 1990, tanto a Orion quanto a Carolco tinham quebrado e coube a Verhoeven decidir se queria ser um profissional contratado, trabalhando sob o olho vigilante de estúdios cada vez mais em guarda, como a Sony, que distribuiu *O Homem sem Sombra* através de seu braço Columbia. Verhoeven optou por voltar à Holanda, onde continuou fazendo filmes em ritmo mais lento: um drama de suspense sobre a Segunda Guerra Mundial, *A Espiã* (*Black Book*, 2006), e o thriller *Elle*, de 2016.

Os três filmes de ficção científica que Verhoeven fez entre 1987 e 1997 permanecem entre os mais bem realizados pelo cinema americano no gênero. Em termos estilísticos, talvez sejam produtos de sua época, mas as ideias que expressam continuam sendo válidas. Ainda podemos imaginar Verhoeven, quase entrando em campo, sacudindo os braços, mostrando os dentes, irradiando uma inteligência feroz.

Para ir fundo, assista à seleção de filmes de FC mencionados neste capítulo:

O Vingador do Futuro (*Total Recall*, 1990)
Tropas Estelares (*Starship Troopers*, 1997)
O Homem sem Sombra (*Hollow Man*, 2000)

22. O Fantasma na Célula

Akira (1988)

"*O futuro não é uma linha reta. Está cheio de cruzamentos. Deve haver um futuro que possamos escolher para nós.*"

Ao som da batida primal de tambores, a moto arroxeada avança furiosa pelas ruas de Tóquio, as lanternas traseiras deixam traços de neon em seu rastro. Para muitos no Ocidente, foi esse o primeiro vislumbre de *Akira*, o seminal filme de animação de Katsuhiro Otomo, desenhista de mangá que se tornou diretor de cinema. Absorvendo muitas influências, de *Metropolis* e *Blade Runner* à obra do desenhista francês de quadrinhos Jean "Moebius" Giraud, *Akira* é um filme ambicioso e de extraordinário detalhe.

Adaptado de um mangá do próprio Otomo, publicado pela primeira vez na *Young Magazine* em 1982 e ainda em circulação enquanto o filme estava sendo realizado, *Akira* é um épico abrangente, envolvendo conspiração governamental e militar, gangues de motoqueiros adolescentes, garotos estranhos com poderes telecinéticos e destruição apocalíptica.

Akira é uma parábola *cyberpunk* sobre o Japão do pós-guerra, com seu rápido progresso, e sobre aqueles que correm o risco de ser abandonados durante a caminhada. É profundamente cínico no que diz respeito à ciência, política, religião, ao poderio militar e à credulidade das massas. Se em algum lugar pode haver esperança, é na próxima geração de jovens e na possibilidade de que consigam finalmente aprender com nossos erros.

Os artistas e escritores japoneses que foram criados durante o renascimento do país no pós-guerra compreenderam que, embora a tecnologia tenha resultado na bomba que destruiu Hiroshima e Nagasaki, foi a adoção do progresso científico – fazendo a transição de uma sociedade essencialmente agrícola para uma sociedade tecnológica – que havia salvo o país do entorpecimento. *Akira* é talvez o produto mais famoso dessa transição do pós-guerra, como sublinha Helen McCarthy, perita britânica em anime japonês e autora de *The Anime Movie Guide*.

"*Akira* veio de onde a tecnologia era, ao mesmo tempo, uma ameaça e a única esperança de sobrevivência do país", diz McCarthy. "A tecnologia que causou sofrimento ao Japão foi também a tecnologia que o Japão usou ao abrir um caminho para fora das ruínas da Tóquio devastada. Era essa a condição do país quando Otomo estava escrevendo."

Assim como a Tóquio dos anos 1950 e 1960, a nova Tóquio de *Akira* foi reconstruída depois de uma guerra cataclísmica que a deixou em ruínas. Os Jogos Olímpicos a se realizarem na cidade em 2020 são um símbolo do reencontro do Japão com a prosperidade, como aconteceu na década de 1960.[1] Mas há falhas geológicas se deslocando sob a superfície da sociedade: existem gangues de motoqueiros em guerra aberta nas ruas; há demonstrações em massa contra um opressivo regime de governo; e se desenvolveu uma nova religião em torno de uma figura misteriosa chamada Akira.

Contra esse pano de fundo, uma gangue de motoqueiros adolescentes liderada pelo arrogante Shotaro Kaneda fica frente a frente com um experimento secreto do governo. Após um acidente de moto, o amigo de infância de Kaneda, Tetsuo, é levado à força para uma instalação fortificada, onde é submetido a uma série de testes que despertam suas latentes aptidões paranormais. Aos poucos, o poder de Tetsuo ultrapassa o ponto em

---

[1] Ver: <http://kotaku.com/the-2020-tokyo-olympics-were-predicted-30-years-ago-by-1276381444>.

que ele é capaz de controlá-lo – e, mais uma vez, Tóquio é colocada à beira da destruição.

Como Jonathan Swift, Otomo usa seus personagens para satirizar diferentes aspectos da vida contemporânea. Nezu é um político que afirma estar ao lado dos combatentes da liberdade, mas se revela mais interessado em tomar o poder e muito apegado a seu dinheiro. Como se os traços predadores de Nezu não fossem vigorosos o bastante, olhemos para o destino que Otomo planeja para ele: sufocar até a morte com uma overdose de remédios para o coração – possivelmente contendo varfarina, a mesma substância química usada em veneno de rato. Temos também o Dr. Onishi, o cientista tipo Einstein que passa o filme inteiro trancado no laboratório, obcecado com leituras de dados pelo computador e dando pouca atenção ao caos que cresce do lado de fora. O grande público japonês tem credulidade suficiente para presumir que Tetsuo é um messias que retornou e para segui-lo cegamente até a morte – como acontece com Lady Miyako, que faz pouco mais que uma ponta como uma estridente líder religiosa (no mangá, revela-se que ela foi uma das primeiras cobaias de testes do governo).

Sem dúvida, *Akira* é tão rico em termos temáticos quanto em seu visual. Uma soma sem precedentes de cerca de 1,1 bilhão de ienes foi gasta para desenhar e colorir seus mais de 160 mil fotogramas – um orçamento perto do pico de prosperidade do Japão nos anos 1980. De 1986 em diante a economia do país disparou, o que significava que, de repente, os investidores tinham milhões de ienes para aplicar em cinema; como resultado, Otomo, unido aos produtores Ryohei Suzuki e Shunzo Kato, conseguiu organizar a Comissão Akira, um consórcio de companhias japonesas formado por empresas como Bandai, Kodansha e Toho.

O orçamento extraordinariamente elevado permitiu que Otomo e sua equipe de animadores experimentassem técnicas e ideias que não tinham precedentes na animação japonesa. A maior parte do produto de animação do país, tanto antes quanto depois de *Akira*, geralmente usa doze imagens por cada segundo de filme; o anime de baixo orçamento de TV usará com frequência menos. Enquanto isso, *Akira* utiliza 24 imagens – ou celuloides

– a cada segundo, duplicando a carga de trabalho dos animadores e, por extensão, inflacionando enormemente o custo de produção. A recompensa, no entanto, é um dos filmes de animação tradicional mais nítidos e fluidos a emergir do Extremo Oriente. Numa cena em que Tetsuo emprega seus poderes telecinéticos para afastar bombas de gás atiradas por uma falange de soldados, por exemplo, é possível ver cada anel de fumaça e partículas individuais girando em torno da cabeça do anti-herói.

A verdadeira genialidade de *Akira* reside, no entanto, não apenas na qualidade da animação, mas em seu vigor como obra cinematográfica: *Akira* adere tanto às convenções da filmagem *live action* do Ocidente quanto ao anime. Há os *travelings*, os deslocamentos de foco, os planos oblíquos e as sequências de câmera subjetiva. Para suas sofisticadas composições, Otomo se inspira em filmes como *Os Selvagens da Noite, Blade Runner, Laranja Mecânica* e *2001: Uma Odisseia no Espaço*, os dois últimos de Kubrick. Usa essa linguagem visual para criar sequências que não teriam sido possíveis nos anos 1980 e que ainda seriam difíceis de realizar de modo convincente com a moderna computação gráfica: lutas, como as de gladiadores, entre motoqueiros guiando em velocidade máxima; o grito angustiado de uma criança fazendo o topo de um prédio desabar numa rua cheia de manifestantes; o corpo golpeado de Tetsuo explodindo numa variedade de tentáculos.

Na verdade, a competência do cinema de *Akira* teve um efeito recíproco sobre a cinematografia ocidental: seus temas, imagens e estilo tiveram um impacto enorme sobre o cinema de FC e ação. Por exemplo sobre as Wachowski, as irmãs cineastas por trás de *Matrix* e suas sequências (ver Capítulo 26), e sobre *Poder sem Limites* (*Chronicle*, 2012), o *thriller* adolescente de FC do diretor Josh Trank, que recorreu livremente à ideia de um jovem como Tetsuo sendo corrompido por seus poderes sobrenaturais. O videoclipe da canção "Stronger", do *rapper* americano Kanye West, recriou várias cenas de *Akira*, quase plano a plano.

Com exceção do que foi produzido pelo Studio Ghibli e seu lendário animador Hayao Miyazaki, poucos filmes foram mais importantes para consolidar o anime japonês nas mentes ocidentais que *Akira*. Embora seriados como *Batalha dos Planetas* [*Battle of the Planets*] (conhecido no Japão como *Equipe Gatchaman de Ciência Espacial*) já tivessem sido transmitidos pela TV americana, sem a menor dúvida *Akira*, de uma forma que saltava aos olhos, era diferente: sofisticado, perturbador e tecnicamente deslumbrante. No Reino Unido e em partes da Europa, o sucesso de *Akira* foi fundamental para criar uma audiência *cult* para o anime e foram fundadas companhias, como a Manga Entertainment, para atender a esse mercado em crescimento. No início dos anos 1990, filmes e programas como *Bubblegum Crisis, O Punho da Estrela do Norte* e o controvertido *A Lenda do Demônio* (*Urotsukidoji*) ficaram de repente disponíveis em lojas britânicas – e vez por outra chegavam às manchetes pela nudez e violência explícita.

Akira estabeleceu um novo marco em animação e, sob muitos aspectos, nunca foi ultrapassado. Em 1991, quando a cena anime estava surgindo no Reino Unido, a bolha econômica do Japão estourou. Assim como o grotesco inchaço do corpo de Tetsuo precedia um evento cataclísmico, a explosão do mercado de ativos no Japão viu o país cair num abismo econômico do qual levaria anos para sair. Embora o Japão tenha continuado a produzir os mais variados filmes de animação, poucos diretores ou estúdios tentaram fazer um filme em tão grande escala quanto *Akira*.

O filme continua sendo um artigo único do final do século XX no Japão, captando tanto suas esperanças quanto os medos com relação ao futuro. Suas imagens e ideias têm se mostrado duradouras, a ponto de conseguirem, já há muito tempo, despertar um ávido interesse dos produtores de Hollywood; em 2002, a Warner Bros comprou os direitos para fazer uma versão *live action* da obra-prima de Otomo. Durante anos, o projeto se arrastaria como um fantasma pelo manancial de contratos de Hollywood, vindo vez por outra à tona com um rumor aqui, uma notícia de mudança de equipe ali, mas, por algum motivo, nunca se incorporando a alguma coisa remotamente concreta. Por volta de 2012, alguns diretores e roteiristas já tinham estado envolvidos no *Akira* americano, enquanto atores tão variados quanto Keanu Reeves, Kristen Stewart e Garrett Hedlund, de *Tron: O Legado* (*Tron: Legacy*, 2010), também já tinham ido e vindo. É como se os produtores por trás do projeto reconhecessem a força de *Akira* como elemento da moderna cultura *pop*, mas não conseguissem se colocar inteiramente de acordo sobre o que o tornava tão singular. Seria a visão de uma metrópole futura acossada por protestos e violência de gangues? Talvez. Seria a ação integrada à vida da cidade, que está agora sob os holofotes nos filmes americanos *mainstream*? É possível. Seria a moto de um vermelho suave, que aparece com um destaque tão grande nos cartazes do filme original? Isso com certeza não. Mas o verdadeiro poder de *Akira* emana do próprio Otomo: é sua arte, sua construção de personagens, sua extraordinária mistura de ideias que fazem de *Akira* a obra-prima que é.

Quanto à força do filme, é Helen McCarthy quem explica melhor:

"*Akira* tem afetado a cultura em lugares que nunca tiveram a bomba nuclear, porque Otomo não estava falando apenas da bomba, estava falando do terror do momento em que compreendemos, em geral no fim da adolescência ou no início da faixa dos 20 anos, que nunca vamos realmente controlar coisa alguma. Nunca, por mais tempo que se viva [...]. Para mim essa foi a mensagem de *Akira*: não podemos controlar nada disso, mas não precisamos deixar que eles controlem. Podemos nos agarrar ao que achamos que é importante, nos grudarmos aos nossos amigos, vivermos nossa vida. Podemos ser nossa própria estabilidade. Podemos nos tornar nossa própria ilha. Essa, para mim, era a coisa maravilhosa em torno de *Akira*."

Cinema de animação de ficção científica

Se o Japão produziu um número maior de filmes de animação de FC que qualquer outro país do planeta, isso aconteceu porque sua relação com a tecnologia é radicalmente única. Por meio de séries e franquias com robôs gigantes, como *Tetsujin 28*, *Gundam*, *Guerra das Galáxias* (*Macross*) ou *Evangelion* (*Neon Genesis Evangelion*), vemos os temas de ameaça e salvação encenados repetidas vezes na FC de animação japonesa. Os robôs gigantes (ou *mecha*) criados por artistas japoneses como Go Nagai, Kunio Okawara ou Masamune Shirow têm uma majestade e uma beleza que é difícil encontrar nos robôs ocidentais, embora estejam impregnados de um poder devastador. No anime japonês, o progresso científico pode ser visto por toda parte em suas cidades futuristas – mas essas cidades estão sujeitas a serem aniquiladas de uma hora para a outra, quer por uma aterrorizante tecnologia alienígena quer pela própria arrogância da humanidade.

Os últimos sessenta anos provaram ser um terreno fértil para grandes ideias de FC no mangá, na TV e no cinema japoneses, e abordar tudo isso exigiria a dedicação de um livro inteiro. Além dos espalhafatosos e com frequência sangrentos animes exportados para os Estados Unidos e o Reino Unido nos anos 1990 e 2000, os animadores japoneses criaram uma grande variedade de obras imaginativas em termos visuais e conceituais. Os primeiros filmes de Hayao Miyazaki com frequência ampliaram, com resultados fascinantes, os limites entre fantasia e FC. Em *Nausicaä do Vale do Vento* (*Nausicaä of the Valley of the Wind*, 1984), adaptado de seu próprio mangá, Miyazaki prevê um futuro pós-apocalíptico no qual enormes criaturas, que sofreram mutação, vagam pelas planícies e onde os bolsões que restam de humanidade vivem em aldeias de tipo medieval, que contam com turbinas eólias para o fornecimento de energia. Seu filme seguinte, *O Castelo no Céu* (*Laputa: Castle in the Sky*, 1986), pega o motivo da ilha voadora de *As Viagens de Gulliver* (*Gulliver's Travels*) para tecer outra fascinante fábula ecológica, agora sobre uma raça antiga, avançada em termos tecnológicos, capaz de construir armas enormes de destruição em massa. Como tantos filmes de Miyazaki, *O Castelo no Céu* é sobre a relação tensa da humanidade com o mundo natural e a natureza recíproca do progresso científico. Seus robôs e ilhas voadoras são orgânicos e têm uma bela aparência, mas o poder destrutivo é medonho. Nas mãos de Miyazaki, a ilha voadora se torna um símbolo de nossa engenhosidade e de nossas falhas coletivas.

O mesmo sentimento de triunfo e desespero pode ser encontrado em *Royal Space Force* [*Royal Space Force: The Wings of Honneamise*, 1987), dirigido por Hiroyuki Yamaga e animado pela Gainax. Como *Os Eleitos* (*The Right Stuff*), o filme de 1983 de Philip Kaufman, *Royal Space Force* é sobre um nascente programa espacial, mas curiosamente o filme é ambientado num estranho mundo paralelo bem diferente do nosso. Enquanto um grupo de cientistas e astronautas tenta colocar um homem no espaço, o país à sua volta oscila à beira de uma guerra. Graças em parte a um enorme investimento financeiro da Bandai, *Royal Space Force* rivaliza com *Akira* em seu primoroso projeto e animação.

"Os detalhes são perfeitos", admite Helen McCarthy. "Cada mínima coisa, o modo como os talheres são desenhados, a maneira como os utensílios domésticos são desenhados, a forma como a luz cai devido à posição do Sol e das estrelas... tudo nesse filme está muito próximo da perfeição. É simplesmente deslumbrante e é um deleite assisti-lo."

Todo esse detalhe e essa pretensão, no entanto, não se traduziram em sucesso de bilheteria e *Royal Space Force não* conseguiu se tornar um fenômeno *cult* do nível de *Akira* no Ocidente. Ainda assim, é uma fenomenal obra de arte e *design* e, como diz McCarthy, merece ser encarado como algo muito mais crucial que um incidente episódico em um estúdio que um dia faria a série de sucesso *Evangelion*. "*Royal Space Force: The Wings of Honneamise* é o primeiro grande trabalho da Gainax", diz McCarthy, "e, sob muitos aspectos, as pessoas não têm conseguido tirar proveito de seu potencial."

Mesmo no Japão, são raros os filmes de animação feitos na escala de *Akira* e *Royal Space Force*, mas até mesmo na ponta mais baixa do espectro de orçamentos podem ser encontrados conceitos muito valiosos de FC. A produção japonesa lançada diretamente no mercado de vídeo das décadas de 1980 e 1990 costumava incluir algumas histórias originais e deslumbrantes de FC; McCarthy cita o esplêndido trabalho de criação de *Dragon's Heaven*, (1988), apresentando robôs concebidos por Osamu Kobayashi, e *Terror em Love City* (*Ai City*, 1986) como dois exemplos não muito conhecidos. O primeiro é sobre um robô senciente numa paisagem pós-apocalíptica; o segundo é um *thriller* na linha de Philip K. Dick e ambientado numa cidade futurista – seu final inesperado já bastaria para torná-lo uma das grandes joias ocultas no anime.

Fora do Japão, de vez em quando temos visto surgirem filmes de animação de FC – o clássico *Planeta Fantástico* (*La Planète Sauvage*, 1973), proveniente de uma coprodução da França com a República Tcheca, é um exemplo importante –, mas só há poucos anos se tornaram mais comuns no Ocidente. *Waking Life: Vida Consciente* (*Waking Life*, 2001) e *O Homem Duplo* (*A Scanner Darkly*, 2006), de Richard Linklater, o segundo baseado num romance de Philip K. Dick, usam animação com rotoscópio para embaçar as fronteiras entre ilusão, sonhos e realidade. *O Gigante de Ferro* (*The Iron Giant*, 1999) pega o poema de Ted Hughes e o converte numa fábula, como a de Miyazaki, sobre a dualidade da realização científica: o enorme robô do título é ao mesmo tempo uma arma apavorante e o amigo leal do jovem herói do filme. Em sua maioria esmagadora, no entanto, os filmes de animação de FC feitos nos Estados Unidos e na Europa não conseguiram ter grande apelo junto ao público; trabalhos como *Starchaser: A Lenda de Orin* (*Starchaser: The Legend of Orin*, 1985) e *Titan* (*Titan A.E.*, 2000) desfrutaram mais de uma condição de filmes *cult* que de um verdadeiro sucesso. A animação com captura de movimento *Marte Precisa de Mães* (*Mars Needs Moms*, 2011) foi um terrível desastre de bilheteria.

Enquanto isso, no Japão, o anime continuou a prosperar, evoluindo para a adoção dos últimos avanços em tecnologia da informação. Diretores como Mamoru Hosoda (*Guerras de Verão* [*Summer Wars*], *A Garota que Conquistou o Tempo* [*The Girl Who Leapt Through Time*] e Makoto Shinkai (*Seu Nome* [*Kimi no na wa*]) começaram a contar histórias de ficção científica por meio do anime em 2017, obtendo um efeito extremamente popular. *Seu Nome* foi a maior receita bruta de um filme de anime de todos os tempos.

Em termos de influência mais ampla da cultura *pop*, mangá e anime deixaram uma marca profunda em nosso imaginário. Diretores tão variados quanto James Cameron, Steven Spielberg, Darren Aronofsky, Neill Blomkamp e Christopher Nolan foram inspirados pelo anime ou discutem abertamente sua influência em entrevistas. E como veremos no Capítulo 26, um anime japonês em particular – *O Fantasma do Futuro* (*Ghost in the Shell*, 1995), baseado num mangá de Masamune Shirow e dirigido por Mamoru Oshii – deixou uma impressão indelével no cinema ocidental.

PARA IR FUNDO, ASSISTA À SELEÇÃO DE FILMES DE FC
MENCIONADOS NESTE CAPÍTULO:

Planeta Fantástico (*La Planète Sauvage*, 1973)

Nausicaä do Vale do Vento (*Nausicaä of the Valley of the Wind*, 1984)

Starchaser: A Lenda de Orin (*Starchaser: The Legend of Orin*, 1985)

O Castelo no Céu (*Laputa: Castle in the Sky*, 1986)

Terror em Love City (*Ai City*, 1986)

Royal Space Force (*Royal Space Force: The Wings of Honneamise*, 1987)

Dragon's Heaven (1988)

O Fantasma do Futuro (*Ghost in the Shell*, 1995)

O Gigante de Ferro (*The Iron Giant*, 1999)

Titan (*Titan A.E.*, 2000)

Waking Life: Vida Consciente (*Waking Life*, 2001)

O Homem Duplo (*A Scanner Darkly*, 2006)

A Garota que Conquistou o Tempo (*The Girl Who Leapt Through Time*, 2006)

Guerras de Verão (*Summer Wars*, 2009)

Marte Precisa de Mães (*Mars Needs Moms*, 2011)

Seu Nome (*Kimi no na wa*, 2016)

23. A Ascensão das Máquinas

O Exterminador do Futuro 2: O Julgamento Final (1991)

"Se uma máquina pode aprender o valor da vida humana, talvez nós também possamos."

Assim como Fritz Lang décadas antes, o diretor James Cameron construiu aos poucos a reputação de ser um severo comandante. Em *Metropolis* (1927), Lang observava friamente, através de um monóculo, dezenas de extras – muitos deles crianças – serem encharcados pelo jato gelado de um canhão de água. Em seu filme submarino de FC, *O Segredo do Abismo* (*The Abyss*, 1989), Cameron submeteu os atores a uma filmagem não menos penosa. Rodado em grande parte num tanque de água na Carolina do Sul, a produção foi ao mesmo tempo dispendiosa e extenuante, com o elenco e a equipe técnica passando longas horas submersos em água gelada. O moral no *set* atingiu um ponto em que membros da equipe passaram a usar camisetas que diziam, num tom de humor negro: "Abismo da vida, e então você morre".

Embora menos bem-sucedido em termos financeiros que *Aliens, o Resgate*, *O Segredo do Abismo* foi outro filme de FC ambicioso e muito bonito. Enquanto em outros estúdios, arremedos de filmes de terror submarinos – *Leviatã* (*Leviathan*, 1989), *Lords of the Deep* [*Senhores do Abismo*, 1989], *Abismo do Terror* (*DeepStar Six*, 1989), para só mencionar alguns – improvisavam para criar suas sequências no fundo do oceano, *O Segredo do Abismo* parecia espantosamente real. O elenco e a equipe técnica podem ter passado o diabo para fazer o filme, mas o resultado, para usar um dito comum em Hollywood, estava todo lá em cima, na tela.

O ponto central de *O Segredo do Abismo*, em termos de efeitos visuais, durava pouco mais que alguns segundos. Era uma sequência em que uma inteligência alienígena, capaz de manipular a água, enfiava um tentáculo, que lembrava um líquido se contorcendo, numa plataforma de perfuração submarina. Quando o tentáculo de água (ou pseudópode) encontrava um ser humano – Lindsey, o personagem de Mary Elizabeth Mastrantonio – sua ponta mudava de forma para criar uma cópia do rosto sorridente. Embora breve, a cena abriu novos caminhos para a filmagem digital ao usar uma primeira versão de um novo elemento de *software* chamado Photoshop. O Photoshop foi desenvolvido na Industrial Light & Magic (ILM) por John Knoll, um supervisor de efeitos visuais que havia trabalhado como assistente de câmera em filmes como *Jornada nas Estrelas IV: A Volta para Casa* (*Star Trek IV: The Voyage Home*, 1986) e a comédia de FC, *Viagem Insólita* (*Innerspace*, 1987), de Joe Dante. *O Segredo do Abismo* não foi o primeiro filme a apresentar efeitos visuais com CGI – *Tron, Jornada nas Estrelas II* e *O Enigma da Pirâmide* (*Young Sherlock Holmes*, 1985), entre outros, chegaram lá muito mais cedo, nos anos 1980 – mas seu uso de computação gráfica para criar um personagem em metamorfose, e realista em termos fotográficos, era nada menos que revolucionário.

O trabalho da ILM em *O Segredo do Abismo* rendeu-lhe um Oscar em 1990 e abriu caminho para o próximo filme de Cameron: um retorno ao mundo de ciborgues assassinos com que ele sonhava no início da carreira. Quando estava escrevendo *O Exterminador do Futuro* original, Cameron tivera primeiro a ideia de um assassino artificial, feito de metal líquido, que mudava de forma, mas logo percebeu que era um conceito além do alcance das técnicas tradicionais de fazer cinema. O tentáculo de água de *O Segredo do Abismo* provava, no entanto, que tal personagem poderia, pelo menos em teoria, ser criado com CGI – mesmo se aqueles escassos 75 segundos de imagens tivessem se mostrado suficientemente dispendiosos e consumidores de tempo para retardar o lançamento de todo o filme.

No início da década de 1990, a empresa produtora por trás de *O Exterminador do Futuro*, a Hemdale, estava à beira do colapso e, graças à insistência de Arnold Schwarzenegger, o estúdio independente Carolco se esforçava para adquirir os direitos do filme. Assim que, em 1990, os direitos foram comprados – por declarados 5 milhões de dólares –, a produção de *O Exterminador do Futuro 2: O Julgamento Final* progrediu a um ritmo intenso: o roteiro, coescrito por Cameron e seu velho amigo William Wisher, foi concluído em maio. Em outubro estavam filmando, em Los Angeles e em outras locações na Califórnia – o objetivo era concluir o filme a tempo de um lançamento pré-agendado para 4 de julho de 1991.

O tempo, no entanto, não era o único fator que exercia pressão sobre *O Exterminador do Futuro 2*. Assim que seus efeitos, salários com astros e dublês foram somados, o orçamento atingiu pouco mais de 100 milhões de dólares – um recorde para a época. Jornais ligados à indústria de Hollywood, sempre à caça de uma história que causasse sensação, sugeriram que a Carolco poderia quebrar se *O Exterminador do Futuro 2* fosse um fracasso. Depois houve a questão do metal líquido do próprio Exterminador, o T-1000, que seria uma espécie de liga polimimética nanotecnológica recoberta por citoplasma vivo, Cameron imaginou que essa nova arma, mandada de volta ao ano 1995 para matar um John Connor de 10 anos de idade, seria mais rápida, mais furtiva e mais inteligente que o T-800 do primeiro filme. O assassino teria também a capacidade de assumir outras identidades e mudar completamente de forma, quer isso significasse transformar suas mãos em espadas ou ganchos, ou deslocar seu corpo, fazendo-o escorrer através de fendas como uma bolha de mercúrio. Como a realização dos efeitos digitais de *O Segredo do Abismo* demorou seis meses – atrasando o lançamento do filme – foi tomada a decisão de fazer a ILM começar a trabalhar nas imagens geradas em computador de *O Exterminador 2* antes que tivessem início as filmagens. Cerca de 5 milhões foram gastos nas sequências com efeitos digitais de *T2* [*O Exterminador do Futuro 2*], que totalizaram cinco minutos de imagens no filme montado. A maior parcela de efeitos em *T2* eram práticos ou fotográficos, com Stan Winston – que projetou a incrível armação de metal do T-800 para o *Exterminador* original – retornando para ajudar a tornar realidade as ideias de Cameron. Embora relativamente breve no contexto de um filme de 137 minutos, o uso das CGI em *O Exterminador 2* não deve ser subestimado; além dos efeitos pioneiros de transformação, que viram o T-1000 se erguer do chão de um hospital e se metamorfosear de imediato no ator Robert Patrick, o filme também usou de maneira intensa a remoção de fios [*wire removal*] e a troca de rostos. Técnicas que são lugar--comum nas produções de ficção científica do século XXI eram relativamente novas em 1991 e *O Exterminador do Futuro 2* lançou as bases não apenas para os efeitos de outros filmes – *Jurassic Park: Parque dos Dinossauros*, *Star Wars: Episódio I – A Ameaça Fantasma* e os filmes da trilogia *Matrix* –, mas também para uma nova era da produção cinematográfica que, havia um quarto de século, apenas despontava no horizonte.

Como *Aliens, o Resgate* cinco anos antes, *O Exterminador do Futuro 2* demonstrou a capacidade de Cameron para criar sequências envolventes. No geral, em termos conceituais, *T2* é a mesma coisa que o primeiro *Exterminador*: um ciborgue assassino é mandado de volta no tempo para matar um líder da resistência antes que ele tenha alcançado a maturidade, enquanto um protetor – nesse caso, o reprogramado T-800 de Schwarzenegger substituindo Kyle Reese – é despachado para detê-lo. Mas sem deixar de atender às exigências de uma sequência de Hollywood – explosões maiores, cenas mais arriscadas, efeitos especiais mais formidáveis –, Cameron desloca, de forma sutil, o tom e a mensagem da história. Enquanto o primeiro *Exterminador* foi filmado mostrando uma ampla sucessão de cenas de horror, *T2* tem menos imagens assustadoras e menos violência explícita. O primeiro *Exterminador* era sobre um caso de amor condenado e o caráter inevitável de uma guerra futura. *T2* tem o T-800 retirado de cena, "está na natureza deles se autodestruírem", mas sua mensagem principal é de esperança. Sarah Connor, a distante mãe de John, tornou-se uma guerreira endurecida pelo combate desde os acontecimentos do último filme e parece correr o risco de estar se tornando tão agressiva e insensível quanto as máquinas que um dia tomarão conta do planeta. À medida que a história de *T2* se desenvolve, Sarah volta a estabelecer uma relação com o filho e acaba compreendendo a importância da empatia e da compaixão; do mesmo modo, o T-800, ao dar proteção a John, torna-se um pai adotivo e começa a exibir alguns desconcertantes traços humanos. O primeiro *Exterminador* terminava com as nuvens de presságio de uma guerra futura entre a humanidade e a máquina; *T2* sugere, de forma mais serena, que a guerra nuclear pode ser evitada se, parafraseando Sarah Connor, "aprendermos a dar valor à vida humana". É uma mensagem muito bem-intencionada para um filme de verão, mas que tem uma vocação maior, mais abrangente. Era um filme que combinava com os eventos do início dos anos 1990. Já então, a Guerra Fria estava acabada, a Cortina de Ferro havia se aberto e a ameaça iminente de uma calamidade nuclear começava a entrar em declínio.

O Exterminador 2 também marcou o início de uma mudança gradual nos gostos da audiência. Dessa vez, os efeitos visuais eram uma atração tão grande quanto a fama de Schwarzenegger, mesmo que o "Carvalho Austríaco" tivesse, como diz a lenda, ganho um jato particular como parte de seu salário. Ainda que as raízes de *O Exterminador do Futuro* se encontrem no período das grandes armas, dos músculos e do uso excessivo da força nos anos 1980, *T2*, o segundo filme, marcou o início de um novo tipo de filme de férias – com efeitos instigados e propagados por marcas globalmente reconhecidas. *Parque dos Dinossauros* e *Matrix* ficaram à espreita; a entrada do milênio trouxe a ascensão do filme baseado em quadrinhos e do Universo Cinematográfico Marvel.

O orçamento sem precedentes de *T2* também causou certo abalo em Hollywood. Com um gasto de mais de 100 milhões de dólares, incluindo publicidade, *T2* dependia de uma enorme bilheteria para conseguir algum lucro – e apesar das previsões de desastre, saiu-se bem. Após o lançamento, Cameron mostrou pouco interesse em dar continuidade à franquia, mas esteve à frente, em 1999, de um projeto sobre um parque temático com visuais em 3D. Após o colapso da Carolco em meados da década de 1990, os cofundadores do estúdio, Mario Kassar e Andrew Vajna, retornaram com uma nova empresa, C2, por meio da qual fizeram *O Exterminador do Futuro 3: A Rebelião das Máquinas* (*Terminator 3: Rise of the Machines*, 2009). Estrelado mais uma vez por Arnold Schwarzenegger, apresentou a novata Kristanna Loken como uma mulher (a TX, ou Terminatrix) que o Exterminador enviava para matar John Connor (sim, de novo), agora um solitário de vinte e poucos anos vivido por Nick Stahl. O diretor Jonathan Mostow tentou incorporar o espírito da filmagem elegante, veloz, de Cameron nessa nova saga da caçada, mas havia alguma coisa perdida. Talvez a ausência de Linda Hamilton (Sarah Connor morrera entre duas sequências) ou talvez a falta de ideias novas – o novo Exterminador é praticamente o mesmo que o T-1000 de Robert Patrick, embora com um chassi esquelético sob o metal líquido. Seja lá qual for o sentido disso, de *T3* (*O Exterminador do Futuro 3*) em diante, um senso de fim iminente voltou a tomar conta da franquia. Em *T2*, Cameron deixou claro que não existia "destino além daquele que construímos para nós mesmos", mas, nos filmes que vieram após seu período como diretor, o Dia do Julgamento é inevitável – não pode mais ser detido, só adiado. Isso significa que a humanidade está condenada a brigar com máquinas pelo tempo que a franquia do Exterminador se mantiver lucrativa, daí sequências como *O Exterminador do Futuro: A Salvação* (*Terminator Salvation*, lançada pela Sony); uma série de TV de vida curta – *O Exterminador do Futuro: As Crônicas de Sarah Connor* (*The Sarah Connor Chronicles*), ambas de 2008, e *O Exterminador do Futuro: Gênesis* (*Terminator: Genisys*), lançado pela Paramount em 2015. O último trouxe Schwarzenegger mais uma vez como um T-800 com pele descorada; o ciborgue repetia que era "velho, mas não obsoleto". As plateias, ao que parece, foram menos fiéis e a reação, para dizer o mínimo, foi morna.

Em 2019, os direitos da franquia do *Exterminador*, que têm sido objeto de barganha desde o final dos anos 1980, retornam a James Cameron. Resta conferir se ele terá inspiração para reformular, para uma nova geração, o pesadelo que criou. Por ora, a série do *Exterminador* está um pouco como Sarah Connor no final do filme de 1984: numa estrada poeirenta que se estende para um futuro incerto.

A verdadeira Skynet

Não confie em seu computador. Mantenha um olho atento ao smartphone. Se você acredita em alguns dos filmes mais alarmistas de FC feitos nas últimas décadas, as máquinas estão aguardando a hora, esperando apenas o momento certo para se voltar contra seus donos. Em *Colossus 1980* (*Colossus: The Forbin Project*, 1970), um computador militar se torna senciente e passa a competir pela dominação do mundo. O robô caubói de Yul Brynner aterroriza um parque temático em *Westworld – Onde Ninguém Tem Alma* (1973), do roteirista e diretor Michael Crichton, antecipando outra fábula de advertência de Crichton – *Jurassic Park: Parque dos Dinossauros* (ver Capítulo 24). Na sórdida FC de terror, *Geração Proteus* (*Demon Seed*, 1977), adaptada do romance de Dean Koontz, Julie Christie é ameaçada por um programa de inteligência artificial que assume o controle de todas as engenhocas de sua casa *high-tech*. O personagem de Christie, a Sra. Harris, acaba grávida da inteligência artificial chamada Proteus Four e dá à luz um bizarro híbrido homem-máquina. Menos invasiva em termos físicos, mas não menos apavorante, é a noção de que as máquinas poderiam um dia desencadear uma guerra nuclear, quer por acidente (como em *Jogos de Guerra*, de 1983), ou com a intenção expressa de aniquilar a humanidade (*O Exterminador do Futuro* e suas sequências).

Nada disso significa dizer que as tomadas de controle pela máquina tenham de ser hostis; em seu primeiro romance, *Utopia 14* (*Player Piano*, 1952), Kurt Vonnegut descreve um futuro pós-guerra em que a mecanização tomou conta da maior parte das tarefas antes realizadas por humanos. A sociedade está dividida entre uma classe gerencial afluente, que supervisiona as máquinas que manejam tudo, e os antigos trabalhadores desalojados, que levam uma existência confortável, mas sem sentido. Embora o livro tenha sido publicado em 1952, o tema de *Utopia 14* continua sendo pertinente. Em abril de 2017, surgiu um estudo prevendo que estamos no limiar do que foi chamado *Indústria 4.0*: uma era na qual o trabalho humano será rotineiramente minado por máquinas e sistemas informatizados – mesmo em países em desenvolvimento, que hoje prosperam graças ao que é produzido por mão de obra barata.[1]

Robôs em fábricas, carros sem motorista e drones são tecnologias que podem acabar realizando tarefas humanas: como motoristas de táxi e carteiros, soldados, operários ou secretárias. Já estamos vendo com que rapidez uma inovação tecnológica pode alterar toda uma indústria – robôs, por exemplo, têm sido usados há décadas na indústria automotiva. O aplicativo Uber tem criado toda uma rede de transporte barato, para desgosto de motoristas profissionais do mundo inteiro. Nas forças armadas, os anos recentes têm visto o uso cada vez maior de veículos aéreos não tripulados; em 2012, um relatório revelou que uma em cada três aeronaves da Força Aérea dos Estados Unidos era um drone.

Aos poucos esses avanços têm se infiltrado na FC, no cinema e na televisão. A série britânica de TV *Black Mirror*, criação original do escritor Charlie Brooker, lança um olhar satírico e perturbador sobre a ascensão dos smartphones, da vigilância digital e dos *videogames*. *O Exterminador do Futuro: Gênesis* (2015) reformulou o *tech noir* de James Cameron para a era da Web 2.0, com a revelação de que a inteligência artificial Skynet, que odeia humanos, tem suas origens num sistema que opera por meio de plataformas cruzadas; sem se dar conta, nossa espécie acelera seu fim fazendo o download do *software* mais recente e imprescindível.

A noção de que uma tecnologia nova e perigosa poderia se apresentar como uma proteção prevalece na moderna FC. Na sequência de super-herói *Capitão América 2: O Soldado Invernal* (*Captain America: The Winter Soldier*, 2014), uma iniciativa chamada Projeto *Insight* é descrita como um avanço inovador em contraterrorismo pelo secretário americano da Defesa, Alexander Pierce (Robert Redford). Conectado aos sistemas de satélite do planeta, *Insight* é um sistema de bombas pairando no espaço para eliminar ameaças terroristas antes que possam emergir. Logo se torna claro que *Insight* está prestes a ser usado para um objetivo muito mais fascista: matar

---

[1] Ver: <https://www.theguardian.com/technology/2017/apr/04/innovation-in-ai-could-see-governments-introduce-human-quotas-study-says>.

opositores políticos antes que possam se tornar incômodos. *Insight*, em suma, são drones militares em asteroides.

"É um problema sério", diz o diretor José Padilha, cuja refilmagem de 2014 de *RoboCop* lida com o uso de drones militares. "Podemos pensar sobre isso dizendo 'se a América saiu do Vietnã porque os soldados estavam morrendo, o que teria acontecido se quem estivesse lá fossem robôs?'. É verdade que a automação da violência abre a porta para o fascismo. E é um problema real, sério. Acho que em dez, vinte ou trinta anos, os países vão começar a falar sobre legislação, vão ter de decidir se devem permitir que robôs matem pessoas, permitir que a imposição da lei se torne automatizada."[2]

Na verdade, alguns acadêmicos já estão argumentando que será necessário que sejam introduzidas novas leis para dar conta da escalada da automação, tanto nas forças armadas quanto em qualquer outro âmbito. Em 2012, um relatório chamado *Losing Humanity: The Cast Against Killer Robots* [Perdendo Humanidade: O Argumento Contra Robôs Assassinos] defendeu o banimento preventivo das armas autônomas – isto é, máquinas que podem selecionar seus alvos e abrir fogo contra eles sem interferência de um operador humano.[3] O estudo de abril de 2017, mencionado antes, sugere que os governos poderiam ao menos introduzir alguma forma de cota mínima para trabalhadores humanos – um meio de assegurar que uma fábrica, digamos, tenha sempre algum tipo de presença humana entre as máquinas.

Nos anos 1940, o autor de FC Isaac Asimov propôs as Três Leis da Robótica, um conjunto de regras destinadas a impedir que os humanos fossem prejudicados por máquinas inteligentes. Como uma nova era tecnológica altera o modo como vivemos, trabalhamos, nos comunicamos e até mesmo travamos guerras, parece cada vez mais provável que um conjunto de regras semelhantes seja requerido no mundo real.

---

[2] Ver: <http://www.denofgeek.com/movies/jose-padilha/29178/jose-padilha-interview-robocop-elite-squad-philosophy>.

[3] Ver: <https://www.hrw.org/news/2012/11/19/ban-killer-robots-its-too-late>.

Para ir fundo, assista à seleção de filmes de FC mencionados neste capítulo:

Colossus 1980 (Colossus: The Forbin Project, 1970)

Westworld – Onde Ninguém Tem Alma (Westworld, 1973)

Geração Proteus (Demon Seed, 1977)

Jogos de Guerra (WarGames, 1983)

Viagem Insólita (Innerspace, 1986)

Leviatã (Leviathan, 1989)

Senhores do Abismo (Lords of the Deep, 1989)

Abismo do Terror (DeepStar Six, 1989)

*O Exterminador do Futuro 3: A Rebelião das Máquinas
    (Terminator 3: Rise of the Machines, 2003)*

*O Exterminador do Futuro: A Salvação (Terminator Salvation,
    2009)*

*Capitão América 2: O Soldado Invernal (Captain America: The
    Winter Soldier, 2014)*

O Exterminador do Futuro: Gênesis (Terminator: Genisys, 2015)

24. Trazendo os Dinossauros de Volta

Jurassic Park: Parque dos Dinossauros (1993)

"*Não poupamos despesas...*"

No verão de 1993, um jornal distribuído em Hollywood trazia uma foto do superastro austríaco Arnold Schwarzenegger com um dinossauro. O ator apontava para a enorme estátua de um tiranossauro rex e ria com uma expressão irônica, fornecendo assim uma ilustração perfeita do choque cinematográfico dos titãs daquele ano. De um lado havia *Jurassic Park*, dirigido por Steven Spielberg e adaptado do *best-seller* de mesmo nome de Michael Crichton. Anunciado como "*Tubarão* com garras" ["*Jaws* with Claws"] foi vendido com base nos efeitos especiais e num conceito de impressionante potencial. Dando uma reviravolta com relação a um filme anterior dirigido por Crichton, *Westworld – Onde Ninguém Tem Alma*, era uma história de advertência sobre um parque temático onde avanços inovadores na tecnologia do DNA haviam recuperado dinossauros da extinção. Mas no romance de Crichton em que *Jurassic Park* estava baseado, os dinossauros se recusavam a permanecer muito tempo confinados.

Concorrendo com *Jurassic Park*, no verão de 1993, havia o mais recente trabalho de Schwarzenegger, *O Último Grande Herói* (*Last Action Hero*). O mérito do filme de Spielberg pode ter sido maior, mas *O Último Grande Herói* tinha a voltagem trazida pelo astro. Dirigido por John McTiernan – que atingira marcas muito altas com *O Predador* (*Predator*, 1987) e *Duro de Matar* –, foi vendido como uma comédia de aventuras que satirizava os filmes de ação. De meados de 1980 em diante, Schwarzenegger havia estrelado sucesso após sucesso, com *Conan, o Bárbaro* e *O Exterminador* dando início a uma série de produções de ação que incluíam *O Predador*, de McTiernan, a farsa esportiva num futuro distópico *O Sobrevivente* (*The Running Man*, 1987) (baseada num romance de Stephen King), *O Vingador do Futuro*, de Paul Verhoeven, e *O Exterminador do Futuro 2: O Julgamento Final*, de James Cameron. Na época, não havia muita justificativa para presumir que *O Último Grande Herói* não seria outro sucesso do imbatível Carvalho Austríaco e, naquele verão, a campanha de marketing do filme tornava isso quase inevitável – como ficou célebre, o título *O Último Grande Herói* chegou a ser gravado no metal de um foguete da NASA. Mas o gasto de propaganda de *Jurassic Park: Parque dos Dinossauros* foi, no mínimo, ainda mais feroz, com a Universal bancando estimados 65 milhões de dólares em marketing. No final, os efeitos especiais de última geração de *Jurassic Park* e os dinossauros provaram ser a atração mais magnética. Enquanto *O Último Grande Herói* teve apenas uma recepção morna, *Jurassic Park* disparou, superando *E.T. – O Extraterrestre* como o filme de maior bilheteria de todos os tempos.

Ao adaptar o livro de Crichton para a tela, o escritor David Koepp, coautor do roteiro, cortou alguns de seus momentos mais sangrentos e assustadores (incluindo descrições minuciosas de velociraptores estripando suas vítimas com garras afiadas como navalha), redefinindo o filme como uma história de aventura com um toque de FC de horror. Coube a Richard Attenborough o papel do industrial bilionário John Hammond que, com um exército de cientistas, conseguiu criar seu próprio Mundo Perdido na remota Ilha Nublar, em algum ponto do Pacífico. Quando um grupo de visitantes – entre eles investidores, cientistas e os netos de Hammond – chega para dar uma primeira olhada nas atrações do Parque dos Dinossauros, uma tentativa de espionagem empresarial deixa as cercas de segurança da ilha desativadas. Não demora muito para que todo o lugar esteja infestado de predadores.

Acompanhando a tradição dos animadores Willis O'Brien e Ray Harryhausen, *Jurassic Park: Parque dos Dinossauros* atacava com efeitos visuais em cenários novos e fantásticos. De início o veterano do *stop-motion* Phil Tippett pretendia trazer à vida a coleção de T-rexes, velociraptores e outras criaturas extintas usando bonecos animados, controlados por computador. Por fim, no entanto, foi concebida uma técnica nova em que Tippett usava uma coisa chamada "Dispositivo de Entrada para Dinossauro" – um boneco que podia ser fisicamente manipulado por um animador e cujos movimentos que daí resultassem seriam inseridos em um modelo digital do dinossauro num computador. A Industrial Light & Magic levou então aproximadamente seis meses para desenvolver os 63 planos com efeitos digitais.

Como em *O Exterminador do Futuro 2*, o número de sequências de efeitos digitais em *Jurassic Park* foi relativamente pequeno pelos padrões do século XXI, com os mesmos efeitos de criaturas em tamanho natural de Stan Winston usados em um número muito maior de tomadas; dos 14 minutos de metragem com dinossauros no filme, nove deles foram realizados dessa maneira. O resultado, no entanto, foi quase perfeito: naquelas mais ou menos duas horas, era realmente como se os dinossauros tivessem saído do túmulo – não por meio de manipulação genética, mas de CGI. *Jurassic Park* construiu outro degrau na escada evolutiva da técnica; enquanto *O Exterminador do Futuro 2* só usava computadores para criar a ilusão de uma forma se metamorfoseando em outra, *Jurassic Park* provou que uma criatura feita de pixels podia parecer incrivelmente realista, mesmo quando colocada ao lado de um ator de carne e osso.

Jurassic Park: Parque dos Dinossauros, portanto, foi o precursor não apenas do nascimento de uma nova franquia (uma franquia que ainda está de pé, com *Jurassic World: O Mundo dos Dinossauros* (*Jurassic World*, 2015), reinicializando a série para recuperar seu potencial lucrativo), mas também animou uma nova geração de filmes de ação e aventura impelidos pelos efeitos especiais. Assim como avanços inovadores em animatrônica e nos efeitos de maquiagem resultaram em filmes como *O Enigma de Outro Mundo* e *Um Lobisomem Americano em Londres* nos anos 1980, *Jurassic Park* acelerou uma revolução que teve um alcance ainda maior: de repente era como se quase tudo fosse possível com um pouco de imaginação e muita capacidade de processamento.

Um cineasta inspirado por *Jurassic Park* foi George Lucas, que tinha fundado a ILM em 1977. Ele viu as majestosas tomadas de diplodocos avançando pela Ilha Nublar e começou a pensar em sua velha franquia *Star Wars*; com aquela nova tecnologia digital, raciocinou, poderia finalmente criar os mundos de fantasia que tinha se esforçado para conceber em produções cinematográficas antiquadas. Dois anos depois do lançamento de *Jurassic Park*, Lucas começou a trabalhar em seu primeiro filme *Star Wars* em mais de uma década: o que finalmente se tornaria *Star Wars Episódio I: A Ameaça Fantasma*.

Além desses dois filmes, *O Exterminador do Futuro 2*, *Jurassic Park* e *Matrix*, de 1999 (ver Capítulo 26), introduziram uma nova era de produções dentro do *mainstream*. Técnicas como *matte painting*, *back projection*, efeitos com miniaturas e próteses tinham evoluído, mas a tecnologia básica por trás delas havia se mantido quase inalterada desde o nascimento do cinema. Os sucessos digitais dos anos 1990 anunciaram um novo tipo de produção de filmes: *matte painting*, efeitos com criaturas, *colour grading* e mesmo a composição de cenas inteiras logo poderiam ser realizados num computador. Phil Tippett, que em 1993 já vinha trabalhando com efeitos visuais há quase vinte anos, viu os dinossauros digitais de *Jurassic Park* e brincou que logo perderia seu emprego. Hoje o estúdio de Tippett já trabalha com a área digital.

Jurassic Park também provou que um filme podia ser um grande sucesso sem um astro dispendioso ligado a ele. No filme, os dinossauros eram as estrelas. O logotipo de *Jurassic Park* tornou-se onipresente em 1993, aparecendo em lancheiras, camisetas e brinquedos, assim como o emblema de *Star Wars* mais de quinze anos antes. O sucesso de *Jurassic Park* e o fiasco de *O Último Grande Herói* representou uma nítida mudança nos desejos do público; mais uma vez, Spielberg tinha inadvertidamente criado uma linhagem de filmes de sucesso – uma linhagem visual, de preferência liberada para maiores de 13 anos e comercializável por todo o planeta.

As ondas da estrondosa chegada de *Jurassic Park* continuam sendo sentidas hoje. Filmes coloridos cheios de efeitos, dos filmes da Marvel a *Star*

Wars, passando por refilmagens em *live action* de velhos clássicos de animação da Disney são bem-sucedidos na bilheteria. Hollywood ainda tem seus astros muito bem pagos, mas que com frequência lutam para competir com o poder das marcas; no outono de 2016, o romance de FC *Passageiros* (*Passengers*), estrelado por Jennifer Lawrence e Chris Pratt, não conseguiu se fazer notar entre a algazarra de marketing do derivativo de *Star Wars*, da Disney-Lucasfilm, *Rogue One: Uma História Star Wars* (*Star Wars: Rogue One*).

O amadurecimento da filmagem digital chegou agora a um ponto em que diretores jovens, promissores, podem dar sua própria resposta a *Parque dos Dinossauros*, mesmo com um orçamento diminuto. Antes de emergir em Hollywood como o diretor de *Godzilla* (2014) e *Rogue One: Uma História Star Wars*, Gareth Edwards – um cineasta de trinta e poucos anos, natural de Nuneaton – fez *Monstros* (*Monsters*, 2010), um filme sobre criaturas que surgem em áreas remotas de uma América Central infestada por gigantescas feras vindas do espaço sideral. Edwards rodou o filme num estilo de guerrilha, com câmeras na mão e atuações em grande parte improvisadas de um elenco pequeno. Quando voltou ao Reino Unido, o próprio Edwards criou os efeitos visuais por somente alguns milhares de dólares; como ele mais tarde comentou em entrevistas, qualquer um com o dinheiro necessário pode entrar numa loja e comprar um laptop com maior poder de processamento que os computadores usados para criar os dinossauros em *Parque dos Dinossauros*.

O preço em queda de computadores, o *software* livre para edição de vídeos e o advento de *sites* de *streaming* como YouTube e Vimeo, tudo isso contribuiu para um clima em que um jovem cineasta pode – em teoria – criar um filme com um orçamento minúsculo. Onde equipamentos caros como câmeras Super-8 já foram área restrita de garotos de famílias afluentes – digamos Kubrick, Spielberg ou J. J. Abrams –, a criação de filmes digitais demonstra que um cineasta em ascensão, mas muito distante do sistema de Hollywood, pode disponibilizar um filme de monstros no YouTube e conseguir ter uma carreira de sucesso nos Estados Unidos. Foi exatamente o que aconteceu com Fede Alvarez, do Uruguai, que em 2009 colocou no YouTube um curta de FC chamado *Ataque de Pânico!* Semanas depois, fora recrutado pela produtora Ghost House Pictures, de Sam Raimi, e acabaria dirigindo uma nova versão de *A Morte do Demônio* (*Evil Dead*), lançada em 2013.

A revolução digital, portanto, levou a dois resultados muito diferentes. Numa ponta do espectro, o número crescente de planos com efeitos significa que um filme de temporada pode custar centenas de milhões de dólares, com o trabalho distribuído para múltiplos estúdios VFX para não haver atrasos. Mas na outra ponta, avanços em tecnologia criaram um clima que teria parecido de ficção científica para os cineastas dos anos 1970. O drama *Tangerina* (*Tangerine*), aclamado pela crítica, foi todo rodado num iPhone. Hoje, qualquer pessoa com um smartphone e uma história para contar pode fazer seu próprio *Jurassic Park*.

O retorno dos filmes de monstros

A popularidade de *Jurassic Park* abriu as comportas em Hollywood e uma nova onda de filmes de monstros começou a rolar. Na refilmagem de 1998 de *Godzilla*, os mestres modernos dos filmes catástrofe Roland Emmerich e Dean Devlin levaram o *kaiju* [monstro] atômico do Pacífico, da empresa cinematográfica japonesa Toho, para uma turnê por Manhattan. Os produtores de Hollywood não conseguiram obter os direitos de *Godzilla* a tempo de lançá-lo antes de *Jurassic Park*, mas o filme, sem dúvida, acabou tirando proveito do estouro de bilheteria de Spielberg. O réptil gigante, um tanto desalmado, trazia mais semelhanças com o T-rex de *Jurassic Park* que com a majestosa besta do *Godzilla* original e, ainda mais curiosamente, punha ovos que pequenos Godzillas, semelhantes a velociraptores, quebravam com ruído e de onde saíam para aterrorizar os habitantes de Nova York. Ainda assim o filme não tinha o peso emocional do original de 1954 de Ishiro Honda nem o apelo bizarro de suas sequências.

Uma entrada muito mais esperta no ciclo de filmes de monstros dos anos 1990 veio do diretor mexicano Guillermo del Toro, que atraíra a atenção de Hollywood graças a seu engenhoso terror vampiresco *Cronos* (1993). *Mutação* (*Mimic*, 1997), a estreia de Del Toro em língua inglesa, ficou comprometido desde o início pela interferência do estúdio, mas ainda é uma reviravolta satisfatória nos elementos básicos do filme B estabelecidos por películas dos anos 1950 como *O Mundo em Perigo* (1954) e *Tarântula* (1955). Uma epidemia mortal é curada com a ajuda de uma nova espécie de baratas geneticamente modificadas, mas o que a cientista Susan Tyler (Mira Sorvino) não imaginou é que essas novas criaturas escapariam para os esgotos de Nova York e se transformariam em monstros predatórios do tamanho dos humanos. Del Toro pega essa ideia básica (adaptada de um conto de Donald A. Wollheim) e desenvolve uma história de horror e FC cheia das imagens exuberantes pelas quais ele é hoje conhecido; as baratas têm a capacidade de passar por seres humanos ao enrolar as asas em torno de si, assumindo o perfil de homens altos com casacos compridos. Uma sequência em que Tyler encontra uma dessas figuras num metrô que parecia deserto, com o "casaco" se abrindo em enormes asas negras, é um momento magistral de revelação.

Del Toro planejava que o filme fosse mais que um horror convencional com mensagens de advertência; no final concebido por ele as baratas sobrevivem e desaparecem entre a população de Manhattan – sugerindo que ainda estão em algum lugar lá fora, evoluindo e aos poucos se apoderando da Terra. Esse final foi depois abandonado em favor de uma conclusão mais decididamente feliz. Uma versão de *Mutação* aprovada por Del Toro e lançada em 2010 colocou o filme mais próximo da visão original do diretor, mas a versão integral dessa história assustadora infelizmente continua perdida.

Outros filmes de monstros dos anos 1990 se entregavam com prazer à sua condição de filmes B. *A Relíquia* (*Relic*, 1997), do diretor Peter Hyams, colocava Tom Sizemore e Penepole Ann Miller contra um monstro parecido com um rinoceronte correndo em volta do Museu de História Natural de Chicago. Chamado de Kothoga, a besta é um híbrido de lagarto e inseto da América do Sul que se banqueteia com o cérebro de suas vítimas humanas. O filme foi uma curiosa mudança para Hyams, que havia feito filmes de FC tão inteligentes quanto *Capricórnio Um*, *Outland – Comando Titânio* (*Outland*) e *2010 – O Ano em que Faremos Contato* (2010), e é lembrado, sobretudo, pelo projeto da criatura, executado por Stan Winston, o elenco eclético e os roteiristas (os coautores marido e mulher, Rick Jaffa e Amanda Silver, continuaram escrevendo depois; por exemplo, o roteiro dos novos filmes de *Planeta dos Macacos* para a 20th Century Fox).

Um dos mais inteligentes filmes de monstros do novo milênio veio da Coreia do Sul. Dirigido por Bong Joon-ho, *O Hospedeiro* (*The Host*, 2006) vê uma apavorante criatura se erguer do poluído rio Han, em Seul. Quando a besta anfíbia monstruosamente grande ataca a população da cidade, a história acompanha um pequeno lojista (interpretado pelo astro coreano Song Kang-ho) que tenta encontrar a filha perdida, levada pela criatura durante uma de suas investidas. Como *Godzilla* meio século antes, *O Hospedeiro* é inspirado por um evento real em que um cirurgião trabalhando para os militares americanos lançou vinte galões de formol no rio Han – um incidente que provocou protestos sem importância e um rápido pedido público de desculpas de um general de divisão americano.[1] Um derramamento quase idêntico cria o monstro tóxico em *O Hospedeiro*, levando os militares americanos a usar uma substância química igualmente prejudicial – uma versão ficcionalizada do Agente Laranja – numa inútil tentativa de matá-lo. O filme de Bong, em suma, é uma sátira ambientalista na qual a descarga de resíduos tóxicos engendra monstros.

O Hospedeiro é apenas um exemplo de como o filme de monstros pode ser trabalhado para explorar todo tipo de temas. *Cloverfield – Monstro* (*Cloverfield*, 2008), dirigido por Matt Reeves, mexe nos traumas pós-11 de Setembro. *Monstros* (2010) é sobre nossa indiferença coletiva ao sofrimento humano; em uma imagem estranhamente visionária, o diretor Gareth Edwards fez os Estados Unidos construírem um muro entre América do Norte e América Central – muito útil para manter o *kaiju* afastado. *Colossal* (2017), dirigido por Nacho Vigalondo e estrelado por Anne Hathaway, é uma história não convencional de alcoolismo e desilusão. Sob a destruição e o caos, os significados por trás desses monstros de tela grande são tão vivos e variados quanto as próprias criaturas.

---

[1] Ver: <http://www.waterworld.com/articles/2000/07/us-military-apologizes-for-formaldehyde-release-in-s-korea.html>.

PARA IR FUNDO, ASSISTA À SELEÇÃO DE FILMES
MENCIONADOS NESTE CAPÍTULO:

2010 – O Ano em que Faremos Contato (2010, 1984)

O Sobrevivente (*The Running Man*, 1987)

O Vingador do Futuro (*Total Recall*, 1990)

Mutação (*Mimic*, 1997)

A Relíquia (*Relic*, 1997)

Godzilla (1998)

O Hospedeiro (*The Host*, 2006)

Cloverfield – Monstro (*Cloverfield*, 2008)

Monstros (*Monsters*, 2010)

Jurassic World: O Mundo dos Dinossauros (*Jurassic World*, 2015)

Colossal (2017)

25. Desejo por Destruição

Independence Day (1996)

"*Bem, isso é o que eu chamo de contato imediato.*"

Em uma de suas caminhadas regulares pelos campos de Woking, o escritor britânico H. G. Wells imaginava o que poderia acontecer se uma armada alienígena descesse de Marte. Esse devaneio constituiu o alicerce para *A Guerra dos Mundos*, o crucial romance de invasão alienígena que, no devido tempo, ia inspirar todo um subgênero de filmes sobre imperialistas cruéis vindos do espaço sideral.

Um século mais tarde, o cineasta alemão Roland Emmerich começou a pensar em fazer seu próprio filme de invasão. O escritor e produtor associado de Emmerich, Dean Devlin, com quem havia pouco tempo ele tinha feito a divertida fantasia de FC *Stargate – A Chave para o Futuro da Humanidade* (*Stargate*, 1994), não se deixou, a princípio, impressionar pela ideia e argumentou que o gênero invasão estava completamente esgotado. Como acontecera com H. G. Wells, no entanto, uma imagem decidida, irresistível, havia aderido à mente de Emmerich. Ele chamou Devlin e apontou para os prédios da cidade na frente de sua janela; imagine, disse Emmerich, uma enorme nave alienígena aparecendo sobre esses arranha-céus, sua sombra mergulhando a cidade na escuridão. Esqueça os pitorescos discos voadores de antigamente – esses invasores andam por aí em naves do tamanho do Central Park.

Essa foi a gênese de *Independence Day*, o bombástico estouro de bilheteria de uma temporada que reviveu não apenas o subgênero de invasão, mas também o cinema-catástrofe – um gênero que havia adquirido força nos anos 1960 e saído novamente de moda no início dos anos 1980. Como os filmes do diretor e produtor Irwin Allen – apelidado "o mestre da catástrofe" –, *Independence Day* introduziu um conjunto de personagens de todas as camadas sociais: pilotos, cientistas, uma dançarina exótica, até mesmo o presidente dos Estados Unidos. Como nos filmes de catástrofe de Allen, tentar descobrir quem ia viver e quem ia morrer fazia parte do entretenimento, assim como as explosões e os efeitos especiais.

Esses efeitos especiais colocariam uma espécie de barreira ante a ideia de Emmerich de fazer um filme B numa escala épica. Mesmo com um orçamento de 75 milhões de dólares, só o número de tomadas com efeitos – calculado em torno de 450 – esvaziaria os cofres do estúdio. *O Exterminador do Futuro 2* e *Jurassic Park* tinham acelerado uma revolução em CGI, mas os efeitos digitais ainda eram extraordinariamente caros; um produtor situou a despesa em horripilantes 150 mil dólares por cada tomada. Mas Emmerich tinha uma arma secreta. De volta à Alemanha nativa, procurou seu professor na escola de cinema, que havia provado ser uma espécie de gênio ao conseguir gerar efeitos com um orçamento ridículo; Volker Engel havia trabalhado no primeiro longa-metragem de Emmerich, a raridade de FC e de baixo orçamento *Estação 44 – O Refúgio dos Exterminadores* (*Moon 44*, 1990). Para manter baixos os custos de *Independence Day*, Engel reuniu uma equipe de jovens estudantes alemães de cinema e passou vários meses num antigo hangar construindo modelos em escala de cidades, naves alienígenas e seus ocupantes insectoides de olhos grandes. Por fim, Engel conseguiu fazer as tomadas de efeitos de *Independence Day* pela pechincha de 40 mil dólares cada. Houve, em particular, um plano com efeitos especiais que deixou os executivos da 20th Century Fox um pouco preocupados. Numa versão preliminar da ação com atores e dos efeitos que seriam eventualmente usados no trailer promocional, uma sequência mostrava a Casa Branca explodindo numa nuvem brilhante de lasers esverdeados e fogo rubro. Era uma imagem perturbadora, os produtores pensaram, talvez até blasfema, queimar a bandeira da nação.

"Tudo está ótimo", disse um deles a Emmerich, "mas não pode deixar a explosão da Casa Branca fora do trailer?"

"Bem", Emmerich respondeu, "está no filme".

"Sim, Roland", disseram os executivos da Fox, "mas você não é americano. Precisa compreender que é um problema muito delicado."[1]

Não obstante, Emmerich fez pressão para manter a tomada no trailer, argumentando que era seu caráter inquietante que tornava a cena tão eficiente: era uma imagem simples, mas poderosa, do poder dos alienígenas. Eles podem nos atingir em qualquer lugar que estivermos.

O marketing de *Independence Day* se mostraria vital para seu sucesso. Embora contasse com Will Smith, que era bem conhecido como astro da série de TV *Um Maluco no Pedaço* (*The Fresh Prince of Bel-Air*), e o ator de caracterização Jeff Goldblum, *Independence Day* não tinha um nome de impacto que pudesse representá-lo – como *Jurassic Park*, o filme confiava na atração de seu tema e na qualidade dos efeitos especiais. Levando isso em conta, a Fox empregou uma soma sem precedentes de dinheiro na promoção de *Independence Day*, com 1,3 milhão de dólares gastos na divulgação de um simples trailer na final do campeonato de futebol americano, o Super Bowl, de 1996. A explosão da Casa Branca provaria ser a peça central nos 24 milhões de dólares da campanha de marketing do filme.

Independence Day foi vendido, no verão de seu lançamento, como o filme que era obrigatório assistir e as plateias afluíram para os cinemas. Foi mais difícil, no entanto, conquistar os críticos, que protestaram de forma generalizada contra os personagens estereotipados e os diálogos surrados, óbvios. Um colaborador do *LA Times* chamou o filme "O Dia em que o

---

[1] Ver:<http://www.denofgeek.com/uk/movies/roland-emmerich/41605/roland-emmerich-interview-independence-day-resurgence>.

Enredo Parou";[2] outro lamentou que *Independence Day* fosse um símbolo de tudo que havia de errado com a nova safra de recordistas de bilheteria dos anos 1990: era verborrágico, desprovido de subtexto e, talvez, pior de tudo, cinicamente consciente de sua própria natureza efêmera.

Enquanto filmes como *Os Caçadores da Arca Perdida* e *Star Wars* eram louvados por trazer a antiga fórmula dos seriados das velhas matinês para o final do século XX, *Independence Day* foi descartado como um retrocesso: películas de FC das décadas de 1950 e 1970 jogadas umas contra as outras tinham produzido um filme de destaque em som e fúria, mas raso em inteligência. Sem dúvida devíamos nos perguntar por que o filme de invasão reapareceria numa época relativamente próspera da história americana. Quando foram vistos pela última vez zumbindo sobre monumentos americanos nos anos 1950, os discos voadores eram um emblema dos medos da Guerra Fria e uma tranquilizadora demonstração do poder militar americano; quase sem exceção, os invasores eram repelidos no final. *Independence Day*, por outro lado, minimiza o fator medo e evoca a bravura, a engenhosidade e a coragem dos Estados Unidos. O filme de Emmerich pode ver naves alienígenas pairando sobre todo o planeta, mas é quase exclusivamente um filme americano: a situação de outros países é de fato reduzida a uma série de desatentos clichês descritivos. Com um presidente carismático na Casa Branca real – Bill Clinton – e a economia em ascensão depois de uma fase recessiva no início dos anos 1990, *Independence Day* funcionou como um monumento ao prestígio do país e à confiança nele.

Há indícios aqui e ali, no entanto, de que Emmerich não estava encarando o chauvinismo do filme com tanta seriedade. O discurso motivador do presidente Thomas J. Whitmore (Bill Pullman) é servido com um generoso acompanhamento de presunto e queijo. O melodrama, o colorido e a ironia ("bem, isso é o que eu chamo um contato imediato", brinca Will Smith depois de dar um soco num alienígena) poderiam sugerir que Emmerich estivesse apenas tentando fazer alguma coisa próxima da *Pop Art* da tela grande (o uso nada sutil das imagens cem por cento americanas sem

---

[2] Ver: <http://articles.latimes.com/1996-07-02/entertainment/ca-20348_1_independence-day>.

dúvida tem um clima de Andy Warhol e o próprio Emmerich é um ávido colecionador de obras de arte iconoclastas).

A conclusão de *Independence Day*, divertida ou indutora de uma atitude de bajulação, dependendo de como a encaremos, parece ser um comentário brincalhão sobre *A Guerra dos Mundos*. Na história de Wells, os alienígenas são finalmente contidos por causa de uma gripe que ataca seu delicado sistema imunológico. Em *Independence Day*, eles são derrotados por um vírus de computador – um desenvolvimento da trama que ainda deixa *geeks* da computação suspirando diante dos sacos de pipoca.

Por uma estranha peculiaridade da sincronicidade de Hollywood, *Independence Day* não foi o único filme de invasão alienígena a encher os cinemas em 1996. Dirigido por Tim Burton, *Marte Ataca!* foi uma anárquica comédia-catástrofe inspirada por um conjunto de figurinhas terrivelmente violento dos anos 1950. Apresentando um elenco com um número muito maior de estrelas que *Independence Day*, em que Jack Nicholson se misturava a Glenn Close, Pierce Brosnan e mesmo a Tom Jones, *Marte Ataca!* oferecia uma visão menos entusiástica do poderio americano, com uma coleção de líderes militares e políticos descritos como um punhado de neuróticos arrogantes que mereciam tudo que os alienígenas pudessem lhes atirar. Homenagem afetuosa a muitos dos mesmos filmes dos anos 1950 que *Independence Day* livremente citava, *Marte Ataca!* foi um inesperado tiro no pé; o público, ao que parece, não conseguiu subir a bordo do espetáculo, deliberadamente brega, de Tim Burton.

Com o benefício da visão em retrospecto, *Independence Day* pode ser visto como um fulcro em filmes caros de temporada, tanto apontando para trás, para filmes como *A Invasão dos Discos Voadores* e *Terremoto* (*Earthquake*), quanto para a frente, para os grandes sucessos de bilheteria do novo milênio, conduzidos por efeitos e sob a forma de franquias. De um ponto de vista técnico, *Independence Day* foi um dos últimos filmes a usar de forma intensa efeitos especiais práticos, mas suas cenas de extensa destruição urbana teriam um impacto duradouro em diretores como Michael Bay e Zack Snyder.

O filme de 2007 de Bay, *Transformers*, um *live action* baseado na linha da Hasbro de robôs de brinquedo, contém todo tipo de ideias da cartilha de

Emmerich. É sobre uma invasão alienígena e é um filme-catástrofe, com robôs gigantes devastando quadras inteiras de cidades. O elenco encarna de soldados a agentes da CIA, passando por um adolescente desajeitado, vivido por Shia LaBeouf. Como em *Independence Day*, o coquetel de destruição e humor otimista, às vezes pueril, se mostraria inebriante para as plateias – e desconcertante para críticos de cinema. Até agora, *Transformers* e suas numerosas sequências renderam mais de 3,7 bilhões de dólares.

Os trágicos ataques de 11 de setembro de 2001 jogaram nova luz sobre os eventos de *Independence Day*. Para uma geração de americanos, a noção de que um invasor estrangeiro poderia causar um prejuízo absurdo e perda de vidas em suas cidades não era mais uma abstração: após o ataque ao World Trade Center, era parte do aqui e agora.

Enquanto o governo de George W. Bush dava início à sua guerra contra o terror, as plateias eram cada vez mais atraídas pelo escapismo nos filmes. Em filme após filme, víamos cidades dos Estados Unidos devastadas por forças externas, mas, em cada caso, havia uma força do bem se colocando entre nós e os invasores. Do *Homem de Ferro* de 2007 para a frente, os filmes de super-heróis da Marvel Studios têm fornecido a certeza que falta no mundo real. *Os Vingadores* (2011) mostra uma equipe de heróis combatendo alienígenas no centro de Manhattan. Partes enormes da cidade são arrasadas, mas, como em *Independence Day*, o bem prevalece e o mal é confrontado com um sorriso sarcástico e perverso de uma doce vingança contra os alienígenas.

Quando interveio para trazer o Superman para a era pós-11 de Setembro, o diretor Zack Snyder também pareceu recorrer ao padrão de *Independence Day*. *O Homem de Aço* (*Man of Steel*, 2013) é outro filme de invasão alienígena, que dessa vez vê o Superman (Henry Cavill) combatendo o despótico general Zod (Michael Shannon) e suas tropas superpoderosas do planeta Krypton. Zod planeja usar uma coisa chamada Motor do Mundo para converter a Terra em um planeta habitável por sua espécie, levando ao filme o equivalente à Casa Branca explodindo em *Independence Day*: o Motor do Mundo flutua pela cidade de Metrópolis – uma Manhattan ficcional – sugando repetidas vezes prédios para o céu e atirando-os contra o chão. É semelhante a ver as Torres Gêmeas caírem inúmeras vezes, como num *teaser trailer* reproduzido em *looping*.

Em 2016, imagens de prédios se estilhaçando ameaçavam se tornar um clichê dos filmes da temporada. Roland Emmerich retornou nesse ano, tardiamente, ao gênero invasão com *Independence Day: O Ressurgimento* (*Independence Day: Resurgence*), que via uma nova geração de pilotos e cientistas enfrentar uma ameaça ainda maior de outro mundo. Mas enquanto *Independence Day* foi uma novidade vinte anos antes, em 2016, *Independence Day: O Ressurgimento* foi apenas mais um filme de FC numa temporada cheia deles. Contra a força de filmes de franquia como *Batman vs Superman: A Origem da Justiça* (*Batman vs Superman: Dawn of Justice*), *Esquadrão Suicida* (*Suicide Squad*) e *Capitão América: Guerra Civil* (*Captain America: Civil War*), *Independence Day: O Ressurgimento* se esforçou para se fazer ouvir sobre a zoeira. Ironicamente, Emmerich viu seu filme ofuscado pelo prestígio do imponente espetáculo que ele ajudara a criar.

Nos anos 1990, o filme de apelo popular dominava; na década de 2000, a franquia o substituíra. Os heróis de *Independence Day: O Ressurgimento* conseguiram repelir outra invasão, mas mesmo sua bravura não pôde se equiparar à identificação com as marcas Marvel e DC.

A ciência do desastre

Histórias de desastre são tão antigas quanto o próprio ato de contar histórias, do Dilúvio Bíblico e enchentes narradas em outros textos religiosos ao afundamento de Atlântida. Podemos já não acreditar que terremotos sejam causados por dragões se mexendo sob os nossos pés ou que cometas sejam presságio de infortúnios, mas nosso medo e espanto diante de tsunamis, quedas de meteoros e erupções vulcânicas permanecem inalterados – pelo menos se acreditarmos na recente história do cinema.

Uma vertente particular de cinema de FC trata – a sério ou não – do modo como a ciência pode tentar salvar nossa espécie dos desígnios de Deus. *O Fim do Mundo* (*When Worlds Collide*, 1951) foi uma atualização colorida, um tanto estreita, do mito da Arca de Noé. Quando se descobre que um corpo celestial vindo de fora do sistema solar está em rota de colisão com nosso planeta, os cientistas constroem um foguete destinado a transportar o que temos de melhor e mais brilhante para a segurança de um novo mundo. Mesmo assim, como os lugares na nave, coloquemos assim, são limitados, são feitos sorteios para selecionar os felizardos que vão embarcar. Não é preciso dizer que o mundo não vê com bons olhos essa seleção e ocorrem levantes populares em massa em torno da plataforma de lançamento do foguete. Em câmera lenta e com uma certa rigidez na atuação do elenco, a sequência final de *O Fim do Mundo* traz um plano dos sobreviventes reunidos a bordo da nave; todos parecem caucasianos – algo que faria um filme de hoje ser alvo de sérias e justificadas críticas.

Um filme mais barato e mais inteligente veio do Reino Unido – um país que não costuma ser associado ao gênero catástrofe. *O Dia em que o Mundo Pegou Fogo* (*The Day the Earth Caught Fire*, 1961), filmado em preto e branco e parcialmente copiado em sépia, imagina que repetidos testes nucleares fizeram a temperatura de nosso planeta elevar-se a níveis mortais; cientistas lutam para reverter o efeito e o mundo pode apenas acompanhar isso com a respiração suspensa. De modo inabitual, *O Dia em que o Mundo Pegou Fogo* não é contado da perspectiva dos cientistas ou dos militares, mas do ponto de vista de jornalistas que bebiam muito e eram fumantes inveterados. Isso empresta ao filme um toque fundamentado e contido, que não é comum, mas embora o filme economize nos choques e nos estrondos dos filmes americanos de catástrofe, seus diálogos e suas performances não deixam de ser crepitantes. O filme também termina com uma nota sinistra e ambígua.

O ciclo dos anos 1970 de cinema-catástrofe bem-sucedido instigou a produção de *Meteoro* (*Meteor*, 1979), um *thriller* menor de Irwin Allen apresentando Sean Connery como parte de um grupo de pessoas que, mergulhadas no pânico, esperam a chegada de um colossal meteorito. Um sistema de mísseis em órbita da Terra, o Hércules, é ativado para explodir, o que reduz a átomos a rocha gigante. A completa destruição da Terra é evitada, mas parte dos destroços faz com que uma série de cidades, em miniaturas pouco convincentes, seja atingida por fogo e ondas.

Filmes de catástrofe estavam perdendo força nos anos 1980, mas um ou dois exemplos do gênero mantiveram a chama ardendo. Talvez o mais engraçado tenha sido *Rota do Perigo* (*Starflight One*, 1983), um telefilme que teve lançamento em cinemas do Reino Unido. Lee Majors encabeça o elenco como o piloto responsável e calmo de um novo jato de passageiros capaz de voar na camada superior da atmosfera da Terra. Como era de se esperar, surge o risco de desastre e são feitas repetidas tentativas de colocar as pessoas em segurança. A atuação é mecânica, os efeitos não resistem ao escrutínio, mas *Rota do Perigo* conserva um charme ingênuo e retrô. Os personagens principais finalmente conseguem fazer o temperamental avião retornar em segurança a terra firme, o que constitui uma completa zombaria do subtítulo: *O Avião que Não Pôde Pousar*.

Como os efeitos digitais tornaram as cenas de ampla destruição de cidades mais convincentes que nunca, o cinema-catástrofe teve um inesperado retorno. O fim da década de 1990 viu a Terra atingida não por um, mas por dois meteoros letais, quando estúdios rivais de Hollywood jogaram seus filmes um contra o outro. Primeiro veio *Impacto Profundo* (*Deep Impact*), da diretora Mimi Leder, que foi lançado em 1998. O governo americano tenta em vão esconder um iminente ELE (*Extinction Level Event*, Evento Nível Extinção); quando a notícia se espalha, a informação é recebida com um misto de terror e filosófica submissão. *Armagedom* (*Armageddon*), de Michael Bay, veio depois, naquele mesmo verão, estrelado por Bruce Willis e Ben Affleck como uma dupla de peritos em perfuração lançados no espaço para destruir um asteroide "do tamanho do Texas". Há feitos heroicos, estereótipos acerca dos russos e Aerosmith tocando na trilha sonora.

Filmes sobre desastres vindos de cima e de baixo entraram com grande persistência no novo milênio, como *O Núcleo – Missão ao Centro da Terra* (*The Core*, 2003), que pegou o molde de *Armagedom* e combinou-o com *Viagem ao Centro da Terra*, de Júlio Verne. O centro de nosso planeta deixou de girar, aumentando a exposição de nossa espécie à mortal radiação solar; enquanto isso, numa cena extraordinária, um enorme bando de pombos desorientados causa pânico em massa na Trafalgar Square em Londres.

Para combater a ameaça, um econômico conjunto de atores – Hilary Swank, Aaron Eckhart e Stanley Tucci – escala o interior de uma grande perfuratriz para pressionar o centro e fazê-lo voltar a funcionar. Se isso parece uma estupidez, espere até ver o resto. Mesmo a equipe de efeitos não conseguiu levar a história a sério e uma tomada pode nos servir de pista: se olharmos com atenção vamos ver uma grande truta, crua, colidindo contra a janela de um café de Londres numa área repleta de pombos.

A exatidão científica também não parece estar no topo da lista em *O Dia Depois de Amanhã* (*The Day After Tomorrow*, 2004), de Roland Emmerich, no qual a Terra fica congelada por uma nova era glacial – há muitos perigos e bravura, mas a trama e a encenação são secundárias frente aos efeitos especiais. Cinco anos mais tarde, Emmerich retornou com o que poderia ser sua obra-prima da catástrofe, *2012* (2009). Como previsto pelos maias, esse ano traz com ele um evento capaz de extinguir toda a humanidade: "Os neutrinos", explica um cientista com um suspiro, "entraram em mutação!".

O jargão científico é uma desculpa para uma série de terremotos, erupções vulcânicas e ondas gigantescas, tornando *2012* um imenso compêndio de eventos cataclísmicos. Desta vez, John Cusack é o herói encarregado de manter sua família um passo à frente do perigo quando uma equipe de cientistas lança uma pequena frota de enormes arcas de uma doca seca.

Esses são, é claro, os tipos exemplares da tolice superficial que agrada as plateias multiplex, mas nem todos os filmes de catástrofe são tão puramente orientados para a ação. *Filhos da Esperança* (*Children of Men*, 2006), dirigido por Alfonso Cuarón e baseado no romance de P. D. James, é um *thriller* soberbo, de tirar o fôlego, que vê a humanidade ameaçada não por um ato de Deus, mas por uma infertilidade epidêmica. Quando nossa sociedade, cada vez mais reduzida, se enreda no caos e no desespero, o protagonista, Theo (Clive Owen), é encarregado de proteger uma jovem com uma gravidez avançada (Clare-Hope Ashitey) – talvez a última esperança para a sobrevivência da humanidade. Passada uma década, o retrato trazido por *Filhos da Esperança* de uma Grã-Bretanha à beira do colapso parece assustadoramente plausível.

Enquanto isso *Melancolia* (*Melancholia*, 2011), do cineasta independente Lars von Trier, usa um desastre para contar uma história bastante pessoal sobre depressão e determinação. Tomando a ideia central de *O Fim do Mundo*, mostra um planeta, Melancolia, em rota de colisão com a Terra. Em uma luxuosa casa de campo, uma jovem que caíra em terrível depressão (Kirsten Dunst) encara com tranquilidade o fim enquanto a irmã mais "equilibrada" (Charlotte Gainsbourg) começa a tremer de medo. É um filme pessoal, lírico e às vezes sombrio e engraçado ao mesmo tempo – preste atenção no ator Udo Kier como um incandescente planejador de casamentos. Como *O Dia em que o Mundo Pegou Fogo*, *Melancolia* prova que filmes de catástrofe podem, além de empolgar os sentidos, provocar reflexão.

Para ir fundo, assista à seleção de filmes de FC mencionados neste capítulo:

O Fim do Mundo (*When Worlds Collide*, 1951)

A Invasão dos Discos Voadores (*Earth vs. the Flying Saucers*, 1956)

O Dia em que o Mundo Pegou Fogo (*The Day the Earth Caught Fire*, 1961)

Meteoro (*Meteor*, 1979)

Rota do Perigo (*Starflight One*, 1983)

Estação 44 – O Refúgio dos Exterminadores (*Moon 44*, 1990)

Stargate – A Chave para o Futuro da Humanidade (*Stargate*, 1994)

Marte Ataca! (*Mars Attacks!*, 1996)

Impacto Profundo (*Deep Impact*, 1998)

Armagedom (*Armageddon*, 1998)

O Núcleo – Missão ao Centro da Terra (The Core, 2003)

O Dia Depois de Amanhã (The Day After Tomorrow, 2004)

Filhos da Esperança (Children of Men, 2006)

Transformers (2007)

2012 (2009)

Melancolia (Melancholia, 2011)

Os Vingadores (The Avengers, 2011)

O Homem de Aço (Man of Steel, 2013)

Batman vs Superman: A Origem da Justiça (Batman vs Superman: Dawn of Justice, 2016)

Esquadrão Suicida (Suicide Squad, 2016)

Capitão América: Guerra Civil (Captain America: Civil War, 2016)

26. Através do Espelho

Matrix (1999)

"Você toma a pilula vermelha, fica no País das Maravilhas e eu te mostro até onde vai a toca do coelho."

No final dos anos 1990, uma dupla de jovens cineastas estava tentando vender ao produtor de Hollywood Joel Silver uma ideia para um filme de ficção científica extremamente incomum. Ele se passaria num futuro distópico, versão simulada do presente, com robôs sencientes, parecidos com lulas cibernéticas, como senhores supremos, kung fu, filosofia e armas – muitas e muitas armas. Para ilustrar como o filme poderia ficar, as cineastas fizeram Silver se sentar e lhe exibiram o longa de animação japonês *O Fantasma do Futuro*, de 1995.

"Elas me mostraram esse desenho animado japonês", Silver recordou num documentário sobre o *making of* de *Matrix*, "e disseram: 'Queremos fazer isso no mundo real'."[1] E foi exatamente o que as Irmãs Wachowski fizeram.

Nascidas nos anos 1960 como Andy e Larry, as Wachowski estavam impregnadas da cultura do mangá, do anime e das cenas de luta, sempre em

---

[1] Ver: *The Making of The Matrix* (1999). Disponível em: <https://www.youtube.com/watch?v=8ufqaDx4iuQ>.

mudança, do cinema de Hong Kong. Elas identificaram um elemento único nos quadrinhos e filmes de animação: uma capacidade de manipular tempo e espaço. Numa luta entre dois personagens, um simples segundo podia ser prolongado por várias páginas ou estendido para um minuto de câmera lenta; podada das limitações de pesadas câmeras cinematográficas, que precisam ser manejadas fisicamente por um operador, a animação podia mostrar, nas mãos de artistas talentosos, um fluxo contínuo de movimento. Consideremos a sequência da moto na abertura de *Akira* (ver Capítulo 22). Com animação, o diretor Katsuhiro Otomo conseguiu seguir com tranquilidade seu rastro, em diferentes planos, o que teria sido impensável com a tecnologia disponível para os cineastas que trabalhavam com *live action* nos anos 1980.

O segundo longa das Irmãs Wachowski, *Matrix*, funde contos de fadas ocidentais, iconografia cristã, cultura *cyberpunk* e criação de mitos com a linguagem visual do cinema *live action* e de animação do Oriente. É também um filme para a era do PlayStation da Sony e da crescente onipresença da internet. Apresenta uma realidade compartilhada, simulada, que pode ser hackeada e manipulada como um *videogame*. Graças a filmes como *O Exterminador do Futuro 2* e *Jurassic Park*, a revolução digital corria a todo vapor em fins da década de 1990, mas o uso que as Irmãs Wachowski fizeram de imagens de computador não se limitou a dar origem a criaturas verossímeis ou panos de fundo com *matte painting* – na realidade, elas usaram as inovações mais recentes na produção de cinema para fazer com que a câmera parecesse se comportar do mesmo modo que em filmes de animação japoneses, como *Akira*, *Ninja Scroll* (*Jûbei ninpûchô*) ou no clássico *cyberpunk* do diretor Mamoru Oshii, *O Fantasma do Futuro*. As influências das Irmãs Wachowski, da escrita de Jean Baudrillard ao heroico massacre de John Woo, da influência do anime a *Alice no País das Maravilhas*, tudo entrou num filme que ia inspirar, durante anos, o visual dos filmes americanos.

Como em um romance de Philip K. Dick, *Matrix* é sobre um homem comum que descobre que o mundo não é exatamente o que parece. Neo (Keanu Reeves), um programador e perito em *hacking*, descobre por meio de uma figura misteriosa, Morpheus (Laurence Fishburne), que aquilo que ele entende como a realidade cotidiana da vida desperta é, de fato, uma simulação de computador. Máquinas sencientes há muito tempo se apoderaram da Terra, escravizaram a humanidade e a colocaram numa colossal fazenda na qual transformaram os seres humanos em baterias vivas para fazer as máquinas funcionarem. Enquanto as máquinas sugam nossa energia, somos aplacados pela Matrix – uma simulação coletiva do final do século XX que nos deixa alegremente inconscientes de que somos baterias de carne guardadas em cápsulas em gigantescas bobinas nas usinas do mundo real das máquinas. Aceitando a chamada para a aventura – ilustrada por um momento no estilo de Lewis Carroll, que envolve a escolha entre uma pílula vermelha e uma azul –, Neo escapa da Matrix e acorda numa realidade apavorante: um planeta devastado, patrulhado por máquinas inteligentes.

Matrix segue um clássico padrão narrativo que remonta diretamente ao mito da antiguidade: um herói faz sua jornada por um mundo desconhecido e descobre que é a encarnação de um arquétipo, "o Escolhido" – um salvador capaz de libertar seu povo de séculos de escravidão. Investigada de forma exaustiva por escritores como Joseph Campbell e Christopher Vogler, essa narrativa comum – ou monomito, como é às vezes chamada – pode ser vista em tudo, dos mitos gregos a *Star Wars* e de Harry Potter a *Matrix*. Portanto, a criação das Irmãs Wachowski é convencional em termos de estrutura narrativa; é no seu estilo visual que abre novos caminhos. Neo aprende a entrar e sair à vontade da Matrix. E aprende a manipular suas leis físicas: o tempo pode ser distorcido, permitindo que Neo se esquive da trajetória de balas ou dê chutes e saltos que desafiem a Lei da gravidade.

Para criar as cenas de ação de *Matrix*, as Irmãs Wachowski usaram uma inventiva mistura de técnicas de filmagem novas e tradicionais. O uso de cabos para permitir que os atores dessem saltos sobre-humanos e pontapés voadores já era prática comum nos filmes de Hong Kong de 1999, mas era relativamente desconhecido no cinema ocidental. Para coreografar as lutas de *Matrix*, as Wachowski recorreram a Yuen Woo-ping, diretor e coordenador de cenas de risco por trás de clássicos das artes marciais como *Punhos de Serpente* (*Snake in the Eagle's Shadow*) – um dos primeiros sucessos de Jackie Chan em 1978 –, *Magnificent Butcher* [O Magnífico Açougueiro] (estrelado por Chow Yun-fat) e *Mestre Kan: A Lenda* (*Iron Monkey*) – estrelado por Donnie Yen. A princípio Yuen se mostrou relutante em participar do projeto e estipulou que queria que os atores do filme fossem submetidos a semanas de rigoroso treinamento marcial antes de a filmagem começar. Ele presumiu que as Irmãs Wachowski desistiriam de contratá-lo e procurariam outro coordenador. Para sua surpresa, elas concordaram.

Só as cenas de luta que parecem um balé já conferem a *Matrix* um lugar especial entre os filmes de ação americanos de sua época. Igualmente revolucionário foi o trabalho de câmera, planejado pelo supervisor de efeitos visuais John Gaeta – um *designer* e inventor que havia trabalhado com Douglas Trumbull no início dos anos 1990. Como Trumbull, Gaeta teve a engenhosidade criativa de usar a tecnologia existente de um modo que nunca fora visto antes. Concebeu um conjunto de câmeras fotográficas dispostas ao redor de um tema, cada uma tirando uma foto em sequência; quando reunidas, essas imagens fixas criavam a ilusão de uma câmera se movendo ao redor de um momento singular da ação. Uma das cenas mais celebradas de *Matrix* – e copiada com frequência – mostra Neo se inclinando para trás a fim de se esquivar das balas de um agente das máquinas. Durante alguns segundos, o tempo parece rastejar enquanto a câmera orbita em torno dos braços que se debatem de Neo. Embora sequências em câmera lenta não fossem novidade e outros cineastas tivessem explorado técnicas similares (incluindo o diretor francês Michel Gondry, cujo comercial de 1996 para a Smirnoff antecedeu em três anos *Matrix*), elas nunca tinham sido usadas de forma tão dramática ou eficiente em filme algum (não causa muita surpresa que *Matrix* tenha ultrapassado *Star Wars: Episódio I – A Ameaça Fantasma* na premiação do Oscar do ano seguinte, com John Gaeta entre a equipe que recebeu um prêmio pelos melhores efeitos visuais).

Matrix pode ter sido apenas um dos filmes pré-virada do milênio que investigavam a natureza da realidade (*Cidade das Sombras* [*Dark City*, 1998], dirigido por Alex Proyas, compartilhava muitos temas semelhantes com *Matrix* e as Irmãs Wachowski chegaram a reciclar alguns dos cenários desse filme), mas ainda assim foi um dos filmes mais influentes de sua época. Um par de sequências, *Matrix Reloaded* (*The Matrix Reloaded*) e *Matrix Revolutions*

(*The Matrix Revolutions*), ambas de 2003, não conseguiu produzir o mesmo impacto, mas, graças às Irmãs Wachowski, a linguagem visual do anime, do mangá e dos quadrinhos nos Estados Unidos criou raízes no cinema americano. Após *Matrix*, outros filmes de Hollywood se esforçaram ao máximo para criar suas próprias sequências de luta que desafiassem a gravidade; com imagens de quadrinhos e ação superestilizada, *Matrix* apressou a chegada de uma nova onda de filmes hollywoodianos com super-heróis. Somente um ano mais tarde, a 20th Century Fox lançou o primeiro filme dos *X-Men* que, como *Matrix*, usava tecnologia CGI e cabos para criar extraordinárias cenas de ação, até então nunca vistas. Seguiu-se a adaptação feita pela Sony do *Homem-Aranha* (*Spider-Man*, 2002) e o palco estava montado para o Universo Cinematográfico Marvel, iniciado com o lançamento de *Homem de Ferro* em 2007. Se dermos uma olhada num filme psicodélico de super-herói da Marvel, *Doutor Estranho* (*Doctor Strange*, 2016), vamos encontrar traços evidentes da estética de distorção da realidade que vimos em *Matrix*.

A paixão das Irmãs Wachowski pela FC e o anime continuou muito depois de elas terem deixado *Matrix* para trás. Em 2008, fizeram uma adaptação *live action* da série de animação japonesa *Speed Racer*, estrelada por Emile Hirsch e Christina Ricci; quatro anos depois, fizeram *A Viagem* (*Cloud Atlas*, 2012) com o diretor alemão Tom Tykwer – uma ambiciosa versão de *Atlas de Nuvens* (*Cloud Atlas*, 2004), romance épico de FC de David Mitchell sobre vidas interconectadas que se estendem por séculos. Nenhum desses filmes, nem mesmo *O Destino de Júpiter* (*Jupiter Ascending*, 2015), união do conto de fadas de Cinderela com uma bombástica *space opera*, conseguiu colher o mesmo sucesso crítico e financeiro do êxito de bilheteria que tiveram em 1999. Mas mesmo que as Irmãs Wachowski nunca tenham feito outro filme tão popular quanto *Matrix* (a Warner Bros está atualmente planejando uma continuação da franquia sem a participação delas), sua contribuição ao cinema *mainstream* é bem evidente. Ao olhar para fora, para as convenções dos filmes de artes marciais de Hong Kong e para a linguagem da animação japonesa, as Irmãs Wachowski mudaram para sempre o estilo e o ritmo dos filmes de Hollywood.

Realidade virtual e inteligência artificial

"Você não pode simplesmente ligar seu cérebro nessa máquina e achar que não vai ser afetado por ela", dizia uma fala em 13º Andar (*The Thirteenth Floor*, 1999), um filme um tanto *noir* de ficção científica baseado no romance de 1964 de Daniel F. Galouye, *Simulacron-3*. Escritores de FC como Philip K. Dick, Frederik Pohl e Galouye havia décadas vinham escrevendo sobre as possibilidades de realidades simuladas, mas, nas décadas de 1980 e 1990, o avanço tecnológico parecia sugerir que logo poderiam estar ao nosso alcance. E se a ciência pudesse criar um mundo simulado tão real quanto o nosso, quais seriam as implicações?

É o tipo de pergunta que a ficção científica pode responder muito bem, seja na literatura ou no cinema. Em 1982, *Tron: Uma Odisseia Eletrônica*, de Steven Lisberger, trouxe uma espécie de *Alice no País das Maravilhas* para a época dos jogos *Space Invaders* e *Pac-Man*; uma fantasia digital em que mortais comuns entravam no ciberespaço e se tornavam heróis poderosos. *Videodrome – A Síndrome do Vídeo*, de David Cronenberg, lançado no mesmo ano, era sob muitos aspectos um reflexo sombrio de *Tron*: nele, corporações rivais batalhavam pela mente dos americanos com sinais de televisão desorientadores, que embaraçavam alucinação e realidade. Numa cena profética, o anti-herói Max Renn (James Woods) coloca um capacete especial que transforma suas alucinações em um nítido mundo virtual que ele pode explorar e tocar. Esse capacete tem uma estranha semelhança com os dispositivos de realidade virtual que atraíram a atenção da mídia no início dos anos 1990. A realidade virtual era uma inovação que poderia, como novos relatos nos diziam com entusiasmo, dar apoio a cirurgiões durante procedimentos difíceis ou ajudar terapeutas a curar fobias e estresse pós-traumático. Como se constatou, o poder de processamento dos computadores no início dos anos 1990 indicava que essas previsões estavam um pouco além do possível; os capacetes eram grandes e volumosos, as imagens em jogos como *Dactyl Nightmare* – que funcionava num sistema chamado *Virtuality* – eram instáveis e toscas.

No entanto, a realidade virtual inflamou a imaginação de escritores e cineastas do início ao fim da década, levando a uma onda de *techno thrillers*, como *O Passageiro do Futuro* (*The Lawnmower Man*, 1992), em que um jardineiro com um claro retardamento mental é convertido num despótico supergênio por meio do condicionamento de uma máquina de realidade virtual e uma poderosa mistura de drogas sintéticas. Dirigido por Brett Leonard, o filme chamou atenção pelo uso extenso de CGI – incluindo a primeira cena de sexo totalmente digital do cinema –, embora o enredo seja, do começo ao fim, pura bobagem. Supostamente baseado num conto de Stephen King, o filme tinha uma semelhança tão frágil (equivalendo a pouco mais que um roubo de título) que King abriu um processo para ter seu nome cortado dos créditos.

Os *thrillers* de meados dos anos 1990, como *Assédio Sexual* (*Disclosure*), *A Rede* (*The Net*), *Johnny Mnemonic – O Ciborgue do Futuro* (*Johnny Mnemonic*), *Hackers: Piratas de Computador* (*Hackers*) e *Assassino Virtual* (*Virtuosity*), tratavam, de um modo ou de outro, dos perigos de novas tecnologias ainda em fase de testes, quer em termos relativamente dignos de crédito (*A Rede* esteve entre os primeiros filmes a tratar do tema do roubo de identidade) ou implausíveis (*Assassino Virtual* vê um *serial killer* gerado em computador escapar para o mundo real).

Muito mais inteligente que todos esses foi *Estranhos Prazeres* (*Strange Days*, 1995), escrito por James Cameron e Jay Cox, e dirigido por Kathryn Bigelow, então esposa de Cameron. É um *thriller* que explora o impacto social de um dispositivo capaz de registrar e reproduzir memórias de outras pessoas; essas memórias podem então ser salvas em disco para serem desfrutadas, como uma experiência em primeira pessoa, por outros usuários. Como *Videodrome – A Síndrome do Vídeo*, *Estranhos Prazeres* vê um desleixado anti-herói (Lenny Nero, vivido por Ralph Fiennes) envolvido numa sinistra teia de assassinato; a morte violenta de uma prostituta é gravada em disco e Lenny descobre que aquilo faz parte de uma conspiração muito maior. Em um emocionante ritmo acelerado, *Estranhos Prazeres* explora como a tecnologia pode ser usada para satisfazer alguns de nossos mais sórdidos e voyeurísticos apetites – e o dispositivo que está no centro do filme de Bigelow é ainda mais perturbador porque parece possível.

Fosse isto causado por uma angústia pré-milênio ou meramente casual, o tópico das realidades simuladas tornou-se cada vez mais insistente à medida que os anos 1990 se aproximavam do fim. Lançado um ano antes de *Matrix*, o *thriller* de FC *Cidade das Sombras*, do diretor australiano Alex Proyas, via o protagonista acordar numa metrópole não civilizada e logo descobrir que aquilo, de fato, não era absolutamente uma cidade. Menos orientado para a ação que o filme das Irmãs Wachowski, seu suspense e suas imagens sombrias contribuem para uma experiência bastante perturbadora.

Como esperaríamos de um filme de Cronenberg, *eXistenZ*, de 1999, não é menos inquietante. A exemplo de *Tron* e *Videodrome* antes dele, *eXistenZ* age como um tipo de imagem negativa, distorcida, de *Matrix*: mais comedida, mais sedutora e instigando profunda reflexão. No quase futuro de Cronenberg (ou é um presente alternativo?), a tecnologia do *videogame* tornou-se tão poderosa que é criado um grupo terrorista de oposição – autodenominado "realistas" – que tem por objetivo extingui-la. Quando aparece numa câmara municipal para apresentar seu mais novo sistema de realidade virtual, a *designer* de jogos Allegra Geller (Jennifer Jason Leigh) é salva por um triz de ser assassinada por Ted Pikul (Jude Law), um ansioso segurança. A dupla foge para o campo, Allegra levando consigo a única cópia do jogo experimental.

Por meio de imagens exuberantes, surreais e com frequência sangrentas, Cronenberg se pergunta em voz alta aonde a tecnologia do *videogame* pode um dia nos levar. À medida que o poder de processamento evolui e as imagens geradas por computador se tornam cada vez mais realistas, a possibilidade de podermos um dia criar um mundo digital que não se distinga de nosso próprio mundo começa a parecer cada vez menos ficção científica. Dispositivos como o Oculus Rift e o PlayStation VR marcam uma tentativa recente de introduzir a realidade virtual em nossa sala de estar. Um dia, talvez vejamos *videogames* tão alteradores da mente como os de *eXistenZ*, de Cronenberg, ambientes simulados tão sedutores que não só iríamos querer viver neles, como poderíamos jamais querer deixá-los.

Enquanto isso, bilionários do Vale do Silício, como Elon Musk e Sam Altman dão continuidade à repetida sugestão filosófica de que a própria realidade que encontramos ao despertar poderia ser uma simulação conservada no interior de um supercomputador estilo Matrix – e se é uma simulação, dizem eles, talvez possa ser hackeada.[2] Uma próxima onda de tecnologia pode, portanto, não apenas alterar o modo como vivemos, mas modificar, de forma radical, o modo como encaramos a própria realidade.

PARA IR FUNDO, ASSISTA À SELEÇÃO DE FILMES MENCIONADOS NESTE CAPÍTULO:

Tron: Uma Odisseia Eletrônica (Tron, 1982)

Videodrome – A Síndrome do Vídeo (Videodrome, 1982)

O Passageiro do Futuro (The Lawnmower Man, 1992)

Assédio Sexual (Disclosure, 1994)

Johnny Mnemonic – O Ciborgue do Futuro (Johnny Mnemonic, 1995)

Hackers: Piratas de Computador (Hackers, 1995)

Assassino Virtual (Virtuosity, 1995)

Estranhos Prazeres (Strange Days, 1995)

Cidade das Sombras (Dark City, 1998)

eXistenZ (1999)

13º Andar (The Thirteenth Floor, 1999)

---

[2] Ver: <http://www.newyorker.com/magazine/2016/10/10/sam-altmans-manifest-destiny>; <https://motherboard.vice.com/en_us/article/there-is-growing-evidence-that-our-universe-is-a-giant-hologram>; <http://www.independent.co.uk/life-style/gadgets-and-tech/news/elon-musk-ai-artificial-intelligence-computer-simulation-gaming-virtual-reality-a7060941.html>.

27. O Choque do Futuro

Minority Report: A Nova Lei (2002)

"*Todo mundo corre, Fletch.*"

O Roy Neary de Richard Dreyfuss observando, boquiaberto, um óvni cintilante em *Contatos Imediatos do Terceiro Grau*. O alienígena perdido de enormes olhos azuis em *E.T. – O Extraterrestre*. Planos majestosos de dinossauros perambulando por planícies verdejantes em *Jurassic Park*. Os primeiros filmes de FC de Steven Spielberg são marcados por um contagioso sentimento de espanto diante do desconhecido. Contudo, o amadurecimento de Spielberg como cineasta viu-o se afastar do tom afetuoso desses filmes com seu drama sobre o Holocausto, *A Lista de Schindler* (*Schindler's List*, 1993), proporcionando talvez o ponto de inflexão em sua carreira. Embora Spielberg continue a fazer filmes para amplas audiências, eles são com frequência entremeados por filmes com temas muito mais ásperos, mais sombrios: *Amistad*, *O Terminal* (*The Terminal*), *O Resgate do Soldado Ryan* (*Saving Private Ryan*), *Munique* (*Munich*), *Ponte dos Espiões* (*Bridge of Spies*).

Por outro lado, os filmes de FC de Spielberg também começaram a assumir um tom mais sombrio no novo milênio: *A.I. – Inteligência Artificial*, baseado num conto de Brian Aldiss e originalmente desenvolvido por

Stanley Kubrick, amigo tardio de Spielberg, mistura uma história parecida com a de Pinóquio com momentos de chocante violência: máquinas sencientes dissolvidas por ácido, um androide abandonado pela mãe humana. Os críticos pareceram divididos em relação aos méritos do filme quando este foi lançado; hoje o filme, muito merecidamente, pode estar passando por uma reavaliação.

É possível que o filme seguinte de Spielberg tenha sido seu trabalho mais pesado de FC até aquele momento. Como *O Vingador do Futuro* (1990), de Paul Verhoeven, *Minority Report: A Nova Lei* foi baseado num conto de Philip K. Dick. Na realidade, o filme foi de início encarado como uma sequência de *O Vingador do Futuro*, sucesso de bilheteria, com o ex-diretor de fotografia Jan de Bont indicado para dirigi-lo. Contudo, em fins de 1990, Spielberg havia concordado em fazer o longa-metragem com o astro Tom Cruise, o que resultou num dos filmes de FC mais instigantes e satisfatórios na longa carreira do diretor.

Como a história original de Dick, *Minority Report: A Nova Lei* imagina uma cidade, num futuro próximo (Nova York no livro, Washington DC no filme), onde os homicídios foram reduzidos a zero graças a um novo departamento de polícia chamado Pré-Crime. Um grupo de *precogs* – jovens paranormais capazes de ver o futuro – é empregado para evitar crimes antes que aconteçam, permitindo que as forças Pré-Crime cheguem de surpresa e façam uma prisão antes que um gatilho seja apertado ou uma faca puxada. Com a comprovação do sucesso do esquema no ano 2054, o governo americano está à beira de lançar o Pré-Crime no restante do país. Uma sociedade livre do homicídio parece tomar forma.

O policial pré-crime John Anderton (Cruise) tem uma fé inabalável no novo sistema – pelo menos até os *precogs* preverem que Anderton vai matar um homem chamado Jim Crow num prazo de dois dias. Perplexo e horrorizado, Anderton escapa de ser preso por seus antigos colegas e tenta descobrir quem o incriminou pelo crime que ainda não cometeu. A chave do mistério é o *Minority Report* [Relatório Minoritário] do título: um registro das raras ocasiões em que a visão de futuro dos *precogs* não foi confirmada. Publicamente, o Pré-Crime é um sistema infalível, mas a existência abafada de uma falha poderia provar a inocência de Anderton – embora, ao mesmo tempo, destrua a unidade policial que Anderton passou anos ajudando a construir.

Do mesmo modo que *O Vingador do Futuro*, *Minority Report: A Nova Lei* usa a história de Dick como um trampolim para um empolgante filme de ação com muitos efeitos especiais. Mais uma vez, no entanto, transparecem as ideias filosóficas do escritor e a competente mistura de gêneros feita por ele – aqui, ficção científica e história de detetives –, e Spielberg empresta ao filme uma visão mais árida, mais sóbria do futuro que a bizarra neobrutalidade de Paul Verhoeven. Escrita por Jon Cohen e Scott Frank, a adaptação feita pelo roteiro de *Minority Report: A Nova Lei* expande com habilidade o pequeno conto em que se baseia, oferecendo uma visão mais minuciosa e concreta de uma cidade futura, enquanto, ao mesmo tempo, cria opções mais variadas para o personagem principal da história.

De fato, *Minority Report: A Nova Lei* contém umas das descrições mais detalhadas de uma sociedade futura praticadas no cinema. Em vez de tentar rivalizar com o futuro tenebroso e desordenado de *Blade Runner*, como fizeram tantos outros cineastas desde 1982, Spielberg reuniu uma equipe de cientistas, futurólogos e projetistas em uma tentativa de prever o futuro.

Num hotel de Santa Mônica em 1999, esses peritos passaram três dias fazendo mesas-redondas sobre o ano 2054 e quais mudanças tecnológicas poderiam haver. Em muitos casos, os avanços são extrapolações de coisas que existem no presente: jornais conectados à internet, carros magnéticos, anúncios publicitários personalizados individualmente. Muitas das engenhocas e ideias descritas em *Minority Report: A Nova Lei* se mostraram incrivelmente precisas; as sequências em que Cruise opera um computador com gestos da mão, por exemplo, antecipam o tipo de tela sensível ao toque que hoje encaramos como natural em nossos *tablets* e telefones móveis.

Mais importante ainda, *Minority Report: A Nova Lei* toca nas implicações desses avanços tecnológicos. O Pré-Crime traz com ele uma série de questões morais e filosóficas: a natureza do livre-arbítrio e as implicações de deter uma pessoa antes que ela tenha cometido um crime. O filme também levanta um ponto importante acerca da confiança na nova tecnologia.

Inicialmente, a crença de Anderton de que o Pré-Crime é o sistema perfeito parece inabalável. Um representante do governo enviado para investigar o Pré-Crime (interpretado por Colin Farrell) questiona a legalidade de prender pessoas antes do crime consumado, ao que Anderton responde que as visões dos *precogs* são tão certas e confiáveis quanto a lei da gravidade. O restante do filme testa a fé de Anderton com relação a momentos críticos do passado do Pré-Crime, pois ele descobre que os *precogs* podiam ser manipulados de um modo que jamais havia imaginado.

A ciência pode ainda não ter reconhecido as aptidões paranormais dos seres humanos, mas as questões levantadas por *Minority Report: A Nova Lei* continuam sendo pertinentes passados mais de quinze anos. O filme de Spielberg apareceu muito antes do surgimento da Web 2.0, dos smartphones e das mídias sociais – o Facebook, por exemplo, só foi lançado em 2004 – mas revela de maneira precisa como inovações feitas com as melhores intenções podem ter consequências imprevisíveis. Quando Mark Zuckerberg ajudou a criar o Facebook para que usuários de todo o planeta compartilhassem fotos, mensagens e novidades sobre sua vida diária, o objetivo era criar uma comunidade global amistosa; o que Zuckerberg não poderia ter previsto era como outras empresas poderiam usar os dados gerados por toda essa informação compartilhada.

Logo depois da posse de Donald J. Trump como presidente dos Estados Unidos, em janeiro de 2017, começaram a surgir sugestões de que uma empresa britânica poderia ter ajudado a empurrar o candidato bilionário para sua inesperada vitória usando uma coisa chamada psicometria. Em termos simples, a psicometria é um ramo da psicologia que analisa imensas somas de dados – resultados de pesquisas do Google, artigos ou imagens de que "gostamos" e compartilhamos no Facebook – e as utiliza para fazer deduções sobre a personalidade de um indivíduo. O tipo de música de que alguém gosta pode fornecer a percepção sobre se a pessoa é introvertida ou extrovertida; o tipo de *sites* que lê fornece uma indicação de suas opiniões políticas e de até que ponto ela pode ser suscetível a novas ideias.

Segundo os comentários, a empresa britânica estava colhendo dados de uma variedade de fontes para construir um modelo psicológico dos cidadãos americanos e de como eles poderiam votar.[1] Esse modelo poderia então ser usado para levar às pessoas, com maior precisão, mensagens políticas baseadas em suas esperanças e medos. Quer o uso dos chamados *Big Data* [Grandes Dados] tenham ou não ajudado Trump a vencer a eleição, a coleta de informações pessoais é apenas um exemplo de como uma invenção aparentemente benigna, como o Facebook, pode ser usada de um modo que seus criadores não tinham previsto.

Em 2013, um *software* chamado PredPol – forma condensada de *Predictive Policing* [Policiamento Preventivo] – foi testado no Reino Unido.[2] Ele usa os dados existentes para equipar a polícia com previsões de quando e onde os crimes podem ocorrer. É bem diferente da prevenção do crime descrita em *Minority Report: A Nova Lei*, mas é outro exemplo de como uma tecnologia relativamente nova pode afetar a sociedade de modos imprevisíveis.

Uma cena em *Minority Report* mostra Anderton atravessando o recinto de um shopping, onde cartazes móveis registram a sua presença e o alvejam com mensagens personalizadas: compre esta cerveja, use esta peça de roupa. Hoje estamos acostumados a *sites* que nos mostram comerciais baseados em nosso histórico de busca; o que só recentemente se tornou claro é como são de fato valiosas – e reveladoras – as nossas pegadas virtuais.

Cidades do futuro

Várias vezes a ficção científica explorou como as cidades poderiam ser transformadas pela tecnologia – e com que precipitação as coisas poderiam entrar em colapso quando essa tecnologia fracassa. A Nova York do século XXI de *No Mundo de 2020* (1973) é um inferno vivo de superlotação e comida horrível; a Los Angeles de *Blade Runner, o Caçador de Androides* (1982) é uma cidade-fantasma poluída, em franco declínio, onde somente permanece quem é excêntrico, indefeso ou inadaptado. A Londres de *Filhos da Esperança* (2006) é um Estado policial cinzento e deprimente.

---

[1] Ver: <http://motherboard.vice.com/read/big-data-cambridge-analytica-brexit-trump>.

[2] Ver: <http://www.predpol.com/how-predpol-works>.

Em 1927, *Metropolis* foi o primeiro filme a retratar com seriedade uma cidade futurista. Saída das mãos dos criadores de modelos e artistas de Fritz Lang, a cidade de Metropolis é um mecanismo gigantesco, multidimensional de atividade. Veículos e pessoas correm de um lado para o outro entre edifícios altos, brilhantes, que escondem grande parte do céu; a impressão é de uma cidade ao mesmo tempo bonita e claustrofóbica. Como qualquer expansão urbana do mundo real, a cidade de Metropolis parece saudável e convidativa quando vista a distância; uma inspeção mais próxima, no entanto, revela as fendas e divisões. Os ricos vivem em arejadas habitações de cobertura enquanto os pobres estão amontoados em favelas. Os arranha-céus se erguem como uma faísca de progresso, mas a revolta dos trabalhadores e o subsequente derretimento das salas de máquinas da cidade revelam quanto todo edifício é precário.

Em 2007, cientistas da Universidade do Estado da Carolina do Norte e da Universidade da Geórgia concluíram que, pela primeira vez na história, viviam mais pessoas nas áreas urbanas que nas rurais.[3] Desde a Revolução Industrial, as pessoas têm saído do campo para as cidades em busca de educação e emprego; como em *Metropolis*, cidades são mecanismos de produtividade e movimento. Enquanto as cidades da era vitoriana eram vulneráveis ao crime, desemprego e doença, as do século XXI são relativamente limpas, seguras e eficientes. Mas de centros estabelecidos de poder econômico como Londres e Nova York a áreas metropolitanas relativamente novas, como Jing-Jin-Ji, na China, elas continuam sendo uma solução delicada para a moderna sede de expansão e crescimento. Talvez saneamento e saúde pública já não sejam problemas tão presentes, mas superlotação, crime e poluição sem a menor dúvida são.

Mesmo nos espaços urbanos de aparência mais utópica, as imperfeições se mantêm. A cidade do século XXI em *Daqui a Cem Anos* (1936) parece, vista de fora, um brilhante monumento ao progresso, mas por dentro grande parte de seus cidadãos começaram a ficar cansados da sede de avanço

---

[3] Ver: <https://web.archive.org/web/20090107023453/http://news.ncsu.edu/releases/2007/may/104.html>.

científico. "Algum dia vamos ter uma era de felicidade?", reclama um personagem. "Será que nunca vamos ter repouso?" A resposta do filme é inequívoca: sem progresso, só existe estagnação.

Com frequência, no entanto, o progresso leva à decadência e à divisão. Em *Rollerball – Os Gladiadores do Futuro* (1975), um futuro de superestados liderados por corporações parece ter criado um equilíbrio pacífico – nossas tendências guerreiras são encenadas na televisão e num esporte mortal de combate de gladiadores. A paz, no entanto, teve um preço: o domínio das corporações é absoluto e, nesse mundo estritamente regulado, há pouco espaço para um individualista como o astro do *rollerball* Jonathan E. Em *Jogos Vorazes* (2012), as elites da América criaram uma espécie de utopia para os privilegiados. Capitólio é uma reluzente cidade moderna, onde as roupas são magníficas e a alimentação irresistível. O restante da população de Panem, entulhada em distritos pré-industriais, encara a possibilidade de ser aniquilada de uma hora para outra se sair da linha.

De *Metropolis* a *Filhos da Esperança*, a FC explora os riscos do mal-estar urbano e o que acontece aos que são abandonados pela marcha do progresso. *Fuga de Nova York* (1981), de John Carpenter, imagina uma Manhattan corrompida de forma tão incontrolável pelo crime que o governo americano optou por construir um muro ao redor de toda a ilha, transformando-a numa prisão. No início dos anos 1980, a imagem de uma Nova York dominada pelo crime não era necessariamente tão extrema. Agora, em lugar de elevadas taxas de crimes, a revitalização de Manhattan e o custo crescente da habitação que a acompanha criaram um problema específico: a exclusão social. De Nova York a Londres e Xangai, áreas que tinham sido desprezadas foram transformadas em distritos financeiros ou em luxuosos condomínios. Os resultados têm com frequência uma aparência saudável e bonita quando vistos a distância, mas, como em *Metropolis*, os pobres são empurrados para as margens e as divisões aparecem com nitidez.

Em *Elysium* (2013), de Neill Blomkamp, essa separação entre ricos e pobres foi levada a um extremo satírico. Como a Terra não passa de depósito de detritos, os ricos migraram para uma estação orbital parecida com Beverly Hills, com robôs no lugar dos empregados domésticos.

Despojadas, no entanto, dos carros magnéticos, passarelas elevadas, cartazes móveis de propaganda e outras engenhocas futuristas, as cidades dos filmes de FC são muito parecidas com as nossas. São um compromisso, um meio para atingir um fim e estão continuamente em fluxo. Arquitetos e planejadores urbanos podem se esforçar ao máximo para criar espaços urbanos que equilibrem o velho e o novo, os ricos e os pobres, o trabalhador e o patrão, mas criar e manter esse equilíbrio, mesmo com todas as inovações científicas ao nosso dispor, continua sendo um objetivo inatingível. Hoje, novas cidades estão sendo planejadas e construídas por toda a África. Uma projeção feita pela CNN em 2013 previu que o número de pessoas morando em áreas urbanas saltará de menos de 500 milhões (como registrado em 2009) para mais de 1,2 bilhão no ano 2050.[44] Como as cidades continuam a se apresentar como o motor barulhento da sociedade moderna, as questões levantadas pela FC mais inteligente – poluição, desigualdade social, crime, população global cada vez maior – conservam toda a sua importância.

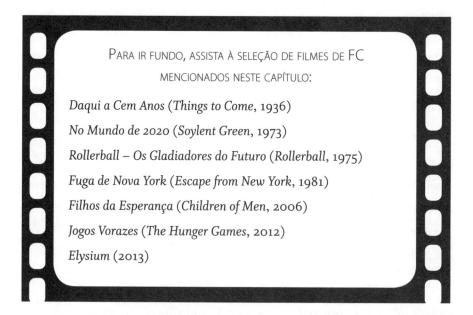

Para ir fundo, assista à seleção de filmes de FC mencionados neste capítulo:

Daqui a Cem Anos (Things to Come, 1936)

No Mundo de 2020 (Soylent Green, 1973)

Rollerball – Os Gladiadores do Futuro (Rollerball, 1975)

Fuga de Nova York (Escape from New York, 1981)

Filhos da Esperança (Children of Men, 2006)

Jogos Vorazes (The Hunger Games, 2012)

Elysium (2013)

---

[4] Ver: <http://edition.cnn.com/2013/05/30/business/africa-new-cities-konza-eko>.

28. Comportamento Desumano

Distrito 9 (2009)

"*Era um homem honesto e não merecia nada do que aconteceu com ele.*"

Se a ficção científica lida com os efeitos que a tecnologia pode ter na sociedade, ela também se destaca por investigar como os instintos humanos básicos permanecem constantes. Mesmo que nossos computadores, telefones e carros tenham se tornado mais eficientes e sofisticados, ainda não conseguimos superar alguns dos aspectos mais sombrios de nosso ser. Como a franquia de *Planeta dos Macacos*, *Distrito 9* proporciona uma incômoda e franca olhadela na disponibilidade da humanidade para o racismo e a crueldade – e, mais uma vez, a visão não é muito lisonjeira.

Distrito 9 é ambientado numa versão alternativa do presente, vinte e oito anos após uma nave alienígena ter aparecido pela primeira vez nos céus de Joanesburgo. Os ocupantes da nave – uma esguia e tagarela população de criaturas parecidas com insetos humanoides, que os humanos, num tom de zombaria, apelidaram de "camarões" – vivem agora no Distrito 9, uma espécie de campo de concentração nos arredores da cidade, amontoados em minúsculas barracas e evitados pela sociedade. Em 2010, o acampamento ficou tão sujo e superlotado que o governo decidiu reinstalar os alienígenas em uma nova área e o oficial encarregado da operação é Wikus van der Merwe (Sharlto Copley), que com ar brincalhão leva para o Distrito 9 grupos de soldados armados para "abortar" fetos escondidos nas casas dos alienígenas – um meio brutal de controle da população. Mesquinho e perversamente cruel, Wikus é talvez o protagonista mais vil num filme de ficção científica desde Alex DeLarge em *Laranja Mecânica* (1971) – pelo menos antes que a história sofra uma súbita e engenhosa reviravolta. Durante sua visita ao acampamento, Wikus entra em contato com um líquido alienígena que o transforma, aos poucos, na coisa que ele mais detesta: uma criatura evitada pelos colegas e sujeita a cruéis experimentos por parte dos cientistas. O destino, portanto, arrasta Wikus, gritando e esperneando, para algo que pelo menos se aproxima vagamente da redenção. Virando-se contra seus antigos empregadores, Wikus ajuda um alienígena, Christopher (Jason Cope com captura de movimento CGI), e seu jovem filho a encontrar um meio de deixar a Terra.

Como Ridley Scott, o diretor sul-africano Neill Blomkamp começou sua carreira na propaganda, onde se especializou em eficientes filmes publicitários que fundiam, quase sem solução de continuidade, trechos em *live action* com efeitos digitais. Um de seus comerciais mais comentado foi para a Citroën e mostrava um dos carros da fábrica se transformando num robô que dançava. Sem dúvida aficionado por anime, mangá e os filmes de Paul Verhoeven, Blomkamp fez curtas que foram alvo de grande atenção na internet; como os comerciais, mostravam extraordinária engenhosidade com orçamento apertado, quer num filme que apresentava robôs com orelhas de coelho patrulhando as ruas de Joanesburgo (um aceno ao mangá *Appleseed*, do artista japonês Masamune Shirow) quer em *Yellow*, um curta envolvente sobre *droids* malandros. Juntamente com Gareth Edwards, Blomkamp é de uma nova geração de cineastas que, de modo instintivo, entrelaçaram CGI com a textura de suas obras.

Foram os curtas de Blomkamp que atraíram a atenção de Peter Jackson, o diretor da Nova Zelândia que acabara de terminar a trilogia de *O Senhor dos Anéis* (*Lord of the Rings*, 2001-2003) e a extensa refilmagem de *King Kong*, de 2005. Ele tinha acabado de fechar um acordo com a Microsoft para produzir um filme baseado num *videogame* de sucesso, *Halo: Combat Evolved* [*Halo: Combate Avançado*]. Oferecido de início ao diretor Guillermo del Toro, *Halo* acabou com Blomkamp, que começou a trabalhar em sua própria versão do universo de FC do jogo de tiro em primeira pessoa.

Durante a pré-produção, no entanto, o financiamento de *Halo* caiu por terra. A incômoda aliança entre Microsoft, 20th Century Fox e Universal, que tinham concordado em compartilhar o custo do filme, azedou de vez e, em 2007, elas deixaram Blomkamp com uma pilha de desenhos de armas e cenários, mas nenhum filme. Como Wikus van der Merwe, porém, o projeto *Halo* foi aos poucos se transformando em algo novo. À procura de ideias para um roteiro, Blomkamp se voltou para um de seus primeiros curtas, *Alive in Joburg* [Vivo em Joanesburgo], um falso documentário em que os entrevistados descrevem o horrível destino de visitantes alienígenas, que teriam sido empurrados para campos de concentração, maltratados de forma brutal ou obrigados a servir como trabalhadores escravos. Blomkamp conseguiu essas entrevistas por meio de um método assustadoramente eficiente: os entrevistados não eram atores, mas pessoas comuns e as vítimas de quem falavam eram refugiados reais, do Zimbábue, que fugiam para Joanesburgo em fins dos anos 1980 e início da década de 1990.

Assim, o que começou como uma adaptação de *Halo* de 125 milhões de dólares na Fox tornou-se o muito menor *Distrito 9*, de 30 milhões, coescrito pela mulher de Blomkamp, Terri Tatchell, e produzido pela Wingnut Films, de Peter Jackson. Filmado no mesmo estilo documental, com câmera na mão, de *Alive in Joburg*, o senso de realismo de *Distrito 9* – pelo menos na primeira metade do filme – está a um mundo de distância do polimento formal de, digamos, a nova versão de *Jornada nas Estrelas*, de J. J. Abrams, ou *Avatar*, de James Cameron, também lançados em 2009. Filmado em um verdadeiro subúrbio de Soweto, *Distrito 9* passa uma sensação quase tangível de aspereza. A sugestão de improviso na filmagem de Blomkamp traz a atmosfera criada pelo fenômeno de horror em *found footage* do filme *A Bruxa de Blair* (*The Blair Witch Project*, 1999), mas também se insere na era pós--YouTube de dispositivos onipresentes de gravação e de jornalismo feitos pelas massas.

Com o filme começando como um documentário precário, seguindo Wikus no que seria para ele um dia de trabalho comum, *Distrito 9* faz eco ao realismo do cotidiano de *A Guerra dos Mundos,* de H. G. Wells – um relato em primeira pessoa de invasão alienígena – e também, de forma indireta, ao fenômeno de comédia da TV britânica, *The Office.* Wikus é o equivalente de David Brent, o vaidoso e estranhamente infantil gerente interpretado pelo ator e escritor Ricky Gervais; como Brent, Wikus sem dúvida ama a atenção que lhe é dispensada pela câmera e, pelo menos de início, é gratificante ver um personagem tão desagradável enfrentar um violento golpe cármico. Há sem dúvida um toque de comédia na soberba performance de Sharlto Copley, com momentos que vão da esperteza e malícia ao medo e arrependimento. Que Copley improvise boa parte de seu diálogo também contribui para o clima de autenticidade e espontaneidade do filme. É notável que em *Distrito 9* Copley atue em seu primeiro papel em um longa-metragem – embora sempre tivesse cultivado um amor pela interpretação, ele havia se transferido para o negócio dos efeitos visuais criados em computador (VFX). Com vinte e poucos anos, Copley fundou uma empresa de produção para TV e deixou Blomkamp, ainda adolescente, usar os computadores da firma e ajudar em projetos de publicidade.

Blomkamp acabara de completar 30 anos quando fez *Distrito 9* e há uma inconfundível energia jovem no que o filme tem de grotesco e violento. A transformação de Wikus é puro horror corporal cronenberguiano, enquanto a artilharia pesada, corpos explodindo e momentos de humor negro vêm direto do estilo de filmagem de Paul Verhoeven. E, como em *RoboCop* e *Tropas Estelares,* é difícil não entender a crítica social sob a violência de história em quadrinhos: *Distrito 9* trata de forma bastante explícita do tipo de segregação e crueldade raciais que tiveram uma influência tão maléfica na história da África do Sul – e colocá-las no contexto de um filme de ação e ficção científica levou esses tópicos a uma audiência jovem que provavelmente não entraria em fila para ver um filme sobre o *apartheid* no multiplex local. *Distrito 9,* aliás, esteve longe de ser o primeiro filme a lidar com esses temas, *Missão Alien (Alien Nation,* 1988) foi também sobre tensões raciais entre humanos e visitantes extraterrestres, mas sua inflexível honestidade e engenhosidade técnica por certo lhe conferem um lugar especial.

Infelizmente, *Distrito 9* não é de todo esclarecido; após o lançamento, o filme foi criticado pelo retrato que faz de um grupo de nigerianos, que são francamente descritos como violentos e supersticiosos.[1] Por mais que haja um equívoco nisso, o filme atinge o centro de uma falha humana que se recusa a desaparecer: nossa inata xenofobia. Não é coincidência que os alienígenas em *Distrito 9* sejam imaginados como parecidos com insetos e repugnantes, pois a história está cheia de períodos nos quais pessoas de outras raças eram tratadas ou descritas como sub-humanas. Os judeus estiveram sujeitos a uma propaganda desumanizante nos anos 1930 – um ato que preparou o terreno para atrocidades ainda mais terríveis na Segunda Guerra Mundial. Quando o número de migrantes do Oriente Médio tentando entrar na Europa ameaçou gerar uma crise humanitária em 2015, vários jornais britânicos descreveram essas pessoas – muitas delas pais com filhos pequenos – como um "enxame": uma palavra em geral mais associada a pragas, como a dos gafanhotos.

Considerando que *Distrito 9* foi uma ideia original com um elenco desconhecido, seu sucesso financeiro foi ainda mais surpreendente. O filme também conseguiu mexer com os membros da Academia, pois acabou se tornando um dos raros filmes de FC a receber o reconhecimento de um Oscar, incluindo a indicação para Melhor Filme.

Até hoje Neill Blomkamp continua a fazer filmes de FC com temas políticos, todos apresentando seu colaborador Sharlto Copley em alguma função. *Elysium* (2013) foi uma fábula de ação em que o um por cento de pessoas mais ricas de nosso planeta escaparam para uma estação espacial em órbita (a Elysium do título, baseada em um desenho icônico, em forma de disco, feito por Sid Mead), deixando o restante da humanidade se arrastando de um lado para o outro no pó e na decadência. Um modesto operário chamado Max, interpretado por um Matt Damon de cabeça raspada, se levanta contra os ricos depois que um acidente industrial o deixa mortalmente doente. Como Wikus, ele é de início motivado pela autopreservação: Max quer

---

[1] Ver: <http://africasacountry.com/comment-district-9-and-the-nigerians>.

chegar a Elysium, onde se encontra uma tecnologia com o potencial de salvar vidas. No final, Max acaba lutando por uma causa maior, que o coloca frente a frente com a insensível burocrata Delacourt (Jodie Foster) e seu psicótico soldado de infantaria, Kruger (Sharlto Copley).

Visualmente, *Elysium* se equiparava a *Distrito 9* em termos de detalhe e segurança técnica. O próprio Blomkamp, no entanto, admitiu mais tarde que a trama de *Elysium* estava um pouco subalimentada; o conceito da Elysium, uma comunidade espacial fechada lembrando Beverly Hills, é fascinante, mas fica em grande parte relegado a um detalhe de fundo na medida em que a ação, repleta de armas, toma o centro do palco. Ainda assim o filme está cheio de alguns ótimos momentos de sátira: um CEO muito ligado em tecnologia (William Fichtner) é tão obcecado com a rentabilidade que não deixará um empregado doente deitar-se num leito da enfermaria para não sujar os lençóis.

O estilo de Blomkamp, de violenta crítica social, continuou em *Chappie* (2015), sobre um robô dotado de inteligência artificial e seu desenvolvimento de criatura-inocente-como-uma-criança a bandido violento. A base da trama saiu direto de um filme familiar dos anos 1980, *Short Circuit: O Incrível Robô* (*Short Circuit*, 1986), mas Blomkamp e sua parceira escritora Terri Tatchell trabalharam a fórmula para comentar de que modo o desenvolvimento humano é afetado pelo ambiente. Sequestrado e treinado por uma dupla de criminosos de Joanesburgo (Ninja e Yolandi Visser, do grupo sul-africano de *rap* Die Antwoord), o robô policial Chappie (Sharlto Copley na captura de movimento) vai aos poucos adquirindo o linguajar e as tendências violentas de seus pais adotivos. *Chappie* é uma mistura um tanto desorganizada de ação e ideias excêntricas – incluindo a participação de Hugh Jackman como um ex-soldado e engenheiro devotamente religioso que acha a inteligência artificial uma abominação – e não chegou exatamente a ganhar os críticos para sua causa nem conquistou a imaginação do público como *Distrito 9*. Ainda assim, a capacidade de Blomkamp de conseguir fazer filmes de FC originais, bastante pessoais, quando o negócio cinematográfico está cada vez mais cauteloso, não deveria ser subestimada; como não deve ser subestimado o uso de CGI em seus filmes. *Avatar*, de James Cameron, feito com captura de movimento (ver Capítulo 29) pode ter pressionado as fronteiras com seu fotorrealismo, mas *Distrito 9* fez uma coisa igualmente importante: tirou os personagens gerados em computador da pureza dos ambientes de grande estúdio e levou-os para o mundo real. A integração dos alienígenas de *Distrito 9* aos barracões e ao lixo de um lugarejo sul-africano foi fundamental para o realismo do filme. A ideia foi levada ainda mais longe em *Planeta dos Macacos: O Confronto*, no qual macacos digitais se misturam com perfeição ao lodo e às samambaias de uma floresta norte-americana. Deslumbrante em termos técnicos, divertido e violento, mas com um nível satisfatório de inteligência, *Distrito 9* continua sendo um dos filmes de ficção científica mais marcantes do novo milênio.

A ficção científica no Oscar

Na 44º cerimônia de entrega do Oscar, *Laranja Mecânica* recebeu uma indicação para Melhor Filme – um reconhecimento raramente concedido a um filme de ficção científica, mesmo de um diretor tão festejado quanto Stanley Kubrick. Mas antes e depois de *Laranja Mecânica*, comissões de premiação como a da Academia Americana de Artes e Ciências nos EUA e a do BAFTA* no Reino Unido tenderam a restringir sua admiração pela FC a prêmios técnicos: *O Planeta Proibido* foi indicado para Melhores Efeitos Visuais no Oscar de 1957, por exemplo, mas perdeu para *Os Dez Mandamentos* (*The Ten Commandments*), de Cecil B. DeMille e sua sequência de abertura do Mar Vermelho. *Planeta dos Macacos* foi reconhecido pelos efeitos de maquiagem criados por John Chambers (ganhou um Oscar honorário) e recebeu indicações por Melhor Figurino e Melhor Trilha Sonora Original; de modo semelhante, *Star Wars* recebeu prêmios pela montagem, sonoplastia, efeitos visuais e direção de arte – mas não houve menção ao diretor George Lucas (*Star Wars* foi, no entanto, coberto de louvores no Globo de Ouro e no BAFTA, com indicações para Melhor Filme em ambas as premiações).

---

* British Academy of Film and Television Arts (Academia Britânica de Artes do Cinema e Televisão). (N. T.)

A ficção científica não é o único gênero que tende a ser subestimado pela Academia – é possível que a coisa seja ainda pior com a comédia e o terror –, mas permanece o fato de que alguns dos mais deslumbrantes filmes de FC foram desprezados a favor de dramas mais realistas. Talvez o exemplo mais famoso seja *E.T. – O Extraterrestre*, outro raro filme do gênero a ser indicado na categoria de Melhor Filme; no final, a biografia de Gandhi, com três horas de duração, de Richard Attenborough levou o Oscar (Attenborough opinou mais tarde que *E.T.* merecia ter ganho).

Graças em grande parte ao trabalho de diretores como Kubrick e Spielberg, a FC alcançou alguma coisa próxima da respeitabilidade do *mainstream* nos últimos vinte anos, o que está refletido no tipo de prêmios que a Academia despacha na direção do gênero. A maré começou a mudar em 2009, quando tanto *Distrito 9* quanto *Avatar* foram indicados para, entre outras categorias, Melhor Filme. Que a Academia tivesse aumentado o número de possíveis indicações na categoria de Melhor Filme, para ampliar as chances de aparecerem na lista mais opções não convencionais, com certeza ajudou. A presença de *Avatar* e *Distrito 9*, colocados ao lado da fantasia de animação *Up – Altas Aventuras*, da Pixar, e do filme de guerra de Quentin Tarantino, *Bastardos Inglórios (Inglorious Basterds)*, sugeria que os membros da Academia estavam menos relutantes a se relacionar com filmes fora de seus domínios – dramas humanos tão inspiradores ou vigorosos quanto *Um Sonho Possível (The Blind Side)*, *Educação (An Education)* ou *Preciosa – Uma História de Esperança (Precious)*.

No final, nem *Avatar* nem *Distrito 9* ganharam como Melhor Filme; Cameron perdeu para sua ex-mulher, Kathryn Bigelow, e o *thriller* feito por ela sobre a Guerra do Iraque, *Guerra ao Terror (The Hurt Locker)*. Oito anos mais tarde, Cameron pode ter tido *Avatar* em mente quando afirmou, num tom irritado, em uma entrevista para o *Daily Beast*, que a Academia "não se interessa pelos filmes que as pessoas realmente querem ver".[2] Que o romance de época *Titanic*, de 1997, dirigido por Cameron, tenha ganho como

---

[2] Ver:<http://www.thedailybeast.com/articles/2017/01/29/james-cameron-on-the-trumpadministration-these-people-are-insane.html>.

Melhor Filme pode, no entanto, contrariar essa teoria, assim como as indicações que surgiram após a menção de *Avatar* para Melhor Filme. Desde 2009, filmes de FC como *A Origem (Inception)*, *Gravidade (Gravity)*, *Mad Max: Estrada da Fúria* e *Perdido em Marte (The Martian)* receberam indicações na categoria de Melhor Filme; em 2016, um drama muito comovente do diretor Denis Villeneuve, *A Chegada (Arrival)*, recebeu não menos de oito indicações, incluindo Melhor Filme e Melhor Diretor.

Cameron, no entanto, pode ter alguma razão sobre o tipo de produção que tende a levar para casa o prêmio de Melhor Filme no final da noite. Ele salienta que a maioria dos membros da Academia são atores e possuem uma tendência a dar respaldo a filmes que celebram seu ofício. Diante de filmes mais técnicos ou que se apoiam em efeitos especiais, diz Cameron, "eles falam, oh, isso não é um filme baseado na encenação".

Mesmo essa atitude, no entanto, pode mudar no momento oportuno. Para vermos como o pensamento da indústria cinematográfica pode se alterar para acolher novidades na filmagem, vamos dar uma olhada no ano de 1982 e numa fantasia de FC da Disney: *Tron: Uma Odisseia Eletrônica*. Ela fez uso pioneiro de CGI (habilmente integrado a uma utilização de técnicas fotográficas e de animação) para trazer à tela seu mundo artificial. O uso intenso de CGI nos efeitos de *Tron* era na realidade tão novo que a Academia nem considerou o filme elegível para uma indicação na categoria Melhores Efeitos Visuais – pois, como disse mais tarde o diretor Steven Lisberger, usar imagens de computador era considerado "trapaça". Mesmo que possa não ter sido essa a postura oficial da Academia, havia, na época, certa desconfiança em Hollywood com relação a efeitos obtidos em computador. Dentro da Disney, o uso de computadores na tradicional animação em 2D também enfrentava alguma resistência, pois se temia que isso pudesse deixar artistas sem trabalho. Seja como for, *Tron* teve de se contentar com indicações para Melhor Desenho de Figurinos e Melhor Som em 1982; foi só em 1996, quando a condição de pioneirismo foi mais amplamente respeitada, que a Academia deu ao filme um prêmio tardio pela realização técnica.

Hoje, tanto o público quanto a indústria cinematográfica em geral estão bem acostumados à presença de CGI nos filmes. Diretores como David

Fincher e Denis Villeneuve usam com regularidade imagens de computador para detalhes de fundo que são quase invisíveis para o olho destreinado: extensões de cenário, *matte paintings* digitais ou, no caso de *A Chegada*, uma adição de caro equipamento militar, como tanques e helicópteros. Com a aceitação crescente da produção digital, talvez um dia vejamos um filme de FC finalmente ganhar o prêmio de Melhor Filme.

PARA IR FUNDO, ASSISTA À SELEÇÃO DE FILMES DE FC MENCIONADOS NESTE CAPÍTULO:

E.T. – O Extraterrestre (E.T. The Extra-Terrestrial, 1982)

Tron: Uma Odisseia Eletrônica (Tron, 1982)

Short Circuit: O Incrível Robô (Short Circuit, 1986)

Missão Alien (Alien Nation, 1988)

Elysium (2013)

Gravidade (Gravity, 2013)

Chappie (2015)

Perdido em Marte (The Martian, 2015)

A Chegada (Arrival, 2016)

29. Domínios Digitais

Avatar (2009)

"Às vezes toda a nossa vida se resume a um movimento insano."

Tendo passado meses submerso em água congelante para seu trabalho de ficção científica de 1989, *O Segredo do Abismo*, Cameron fez de novo praticamente a mesma coisa em 1997, no *set* de seu romance histórico *Titanic*. Quando Cameron preparava o filme do transatlântico condenado ao desastre, começaram a surgir novas e soturnas histórias sobre atores infelizes, orçamento estourado, um diretor tirânico e um bizarro incidente de envenenamento envolvendo sopa cremosa de lagosta e uma droga chamada fenilciclidina – ou PCP. Jornais distribuídos em Hollywood, prevendo que *Titanic* seria um fracasso colossal, começaram a salivar. Apesar dessas melancólicas previsões, Cameron conseguiu conduzir seu barco para o sucesso e *Titanic* acabou se tornando o segundo *E o Vento Levou* (*Gone with the Wind*, 1939) do século XX: tanto lucrativo quanto popular nas cerimônias de premiação. Numa indústria na qual as reputações dependem do sucesso, Cameron se viu no topo da lista dos poderosos de Hollywood; em 1998, quando se declarou "rei do mundo" na cerimônia do Oscar, o diretor atingira uma posição com que a maior parte dos cineastas pode apenas sonhar: como Kubrick, ele tinha influência para fazer quase qualquer filme que desejasse.

Cameron, então, retornou à ideia para um roteiro que havia esboçado antes de embarcar no *Titanic*: uma aventura de ficção científica chamada *Avatar*. Planejada de início para começar a ser filmada em 1997, depois que *Titanic* estivesse concluído, *Avatar* acabou permanecendo em hibernação por quase uma década; o ambicioso plano de fazer um filme com personagens digitais não poderia ser concretizado, disse Cameron, com a tecnologia disponível na época. Durante uns poucos anos, ele se ocupou fazendo documentários, incluindo *Aliens of the Deep* [Alienígenas das Profundezas, 2005], que revelava sua recém-descoberta paixão pelo mergulho em alto-mar.

Convencer a 20th Century Fox a bancar um filme com um orçamento potencialmente enorme (a pesquisa e o desenvolvimento dos sistemas de câmeras 3D de *Avatar* exigiria milhões, parte deles a ser financiada pelo próprio Cameron) era também uma tarefa delicada, mesmo com a influência pós-*Titanic* de Cameron. Foi só na primavera de 2007 – uma década após o lançamento de seu épico histórico de catástrofe – que a filmagem começou; com um orçamento declarado de 237 milhões de dólares, Cameron estava fazendo sua carreira depender de uma fantasia de FC virar um sucesso.[1] Numa entrevista ao *Independent*, Cameron mais tarde admitiu: "Passaram-se três anos e 150 milhões de dólares até eu ver o primeiro plano que me convenceu de que tínhamos realmente um filme."[2]

Isso poderia explicar por que, enquanto o trabalho com *Avatar* transcorria num enorme hangar na Califórnia, a abordagem prática de Cameron dos problemas de realização do filme reapareceu numa vingança. Um dos principais atores de *Avatar* afirmou que Cameron tomou de alguém um celular que estava tocando no *set* e fixou-o numa parede usando uma pistola de pregos (mais tarde o diretor negou a história).[3] Aos poucos, porém, ficou

---

[1] Ver: <http://www.businessinsider.com/james-camerons-avatar-not-as-expensive-asoriginally-stated-2009-3?IR=T.>

[2] Ver:<http://www.independent.co.uk/news/people/profiles/james-cameron-dont-get-highon-your-own-supply-8650777.html>.

[3] Ver:<http://www.independent.co.uk/news/people/profiles/james-cameron-dont-get-highon-your-own-supply-8650777.html>.

claro que os anos de pesquisa e desenvolvimento estavam começando a compensar. O sistema de câmera virtual criado para a produção permitia um novo tipo de filmagem digital em que Cameron e sua equipe podiam filmar uma paisagem virtual como se ela fosse uma locação real. Na prática, isso significava que os atores em trajes de captura de movimento poderiam ser filmados lutando com pedaços de pau num hangar frio, enquanto através de seu monitor Cameron poderia ver em tempo real que aparência teriam os personagens digitais contra uma exuberante paisagem alienígena.

Apesar das câmeras de última geração, a história de *Avatar* é antiquada. Inspirada na série de livros sobre Barsoom, o planeta Marte imaginado por de Edgar Rice Burroughs, que começa em 1912 com *Uma Princesa de Marte* (*A Princess of Mars*), *Avatar* é sobre um ex-soldado que encontra uma mulher nobre num planeta exótico e se apaixona por ela. Há criaturas estranhas, vilões desprezíveis e muitas sequências vigorosas de ação.

O que Cameron traz a essa aventura *pulp* são suas preocupações acerca do meio ambiente e da política externa americana, assim como um conceito de FC que poderia ter vindo de um jogo na internet.

Avatar é ambientado no distante ano de 2154 em Pandora, a quinta lua de Polifemo, um gigante gasoso que orbita Alpha Centauri A, distante apenas 4.364 anos-luz da Terra, localizado no Sistema de Alpha Centauri, um dos sistemas estelares mais próximo do nosso próprio Sol. Pandora é um mundo valorizado pelo governo da Terra por seu rico suprimento de um material chamado *unobtanium* (curiosamente, havia uma substância com o mesmo nome no extravagante filme-catástrofe de 2003, *O Núcleo – Missão ao Centro da Terra*). Embora a mineração seja feita sob o olho vigilante dos militares, representados pelo desalmado coronel Quaritch (um corpulento Stephen Lang), há também um esforço paralelo para conquistar os "corações e mentes" da raça alienígena do planeta, os *na'vi* – um povo alto, de pele azul, com olhos de felino e caudas, que vive pacificamente entre as árvores. Para se misturarem com os habitantes locais, cientistas e soldados são mentalmente transportados para corpos idênticos aos dos *na'vi*, desenvolvidos por meios artificiais de hibridização celular e clonagem. Se desconsiderarmos a FC, temos a história de um soldado humano paraplégico, Jake Sully

(Sam Worthington), que tem sua consciência enviada por *upload* a um desses corpos híbridos criados de forma artificial – o avatar[*] do título do filme –; em termos mentais ele continua sendo um terráqueo, mas pode agora, digamos, colocar-se na situação de vida de um *na'vi*.

Vivendo entre os *na'vi*, Jake começa a ver, por experiência, o que eles passam, como a terra vai sendo aos poucos tirada deles e devastada pelas atividades mineradoras terráqueas. Quando se apaixona por Neytiri (Zoe Saldana), a filha do chefe, Jake se torna membro da tribo e acaba numa severa batalha contra as forças mecanizadas da Terra.

A expectativa em torno do pré-lançamento de *Avatar* foi ainda maior que a curiosidade que surgiu acerca de *Titanic*. Despertava a atenção dos jornais de Hollywood seu colossal orçamento e renovadas sugestões de que Cameron, desta vez, poderia ter ido longe demais; dizia-se que *Avatar* teria de faturar 500 milhões de dólares só para recuperar o dinheiro gasto. Para os devotos dos filmes de FC mais antigos de Cameron (*O Exterminador do Futuro*; *Aliens, o Resgate*; *O Exterminador do Futuro 2*; *O Segredo do Abismo*), *Avatar* exercia uma atração magnética. Como já vimos, esses filmes foram não apenas extremamente populares, mas, à sua maneira, definiram o aspecto e o leque de emoções de filmes e *videogames* pelos anos que vieram depois. A dúvida era: *Avatar* conseguiria fazer a mesma coisa?

Como as forças terráqueas no próprio filme, a Fox estava determinada a ganhar corações e mentes com sua fantasia multimilionária. E foi assim que, em agosto de 2009, meses antes do lançamento programado de *Avatar* e ante um clamoroso interesse na internet, o estúdio lançou o primeiro trailer. O vídeo promocional foi baixado cerca de 4 milhões de vezes no primeiro dia de postagem e, no processo, quase quebrou os servidores da Apple. No geral, esse foi o primeiro vislumbre da nova obra de Cameron e o

---

[*] O título do filme é um trocadilho perfeito com os personagens digitais oriundos de tecnologias de sites como o *Second Life* e *Avatāra*, (que significa "descida"). A palavra é derivada do sânscrito e designa uma manifestação corporal de um ser imortal segundo a religião hindu, por vezes se refere até mesmo a uma encarnação do Ser Supremo. Ideal para descrever o personagem principal da história, que desceu dos céus e que acaba por salvar o povo de Pandora como Toruk Makto, o Cavaleiro da Última Sombra, o salvador do povo *na'vi*. (N. E.)

afeto do diretor por *hardware* militar e ação com disparo de armas pareceu presente e correta – mas o que dizer de todos os alienígenas azuis e altos, e da fauna espalhafatosa, parecendo algo saído da capa do disco de uma banda de rock progressivo dos anos 1970? No momento em que, no dia seguinte, a Fox apresentou 15 minutos de filme a jornalistas e blogueiros em cinemas IMAX, já estavam sendo feitas comparações pouco lisonjeiras com filmes como *Dança com Lobos* (*Dances with Wolves*, 1990), *O Último dos Moicanos* (*The Last of the Mohicans*, 1992), *Pocahontas* (1995) e *FernGully – As Aventuras de Zack e Crysta na Floresta Tropical* (*FernGully*,1992). Na verdade, insinuações que contava uma história derivativa e, pior, de que fazia parte de uma longa série de narrativas do "salvador branco" aderiram ao filme após o lançamento em dezembro de 2009. Talvez Cameron tivesse boas intenções em sua história sobre corporações terráqueas destruindo o meio ambiente e deslocando comunidades em busca de lucros, mas a trama central de um homem caucasiano "virando nativo" foi vista por diversos críticos de cinema como uma fantasia racial um tanto desconfortável ("Repousa no pressuposto de que não brancos precisam de um Messias Branco para liderar suas cruzadas", foi o que David Brooks, do *New York Times*, comentou em 2010).[4]

Avatar, ainda assim, foi tanto um mostruário para a nova tecnologia de Cameron quanto uma proeza narrativa. Cineastas brincaram com o 3D desde a aurora do cinema. Nos anos 1950, o 3D foi uma das várias respostas à ameaça crescente da televisão; em 2009, os potenciais frequentadores de cinema tinham mais razões que nunca para ficar em casa em vez de se deslocar para ver um filme. As imagens estereoscópicas de olhos arregalados de *Avatar*, no entanto, deram aos consumidores uma nova razão para sair de suas casas e visitar o multiplex local; por mais que as televisões estivessem ficando maiores, por mais que os *videogames* estivessem ficando mais realistas, *Avatar* proporcionava uma experiência que só poderia ser encontrada num cinema. Esse argumento de divulgação, muito mais que o elenco do filme, a narrativa ou mesmo a reputação do diretor, foi o que transformou *Avatar* num fenômeno de bilheteria no final de 2009. Quando teve um

---

[4] Ver: <http://www.nytimes.com/2010/01/08/opinion/08brooks.html>.

segundo lançamento em 2010, com uma metragem extra levando sua duração a tolerantes 171 minutos, *Avatar* já tinha havia muito ultrapassado a marca dos 2 bilhões de dólares.

Avatar levou a um breve, porém intenso ressurgimento do fascínio da indústria pelo 3D, com outros estúdios se exasperando para acrescentar uma dimensão extra a seus filmes e as fábricas correndo para fazer o 3D funcionar nas TVs. Os proprietários de cinema por certo adoraram a revolução 3D, que lhes permitia cobrar um valor extra pela experiência estereoscópica. O produtor Jeffrey Katzenberg, cofundador da DreamWorks, chegou a proclamar que *Avatar* era o *Cidadão Kane* em 3D.

A mais marcante e duradoura contribuição de *Avatar* ao cinema foi possivelmente suas inovações em termos de captura de movimento. Embora o filme estivesse longe de ser o primeiro a usar o processo, o advento de câmeras virtuais e personagens digitais fotorrealistas não tinha precedentes e abriu o caminho para filmes não menos ambiciosos ainda por vir – incluindo a reinicialização da franquia *Planeta dos Macacos*.

James Cameron, por sua vez, tomou um caminho não diferente do de seu herói, Jake Sully. Enfeitiçado por Pandora, submergiu nela: em 2010, o diretor anunciou sua decisão de transformar *Avatar* numa trilogia, com *Avatar 2* a ser lançado em 2014. Quando esse ano chegou, Cameron anunciou que a sequência estava sendo adiada, mas que a franquia ia crescer com *Avatar 2* marcado para 2016 e dois novos filmes lançados nos dois anos consecutivos. Dois anos mais tarde, ele anunciou um novo adiamento e revelou que ia fazer cinco sequências, a primeira ficando agora programada para o Natal de 2020.

Presumindo que se mantenha fiel a seu plano mais recente, Cameron vai passar mais de vinte anos girando em torno de filmes ligados ao universo *Avatar*. Como George Lucas, Cameron parece perdido num mundo que ele próprio criou; Francis Ford Coppola comentou um dia que, quando Lucas fez *Star Wars*, perdemos um grande cineasta. Seguindo um critério semelhante, podemos apenas nos perguntar que outros filmes poderiam ter sido feitos por Cameron se *Avatar* tivesse sido apenas um sucesso moderado.

A questão é saber se os públicos têm o mesmo apetite que Cameron por mais filmes no universo *Avatar*. Por certo a inclusão de *Avatar* ao nosso imaginário esteve muito longe de alcançar o nível de *Star Wars*. Alguns anos após seu lançamento, o fluxo de *merchandising*, livros e séries derivadas foi desaparecendo; sem dúvida não há um *Avatar* anual como aconteceu com *Star Wars*. *Avatar* apareceu em um momento único da história, logo após uma desastrosa quebra do mercado de ações, quando as audiências estavam no clima de algo pitoresco e escapista. De lá para cá, vimos a ascensão contínua dos filmes de super-heróis da Marvel. O *reboot* feito pela Disney-Lucasfilm da franquia de *Star Wars* indica que a *space opera* está de novo quebrando recordes de bilheteria – e agora, graças principalmente a *Avatar*, disponível em 3D. *Avatar* pode ter sido uma peça-chave que mudou o jogo em 2009, mas o sucesso das sequências vai depender de os frequentadores de cinema estarem ou não interessados numa segunda, terceira, quarta ou mesmo quinta visita a Pandora.

Por mais que as sequências se mostrem difíceis, Cameron ainda parece decidido a ampliar um envoltório técnico: as sequências de *Avatar*, diz ele, criarão um mundo em 3D sem necessidade de usar óculos especiais.

A ascensão da captura de movimento (Mocap)

Desde a aurora do cinema, os cineastas têm procurado encontrar meios de dar vida às criaturas de sua imaginação. O filme de 1914, de Winsor McCay, *Gertie, o Dinossauro* (*Gertie the Dinosaur*), foi uma mistura inovadora de animação e *performance* ao vivo, em que McCay parecia interagir com o amistoso desenho animado de um diplodoco. Pioneiros do *stop-motion* como Willis O'Brien, Ray Harryhausen e Phil Tippett fizeram evoluir o processo de pôr modelos animados à mão no mesmo fotograma que atores reais. Essas técnicas, por mais que tenham sido continuamente refinadas por gerações de artistas, permaneceram de modo geral inalteradas por quase um século, até que o advento das imagens geradas em computador começou a oferecer aos cineastas um novo conjunto de ferramentas a que podiam recorrer.

Dispendiosas e exigindo tempo para serem criadas, as imagens geradas em computador [CGI] ficaram de início restritas a breves sequências em filmes da década de 1970 e início da década de 1980, como mostra o computador numa continuação de *Westworld – Ano 2003: Operação Terra (Futureworld*, 1976) – e a celebrada sequência do Gênesis em *Jornada nas Estrelas II: A Ira de Khan* (1982). Filmes pioneiros como *Tron* (1982) e *O Último Guerreiro das Estrelas* (1984) fizeram, no entanto, uso muito mais corajoso e extenso de CGI, com *Tron*, em particular, ampliando as fronteiras do que era possível realizar com a tecnologia contemporânea: embora simples, Bit, uma espécie de câmera falante do herói Flynn (Jeff Bridges), foi o primeiro personagem do seu tipo feito com CGI num filme de longa-metragem. Se dermos uma olhada em *O Enigma da Pirâmide*, lançado apenas três anos depois, em 1985, fica claro com que rapidez essas técnicas estavam progredindo; numa sequência imaginativa, um cavaleiro de armadura ganha vida ao sair de uma janela de vitral e ameaça um vigário com uma espada a ponto de este sair correndo e ser atropelado por uma carruagem. Embora não dure mais que alguns segundos, a sequência levou meses para ser projetada e animada pelo braço digital da Industrial Light & Magic – no comando da cena estava John Lasseter, que mais tarde dirigiria filmes cruciais de animação feitos com imagens de computador: *Toy Story – Um Mundo de Aventuras (Toy Story*, 1995) e *Vida de Inseto (A Bug's Life*, 1998).

A complexidade e o fotorrealismo dos personagens digitais aumentaram no decorrer dos anos 1990, incluindo o marco divisório *Jurrasic Park: Parque dos Dinossauros* (1993), *Gasparzinho, o Fantasminha Camarada (Casper,* 1995), que apresentou pela primeira vez na história do cinema um personagem falante, protagonista, feito com CGI, e *Jumanji* (1995), com um estouro de animais gerado em computador. O uso da captura de movimento [*mocap – de motion capture*] para registrar os movimentos de um ator e transferi-los para um personagem CG [*computer-generated*, gerado em computador] também começou nos anos 1990, com o terror de FC *O Passageiro do Futuro* (1992), que empregava uma forma inicial da técnica. O mais alto perfil do uso de CGI na década, no entanto, talvez tenha ocorrido num prelúdio de *Star Wars*, dirigido por George Lucas, *Star Wars: Episódio I – A Ameaça*

Fantasma (1999); na correria para o lançamento do filme, foi tirado um grande proveito de Jar Jar Binks, um personagem cem por cento digital baseado na voz e nos movimentos do ator Ahmed Best. Como Yoda uma geração mais cedo, Jar Jar foi uma espécie de risco criativo: o personagem teria de caminhar e falar lado a lado com os atores Ewan McGregor e Liam Neeson; se Jar Jar não parecesse inteiramente fotorrealista, os resultados poderiam ser desastrosos. No final, Jar Jar acabou entrando no cartaz do material promocional de *A Ameaça Fantasma*; seu rosto sorridente, com feições de pato, chegou a aparecer na capa da *RollingStone*, pouco antes de o filme sair.

Na verdade, o fotorrealismo foi o menor dos problemas de George Lucas. Jar Jar parecia bastante convincente, mas a recepção a esse camarada desastrado e de voz estridente trouxe reações que iam da irritação à completa indignação – alguns críticos condenaram Jar Jar como uma caricatura racista, o que Lucas vigorosamente negou. Deixando de lado a caracterização, Jar Jar Binks foi uma considerável realização em termos técnicos. Se tivesse sido recebido de forma mais calorosa, é até possível que a contribuição de Binks ao cinema acabasse tão amplamente reconhecida quanto a de Gollum, o personagem CGI trazido à vida pela captação do movimento do ator Andy Serkis para a trilogia *O Senhor dos Anéis*, do diretor Peter Jackson. Sem dúvida foi Serkis quem se tornou conhecido como embaixador da captação de movimento, uma fronteira nova e vital na arte de representar. Na esteira do lançamento do primeiro filme, *O Senhor dos Anéis: A Irmandade do Anel* (*The Lord of the Rings: The Fellowship of the Ring*, 2001), chegaram mesmo a falar da possibilidade de Serkis receber uma indicação de Melhor Ator Coadjuvante por sua *performance* (*O Senhor dos Anéis: A Irmandade do Anel* foi indicado para treze prêmios no Oscar e ganhou quatro, incluindo o de Melhor Efeito Visual).

Em conjunto com o estúdio de efeitos Weta Digital, baseado na Nova Zelândia, Serkis ajudou a trazer mais efeitos digitais para a tela. Ele se uniu ao diretor Peter Jackson para a refilmagem de *King Kong* em 2005, no qual interpretou o papel do macaco gigante da Ilha da Caveira, e viveu uma reprise de seu papel como Gollum na trilogia *O Hobbit* (*The Hobbit*), que foi lançada de 2012 a 2014. O melhor trabalho de Serkis até hoje pode ser encontrado nos filmes da franquia *Planeta dos Macacos,* começando com *Planeta dos Macacos: A Origem,* em 2011. O uso de CGI da Weta para criar César, um chimpanzé digital fotorrealista, é assombroso – mas é o sutil desempenho humano sob os efeitos que cria um personagem tão inesquecível.

Hoje, a captura de movimento é uma técnica tão comum nos filmes que os críticos mal chegam a comentá-la. Em *Rogue One: Uma História Star Wars,* por exemplo, o *spin-off* de *Star Wars* de 2016, Alan Tudyk desempenha o papel de um droide cem por cento digital chamado K-2SO. Misturando-se sem falhas com os atores à sua volta, as origens digitais de K-2SO são tão sutis que ele quase passa despercebido. Ao mesmo tempo, a *performance* transparece sob os efeitos: como máquina mal-humorada, com uma incômoda franqueza no modo de falar, ele é um dos destaques do filme. A captura de movimento deixou de ser uma novidade que atraía as atenções ou servia de cabide para pendurar o marketing de um filme: agora é reconhecida como parte da produção cinematográfica.

Rogue One: Uma História Star Wars também usou CGI (de uma forma meio controversa) para trazer de volta o falecido ator Peter Cushing. Com o emprego de captura de movimento e manipulação digital, a atuação do ator Guy Henry foi registrada e coberta com a imagem de Cushing gerada em computador – trazendo assim o perverso Grand Moff Tarkin de volta às telas para seu primeiro papel falado desde 1977. Embora aprovado pelos herdeiros de Cushing, o uso de sua imagem inflamou um certo debate sobre a ética da utilização da imagem de um ator falecido. Embora o CGI ainda não tenha atingido o ponto em que um ator humano digital pareça indistinguível de um ator real (Tarkin de *Rogue One: Uma História Star Wars* tem certo ar vítreo em volta dos olhos e uma rigidez no queixo), o futuro descrito em um filme de FC de 2013, *O Congresso Futurista* (*Le Congrès*), do diretor Ari Folman, parece estar se aproximando cada vez mais. Baseado numa história do autor de *Solaris,* Stanislaw Lem, diz respeito a uma atriz de meia-idade (vivida por Robin Wright) que concorda em ter sua imagem escaneada em um computador para uso nos filmes. O que há de bom nisso é que ela será paga com generosidade; o que há de mau é que nunca mais poderá aparecer fisicamente num filme.

Só o tempo dirá para onde a captura de movimento levará o cinema no futuro. Por ora, atores de *mocap* e estúdios de efeitos só estão fazendo o que Winsor McCay, Willis O'Brien e Ray Harryhausen estiveram fazendo durante tantas décadas: usando a tecnologia para dar vida, com nitidez, a personagens imaginários.

PARA IR FUNDO, ASSISTA À SELEÇÃO DE FILMES DE FC
MENCIONADOS NESTE CAPÍTULO:

Gertie, o Dinossauro (*Gertie the Dinosaur*, 1914)

Ano 2003: Operação Terra (*Futureworld*, 1976)

Jornada nas Estrelas II: A Ira de Khan (*Star Trek II: The Wrath of Khan*, 1982)

O Passageiro do Futuro (*The Lawnmower Man*, 1992)

Toy Story – Um Mundo de Aventuras (*Toy Story*, 1995)

Vida de Inseto (*A Bug's Life*, 1998)

Star Wars: Episódio I – A Ameaça Fantasma (*Star Wars: The Phantom Menace*, 1999)

King Kong (2005)

O Congresso Futurista (*Le Congrès*, 2013)

Rogue One: Uma História Star Wars (*Star Wars: Rogue One*, 2016)

30. A Lógica do Sonho

A Origem (2010)

"Qual é o parasita mais resistente? Bactérias? Um vírus? Um verme intestinal? Uma ideia... Depois que uma ideia se apoderou do cérebro é quase impossível erradicá-la."

Ideias de histórias a serem contadas saltam de um lado para o outro através das épocas, levando a lugares que mesmo o mais presciente escritor de FC não conseguiria ver. *Flash Gordon* levou a *Star Wars*; *Star Wars* levou a *Matrix*; *Matrix* levou indiretamente a *Homem de Ferro*, *Os Vingadores*, *Guardiões da Galáxia* e ao Universo Cinematográfico Marvel. Contudo, como os orçamentos para a produção de filmes se elevaram e as margens de lucro diminuíram no século XXI, um número cada vez menor de diretores trabalhando no *mainstream* americano conseguiu avançar no caminho da liberdade criativa. Diretores-roteiristas como Shane Carruth, Jeff Nichols e Alex Garland fizeram filmes originais, desafiadores, num registro independente, mas os estúdios de Hollywood estão com frequência pouco inclinados a se arriscarem a colocar milhões de dólares num filme de FC que não se baseie em um romance ou numa história em quadrinhos preexistente.

O roteirista e diretor britânico Christopher Nolan faz parte do punhado de diretores que podem dispor do tipo de controle criativo que Spielberg e Kubrick desfrutaram uma geração mais cedo. Criador, desde os primeiros momentos de sua carreira, de *thrillers* de baixo orçamento como *Following* (1998) e *Amnésia* (*Memento*, 2000), Nolan conseguiu se sair bem navegando pelos traiçoeiros corredores do poder de Hollywood. Um *thriller* de estúdio sobre um pistoleiro – nova versão do filme dinamarquês *Insônia* (*Insomnia*, 2002) – levou a seu primeiro filme de grande orçamento, um *reboot* de super-herói com *Batman Begins*, em 2005. Desde então, Nolan tem entremeado com habilidade um material popular de franquia (salpicado de ideias de FC) com produções mais pessoais, mas de alcance igualmente amplo. Um *thriller* histórico, *O Grande Truque* (*The Prestige*) – baseado num romance de Christopher Priest –, seguiu *Batman Begins* em 2006; *O Cavaleiro das Trevas* (*The Dark Knight*), que bateu recordes de público em 2008, foi seguido por um trabalho complexo de ficção científica, *A Origem*, em 2010.

Com o cabelo penteado com precisão e ternos elegantes, Nolan tem cultivado a imagem de um cineasta do *mainstream* com o ar friamente intelectual de um professor universitário. Os filmes de Nolan, realizados com a esposa produtora Emma Thomas, compartilham de modo eficiente temas comuns: com maior destaque, o de um protagonista, muito cheio de problemas, que se afasta da realidade, quer por meio da identidade de um vigilante uniformizado, quer por meio de uma máquina de sonhos com tecnologia de ponta.

Como *Dr. Fantástico*, *A Origem* usa de forma tão leve seu manto de ficção científica que um olhar casual poderia nos deixar perguntando se a película realmente pertence ao gênero. No entanto, embora sem a menor dúvida o filme seja um *thriller* – mais especificamente, é sobre um assalto sofisticado – suas ideias giram em torno de um elemento de tecnologia que poderia ter emergido com facilidade de um romance de Philip K. Dick ou William Gibson. Na verdade, o dispositivo "Pasiv" de Nolan, que permite que os usuários penetrem, explorem e até mesmo distorçam um espaço coletivo de sonho, é tão parecido com ideias presentes nos romances *Ubik* e *Os Três Estigmas de Palmer Eldritch*, de Philip K. Dick, e *eXistenZ* (1999), de David Cronenberg, bem como no longa de animação *Paprika* (2006), do diretor japonês Satoshi Kon, que alguns críticos têm especulado sobre o débito criativo que *A Origem* poderia ter com essas obras mais antigas. Quer Nolan – que escreveu o roteiro e dirigiu o filme – estivesse ciente delas ou não, é talvez mais justo dizer que ele está nadando no mesmo oceano criativo em que contadores de histórias e filósofos têm se jogado desde o início da civilização. Pensadores tão diversos quanto Platão e René Descartes escreveram com frequência sobre a natureza porosa da realidade. O escritor de histórias macabras Edgar Allan Poe escreveu um comentário famoso ("Tudo que vemos ou parecemos ver / Não passa de um sonho dentro de um sonho") cento e cinquenta anos antes de Nolan colocar Leonardo DiCaprio tropeçando numa boneca matrioska dos espaços imaginários.

DiCaprio interpreta o papel de Cobb, um criminoso elegante que deve sua carreira à existência de um novo elemento de uma tecnologia de origem militar: usando o dispositivo Pasiv, ele se especializa em penetrar na mente subconsciente de seus alvos e roubar a informação que eles armazenaram. Cobb é, portanto, um valioso *freelancer* para, digamos, corporações de energia globais, que estão dispostas a usar essa forma singular de espionagem para ficar à frente de suas rivais. É exatamente esse tipo de intriga corporativa que conduz o elemento *thriller* da trama de *A Origem*. O bilionário japonês Sr. Saito (Ken Watanabe), querendo impedir que uma companhia de energia concorrente obtenha um monopólio prejudicial, emprega Cobb para acompanhar o jovem chefe de sua rival, Fischer (Cillian Murphy), e plantar em sua mente a ideia de desertar da empresa. Essa implantação de uma ideia, um processo chamado de "origem", é considerada tão difícil que a maioria a julga impossível; Cobb, sendo um perito manipulador de sonhos, acha que sabe como realizar o crime mental perfeito.

O que se segue é uma espécie de FC baseada em *Onze Homens e um Segredo* (*Oceans 11*, 2001), em que Cobb reúne um time de especialistas para ajudá-lo a aproveitar os momentos de distração de Fischer. Quer colocá-lo para dormir, entrar em seus sonhos e plantar, nas profundezas de seu subconsciente, a semente da dissolução da companhia. Ao contrário das paisagens surrealistas de *Quando Fala o Coração*, de Hitchcock, ou *Paprika*, de Satoshi Kon, os sonhos de Nolan são apresentados como concretos e quase mundanos, trazendo a ideia de que os alvos de Cobb nem mesmo percebem que estão sonhando. Na realidade, os sonhos em *A Origem* têm de ser construídos pelo intruso, como labirintos, como a arte paradoxal de M. C. Escher.

Nolan ilustra isso com algumas sequências de efeitos realmente impressionantes, sendo a mais celebrada – e, em tempos mais recentes, muitas vezes copiada – uma cena em que o horizonte de Paris é dobrado sobre si mesmo. Os espaços de sonho de *A Origem* parecem concretos, mas também podem ser vergados e distorcidos, o que não é diferente da manipulação de Neo do mundo simulado em *Matrix*. Outra sequência fundamental vê o ator Joseph Gordon-Levitt enfrentando um grupo de vilões num corredor de hotel, os corpos parecendo desafiar a gravidade quando saltam da parede ao teto, trocando socos e chutes. Tirando inspiração de *2001: Uma Odisseia no Espaço*, de Stanley Kubrick, Nolan e sua equipe – incluindo o supervisor de efeitos especiais Chris Corbould – construíram um corredor de 30 metros numa enorme plataforma rotativa.

Sob certos aspectos, no entanto, os elementos de *thriller* de ação em *A Origem* são seus atributos menos interessantes. Sejam tiroteios, perseguições de carro ou uma interminável sequência na neve que presta homenagem a um filme de James Bond, *007 – A Serviço Secreto de Sua Majestade* (*On Her Majesty's Secret Service*, 1969), Nolan parece sempre mais apaixonado pela face humana da história. Sem dúvida são os momentos mais íntimos de *A Origem* que permanecem na mente bem depois que todas essas caçadas terminam.

A complicação para Cobb é sua longa convivência com a tecnologia de sonho que está no centro de *A Origem*. Anos antes, a esposa de Cobb, Mal (Marion Cotillard), cometeu suicídio – especificamente, ficamos sabendo mais tarde, devido aos anos que os dois passaram juntos no reino dos sonhos. Mal, em suma, passou tanto tempo numa esfera irreal que começou a rejeitar a própria realidade; a parte mais trágica é que ela acreditava que os próprios filhos fossem constructos artificiais. Anos após sua morte, Mal ainda aparece nos sonhos de Cobb – com frequência desempenhando o papel de uma turbulenta mulher fatal no meio de suas reviravoltas mentais. Como Hari no romance *Solaris* de Stanislaw Lem, Mal é uma projeção das memórias de Cobb, mas parece existir como entidade viva com seu próprio (altamente imprevisível) livre-arbítrio. A motivação de Cobb pode ser realizar um ato de "origem", mas o verdadeiro objetivo é perdoar a si próprio. Só enfrentando e se afastando da culpa, ele pode fazer Mal descansar e continuar sua vida.

A imagem final do filme é a do pião – um totem um dia usado por Mal (e mais tarde por Cobb) para determinar se estavam sonhando. Se o pião cai, é o raciocínio, devem estar acordados. Como o origâmi no fim de *Blade Runner*, o último plano de *A Origem* nos deixa então com uma pergunta incômoda: como Nolan não mostra o pião caindo, isso significa que o final feliz, em que Cobb se reúne aos filhos, é apenas outro sonho? Sem dúvida o filme contém uma bela pitada da lógica do sonho – podemos perguntar, por exemplo, como o Sr. Saito pode magicamente limpar a ficha criminal de Cobb com um único telefonema – e sem dúvida é possível ver *A Origem* como o relato de um viúvo enlutado enfrentando uma experiência traumática através dos sonhos.

A Origem, no entanto, também pode ser interpretado como um comentário pós-moderno sobre o processo de filmagem em si. Se sentar num cinema é como sonhar, então Cobb é o equivalente de um diretor, manipulando e plantando ideias por trás das cenas. A natureza concreta dos espaços de sonho de Cobb é semelhante à suspensão da descrença que experimentamos quando estamos vendo um filme; podemos saber que as imensas espaçonaves e os tanques com quatro pernas de um filme *Star Wars* não podem existir mas, quando as luzes são apagadas, optamos por aceitar a versão da realidade que nos apresentam. Como diz Cobb a Ariadne numa fala importante: "Só quando acordamos é que notamos alguma coisa estranha".

A Origem, portanto, trata da necessidade especificamente humana de produzir e compartilhar histórias – para criar espaços imaginários onde possamos explorar nossas esperanças e ansiedades. Muito antes de a humanidade colocar um astronauta na Lua, sonhamos com a viagem espacial em livros e filmes. Mais de um século antes da engenharia genética ou da robótica, Mary Shelley escreveu sobre a criação da vida artificial. Mesmo no século XXI, com a programação dos cinemas normalmente cheia de sequências e *remakes*, ainda aparecem filmes de FC inteligentes e instigantes. Assim como *Distrito 9*, *Avatar* e *A Origem*, temos visto filmes como *Lunar*, *Elysium*, *Ex-Machina: Instinto Artificial* e a odisseia espacial de Nolan, *Interestelar* (*Interstellar*, 2014). *Gravidade* (*Gravity*, 2013), um *thriller* de catástrofe de FC dirigido por Alfonso Cuarón, abriu novos caminhos com seu uso de filmagem digital, sendo o CGI empregado para criar a ilusão de um filme rodado num único *take*, com uma simples câmera móvel. *A Chegada* (2016), dirigido por Denis Villeneuve e adaptado de "História da sua Vida", de Ted Chiang, é um filme tenso sobre visitação alienígena, mas é também um retrato profundamente comovente da mágoa. *Perdido em Marte* (*The Martian*, 2015), de Ridley Scott, adaptado do livro de Andy Weir, trata da engenhosidade humana diante da morte quase certa.

Como este livro tem mostrado, fazer filmes originais de FC traz riscos para as pessoas que investem neles. *Metropolis*, *Blade Runner* e *O Enigma de Outro Mundo* são hoje objeto de grande consideração, mas estiveram longe de ser sucessos financeiros na época de seu lançamento. Temos visto no presente filmes tão conceituados quanto *O Destino de Júpiter* (2015), uma ficção científica baseada em Cinderela e dirigida pelas irmãs Wachowski, lutarem para recuperar o gasto em seu gigantesco orçamento. O mesmo aconteceu com *Tomorrowland – Um Lugar Onde Nada É Impossível* (*Tomorrowland*, 2015), aventura familiar da Disney em torno de uma utopia futurista. De vez em quando, porém, surge um filme de ficção científica que prende o imaginário do público que vai ao cinema e *A Origem* é um filme do gênero que alcançou tanto o aplauso da crítica quanto um enorme sucesso na bilheteria. Talvez porque satisfez uma necessidade sempre presente de espetáculo e de escapismo, ao mesmo tempo que explorava temas raros num típico *thriller* de ação com grande orçamento: perda e culpa, sem dúvida, mas também o indestrutível poder dos sonhos, da imaginação e das histórias contadas.

Agora espere pelo ano que vem

Na primeira parte do século XX, o cinema era a nova mídia; uma forma tanto de entretenimento quanto de comunicação que rapidamente construiu sua própria linguagem para contar histórias e compartilhar ideias – por meio da montagem, composição, primeiros planos, música, cor e som. A filmagem recorre a um leque de atividades que inclui arte, *design*, escrita, ciência e, como temos visto, examinar um século de ficção científica fornece uma lente muito útil através da qual podemos observar o desenvolvimento do cinema como um todo.

Além das técnicas de filmagem que expõem, os filmes de FC também refletem mais de um século de mudança social e cultural. Através do prisma do gênero, vimos a viagem espacial, o advento da bomba atômica e a aurora da era do computador. Vimos como a tecnologia pode levar a novas e maravilhosas possibilidades e a uma terrível destruição.

À medida que amadureceu, no entanto, o cinema teve também de se adaptar a modificações dos gostos do público e a formas rivais de entretenimento. Assim como o cinema eclipsou o teatro como entretenimento popular, a televisão começou a competir com os filmes pela atenção do público nas décadas de 1950, 1960 e 1970 – acelerando a difusão da cor, do som *surround*, do cinemascope e 3D nos cinemas. Em seguida vieram os *videogames*, primeiro em casas de jogos eletrônicos, depois em computadores e consoles domésticos; hoje, o cinema tem de competir com a ubiquidade de smartphones, YouTube, Netflix e mídias sociais. Só o tempo dirá como o meio vai se remodelar e se alterar para absorver esses e outros avanços.

É uma queixa comum que as inovações científicas mais previstas por clichês do gênero FC – *jetpacks*, carros voadores, alimentos em forma de pílulas, colônias em outros planetas – não chegaram a acontecer. Mas o que vale a pena notar é que as preocupações exploradas com tanta frequência na FC continuam urgentes como sempre foram. As visões sombrias de um apocalipse nuclear evocadas em *Dr. Fantástico* e *O Exterminador do Futuro* não aconteceram, mas, em contrapartida, os mísseis que poderiam acabar com nossa civilização ainda descansam nos silos. Apesar de todo o progresso científico, a divisão entre ricos e pobres abordada em *Metropolis*, de Fritz Lang, ainda não foi resolvida quase um século depois; um filme como *Elysium*, de Neill Blomkamp, sugere que o progresso tem uma tendência a enriquecer uma parcela da sociedade deixando a outra mais empobrecida do que nunca. A essas preocupações podemos acrescentar o terrorismo mundial e o aquecimento global, o incremento da vigilância digital (em que tudo, dos nossos interesses aos nossos movimentos físicos, pode ser monitorado por meio de sinais telefônicos e históricos na internet), o uso militarizado de veículos autônomos, a perda de postos de trabalho na medida em que um número cada vez maior de qualificações profissionais vai sendo absorvida por máquinas e programas de computador. A ficção científica está numa posição privilegiada para explorar esses medos, quer na literatura, como na perturbadora distopia de Dave Eggers sobre o Vale do Silício, *O Círculo* (*The Circle*), quer em *videogames*, séries de TV e filmes.

Mas a ficção científica também pode mostrar à humanidade o que ela tem de mais inteligente, progressista e generoso. Entre cenas de tensão e desastre, filmes como *A Chegada*, *Interestelar*, *Vida* e *Gravidade* mostram pessoas de diferentes gêneros, origens étnicas e formações unindo-se em torno de uma causa comum. Como salienta a atriz Rebecca Ferguson, a ficção científica – seja *Jornada nas Estrelas* ou um *thriller* como *Vida* (*Life*, 2017), com Ferguson no papel de uma oficial em quarentena – é capaz de olhar para nossa espécie com um utópico sentimento de esperança. Por meio da exploração espacial, da adversidade em outros planetas ou do estudo de um espécime alienígena na Estação Espacial Internacional, como em *Vida*, captamos um vislumbre de como poderia ser uma humanidade sem preconceitos, "sem fronteiras".

"Na ISS [International Space Station] não existe hierarquia", disse Ferguson. "A igualdade de gênero está basicamente lá – não importa se você é homem ou mulher. Você está lá porque é a pessoa mais qualificada para aquele trabalho. Sem um de nós, a missão não vai funcionar [...]. Todos temos de estar juntos. Depois existe a mistura cultural. A ISS mostra como eu queria que o mundo fosse hoje: sem fronteiras, sem limites, curioso e receptivo aos pensamentos e às ideias de cada um."[1]

A franquia de *Star Wars*, no início povoada de forma esmagadora por atores homens e brancos, evoluiu para refletir a diversidade de sua audiência. *Star Wars: O Despertar da Força* apresenta uma líder feminina britânica (Daisy Ridley), um astro negro (John Boyega) e o ator guatemalteco Oscar Isaac, um coadjuvante que rouba algumas cenas como um piloto naturalmente *cool*. Esse

---

[1] Ver: <www.denofgeek.com/uk/movies/rebecca-ferguson/48137/rebecca-ferguson-interview-life-acting-in-zero-g-sci-fi>.

filme – e muitos outros como ele – sugere que pelo menos algum progresso está sendo feito numa indústria em grande parte dominada pelos homens.

Mais de um século atrás, um prestidigitador francês fundiu truques de ilusionismo com tecnologia de ponta para criar uma forma de mágica. Georges Méliès esteve entre os primeiros a reconhecer que uma câmera de filmar podia fazer muito mais que captar a realidade cotidiana – podia também ser usada para nos transportar a outro reino, onde tudo é possível. De Fritz Lang e Thea von Harbou na Alemanha a Andrei Tarkovsky na Rússia e Neill Blomkamp e Terri Tatchell na África do Sul, cineastas têm usado o cinema de ficção científica para nos dar novos meios de observar tanto a nós mesmos quanto o mundo à nossa volta. Para onde os próximos cem anos vão levar nosso planeta é impossível prever; haja o que houver, teremos sempre a ficção científica para iluminar o caminho à frente.

Para ir fundo, assista à seleção de filmes de FC mencionados neste capítulo:

Gravidade (*Gravity*, 2013)
Interestelar (*Interstellar*, 2014)
Perdido em Marte (*The Martian*, 2015)
A Chegada (*Arrival*, 2016)
Vida (*Life*, 2017)

Anexo I
Posfácio do Editor

AO INFINITO E ALÉM
Uma Linha do Tempo da Ficção Científica no Cinema
com os 10 melhores filmes,
por Subgênero, Eixos Temáticos e Década a Década

No livro *A Verdadeira História da Ficção Científica*, publicado no Brasil pela Editora Seoman, Adam Roberts, autor de ficção científica indicado três vezes ao Prêmio Arthur C. Clarke pelas obras *Salt* (2001), *Yellow Be Tibia* (2010) e *Gradisil* (2017), apresenta o longo trajeto da ficção científica no cinema desde o seu nascimento. Sendo uma obra singular ao narrar todo o desenvolvimento desse gênero literário, desde a Grécia Antiga até o século XXI, o que Roberts nos relata sobre o cinema de FC é um tanto entrecortado e correlato ao desenvolvimento literário do gênero, traçando incríveis, inúmeros e pertinentes paralelos. No entanto, Roberts se propõe a contar a história do surgimento e da evolução da literatura de ficção científica, e não do cinema em si, mostrando as correlações cinematográficas que se desenvolveram com a literatura ao longo dos séculos XX e XXI, época em que o cinema surgiu e aos poucos foi se tornando uma forma de entretenimento de massas.

Durante a produção do livro de Roberts, um apêndice com as maiores bilheterias cinematográficas de todos os tempos me chamou muito a atenção: dos quinze filmes listados pelo autor, apenas quatro não eram de FC ou fantasia. Além disso, em uma lista com as cinco maiores bilheterias de todos os tempos, com seus valores corrigidos pela inflação, três dos filmes eram de FC. E isso diz muito. *E o Vento Levou* (1939) faturou 3,44 bilhões de dólares, deixando o segundo lugar para *Avatar* (!) (2009), de James Cameron, que acumulou uma receita bruta mundial de 3,02 bilhões de dólares. Por meio desses números, o público de cinema mostrou que um dos grandes gêneros de interesse na indústria cinematográfica é a ficção científica. E, desse modo, acredito que por ser um gênero de tanto sucesso, e com tantos filmes clássicos em todas as décadas, o público leitor brasileiro merecia ter uma obra de referência para conhecer, de forma destacada da literatura, um guia exclusivo de cinema de ficção científica.

Ryan Lambie, autor deste livro, tem atuado, desde 2010 como editor interino do denofgeek.com, um *site* de entretenimento da Dennis Publishing, com alcance global e cerca de 5 milhões de usuários por mês. Por meio de uma série de resenhas e entrevistas que fez durante todos esses anos, como o leitor pôde constatar ao longo da obra, Lambie teve a magnífica ideia de não apenas fazer mais uma lista dos melhores filmes de ficção científica, mas também de criar, por meio de uma cronologia de 30 filmes, uma linha do tempo das obras cinematográficas mais influentes de todas as décadas, contando assim, a história da ficção científica no cinema.

Em língua inglesa, há obras clássicas sobre o assunto, como *Science Fiction in the Cinema* (1969), de John Baxter, *Science Fiction Film*: *A Critical Introduction* (2010), de Keith M. Johnston, e o *Historical Dictionary of Science Fiction Cinema* (2010), de Keith M. Booker. Esses livros são muito importantes para o estudo da FC no cinema, mas têm uma abordagem um tanto acadêmica e críticas extensas, profundas e analíticas, distantes do estilo de Lambie, assim como do público em geral que ama *Star Wars*, franquias como *Alien* e *O Exterminador do Futuro* ou filmes pipoca de FC e super-heróis. É nisso que este guia de cinema de FC se diferencia. A crítica de Ryan Lambie tem humor, sagacidade, poder de síntese e, principalmente, historicidade, mas sem ficar preso a processos teórico/metodológicos ligados à crítica acadêmica, afinal, Lambie é um jornalista e fã do gênero.

Ao longo do livro, você, leitor, deve ter percebido a forma de Lambie mostrar como cada obra por ele escolhida foi uma ruptura, apontando de que maneira a ficção científica, como um gênero cinematográfico independente, evoluiu, construiu sua própria linguagem e como foi diretamente influenciada pela literatura correlata e por acontecimentos políticos, sociais, científicos e até mesmo militares de cada época. Mas como bom *geek/nerd*, Lambie não se ateve apenas à crítica de cada filme, ele também traçou uma linha do tempo em cada capítulo mostrando como o cinema nunca mais foi o mesmo após *Metropolis*, de Fritz Lang, ou de *Godzilla*, de Ishirō Honda, resenhando de forma econômica filmes similares ou, em muitos casos, citando de forma ácida suas cópias inferiores descaradas, como *O Tesouro do Óvni* (*Alien Terminator*, 1988), que pilhou cenas de *O Exterminador do Futuro*, fazendo com que cada capítulo se tornasse um verdadeiro catálogo de filmes para o leitor explorar ao seu final com suas listas: *para ir fundo, assista à seleção de filmes de FC citados neste capítulo*.

Mas é claro, como editor deste livro e fã inveterado do gênero, senti falta de mais listas, com seus subgêneros, eixos temáticos e, por que não, com os melhores de cada década. Ora, me coloquei no lugar dos leitores e me questionei: e se? Sim caros leitores, e se tivéssemos listas de 10 filmes para subgêneros tão queridos por tantos fãs de FC como: viagens no tempo/realidades alternativas; totalitarismo/distopias/futuros sombrios; invasões alienígenas, e por que não, cinema *trash* e listas bizarras como filmes *mind--blowing/mind-fuck*, aqueles que, tal como digo em bom português, são de dar "nó no cérebro"? Bem, foi isso que eu fiz! E esta edição brasileira de *O Guia Geek de Cinema* tem ainda algumas surpresas aqui no final.

E claro, como listas não são "coisas de Deus", gerando sempre discórdias, e muitas vezes brigas e disputas acirradas, é lógico que as listas aqui, por falta de espaço, não estarão completas, pois faltarão alguns subgêneros e não haverá nelas muitos filmes pelos quais os leitores e fãs inveterados de FC, como eu, são apaixonados. Muitos poderão dizer: COMO ASSIM NÃO FOI CITADO JUSTAMENTE AQUELE FILME? Como editor, tive que me policiar nas pesquisas para não me deixar influenciar por meus gostos pessoais (espero ter conseguido). Dessa forma, as pesquisas foram as mais amplas possíveis, e *sites* e redes sociais como *IMDb, Filmow, Cineplayers, Rotten Tomatoes, Den of Geek* e *Wikipédia* foram consultados, além, é óbvio, de obras de referência sobre o assunto como *Things to Come: An Illustrated History of the Science Fiction Film* (1978), de Douglas Menville e R. Reginald, *The Overlook Film Encyclopedia: Science Fiction* (1995) de Phill Hardy (editor) e *The Encyclopedia of Science Fiction Movies* (2001), entre outras.

Cada lista foi cuidadosamente elaborada com os filmes mais significativos do gênero, e com raríssimas exceções (como *Akira* e *Ghost in the Shell*, que aparecem em duas listas: animação e *cyberpunk*), não há repetições de filmes nas listas temáticas, salvo quando forem correlacionadas às listas década a década ou comparadas às listas de citações do autor no final de cada capítulo do livro – listas essas que não têm o critério de eixo temático, subgênero ou cronologia. Fiz o possível para inserir um pouco de tudo, das obras mais populares, como as *space operas Star Wars* e *Star Trek,* a filmes *low-fi* independentes e cinema de ficção científica juvenil, como *E.T. – O Extraterrestre* (1982) e *Minzy – A Chave do Universo* (2007), obra dirigida por Robert Shaye e adaptada de um conto de FC chamado "Mimsy Were the Borogoves" (1943), de Lewis Padgett (na realidade um pseudônimo de dois escritores norte-americanos de FC: Henry Kuttner e Catherine Lucille Moore). Obras como *O Exterminador do Futuro,* entre outras, podem não estar exatamente em sua categoria mais conhecida, como viagens no tempo, por exemplo, mas em uma lista de filmes sobre "Inteligência Artificial/ Ascensão de Máquinas Inteligentes", pois o foco da história gira em torno da Skynet, que tenta aniquilar seu maior inimigo por meio de um aborto retroativo, e não em de viagem no tempo, como é o caso do filme *Efeito Borboleta.*

Foram criadas listas com vários eixos temáticos envolvendo contato com vida alienígena, além de filmes com temática afrofuturista, filmes dirigidos por mulheres, *crossover* entre ficção científica e terror, filmes de arte e *hard sci-fi*, e muito mais. São ao todo mais de 30 listas, além de duas listas extras neste anexo, uma contendo as 10 melhores séries de ficção científica de TV e outra com os 10 melhores filmes de todos os tempos.

Então, meus jovens *padawans*, vida longa, próspera e ao infinito e além com filmes para vermos por muito e muitos anos daqui para a frente. Que a Força esteja com vocês! Sempre...

Adilson Silva Ramachandra, outono de 2019

Para ir ainda mais fundo, assista:

Invasões Alienígenas:

O Dia em que a Terra Parou (The Day the Earth Stood Still). Dir.: Robert Wise, 1951 (92 min.).

Vampiros de Almas (Invasion of the Body Snatchers). Dir.: Don Siegel, 1956 (80 min.).

Guerra dos Mundos (The War of the Worlds). Dir.: Byron Haskin, 1953 (85 min.).

O Enigma de Andrômeda (The Andromeda Strain). Dir.: Robert Wise, 1971 (130 min.).

Eles Vivem (They Live). Dir.: John Carpenter, 1988 (97 min.).

O Segredo do Abismo (The Abyss). Dir.: James Cameron, 1989 (146 min.).

Independence Day. Dir.: Roland Emmerich, 1996 (145 min.).

Distrito 9 (District 9). Dir.: Neill Blomkamp, 2009 (132 min.).

No Limite do Amanhã (Edge of Tomorrow). Dir.: Doug Liman, 2014 (113 min.).

A Chegada (Arrival). Dir.: Denis Villeneuve, 2016 (116 min.).

Óvnis e Abduções:

Guerra entre Planetas (This Island Earth). Dir.: Joseph M. Newman, 1955 (87 min.).

Os Invasores de Marte (Invaders from Mars). Dir.: William Cameron, 1953 (78 min.).

Contatos Imediatos do Terceiro Grau (Close Encounters of the Third Kind). Dir.: Steven Spielberg, 1977 (137 min.).

Estranhos Visitantes (Communion). Dir.: Philippe Mora, 1989 (107 min.).

Fogo no Céu (Fire in the Sky). Dir.: Robert Lieberman, 1993 (109 min.).

Arquivo X – Filme: Resista ao Futuro (The X-Files – Fight the Future). Dir.: Rob Bowman, 1998 (121 min.).

Intruders. Dir.: Dan Curtis, 1992 (163 min.).

Contatos de 4º Grau (The Fourth Kind). Dir.: Olatunde Osunsanmi, 2009 (98 min.).

Cowboys & Aliens. Dir.: Jon Favreau, 2011 (118 min.).

Rua Cloverfield, 10 (10 Cloverfield Lane). Dir.: Dan Trachtenberg, 2016 (105 min.).

Busca por Vida Alienígena/Exploração Espacial:

A Mulher na Lua (*Frau im Mond*). Dir. Fritz Lang, 1929 (100 min. em sua versão original alemã cortada de 1929, 156 a 200 min. em sua versão restaurada do ano 2000).

A Conquista da Lua (*Destination Moon*). Dir.: Irving Pichel, 1950 (92 min.).

A Conquista do Espaço (*Conquest of Space*). Dir.: Byron Haskin, 1955 (81 min.).

2010 – O Ano em que Faremos Contato (2010). Dir.: Peter Hyams, 1984 (116 min.).

A Invasão (*The Arrival*). Dir.: David Twohy, 1996 (115 min.).

Contato (*Contact*). Dir.: Robert Zemeckis, 1997 (150 min.).

Missão: Marte (*Mission to Mars*). Dir.: Brian De Palma, 2000 (114 min.).

Gravidade (*Gravity*). Dir.: Alfonso Cuarón, 2013 (91 min.).

Interestelar (*Interstellar*). Dir.: Christopher Nolan, 2014 (169 min.).

O Primeiro Homem (*First Man*). Dir.: Damien Chazelle, 2018 (214 min.).

Encontros com Alienígenas:

O Monstro do Ártico (*The Thing from Another World*). Dir.: Christian Nyby, 1951 (87 min.).

A Bolha Assassina (*The Blob*). Dir.: Irvin Yeaworth, 1958 (82 min.).

Invasores de Corpos (*Invasion of the Body Snatchers*). Dir.: Philip Kaufman, 1978 (115 min.).

O Enigma de Outro Mundo (*The Thing*). Dir.: John Carpenter, 1982 (109 min.).

Inimigo Meu (*Enemy Mine*). Dir.: Wolfgang Petersen, 1985 (108 min.).

Hidden – O Escondido (*Hidden*). Dir.: Jack Sholder, 1987 (98 min.).

O Predador (*Predator*). Dir.: John McTiernan, 1987 (107 min.).

Stargate – A Chave para o Futuro da Humanidade (*Stargate*). Dir.: Roland Emmerich, 1994 (121 min.).

Esfera (*Sphere*). Dir.: Barry Levinson, 1998 (135 min.).

O Apanhador de Sonhos (*Dreamcatcher*). Dir.: Lawrence Kasdan, 2003 (136 min.).

Ficção Científica/Terror:

Frankenstein. Dir.: James Whale, 1931 (71 min.).

Ele! O Terror Veio do Espaço (*It! The Terror from Beyond Space*). Dir.: Edward L. Cahn, 1958 (68 min.).

Planeta dos Vampiros (*Terrore Nello Spazio*). Dir.: Mario Bava, 1965 (88 min.).

Alien, o Oitavo Passageiro (*Alien*). Dir.: Ridley Scott, 1979 (117 min.).

Força Sinistra (*Lifeforce*). Dir.: Tobe Hooper, 1985 (116 min.).

Aliens, o Resgate (*Aliens*). Dir.: James Cameron, 1986 (137 min.).

O Enigma do Horizonte (*Event Horizon*). Dir.: Paul W. S. Anderson, 1997 (100 min.).

Lunar (*Moon*). Dir.: Duncan Jones, 2009 (97 min.).

Prometheus. Dir.: Ridley Scott, 2012 (124 min.).

Vida (*Life*). Dir.: Daniel Espinosa, 2016 (104 min.).

Space Opera:

O Planeta Proibido (*Forbidden Planet*). Dir.: Fred McLeod Wilcox, 1956 (98 min.).

Barbarella. Dir.: Roger Vadim, 1968 (98 min.).

Star Wars: Episódio IV – Uma Nova Esperança (*Star Wars: Episode IV – A New Hope*). Dir.: George Lucas, 1977 (121 min.).

Star Wars: Episódio V – O Império Contra-Ataca (*Star Wars: Episode V – The Empire Strikes Back*). Dir.: Irvin Kershner, 1980 (124 min.).

Jornada nas Estrelas II: A Ira de Khan (*Star Trek II: The Wrath of Khan*). Dir.: Nicholas Meyer, 1982 (112 min.).

O Último Guerreiro das Estrelas (*The Last Star Fighter*). Dir.: Nick Castle, 1984 (101 min.).

Duna (*Dune*). Dir.: David Lynch, 1984 (137 min.).

O Quinto Elemento (*The Fifth Element*). Dir.: Luc Besson, 1997 (126 min.).

Heróis Fora de Órbita (*Galaxy Quest*). Dir.: Dean Parisot, 1999 (102 min.).

Menção Honrosa:

Serenity – A Luta Pelo Amanhã (Serenity). Dir.: Joss Whedon, 2005 (119 min.).

Hard Sci-Fi/Arte:

Metropolis. Dir.: Fritz Lang, 1927 (148 min.).

La Jetée. Dir.: Chris Marker, 1962 (28 min.).

2001: Uma Odisseia no Espaço (2001: A Space Odyssey). Dir.: Stanley Kubrick, 1968 (142 min.).

THX 1138. Dir.: George Lucas, 1971 (95 min.).

Solaris (Solyaris/Соляри). Dir.: Andrei Tarkovsky, 1972 (166 min.).

Stalker (Сталкер). Dir.: Andrei Tarkovsky, 1979 (163 min.).

O Homem que Caiu na Terra (The Man Who Fell to Earth). Dir.: Nicolas Roeg, 1976 (138 min.).

Pi (estilizado como π). Dir.: Darren Aronofsky, 1998 (84 min.).

Fonte da Vida (The Fountain). Dir.: Darren Aronofsky, 2006 (96 min.).

Sob a Pele (Under the Skin). Dir.: Jonathan Glazer, 2013 (108 min.).

*Mind-Blowing/Mind-Fuck/*Nó no Cérebro:

Viagens Alucinantes (Altered States). Dir.: Ken Russell, 1980 (102 min.).

Donnie Darko. Dir.: Richard Kelly, 2001 (113 min.).

Primer. Dir.: Shane Carruth, 2004 (77 min.).

Crimes Temporais (Los Cronocrímenes). Dir.: Nacho Vigalondo, 2007 (92 min.).

Sr. Ninguém (Mr. Nobody). Dir.: Jaco Van Dormael, 2009 (138 min.).

A Origem (Inception). Dir.: Christopher Nolan, 2010 (148 min.).

Contra o Tempo (Source Code). Dir.: Duncan Jones, 2011 (93 min.).

Coerência (Coherence). Dir.: James Ward Byrkit, 2013 (89 min.).

Cores do Destino (Upstream Color). Dir.: Shane Carruth, 2013 (96 min.).

O Predestinado (Predestination). Dirs.: Michael e Peter Spierig, 2014 (97 min.).

Ficção Científica Lo-Fi (*Low-fi Sci-Fi*):

The American Astronaut. Dir.: Cory McAbee, 2001 (91 min.).

Christmas on Mars. Dir.: Wayne Coyne, 2008 (83 min.).

Além do Arco-Íris Negro (Beyond the Black Rainbow). Dir.: Panos Cosmatos, 2010 (110 min.).

A Outra Terra (Another Earth). Dir.: Mike Cahill, 2011 (92 min.).

Alien Lésbica Solteira Procura (*Codependent Lesbian Space Alien Seeks Same*). Dir.: Madeleine Olnek, 2011 (76 min.).

O Futuro (*The Future*). Dir.: Miranda July, 2011 (91 min.).

Antiviral. Dir.: Brandon Cronenberg, 2012 (108 min.).

Viagem à Lua de Júpiter (*Europa Report*). Dir.: Sebastián Cordero, 2013 (97 min.).

Computer Chess. Dir.: Andrew Bujalski, 2013 (92 min.).

Menção Honrosa:

A Seita Misteriosa (*Sound of my Voice*). Dir.: Zal Batmanglij, 2011 (85 min.).

Ficção Científica Juvenil:

E.T. – O Extraterrestre (*E.T. – The Extra-Terrestrial*). Dir.: Steven Spielberg, 1982 (115 min.).

Explorers – Viagem ao Mundo dos Sonhos (*Explorers*). Dir.: Joe Dante, 1985 (109 min.).

D.A.R.Y.L. Dir.: Simon Wincer, 1985 (99 min.).

O Voo do Navegador (*Flight of the Navigator*). Dir.: Randal Kleiser, 1986 (90 min.).

Short Circuit: O Incrível Robô (*Short Circuit*). Dir.: John Badham, 1986 (99 min.).

O Gigante de Ferro (*The Iron Giant*). Dir.: Brad Bird, 1999 (86 min.).

Mimzy – A Chave do Universo (*The Last Mimzy*). Dir.: Robert Shaye, 2007 (96 min.).

WALL·E. Dir.: Andrew Stanton, 2008 (98 min.).

O Jogo do Exterminador (*Ender's Game*). Dir.: Gavin Hood, 2013 (114 min.).

Jogador Nº 1 (*Ready Player One*). Dir.: Steven Spielberg, 2018 (140 min.).

Robôs e Androides:

Westworld – Onde Ninguém Tem Alma (*Westworld*). Dir.: Michael Crichton, 1973 (90 min.).

Blade Runner, o Caçador de Androides (*Blade Runner*). Dir.: Ridley Scott, 1982 (117 min.).

Cherry 2000. Dir.: Steve De Jarnatt, 1987 (99 min.).

RoboCop – O Policial do Futuro (*RoboCop*). Dir.: Paul Verhoeven, 1987 (102 min.).

O Homem Bicentenário (Bicentennial Man). Dir.: Chris Columbus, 1999 (130 min.).

A.I. – Inteligência Artificial (A.I. Artificial Intelligence). Dir.: Steven Spielberg, 2001 (146 min.).

Eu, Robô (I, Robot). Dir.: Alex Proyas, 2004 (114 min.).

Capitão Sky e o Mundo de Amanhã (Sky Captain and the World of Tomorrow). Dir.: Kerry Conran, 2004 (106 min.).

Chappie (estilizado como *CHAPPiE*). Dir.: Neill Blomkamp, 2015 (114 min.).

Blade Runner 2049. Dir.: Denis Villeneuve, 2017 (164 min.).

Inteligência Artificial/Ascensão de Máquinas Inteligentes:

Alphaville. Dir.: Jean-Luc Godard, 1965 (99 min.).

Jogos de Guerra (WarGames). Dir.: John Badham, 1983 (114 min.).

O Exterminador do Futuro (The Terminator). Dir.: James Cameron, 1984 (108 min.).

O Exterminador do Futuro 2: O Julgamento Final (Terminator 2: Judgment Day). Dir.: James Cameron, 1991 (137 min.).

Matrix (The Matrix). Dirs.: Irmãs Lilly e Lana Wachowski, 1999 (136 min.).

Simone (estilizado como *S1m0ne*). Dir.: Andrew Niccol, 2002 (117 min.).

EVA. Dir.: Kike Maíllo, 2011 (94 min.).

Ela (Her). Dir.: Spike Jonze, 2013 (126 min.).

Transcendence: A Revolução (Transcendence). Dir.: Wally Pfister, 2014 (119 min.).

Ex-Machina: Instinto Artificial (Ex Machina). Dir.: Alex Garland, 2015 (108 min.).

Totalitarismo/Distopias/ Futuros Sombrios:

Fahrenheit 451. Dir.: François Truffaut, 1966 (112 min.).

Laranja Mecânica (A Clockwork Orange). Dir.: Stanley Kubrick, 1971 (136 min.).

Fuga no Século 23 (Logan's Run). Dir.: Michael Anderson, 1976 (119 min.).

Fuga de Nova York (Escape from New York). Dir.: John Carpenter, 1981 (99 min.).

1984 (1984 – Nineteen Eighty-Four). Dir.: Michael Radford, 1984 (110 min.).

Brazil – O Filme (Brazil). Dir.: Terry Gilliam, 1985 (132 min.).

Gattaca – A Experiência Genética (Gattaca). Dir.: Andrew Niccol, 1997 (106 min.).

Equilibrium. Dir.: Kurt Wimmer, 2002 (107 min.).

V de Vingança (V for Vendetta). Dir.: James McTeigue, 2005 (132 min.).

Oblivion. Dir.: Joseph Kosinski, 2013 (124 min.).

Menção Honrosa:

Jogos Vorazes (The Hunger Games). Dir.: Gary Ross, 2012 (145 min.).

Viagens no Tempo/Realidades Alternativas:

Hors concours:

A Máquina do Tempo (The Time Machine). Dir.: George Pal, 1960 (103 min.).

Planeta dos Macacos (Planet of the Apes). Dir.: Franklin J. Schaffner, 1968 (112 min.).

Um Século em 43 Minutos (Time After Time). Dir.: Nicholas Meyer, 1979 (112 min.).

Em Algum Lugar do Passado (Somewhere in Time). Dir.: Jeannot Szwarc, 1980 (100 min.)

De Volta para o Futuro (Back to the Future). Dir.: Robert Zemeckis, 1985 (116 min.).

De Volta para o Futuro 2 (Back to the Future Part II). Dir.: Robert Zemeckis, 1989 (108 min.).

Os 12 Macacos (12 Monkeys). Dir.: Terry Gilliam, 1995 (129 min.).

Efeito Borboleta (The Butterfly Effect). Dir.: Eric Bress, 2004 (113 min.).

O Som do Trovão (A Sound of Thunder). Dir.: Peter Hyams, 2005 (110 min.).

Looper: Assassinos do Futuro (Looper). Dir.: Rian Johnson, 2012 (118 min.).

X-Men: Dias de um Futuro Esquecido (X-Men: Days of Future Past). Dir.: Bryan Singer, 2014 (131 min.).

Cinema *Trash*:

Hors concours:

Plano 9 do Espaço Sideral (Plan 9 From Outer Space). Dir.: Edward D. Wood Jr., 1959 (79 min.).

Robot Monster, também conhecido como *O Robô Alienígena* (*Robot Monster*). Dir.: Phil Tucker, 1953 (66 min.).

Mundos que se Chocam (*Killers from Space*). Dir.: W. Lee Wilder, 1954 (71 min.).

Os Adolescentes do Espaço (*Teenagers from Outer Space*). Dir.: Tom Graeff, 1959 (85 min.).

Invasão dos Homens do Disco Voador (*Invasion of the Saucer Men*). Dir.: Edward L. Cahn, 1957 (69 min.).

Papai Noel Conquista os Marcianos (*Santa Claus Conquers the Martians*). Dir.: Nicholas Webster, 1964 (81 min.).

Monster a Go-Go. Dir.: Bill Rebane, 1965 (68 min.).

O Ataque dos Tomates Assassinos (*Attack of the Killer Tomatoes*). Dir.: John De Bello, 1978 (87 min.).

Dark Star. Dir.: John Carpenter, 1974 (83 min.).

Howard, o Super-Herói (*Howard, The Duck*). Dir.: Willard Huyck, 1986 (111 min.).

Marte Ataca! (*Mars Attacks!*). Dir.: Tim Burton, 1996 (106 min.).

Menção Honrosa:

A Reconquista (*Battlefield Earth*). Dir.: Roger Christian, 2000 (118 min.)

Animação:

Planeta Fantástico (*La Planète Sauvage/Divoká Planeta*). Dir.: René Laloux, 1973 (71 min.).

Heavy Metal – Universo em Fantasia (*Heavy Metal*). Dir.: Gerald Potterton, 1981 (91 min.).

Akira. Dir.: Katsuhiro Otomo, 1988 (124 min.).

O Fantasma do Futuro (*Ghost in the Shell*). Dir.: Mamoru Oshii, 1995 (83 min.).

Memórias (*Memories*). Dir.: Kōji Morimoto, 1995 (113 min.).

Titan (*Titan A.E.*). Dir.: Don Bluth, 2000 (94 min.).

Metropolis (Metoroporisu). Dir.: Rintaro, 2001 (109 min.).

Atlantis: O Reino Perdido (Atlantis: The Lost Empire). Dir.: Gary Trousdale, 2001 (96 min.).

Paprika (Papurika). Dir.: Satoshi Kon, 2006 (90 min.).

O Homem Duplo (A Scanner Darkly). Dir.: Richard Linklater, 2006 (100 min.).

Menção Honrosa:

Os Mestres do Tempo (Les Maîtres du temps). Dir.: René Laloux, 1982 (78 min.).

Superhumanos:

Superman – O Filme (Superman: The Movie). Dir.: Richard Donner, 1978 (143 min.).

X-Men – O Filme (X-Men). Dir.: Bryan Singer, 2001 (104 min.).

X-Men 2 (X2). Dir.: Bryan Singer, 2003 (134 min.).

Homem-Aranha 2 (Spider-Man 2). Dir.: Sam Raimi, 2004 (127 min.).

Watchmen – O Filme (Watchmen). Dir.: Zack Snyder, 2009 (162 min.).

Poder sem Limites (Chronicle). Dir.: Josh Trank, 2012 (84 min.).

O Incrível Hulk (The Incredible Hulk). Dir.: Louis Leterrier, 2008 (112 min.).

Capitão América: O Primeiro Vingador (Captain America: The First Avenger). Dir.: Joe Johnston, 2011 (125 min.).

Lucy. Dir.: Luc Besson, 2014 (89 min.)

Capitã Marvel (Captain Marvel). Dir.: Anna Boden, 2019 (124 min.).

Dinossauros e Monstros:

O Monstro do Mar (The Beast from 20,000 Fathoms). Dir.: Eugène Lourié, 1953 (80 min.).

O Mundo em Perigo (Them!). Dir.: Gordon Douglas, 1954 (94 min.).

Godzilla (Gojira). Dir.: Ishiro Honda, 1954 (98 min.).

O Terror Veio do Espaço (The Day of the Triffids). Dir.: Freddie Francis e Steve Sekely, 1962 (93 min.).

O Grande Monstro Gamera (Daikaijū Gamera). Dir.: Noriaki Yuasa, 1965 (78 min.).

A Mosca (The Fly). Dir.: David Cronenberg, 1986 (96 min.).

Jurassic Park: Parque dos Dinossauros (Jurassic Park). Dir.: Steven Spielberg, 1993 (126 min.).

O Hospedeiro (The Host). Dir.: Bong Joon-ho, 2006 (125 min.).

Cloverfield – Monstro (Cloverfield). Dir.: Matt Reeves, 2008 (85 min.).

Godzilla. Dir.: Gareth Edwards, 2014 (123 min.).

Menções Honrosas:

Splice – A Nova Espécie (Splice). Dir.: Vincenzo Natali, 2009 (104 min.).

Círculo de Fogo (Pacific Rim). Dir.: Guillermo del Toro, 2013 (132 min.).

Cyberpunk:

Tron: Uma Odisseia Eletrônica (Tron). Dir.: Steven Lisberger, 1982 (96 min.).

Akira. Dir.: Katsuhiro Otomo, 1988 (124 min.).

Tetsuo – O Homem de Ferro (Tetsuo). Dir.: Shinya Tsukamoto, 1989 (67 min.).

O Fantasma do Futuro (Ghost in the Shell). Dir.: Mamoru Oshii, 1995 (83 min.).

Estranhos Prazeres (Strange Days). Dir.: Kathryn Bigelow, 1995 (145 min.).

Matrix Revolutions (The Matrix Revolutions). Dirs.: Lilly e Lana Wachowski, 2003 (138 min.).

Matrix Reloaded (The Matrix Reloaded). Dirs.: Irmãs Lilly e Lana Wachowski, 2003 (129 min.).

Animatrix. Dirs.: Irmãs Lilly e Lana Wachowski, 2003 (102 min.).

Tron: O Legado (Tron: Legacy). Dir.: Joseph Kosinski, 2010 (125 min.).

Dredd. Dir.: Pete Travis, 2012 (95 min.).

Menção Honrosa:

A Vigilante do Amanhã: Ghost in the Shell (Ghost in the Shell). Dir.: Rupert Sanders, 2017 (106 min.).

Sci- Fi Dirigido por Mulheres:

Tank Girl – Detonando o Futuro (Tank Girl). Dir.: Rachel Talalay, 1995 (104 min.).

The Sticky Fingers of Time. Dir.: Hilary Brougher, 1997 (81 min.).

Æon Flux. Dir.: Karyn Kusama, 2005 (92 min.).

A Viagem (*Cloud Atlas*). Dirs.: Irmãs Lilly e Lana Wachowski com Tom Tykwer, 2012 (172 min.).

Stranded. Dir.: María Lidón, 2001 (95 min.).

Aurora – Vanishing Wives. Dir.: Kristina Buožytė, 2012 (124 min.).

Advantageous. Dir.: Jennifer Phang, 2015 (90 min.).

Altered Perception. Dir.: Kate Rees Davies, 2017 (100 min.).

One Under the Sun. Dir.: Riyaana Hartley com Vincent Tran, 2017 (101 min.).

Uma Dobra no Tempo (*A Wrinkle in Time*). Dir.: Ava DuVernay, 2018 (109 min.).

Afrofuturismo:

Space Is the Place. Dir.: John Coney, 1974 (85 min.).

O Irmão que Veio de outro Planeta (*The Brother from Another Planet*). Dir.: John Sayles, 1984 (109 min.).

O Último Anjo da História (*The Last Angel of History*). Dir.: John Akomfrah, 1996 (45 min.).

Pumzi. Dir.: Wanuri Kahiu, 2009 (21 min.).

Afronautas (*Afronauts*). Dir.: Frances Bodomo, 2014 (14 min.).

Migalhas (*Crumbs*). Dir.: Miguel Llansó, 2015 (68 min.).

They Charge for the Sun. Dir.: Terence Nance, 2016 (16 min.).

Brown Girl Begins. Dir.: Sharon Lewis, 2017 (95 min.).

Pantera Negra (*Black Panther*). Dir.: Ryan Coogler, 2018 (134 min.).

Supa Modo. Dir.: Likarion Wainaina, 2018 (74 min.).

Menções Honrosas Fora da Telona:

As 10 Melhores Séries de Ficção Científica:

Além da Imaginação (*The Twilight Zone*, 1959-1964).

A Quinta Dimensão (*The Outer Limits*, 1963-1965).

Jornada nas Estrelas – A Série Clássica (*Star Trek: The Original Series*, 1966-1969).

Arquivo X (*The X-Files*, 1993-2002).

Doctor Who (2005-presente).

Fringe (foi exibida no Brasil pelo SBT com o nome *Fronteiras*) (2008-2013).

Black Mirror (2011-presente).

Stranger Things (2016-presente).

Westworld (2016-presente).

Star Trek: *Discovery* (2017-presente).

Os Melhores Filmes de Ficção Científica Década a Década

O início: 1895-1919:

Viagem à Lua (*Le Voyage dans la Lune*). Dir.: Georges Méliès, 1902 (16 min.).

Viagem através do Impossível (*Voyage à travers l'impossible*). Dir.: Georges Méliès, 1904 (24 min.).

A Conquista do Polo (*À la Conquête du Pôle*). Dir.: Georges Méliès, 1912 (33 min.).

O Namoro do Sol e da Lua (*L'Éclipse du Soleil en Pleine Lune*). Dir.: Georges Méliès, 1907 (9 min.).

Frankenstein. Dir.: J. Searle Dawley, 1910 (16 min.).

Primeira adaptação cinematográfica para a obra máxima de Mary Shelley produzida pela Edson Manufacturing Company, estúdios de propriedade de Thomas Edison.

20.000 Léguas Submarinas (*20.000 Leagues Under the Sea*). Dir.: Stuart Paton, 1916 (105 min.).

Primeiro filme filmado embaixo d'água. Nessa adaptação, há elementos do livro *L'Île Mystérieuse* (1874), também de Júlio Verne.

Homunculus. Dir.: Otto Rippert, 1916 (360 min.).

Filme serializado em seis capítulos sobre messianismo político e ficção científica, a obra conta a história de um homem criado em laboratório. Uma produção de grande influência para Fritz Lang.

O Fim do Mundo (*Verdens Undergang*). Dir.: August Blom, 1916 (77 min.).

Primeiro filme catástrofe de ficção científica envolvendo a destruição da Terra por um cometa.

Os Primeiros Homens na Lua (*The First Men in the Moon*). Dir.: Bruce Gordon, 1919 (50 min.).

Primeira adaptação de uma obra completa de H. G. Wells.

Menções Honrosas:

O Açougueiro Mecânico (*La Charcuterie Mécanique*). Dir.: Irmãos Lumière, 1895 (1 min.).

Considerado o primeiro filme de FC por Phil Hardy, editor da obra *The Overlook Film Encyclopedia: Science Fiction*. O filme mostra uma suposta máquina que transforma automaticamente um porco vivo em vários produtos de carne suína para o consumo humano.

Gugusse e o Autômato (*Gugusse et l'Automate*). Dir.: Georges Méliès, 1897 (1 min.).

Primeira aparição cinematográfica conhecida de um robô, esse filme foi considerado por Douglas Menville e R. Reginald, editores da obra *Things to Come: An Illustrated History of the Science Fiction Film* (1978), como o primeiro filme verdadeiramente de FC, por conter cenas de experimentação científica, criação e transformação.

Deux Cents Milles sous les Mers ou Le Cauchemar du Pêcheur. Dir.: Georges Méliès, 1907 (18 min.).

Baseado na obra *Vinte Mil Léguas Submarinas*, de Júlio Verne (1869), essa foi a primeira adaptação de uma história do autor para o cinema.

Viagem a Marte (*Himmelskibet*). Dir.: Holger-Madsen, 1918 (97 min.).

Primeiro filme que mostra uma viagem ao planeta Marte e é considerado o precursor das *space operas*.

Década de 1920:

O Médico e o Monstro (*Dr. Jekyll and Mr. Hyde*). Dir.: John S. Robertson, 1920 (79 min.).

Algol: Tragédia do Poder (*Algol: Tragödie der Macht*). Dir.: Hans Werckmeister, 1920 (81 min.).

The Invisible Ray. Dir.: Harry A. Pollard, 1920 – 15 episódios (filme serializado).

O Homem Mecânico (*L'uomo Meccanico*). Dir.: André Deed, 1921 (aprox. 60-80 min.).

Obra curiosíssima que mostra a primeira batalha entre dois robôs. A edição completa de 80 minutos, considerada perdida, foi encontrada na Cinemateca Brasileira no início de 1990, tendo sido restaurada em 1992 pela Cinemateca de Bolonha.

Aelita, a Rainha de Marte (*Aelita*/em russo: **Аэлита**). Dir.: Yakov Protazanov, 1924 (111 min.).

O Mundo Perdido (*The Lost World*). Dir.: Harry O. Hoyt, 1925 (106 min. em sua versão original).

O primeiro filme de dinossauros de todos os tempos. Baseado no romance homônimo de Arthur Conan Doyle, de 1912.

Metropolis (*Metropolis*). Dir.: Fritz Lang, 1927 (153 min. em sua versão original perdida de 1927).

Alraune (conhecido também por *Unholy Love, Mandrake* ou *A Daughter of Destiny*). Dir.: Henrik Galeen, 1928 (108 min.).

Um cientista interessado nas leis da hereditariedade insemina artificialmente uma prostituta em laboratório com o sêmen de um assassino que fora enforcado.

A Mulher na Lua (*Frau im Mond*). Dir.: Fritz Lang, 1929 (100 min. em sua versão original alemã cortada de 1929, 156 a 200 min. em sua versão restaurada do ano 2000).

A Ilha Misteriosa (*The Mysterious Island*). Dir.: Lucien Hubbard, 1929 (95 min. em seu corte original.).

High Treason. Dir.: Maurice Elvey, 1929 (95 min.).

A história do filme se passa em um futuro alternativo no qual existe um estado denominado United States of Europe.

Década de 1930:

Frankenstein. Dir.: James Whale, 1931 (71 min.).

O Médico e o Monstro (*The Strange Case of Dr Jekyll and Mr Hyde*). Dir.: Rouben Mamoulian, 1931 (96 min.).

A Ilha das Almas Selvagens (*Island of Lost Souls*). Dir.: Erle C. Kenton, 1932 (70 min.).

O Homem Invisível (*The Invisible Man*). Dir.: James Whale, 1933 (71 min.).

Loss of Sensation (também conhecido pelo título alternativo *Robot of Jim Ripple* [*Gibel Sensatsii*/*Гибель Сенсации*]). Dir.: Aleksandr Andriyevsky, 1935 (85 min.).

Viagem Cósmica (em russo: *Космический рейс*). Dir.: Vasili Zhuravlov, 1936 (70 min.).

Daqui a Cem Anos (*Things to Come*). Dir.: William Cameron Menzies, 1936 (117 min.).

Flash Gordon. Dir.: Frederick Stephani e Ray Taylor, 1936 – filme serializado em 13 capítulos (245 min.).

Buck Rogers. Dir.: Ford Beebe e Saul A. Goodkind, 1939 – filme serializado em 12 capítulos (237 min.).

Década de 1940:

A década da "praga dos filmes de monstro" da Universal Pictures, dos filmes serializados e de filmes/alerta sobre guerras. Uma das décadas mais pobres para o cinema de ficção científica.

Flash Gordon Conquista o Universo (*Flash Gordon Conquers the Universe*). Dir.: Ford Beebe Ray Taylor, 1940 – filme serializado em 12 capítulos (220 min.).

Black Friday. Dir.: Arthur Lubin, 1940 (70 min.).

A Volta do Homem Invisível (*The Invisible Man Returns*). Dir.: Joe May, 1940 (81 min.).

The Mechanical Monsters. Dir.: Dave Fleischer, 1941 – filme de animação com o Superman (9 min.).

O Médico e o Monstro (*Dr. Jekyll and Mr. Hyde*). Dir.: Victor Fleming, 1941 (113 min.).

O Monstro Atômico (*Man-Made Monster*). Dir.: George Waggner, 1941 (59 min.).

Marte Invade a Terra (*The Purple Monster Strikes*). Dirs.: Spencer Gordon Bennet e Fred C. Brannon, 1945 – filme serializado em 15 capítulos (209 min.).

The Monster Maker. Dir.: Sam Newfield, 1944 (62 min.).

Krakatit. Dir.: Otakar Vávra, 1948 (97 min. na versão original; 106 min. numa versão alternativa).

Adaptação cinematográfica do romance homônimo de Karel Čapek, *Krakatit*, concebido como um grande e expressivo alerta contra a destruição nuclear.

King of the Rocket Men. Dir.: Fred C. Brannon, 1949 – filme serializado em 12 capítulos (167 min.).

Década de 1950:

Hors concours:

Guerra dos Mundos (*The War of the Worlds*). Dir.: Byron Haskin, 1953 (85 min.).

A Conquista da Lua (*Destination Moon*). Dir.: Irving Pichel, 1950 (92 min.).

O Monstro do Ártico (*The Thing from Another World*). Dir.: Christian Nyby, 1951 (87 min.).

O Dia em que a Terra Parou (*The Day the Earth Stood Still*). Dir.: Robert Wise, 1951 (92 min.).

O Fim do Mundo (*When Worlds Collide*). Dir.: Rudolph Maté, 1951 (83 min.).

A Ameaça que Veio do Espaço (*It Came from Outer Space*). Dir.: Jack Arnold, 1953 (80 min.).

O Mundo em Perigo (*Them!*). Dir.: Gordon Douglas F. Sears, 1954 (94 min.).

Guerra entre Planetas (*This Island Earth*). Dir.: Joseph M. Newman, 1955 (87 min.).

Ele! O Terror Veio do Espaço (*It! The Terror from Beyond Space*). Dir.: Edward L. Cahn, 1958 (68 min.).

O Planeta Proibido (*Forbidden Planet*). Dir.: Fred McLeod Wilcox, 1956 (98 min.).

Vampiros de Almas (*Invasion of the Body Snatchers*). Dir.: Don Siegel, 1956 (80 min.).

Menções Honrosas:

O Homem do Terno Branco (*The Man in the White Suit*) Dir.: Alexander Mackendrick, 1951 (85min.)

Os Invasores de Marte (*Invaders from Mars*). Dir.: William Cameron, 1953 (78 min.).

A Invasão dos Discos Voadores (*Earth vs the Flying Saucers*). Dir.: Fred F. Sears, 1956 (83 min.).

O Horror Vem do Espaço (*Fiend Without a Face*). Dir.: Arthur Crabtree, 1958 (77 min.).

Década de 1960:

Hors concours:

2001: Uma Odisseia no Espaço (*2001: A Space Odyssey*). Dir.: Stanley Kubrick, 1968 (142 min.).

A Máquina do Tempo (*The Time Machine*). Dir.: George Pal, 1960 (103 min.).

A Aldeia dos Amaldiçoados (*Village of the Damned*). Dir.: Wolf Rilla, 1960 (77 min.).

Viagem ao Fim do Universo (*Ikarie XB-1*). Dir.: Jindřich Polák, 1963 (86 min.).

O Grande Monstro Gamera (*Daikaijū Gamera*). Dir.: Noriaki Yuasa, 1965 (78 min.).

La Jetée. Dir.: Chris Marker, 1962 (28 min.).

Alphaville. Dir.: Jean-Luc Godard, 1965 (99 min.).

Fahrenheit 451. Dir.: François Truffaut, 1966 (112 min.).

Viagem Fantástica (*Fantastic Voyage*). Dir.: Richard Fleischer, 1966 (100 min.).

Planeta dos Macacos (*Planet of the Apes*). Dir.: Franklin J. Schaffner, 1968 (112 min.).

Uma Sepultura na Eternidade (*Quatermass and the Pit*). Dir.: Roy Ward Baker, 1967 (97 min.).

Menções Honrosas:

O Terror Veio do Espaço (*The Day of the Triffids*). Dirs.: Freddie Francis e Steve Sekely, 1962 (93 min.).

Pânico no Ano Zero (Panic in the Year Zero!). Dir.: Ray Milland, 1962 (93 min.).

Planeta dos Vampiros (Terrore Nello Spazio). Dir.: Mario Bava, 1965 (88 min.).

Uma Sombra Passou por Aqui (The Illustrated Man). Dir.: Jack Smight, 1969 (103 min.).
Adaptação clássica da obra homônima de Ray Bradbury.

Década de 1970:

Hors concours:

THX1138. Dir.: George Lucas, 1971 (95 min.).

Solaris (Solyaris/Соляри). Dir.: Andrei Tarkovsky, 1972 (166 min.).

Alien: O Oitavo Passageiro (Alien). Dir.: Ridley Scott, 1979 (117 min.).

O Enigma de Andrômeda (The Andromeda Strain). Dir.: Robert Wise, 1971 (130 min.).

Laranja Mecânica (A Clockwork Orange). Dir.: Stanley Kubrick, 1971 (136 min.).

Planeta Fantástico (La Planète Sauvage/Divoká Planeta). Dir.: René Laloux, 1973 (71 min.).

No Mundo de 2020 (Soylent Green). Dir.: Richard Fleischer, 1973 (97 min.).

Star Wars: Episódio IV – Uma Nova Esperança (Star Wars: Episode IV – A New Hope). Dir.: George Lucas, 1977 (121 min.).

Contatos Imediatos do Terceiro Grau (Close Encounters of the Third Kind). Dir.: Steven Spielberg, 1977 (137 min.).

Invasores de Corpos (Invasion of the Body Snatchers). Dir.: Philip Kaufman, 1978 (115 min.).

Superman – O Filme (Superman: The Movie). Dir.: Richard Donner, 1978 (143 min.).

Jornada nas Estrelas – O Filme (Star Trek: The Motion Picture). Dir.: Robert Wise, 1979 (132 min.).

Mad Max. Dir.: George Miller, 1979 (88 min.).

Menções Honrosas:

Matadouro 5 (Slaughterhouse-Five). Dir.: George Roy Hill, 1972 (104 min.)

Westworld – Onde Ninguém Tem Alma (Westworld). Dir.: Michael Crichton, 1973 (90 min.).

Galactica: Astronave de Combate (Battlestar Galactica). Dirs.: Richard A. Colla e Alan J. Levi, 1978 (148 min.).

Um Século em 43 Minutos (Time After Time). Dir.: Nicholas Meyer, 1979 (112 min.).

Década de 1980:

Hors concours:

O Flagelo dos Céus (The Lathe of Heaven) Dir.: David Loxton, 1980 (120 min.). Obra-prima baseada no romance de Ursula K. Le Guin. (filme televisivo)

Star Wars: Episódio V – O Império Contra-Ataca (Star Wars: Episode V – The Empire Strikes Back). Dir.: Irvin Kershner, 1980 (124 min.).

Blade Runner – O Caçador de Androides (Blade Runner). Dir.: Ridley Scott, 1982 (117 min.).

E.T. – O Extraterrestre (E.T. – The Extra-Terrestrial). Dir.: Steven Spielberg, 1982 (115 min.).

O Enigma de Outro Mundo (The Thing). Dir.: John Carpenter, 1982 (109 min.).

Jornada nas Estrelas II: A Ira de Khan (Star Trek II: The Wrath of Khan). Dir.: Nicholas Meyer, 1982 (112 min.).

O Exterminador do Futuro (The Terminator). Dir.: James Cameron, 1984 (108 min.).

De Volta para o Futuro (Back to the Future). Dir.: Robert Zemeckis, 1985 (116 min.).

Brazil – O Filme (Brazil). Dir.: Terry Gilliam, 1985 (132 min.).

Terra Tranquila (The Quiet Earth) Dir.: Geoff Murphy,1985 (91 min.).

Aliens, o Resgate (Aliens). Dir.: James Cameron, 1986 (137 min.).

RoboCop – O Policial do Futuro (*RoboCop*). Dir.: Paul Verhoeven, 1987 (102 min.).

Akira. Dir.: Katsuhiro Otomo, 1988 (124 min.).

O Segredo do Abismo (*The Abyss*). Dir.: James Cameron, 1989 (146 min.).

Menções Honrosas:

Star Wars: Episódio VI – O Retorno do Jedi (*Star Wars: Episode VI – Return of the Jedi*). Dir.: Richard Marquand, 1983 (131 min.).

2010 – O Ano em que Faremos Contato (*2010*). Dir.: Peter Hyams,1984 (116 min.).

A Mosca (*The Fly*). Dir.: David Cronenberg, 1986 (96 min.).

O Predador (*Predator*). Dir.: John McTiernan,1987 (107 min.).

De Volta para o Futuro 2 (*Back to the Future Part II*). Dir.: Robert Zemeckis, 1989 (108 min.).

Década de 1990:

Hors concours:

Arquivo X – O Filme: Resista ao Futuro (*The X-Files – Fight the Future*). Dir.: Rob Bowman, 1998 (121 min.).

Matrix (*The Matrix*). Dirs.: Irmãs Lilly e Lana Wachowski, 1999 (136 min.).

O Vingador do Futuro (*Total Recall*). Dir.: Paul Verhoeven, 1990 (113 min.).

O Exterminador do Futuro 2 – O Julgamento Final (*Terminator 2: Judgment Day*). Dir.: James Cameron, 1991 (137 min.).

Jurassic Park: Parque dos Dinossauros (*Jurassic Park*). Dir.: Steven Spielberg, 1993 (127 min.).

Stargate – A Chave para o Futuro da Humanidade (*Stargate*). Dir.: Roland Emmerich, 1994 (121 min.).

Os 12 Macacos (*12 Monkeys*). Dir. Terry Gilliam, 1995 (129 min.).

O Fantasma do Futuro (*Ghost in the Shell*). Dir.: Mamoru Oshii, 1995 (83 min.).

Independence Day. Dir.: Roland Emmerich, 1996 (145 min.).

Contato (*Contact*). Dir.: Robert Zemeckis, 1997 (150 min.).

O Quinto Elemento (*The Fifth Element*). Dir.: Luc Besson, 1997 (126 min.).

Gattaca – A Experiência Genética (*Gattaca*). Dir.: Andrew Niccol, 1997 (106 min.).

Menções Honrosas:

Pi (estilizado como π). Dir.: Darren Aronofsky, 1998 (84 min.).

Cidade das Sombras (*Dark City*). Dir.: Alex Proyas, 1998 (100 min.).

Tropas Estelares (*Starship Troopers*). Dir.: Paul Verhoeven, 1997 (129 min.).

O Gigante de Ferro (*The Iron Giant*). Dir.: Brad Bird, 1999 (86 min.).

Década de 2000:

Hors concours:

Avatar. Dir.: James Cameron, 2009 (162 min.).

Donnie Darko. Dir.: Richard Kelly, 2001 (113 min.).

A.I. – Inteligência Artificial (*A.I. Artificial Intelligence*). Dir.: Steven Spielberg, 2001 (146 min.).

Minority Report: A Nova Lei (*Minority Report*). Dir.: Steven Spielberg, 2002 (145 min.).

Brilho Eterno de uma Mente sem Lembranças (*Eternal Sunshine of the Spotless Mind*). Dir.: Michel Gondry, 2004 (108 min.).

Star Wars: Episódio III – A Vingança dos Sith (*Star Wars: Episode III – Revenge of the Sith*). Dir.: George Lucas, 2005 (140 min.).

Fonte da Vida (*The Fountain*). Dir.: Darren Aronofsky, 2006 (96 min.).

Filhos da Esperança (*Children of Men*). Dir.: Alfonso Cuarón, 2006 (109 min.).

Lunar (*Moon*). Dir.: Duncan Jones, 2009 (97 min.).

Distrito 9 (*District 9*). Dir.: Neill Blomkamp, 2009 (132 min.).

Star Trek. Dir.: J. J. Abrams, 2009 (127 min.).

Menções Honrosas:

Equilibrium. Dir.: Kurt Wimmer, 2002 (107 min.).

Efeito Borboleta (*The Butterfly Effect*). Dir.: Eric Bress, 2004 (113 min.).

Eu, Robô (*I, Robot*). Dir.: Alex Proyas, 2004 (114 min.).

Paprika (*Papurika*). Dir.: Satoshi Kon, 2006 (90 min.).

O Homem Duplo (*A Scanner Darkly*). Dir.: Richard Linklater, 2006 (100 min.).

WALL·E. Dir.: Andrew Stanton, 2008 (98 min.).

Watchmen – O Filme (*Watchmen*). Dir.: Zack Snyder, 2009 (162 min.).

Década de 2010:

Hors concours:

Interestelar (*Interstellar*). Dir.: Christopher Nolan, 2014 (169 min.).

A Chegada (*Arrival*). Dir.: Denis Villeneuve, 2016 (116 min.).

Blade Runner 2049. Dir.: Denis Villeneuve, 2017 (164 min.).

A Origem (*Inception*). Dir.: Christopher Nolan, 2010 (148 min.).

A Outra Terra (*Another Earth*). Dir.: Mike Cahill, 2011 (92 min.).

Contra o Tempo (*Source Code*). Dir.: Duncan Jones, 2011 (93 min.).

Prometheus. Dir.: Ridley Scott, 2012 (124 min.).

Cowboys & Aliens. Dir.: Jon Favreau, 2011 (118 min.).

Oblivion. Dir.: Joseph Kosinski, 2013 (124 min.).

No Limite do Amanhã (*Edge of Tomorrow*). Dir.: Doug Liman, 2014 (113 min.).

Lucy. Dir.: Luc Besson, 2014 (89 min.).

Vida (*Life*). Dir.: Daniel Espinosa, 2016 (104 min.).

O Predestinado (*Predestination*). Dirs.: Irmãos Michael e Peter Spierig, 2014 (97 min.).

Menções Honrosas:

Coerência (Coherence). Dir.: James Ward Byrkit, 2013 (89 min.).

Cores do Destino (Upstream Color). Dir.: Shane Carruth, 2013 (96 min.).

Ex-Machina: Instinto Artificial (Ex Machina). Dir.: Alex Garland, 2015 (108 min.).

O Primeiro Homem (First Man). Dir.: Damien Chazelle, 2018 (214 min.).

OS 10 MELHORES FILMES DE TODOS OS TEMPOS

Hors concours:

2001: Uma Odisseia no Espaço (2001: A Space Odyssey). Dir.: Stanley Kubrick, 1968 (142 min.).

Metropolis. Dir. Fritz Lang, 1927 (153 min. em sua versão original perdida de 1927).

Blade Runner, o Caçador de Androides (Blade Runner). Dir.: Ridley Scott, 1982 (117 min.).

O Dia em que a Terra Parou (The Day the Earth Stood Still). Dir.: Robert Wise, 1951 (92 min.).

Guerra dos Mundos (The War of the Worlds). Dir.: Byron Haskin, 1953 (85 min.).

Solaris (Solyaris/Соляри). Dir.: Andrei Tarkovsky, 1972 (166 min.).

Star Wars: Episódio V – O Império Contra-Ataca (Star Wars: Episode V – The Empire Strikes Back). Dir.: Irvin Kershner, 1980 (124 min.).

Matrix (The Matrix). Dirs.: Irmãs Lilly e Lana Wachowski, 1999 (136 min.).

Avatar. Dir.: James Cameron, 2009 (162 min.).

Interestelar (Interstellar). Dir.: Christopher Nolan, 2014 (169 min.).

Menção Honrosa:

Alien, o Oitavo Passageiro (Alien). Dir.: Ridley Scott, 1979 (117 min.).

Anexo II

BRASIL, O PAÍS DO FUTURO INATINGÍVEL?

16 Filmes Brasileiros de Ficção Científica

O cinema brasileiro de ficção científica é assim: mais numeroso do que se imagina, menos explorado do que gostaríamos que fosse. Em linhas gerais, o cinema brasileiro de ficção científica é a cara do Brasil: uma fonte inesgotável de controvérsias e dilemas, mas também de ironias e soluções criativas. Na maioria dos filmes aqui mencionados, mas também em muitos outros, as maiores contradições do Brasil são enfocadas sob a perspectiva do distópico ou do "maravilhoso científico". A longa história de desigualdade e opressão, de violência e iniquidade do país é tensionada e refletida a partir de cenários pós-apocalípticos e viagens no tempo, entre outros *tropos* familiares à ficção científica mundial.

A seguir, proponho uma lista de dezesseis filmes brasileiros de ficção científica. Essa lista é baseada na criatividade das produções, sua relevância crítica, sucesso ou simples pioneirismo no contexto do cinema nacional do gênero. A lista não faz distinção entre curta e longa-metragem, nem entre animação e cinema *live action*.

É assim que, no ano de 1962, dois filmes razoavelmente diversos merecem destaque: *O Quinto Poder*, de Alberto Pieralisi, e *Os Cosmonautas*, de Victor Lima. O primeiro é um *thriller* sobre um complô internacional que visa a tomar posse das riquezas do Brasil depois de instalar o caos político e social por meio da tecnologia das mensagens subliminares. O segundo é uma comédia sobre missão espacial brasileira em que dois astronautas atrapalhados (Grande Otelo e Ronald Golias) são involuntariamente enviados à

Lua. Em 1969, já no contexto do Cinema Novo, *Brasil ano 2000*, de Walter Lima Jr., descreve de forma barroca e carnavalesca um país distópico num futuro em que o Hemisfério Norte do planeta está destruído, enquanto, aqui, segue o governo militar. No mesmo ano, o curta *Manhã Cinzenta* (1969), de Olney São Paulo, descreve um futuro distópico no qual a repressão militar atenta violentamente contra a juventude, com tribunais de exceção presididos por robôs.

A distopia ou o cenário pós-apocalíptico perdura em filmes como *Quem É Beta?* (1972), de Nelson Pereira dos Santos, em que jovens de inspiração *hippie* sobrevivem abatendo "contaminados" a tiros, ou em *Parada 88, O Limite de Alerta* (1978), de José de Anchieta, e *Abrigo Nuclear* (1981), de Roberto Pires. Nesses dois últimos filmes, aparece com maior clareza e contundência o discurso ambiental, em narrativas que podem ser classificadas como genuínas ecodistopias brasileiras. Em *Parada 88*, os habitantes da cidade que dá nome ao filme sobrevivem isolados numa imensa bolha de plástico, pagando pelo ar respirável desde que um vazamento industrial tóxico devastou a região. Em *Abrigo Nuclear*, a terceira guerra mundial forçou a humanidade a viver em abrigos subterrâneos, sob um regime totalitário. A ecodistopia está também no curta *Sangue de Tatu* (1986), de Marcos Bertoni, uma curiosa especulação sobre vazamento radioativo na usina nuclear de Angra dos Reis.

Histórias de contatos imediatos ou de visitas de extraterrestres ao Brasil aparecem em filmes como o drama intimista *Amor Voraz* (1984), de Walter Hugo Khouri, enquanto toda uma nova geração de artistas brasileiros dos anos 1980 se reúne em *Areias Escaldantes* (1985), filme de Francisco de Paula sobre uma juventude rebelde num país fictício, descrito de forma futurista a partir das ilustrações de Arturo Uranga. A desigualdade social fomentada pela tirania do Estado é o motivo principal de *Projeto Pulex* (1991), animação curta de Tadao Miaqui sobre um sinistro projeto de governo que pretende exterminar a população pobre. *Cassiopeia*, por sua vez, animação infantil dirigida por Clóvis Vieira, apresenta-se como um dos primeiros, se não o primeiro, longa-metragens 100% digital da história do cinema mundial.

A viagem no tempo serve de combustível para filmes que revisitam dilemas pessoais ou traumas na história do Brasil, como nos casos de *Barbosa* (1988), de Jorge Furtado, *Loop* (2002), de Carlos Gregório, *Uma História de Amor e Fúria* (2013), de Luiz Bolognesi, e *Branco Sai, Preto Fica* (2014), de Adirley Queirós. Em *Barbosa*, um homem assombrado pela derrota da seleção brasileira para a seleção uruguaia na Copa de 1950 tenta voltar no tempo e reescrever o passado. Em *Loop*, o desejo de manter vivas as memórias do personagem atira-o num paradoxo temporal. *Uma História de Amor e Fúria* revisita a história do Brasil sob a perspectiva de um nativo brasileiro imortal, testemunha da violência e opressão do Brasil Colônia a um Rio de Janeiro futurista, quando a água é objeto da cobiça de multinacionais e um Estado policial garante a injustiça social. Assim como em *Barbosa*, *Branco Sai, Preto Fica* mistura ficção e documentário, dessa vez partindo de um caso de violência contra negros e pobres na periferia de Brasília nos anos 1980, ainda sob a ditadura militar. No filme de Queirós, um viajante do tempo chega a uma Brasília distópica e segregada de um futuro próximo, para coletar provas dos crimes do Estado brasileiro contra sua população negra e pobre.

E assim é: de trauma em trauma, de contradição em contradição, de absurdo em absurdo e de injustiça em injustiça, o cinema nacional de ficção científica arquiteta sua própria maneira de escrutinar o arriscado experimento chamado "Brasil".

Abrigo Nuclear (dir. Roberto Pires, 1981)
Amor Voraz (dir. Walter Hugo Khouri, 1984)
Areias Escaldantes (dir. Francisco de Paula, 1985)
Barbosa (dir. Jorge Furtado, 1988)
Branco Sai, Preto Fica (dir. Adirley Queirós, 2014)
Brasil ano 2000 (dir. Walter Lima Jr., 1969)
Cassiopeia (dir. Clóvis Vieira, 1996)
Os Cosmonautas (dir. Victor Lima, 1962)
Uma História de Amor e Fúria (dir. Luiz Bolognesi, 2013)
Loop (dir. Carlos Gregório, 2002)

Manhã Cinzenta (dir. Olney São Paulo, 1969)

Parada 88, o Limite de Alerta (dir. José de Anchieta, 1978)

Projeto Pulex (dir. Tadao Miaqui, 1991)

Quem É Beta? (dir. Nelson Pereira dos Santos, 1972)

O Quinto Poder (dir. Alberto Pieralisi, 1962)

Sangue de Tatu (dir. Marcos Bertoni, 1986)

Alfredo Suppia, outono de 2019

Bibliografia

Big Screen Scene Showguide (abril de 1968).

Bogdanovich, Peter, *Who the Devil Made It?: Conversations with Legendary Film Directors* (Londres: Arrow, 1998).

Buhle, Paul e Dave Wagner, *Hide in Plain Sight: The Hollywood Blacklistees in Film and Television, 1950–2002* (Nova York: Palgrave Macmillan, 2005).

Clute, John, *Science Fiction: The Illustrated Encyclopaedia* (Londres: Dorling Kindersley, 1995).

Dowd, Vincent, Kubrick Recalled by Influential Set Designer Sir Ken Adam, *BBC World Service* (16 de agosto de 2013), http://www.bbc.co.uk/news/entertainment-arts-23698181.

Fordham, Joe e Jeff Bond, *Planet of the Apes: The Evolution of a Legend* (Londres: Titan, 2014).

Goldman, Harry, *Dr. Frankenstein's Electrician* (Jefferson, CA: McFarland, 2005).

Hoberman, J., The Cold War Sci-Fi Parable that Fell to Earth, *The New York Times* (31 de outubro de 2008), http://www.nytimes.com/2008/11/02/movies/moviesspecial/02hobe.html?_r = 0.

Hochscherf, Tobias e James Leggott, *British Science Fiction Film and Television: Critical Essays* (Jefferson, CA: McFarland, 2005).

Kaplan, Mike, Kubrick: A Marketing Odyssey, *The Guardian* (2 de novembro de 2007), https://www.theguardian.com/film/2007/nov/02/marketingandpr.

Keegan, Rebecca, *The Futurist: The Life and Films of James Cameron* (Nova York: Three Rivers Press, 2010).

Lyons, Barry, Fritz Lang and the Film Noir, *Mise-en-Scène* (1979), https://cinephilia-beyond.org/mise-en-scene-fritz-lang-invaluable-short-lived-magazines-article-master-darkness.

Miller, Frank, Metropolis, TCM (30 de maio de 2014), https://web.archive.org/web/20140316012144/http://www.tcm.com/this-month/article/25817%7C0/Metropolis.html.

Murray, Scott e Peter Beilby, Mad Max Production Report, *Cinema Papers*, nº 21 (maio-junho 1979).

Nathan, Ian, *Alien Vault: The Definitive Story Behind the Film* (Londres: Aurum Press, 2011).

——, *Terminator Vault: The Complete Story Behind the Making of The Terminator and Terminator 2: Judgment Day* (Londres: Aurum Press, 2013).

Owen, Jonathan, James Cameron: "Don't get high on your own supply", *Independent* (8 de junho de 2013), http://www.independent.co.uk/news/people/profiles/james-cameron-dont-get-high-on-your-own-supply-8650777.html.

Powell, Helen, *Stop the Clocks! Time and Narrative in Cinema* (Londres: I. B. Tauris, 2012).

Rushdie, Salman, Talks with Terry Gilliam, *Believer* (março de 2003), http://www.believermag.com/issues/200303/?read=interview_gilliam.

Schlosser, Eric, Almost Everything in "Dr. Strangelove" Was True, *New Yorker* (17 de janeiro de 2014), http://www.newyorker.com/news/news-desk/almost-everything-in-dr-strangelove-was-true.

Stern, Marlow, "Mad Max: Fury Road": How 9/11, Mel Gibson, and Heath Ledger's Death Couldn't Derail a Classic, *Daily Beast* (16 de maio de 2015), http://www.thedailybeast.com/mad-max-fury-road-how-911-mel-gibson-and-heath-ledgers-death-couldnt-derail-a-classic.

Stern, Marlow, James Cameron on the Trump Administration: "These people are insane", *Daily Beast* (29 de janeiro de 2017), http://www.thedailybeast.com/james-cameron-on-the-trump-administration-these-people-are-insane.

Taylor, Chris, *How Star Wars Conquered the Universe: The Past, Present and Future of a Multi-Billion Dollar Franchise* (Londres: Head of Zeus, 2015).

Wells, H. G., Metropolis Review, *The New York Times* (17 de abril de 1927), http://www.laphamsquarterly.org/roundtable/mr-wells-reviews-current-film.

Wise, Damon, Metropolis: Nº 2 Best Science Fiction and Fantasy Film of All Time, *The Guardian* (21 de outubro de 2010), https://www.theguardian.com/film/2010/oct/21/metropolis-lang-science-fiction.

Agradecimentos

Este livro não existiria sem a assistência, suporte e generosidade de um grande número de pessoas – grande demais para que todas possam ser nomeadas aqui. Mas de forma breve gostaria de expressar meu sincero agradecimento a Duncan Proudfoot, Amanda Keats e Emily Byron, da Little Brown, por terem contratado este livro e pelo tempo e esforço despendido durante sua elaboração; a Nazia Khatun, pela competência em publicidade e a Howard Watson, pela inestimável assistência e a precisão de *laser* de sua revisão. Calorosos agradecimentos a Helen McCarthy e ao professor Will Brooker, cujos conhecimento e paixão por anime e ficção científica se mostraram tão vitais para minha pesquisa.

Depois há minha família e amigos: minha parceira de longa data, Sarah Carrea, que contribuiu com tanta paciência e bondade antes, durante e depois da escrita do livro. A mamãe e papai, Kathy e David, pelo amor e encorajamento. A Nathan Gibson, Marc Bazeley, Geoff e Sue Carverhill, John Cox e James Peaty, cuja amizade me fez persistir do primeiro ao último capítulo. Ao falecido Peter Naylor, cujas inteligência e orientação me guiaram durante tantos anos.

Por fim, tenho de agradecer ao editor do *Den of Geek*, Simon Brew, que me deu o primeiro emprego como escritor e apoia meu trabalho há mais de uma década.

Escrever pode ser uma ocupação solitária, mas sou eternamente grato às pessoas que têm me ajudado nessa estranha e fantástica jornada. Que a Força esteja com vocês – sempre.

Índice

12 Macacos (Os) 211
13º Andar 292
1984 216
20 Milhões de Milhas da Terra (A) 86
2001: Uma Odisseia no Espaço 25, 104,
 119-25, 151, 163-64, 248
2012 284
3D 319-20, 321

A.I. – Inteligência Artificial 192, 297
Abismo Negro (O) 156
Abrams, J.J. 154, 307
Academy Awards 311-12
Adam, Ken 112, 113, 114
Adler, Allen 102
Adolescentes do Espaço 76
Aelita, a Rainha de Marte 47
Ai City 252
Akira 245-50, 288
Aldeia dos Amaldiçoados (1960) 98-99
Aldeia dos Amaldiçoados (1995) 99
Aldiss, Brian 297
Alien – A Ressurreição 230
Alien 161-68, 170, 183, 225, 226, 227,
 229-31
Alien 3 229-30
Alien vs Predator 230
Alien: Covenant 230
Aliens of the Deep [Alienígenas das
 Profundezas, 2005] 316
Aliens vs. Predador 2 230

Aliens, o Resgate 84, 225-29
Alive in Joburg [Vivo em Joanesburgo] 306
Allen, Irwin 105
 Viagem ao Fundo do Mar 130
Alphaville 220-21
Álvarez, Fede, Ataque de Pánico! 269
Amalgamated Dynamics 200
ambientalismo 73, 145, 272
Ameaça Que Veio do Espaço (A) 96
Ameaça vem do Polo (A) 86
Androide Assassina 209
Animatógrafo 30
anime japonês 246-54, 288
Ano 2003: Operação Terra 322
A Nova Onda americana 142
anticomunismo 72, 73, 89-90, 92, 131
apocalipse nuclear 114-18, 117, 333
Armagedom 285
armas autônomas 263
Arnold, Jack
 Ameaça Que Veio do Espaço (A) 96
 Incrível Homem que Encolheu (O) 86
Arnold, Kenneth 69
Aronofsky, Darren 253
Arquivo X (série de TV) 199
Asimov, Isaac 191
 Três Leis da Robótica, 238, 263
Assassino Virtual 295
Assonitis, Ovidio 206
Ataque de Pánico! 269
Avatar 27, 158, 307, 310-11, 312, 315-21

Badham, John, *WarGames* 208, 215, (Jogos de Guerra), 261
Baker, Rick 64, 136, 197, 233
Balderston, John L. 55
Barron, Bebe e Louis 101
Batalha Além do Sol 107
Batalha do Planeta dos Macacos (A) 135
Batalha dos Planetas 249
Bates, Harry 71
Bava, Mario, *Planeta dos Vampiros* 170, 171
Bay, Michael
  Armagedon 283
  Transformers 279
Bigelow, Kathryn 293
  Estranhos Prazeres 293
Bird, Brad, *O Gigante de Ferro* 191, 253
Black Mirror (série de TV) 262
Blade Runner 11, 183-90, 192, 248, 299, 301, 331, 332
Blaustein, Julian 70, 72
Block, Irving 102
Blomkamp, Neill 45,194
  Alive in Joburg [Vivo em Joanesburgo] 307
  Chappie 194, 312
  Distrito 9 305-06, 308-09, 311, 312
  Elysium 303, 309-10, 331
  Yellow 306
Bogdanovich, Peter 45
Bolha Assassina (A) (1958) 202
Bong Joon-ho, *O Hospedeiro* 272
Boorman, John, *Zardoz* 145
Bottin, Rob 196, 197, 237
Boulle, Pierre
  Planeta dos Macacos (O) 130, 134
  Ponte sobre o Rio Kwai (A) 132
Bowen, John, *After the Rain* [Depois da Chuva] 133
Bradbury, Ray 63, 73
  Crônicas Marcianas (As) 97
  Fahrenheit 451 221
Brazil 216-19

Brooker, Charlie 262
Brooks, Mel, *O Jovem Frankenstein* 54
Buck Rogers 62
Burdick, Eugene 115
Burgess, Anthony 139-40
Burroughs, Edgar Rice 159, 317
Burroughs, William S. 186
Burton, Tim
  Marte Ataca! 279
  Planeta dos Macacos 136
Burtt, Ben 104

Calafrios 163, 234
Cameron, James 124, 169, 253, 293, 307
  Aliens of the Deep [Alienígenas das Profundezas] 316
  Aliens, o Resgate 84, 225-29
  Avatar 25, 158, 307, 310-11, 312, 315-21
  Exterminador do Futuro (O) 25, 205-10, 225, 257, 259, 333
  Exterminados do Futuro 2 (O): O Julgamento Final 257-60
  Segredo do Abismo (O) 255, 256, 257
  Titanic 312, 315
  Xenogenesis 206
Caminho das Estrelas (A) (Doroga k Zvezdam) 107
Campbell, John W., *Who Goes There?* [Quem Vai Lá?] 74, 196
Capek, Karel 45
Capitão América 2: O Soldado Invernal 262
Capricórnio Um 145-46
captura de movimento (*mocap*) 255, 306, 317, 324-25
Carlos, Wendy 141
Carpenter, John
  Aldeia dos Amaldiçoados 99
  Dark Star 126, 161
  Enigma de Outro Mundo (O) 195-213, 332
  Fuga de Nova York 207, 303
Carroll, Gordon 162

Carruth, Shane, *Primer* 211
Cartas de um Homem Morto 117
Carter, Chris 199
Castellari, Enzo G.
  Fuga do Bronx 179
  Guerreiros do Bronx (Os) 179
  Novos Bárbaros (Os) 179
Castelo no Céu (O) 251
Catástrofe Nuclear 117
censura 142
Cérebro do Planeta Arous (O) 97
CGI 137, 157, 200, 256, 258, 267, 276, 291,
  293, 306, 310, 313, 322, 323, 324, 332
Chamado dos Céus (O) 107
Chambers, John 134, 311
Chandler, Raymond 187
Chappie 192, 310
Chegada (A) 313, 332, 334
Cherry 2000 180
Chew, Richard 152
Chiang, Ted 332
Cidade das Sombras 290, 294
Cidade Perversa 199
cidades e sociedades futuristas 41,
  220-21, 250-51, 261-62, 298-99,
  301-04, 308-09
  ver também mundos distópicos;
  filmes pós-apocalípticos
cientistas loucos 51-57, 66, 73, 113
cinema-catástrofe 281-85
cinismo e desconfiança 144-46
Clarke, Arthur C. 119
Cloverfield – Monstro 272
Cobb, Ron 165
Cohen, Jon 299
Collins, Suzanne 222
Colossal 272
Colossus 1980 261
Começo do Fim (O) 85
comédia de FC 109-14, 117
Congresso Futurista (O) 324

Conquista do Espaço (A) 106
Conquista do Planeta dos Macacos (A) 135
Conquista do Polo (A) 35
Conrad, Mikel 74
Contatos Imediatos do Terceiro Grau 26, 76,
  125, 146, 153, 201, 297
Continuação da Espécie (A) 180
Contra, videogame 228
controle da mente e manipulação 97, 144,
  328-31
Copley, Sharlto 306, 308, 309, 310
Coppola, Francis Ford 108, 142, 151, 320
Corbould, Chris 330
Corman, Roger 97, 107, 157, 162,
  169, 174
  Devoradores de Cérebros (Os) 98
  Galáxia do Terror 169, 170, 207
  Mercenários das Galáxias 158
Corrida Silenciosa 25, 125, 127, 144, 150
Cox, Jay 293
Cozzi, Luigi, *Starcrash – O Choque das
  Estrelas* 158
Crabbe, Larry 'Buster' 61, 62, 65
Crepúsculo de Aço 179-80
criação do cenário 54, 112, 123, 166, 330
Criatura 169
Crichton, Michael 191
  Jurassic Park: Parque dos Dinossauros
    (livro) 265
  Runaway – Fora de Controle 208
  Westworld – Onde Ninguém Tem Alma
    209, 261, 265
Crimes Temporais 211
Crise dos Mísseis Cubanos 109,133
crises do petróleo (1970s) 144, 176
Cronenberg, David
  Calafrios 164, 231
  eXistenZ 233, 294, 328
  Mosca (A) 201, 202, 233
  Videodrome 197, 232, 233, 292
Cuarón, Alfonso 284, 331

Cundey, Dean 197
Cushing, Peter 324

D.A.R.Y.L. 192
Da Terra à Lua 106
Dalí, Salvador 96, 162
Daly, John 205
Dante, Joe 206
Viagem Insólita 256
Daqui a Cem Anos 27, 48, 49, 59, 67, 96, 302
Darabont, Frank 202
Dark Star 126, 161
De Jarnatt, Steve
Cherry 2000 180
Miracle Mile 117
De Laurentis, Dino 63, 241
De Palma, Brian 151
De Volta ao Planeta dos Macacos 135
De Volta para o Futuro 211
Dehn, Paul 135, 136
Derrickson, Scott, O Dia em que a Terra Parou 75
Despertar da Força (O) 159, 229, 334
Despertar dos Monstros (O) 81
Destino à Lua (Conquista da Lua (A)) 105
Destino de Júpiter (O) 291, 332
destroços de disco voador 69-77
Devlin, Dean 270, 275
Devoradores de Cérebros (Os) 97
Dia Depois de Amanhã (O) 284
Dia em que a Terra Parou (O) (1951) 69-74, 123
Dia em que a Terra Parou (O) (2008) 73
Dia em que Marte Invadiu a Terra (O) 130
Dia em que o Mundo Pegou Fogo (O) 282
Dia Seguinte (O) 116-17
Dick, Philip K. 190, 191, 194, 241, 253, 292, 298, 328
Androides Sonham com Ovelhas Elétricas? 184, 185

Dickens, Charles 210
Disco Voador (O) 74·
Distrito 9 305-06, 307, 311-12
Douglas, Gordon, O Mundo em Perigo 84, 271
Dowding, Jon 175
Dr. Fantástico; ou Como Aprendi a Parar de me Preocupar e a Amar a Bomba 109-14, 238, 333
Dr. Who e a Guerra dos Daleks 25
Drácula 53
Dragon's Heaven 252
Dreyfuss, Richard 76, 125, 153, 297
drones 207, 209
Duna 159, 163
Duvall, Robert 94, 144, 149
Dykstra, John 150, 151, 203

E.T. – O Extraterrestre 26, 195, 297, 312
Edison, Thomas 30
Edwards, Blake 133
Edwards, Gareth 156
Godzilla 270
Monstros 269, 272
Rogue One: Uma História Star Wars 269, 324
efeitos com miniaturas 34, 48, 81, 122, 154, 157, 206, 268
de maquiagem 53, 129, 197, 209
efeitos especiais
os primeiros 29, 31-32
Photoshop 154, 256
ver também 3D; anime; CGI; filmagem digital; efeitos com miniaturas; captura de movimento (mocap); sequências com stop-motion
Einstein, Albert 72
Eisner, Michael 155
Ele! o Terror Que Vem do Espaço 162, 168
Ellison, Harlan 208
Elysium 303, 309-10, 333

Emmerich, Roland 270
  2012 284
  Dia Depois de Amanhã (O)
  Estação 44 – O Refúgio dos
    Exterminadores 276
  Independence Day 76, 275-81
  Independence Day: O Ressurgimento 281
  Stargate – A Chave Para o Futuro da
    Humanidade 275
Energia de Deus (A) 65
Engel, Volker 276
Enigma de Outro Mundo (O) (1982) 195-
  200, 332
Enigma do Horizonte (O) 170
Enraivecida: Na Fúria do Sexo (Rabid) 232
era 4.0 da Indústria 261
era atômica 70, 79, 83, 84-86, 114-18,
  245-46
Era do 11/09 272, 280
era do computador, aurora da 333
Espaçonave para o Desconhecido 63
Estação 44 – O Refúgio dos Exterminadores
  276
estética do "universo gasto" 154
estética vergando a realidade 289-95
Estirpe dos Malditos (A) 99
Estranhos Prazeres 293
EXistenZ 233, 294, 326
Ex-Machina 27, 191
expressionismo alemão 36, 46, 53
*Exterminador do Futuro (O)*19, 27, 205-12,
  227
Exterminador do Futuro (O): Gênesis 260, 262
Exterminador do Futuro 2 (O): O
  Julgamento Final 257-60, 266, 267
Exterminador do Futuro 3 (O): A Rebelião
  das Máquinas 260
Exterminadores do Ano 3000 179

Faber, Michael 233
Fahrenheit 451 223

Fancher, Hampton 185
Fantasias de 1980 61, 62, 63, 70
Fantasma do Futuro (O) 253, 289, 290
FC musical 59
Fellini, Federico 63
Ferrara, Abel, *Os Invasores de Corpos –*
  A Invasão Continua 93, 94
Filhos da Esperança 284, 301, 303
filmagem digital 267-70, 276, 283, 288,
  311, 316, 331-32
filmes
  de animação de FC 245-54, 287-88,
    290-91
  de exploração espacial 29-37, 46,
    105-08, 119-28
  de horror corporal 231-34, 305-06
    ver também organismos parasitas
  de invasão alienígena 69-77, 90-99,
    275-81
    impostores alienígenas 90-95, 97-98
  de monstros 51-55, 57, 58, 80-86,
    195-203, 270-72
    monstros no espaço 161-68
  de propaganda 39, 46, 82
  pós-apocalípticos 48, 178-81, 251
  sobre cérebros assassinos 98
  soviéticos 48, 105-08
Fim do Mundo (O) 281, 282, 287
Fincher, David 230
Finney, Jack, *Os Invasores de Corpos* 90
Flash Gordon (filme de 1980) 64
Flash Gordon (filme de1936) 59-64
Flash Gordon (quadrinhos) 60
Flash Gordon Conquista o Universo 62
Flash Gordon: A Viagem a Marte 62
Fokin, Valery, 107
Folman, Ari, *O Congresso Futurista* 324
Força Sinistra 170
Ford, Harrison 150, 183, 184, 187
Foreman, Carl 131
Frank, Scott 299

Frankenstein (filme) 25, 51, 52-55, 61
Frankenstein (romance) 51
franquias em multimídia 134-38, 154, 156, 159, 267, 281, 320
Friedkin, William 153, 197
Fuchs-Nordhoff, barão Florenz von 98
Fuga de Nova York 207, 303
Fuga do Bronx 179
Fuga do Planeta dos Macacos 135-36
Fuga no Século XXIII 221

Gabinete do Dr. Caligari (O) 38, 54, 113
Gaeta, John 290
Gainax 251, 252
Galáxia do Terror 169, 170, 207
Galouye, Daniel F. 292
ganância empresarial 236, 245
Garland, Alex, *Ex-Machina* 25, 191
Garota que Conquistou o Tempo (A) 253
Gattaca – A Experiência Genética 221-22
gênero *kaiju* japonês 85, 86
George, Peter, *Red Alert* [Alerta Vermelho] 110
Geração Proteus 261
Gibson, Mel 174
Gibson, William 215
Gigante de Ferro (O) 192, 253
Giger, H.R. 161, 166, 232
Giler, David 162, 165
Gilliam, Terry
   12 Macacos (Os) 211
   Brazil 216-19
Glazer, Jonathan, *Sob a Pele* 233
Godard, Jean-Luc, *Alphaville* 220
Godwin, Francis 30
Godzilla (1954) 79-83, 85
Godzilla (1998) 270
Godzilla (2014) 269
Godzilla Contra-Ataca 85
Goebbels, Joseph 39, 45
Goldblum, Jeff 95, 201, 204, 279

Goldsmith, Jerry 165
Golem (O) 38, 54
Gondry, Michel 290
Grande Monstro Gamera (O) 87
Gravidade 313, 331, 334
Great Depression (Grande Depressão 59, 132)
Griffith, D.W. 35
Guardiões da Galáxia – Vol. 2 159
Guerra ao Terror 312
Guerra do Vietnã 134, 146, 155, 230
Guerra dos Mundos (A) (romance) 75, 107, 277, 279, 308
Guerra dos Mundos (A) 74-75, 95
Guerra entre Planetas 75, 162
Guerra Fria 74, 97, 109-110, 114, 208, 236, 259, 278
Guerras de Verão 253
Guerreiros do Bronx (Os) 179
Gunn, James
   Guardiões da Galáxia 159
   Slither 234

Harbou, Thea von 42, 45-46
Hardware – O Destruidor do Futuro 211
Harryhausen, Ray 75, 81, 84, 267, 321
Haskin, Byron
   Guerra dos Mundos 74
   Robinson Crusoé em Marte 77
Hauer, Rutger 182, 186, 191, 239
Hawke, Ethan 212, 224
Hawks, Howard 195
Heijningen, Jr, Matthijs van, *O Enigma de Outro Mundo* 199
Heinlein, Robert A. 99, 212
   Nave Galileu 105
   Tropas Estelares 243, 308
Herança Nuclear 116, 145
Herbert, Frank 157, 161
Herrmann, Bernard 72
Heston, Charlton 133, 134, 135, 145

Hill, Arthur 152 (Penn?)
Hill, Walter 164
Hirsch, Paul 152
Hirschbiegel, Oliver, *Invasores* 93
histórias em quadrinhos 61, 66, 291
   ver também Universo Cinematográfico
    Marvel
Hitler, Adolf 39, 46
Hodges, Mike, *Flash Gordon* 64
Holm, Ian 166, 217
Homem de Aço (O) 282
Homem do Planeta X (O) X 70
Homem Duplo (O) 253
Homem Invisível (O) 59
Homem sem Sombra (O) 243
Honda, Ishiro, *Godzilla* 80-82
Hooper, Tobe 153
   Força Sinistra 170
   Invasores de Marte 203
Hopper, Dennis 142, 153, 181
Hora Final (A) 115-16
Horror vem do Espaço (O) 98
Hosoda, Mamoru
   Garota que Conquistou o Tempo (A) 253
   Guerras de Verão 253
Hospedeiro (O) 272
Hubbard, L. Ron 158
Hughes, Ted 253
Human League 141
humanos artificiais 184-93
Hume, Cyril 102
Hurd, Gale Anne 225
Hurlbut, William 57
Hurt, John 166, 216
Huxley, Aldous, *Admirável Mundo Novo*
   144, 221
Hyams, Peter

Ilha das Almas Selvagens (A) 56
Impacto Profundo 283
Império Contra-Ataca (O) 153

Incrível Homem que Encolheu (O) 29, 86
Independence Day 76, 275-80
Independence Day: O Ressurgimento 281
Industrial Light & Magic (ILM) 150, 257,
   269, 324
Inteligência artificial, 190-91, 209
Invasão dos Discos Voadores (A) 75, 97, 281
Invasão dos Homens do Disco Voador
   (Invasion of the Saucer Men) 78
Invasores 93, 94-95
Invasores de Corpos (Os) – A Invasão
   Continua 93, 94
Invasores de Corpos (Os) (1956) 90, 95
Invasores de Corpos (Os) (1978) 93, 94, 201
Invasores de Marte (1986) 203
Invasores de Marte (Os) (1953) 95-96
Irwin, Mark 202

Jackson, Mick, *Threads* 117
Jackson, Peter 306, 307, 323
Jacobs, Arthur P. 129, 130, 131, 132, 133, 134
Jaffa, Rick 137, 271
Jaffe, Sam 72, 73
Jagger, Mick 162
James, P.D. 284
Jeunet, Jean-Pierre, *Alien – A Ressurreição*
   230
Jewison, Norman, *Rollerball – Os*
   Gladiadores do Futuro 145
Jodorowsky, Alejandro 161
Jogos de Guerra (War Games) 208, 215, 261
Jogos Vorazes 222, 229, 301
John Carter 159
Johnson, Rian 154
Jones, Duncan, *Lunar* 127
Jones, Raymond F. 75
Jornada nas Estrelas (série de TV) 104, 155
Jornada nas Estrelas II: A Ira de Khan 157,
   256
Jornada nas Estrelas IV: A Volta para Casa
   256

Jornada nas Estrelas: O Filme 155
Jovem Frankenstein (O) 54
Judge Dredd 237
Juggers – Os Gladiadores do Futuro 182
Jurassic Park: Parque dos Dinossauros 158, 260, 265-70, 297,322
Jurassic World: O Mundo dos Dinossauros 267
Jympson, John 151

Kaplan, Mike 124
Karloff , Boris 52, 53, 55
Kassar, Mario 259
Kaufman, Philip, *Vampiros de Almas* 93, 201
Kawajiri, Yoshiaki, *Cidade Perversa* 199
Kaysing, Bill, *Nunca Fomos à Lua* 144
Keays-Byrne, Hugh 174, 178
Kellerman, Bernhard 36, 59
Kennedy, Byron 173, 175
Kennedy, John F. 116, 134
Kenton, Erle C., *A Ilha das Almas Selvagens* 56
Kershner, Irvin, *RoboCop 2* 56
King Kong (1933) 80, 86, 87
King Kong (2005) 306, 323
King, Stephen 199
Kinoshita, Robert 103
Kinski, Klaus 169
Klushantsev, Pavel, *A Caminho das Estrelas (Doroga k Zvezdam)* 107
Kneale, Nigel, *Uma Sepultura na Eternidade (Quatermass and the Pit)* 121
Knoll, John 256
Knowles, Bernard, *Spaceflight IC-1* 130
Kobayashi, Osamu 252
Koepp, David 266
Koontz, Dean 261
Kotcheff, Ted 174
Kramer, Stanley, *A Hora Final* 116

Kubrick, Stanley 299
  2001: Uma Odisseia no Espaço 25, 106, 119-25, 150, 165-66, 248
  Dr. Fantástico; ou Como Aprendi a Parar de me Preocupar e a Amar a Bomba 111-14, 238, 328
  Laranja Mecânica 139-44, 248, 306

La Jetée 211
Ladd, Jr, Alan 149, 163, 165, 167
Lancaster, Bill 196
Landis, John 198
Lang, Fritz
  Metropolis 25, 39-46, 53, 113, 188, 220, 255, 302, 332
  Mulher na Lua (A) 46, 47, 105
Langelaan, George 201
Laranja Mecânica (filme) 142-44, 311
Laranja Mecânica (livro) 139-40
Lasseter, John 322
lavagem cerebral 97
Leder, Mimi, *Impacto Profundo* 283
Lem, Stanislaw 110, 128, 324
Leonard, Brett, *O Passageiro do Futuro* 293, 322
Ligeti, Gyorgy 124
Limite de Segurança 115
Linklater, Richard
  Homem Duplo (O) 253
  Waking Life: Vida Consciente 253
Lisberger, Steven, *Tron: Uma Odisseia Eletrônica* 157, 292, 313, 322
Littman, Lynne, *Herança Nuclear* 118
Looper: Assassinos do Futuro 214
Lopushansky, Konstantin, *Cartas de um Homem Morto* 117
Losey, Joseph 92
Lovecraft, H.P., *Nas Montanhas da Loucura* 230
Lucas, George 65, 66, 124, 311
  Star Wars ver *Star Wars*

THX 1138 144, 149
Lucas, Marcia 152
Luciano 29
Lumet, Sidney, *Limite de Segurança* 115
Lumière, Auguste e Louis 30
Lunar 127-78
Lynch, David, *Dune* 157

macartismo *ver* anticomunismo
MacRae, Henry 61
Mad Max 173-79, 181
Mad Max 2 – A Caçada Continua 177
Mad Max – Além da Cúpula do Trovão 177
Mad Max: Estrada da Fúria 177, 178, 229, 313
Mad Sheila: *Mad Shelia: Virgin* Road 181
Mainwaring, Daniel 90, 92
Maldição da Aranha (A) 86
Maldição da Mosca (A) 130
mangá 245, 247, 251 253 287, 291, 306
Mãos de Orlac (As)/O Médico Louco (The Hands of Orlac/Mad Love) 57
Máquina do Tempo (A) (1960) 106, 210
Máquina do Tempo (A) (2002) 210
Máquina do Tempo (A) (romance) 106, 210
máquinas no controle 261, 289
  ver também tecnologia, poder destrutivo da
Marechal do Universo (O) 66
Marker, Chris, *La Jetée* 211
Marte Ataca!! 78, 279
Marte Invade a Terra 58
Marte Precisa de Mães 253
Marte, o Planeta Vermelho 90
Matheson, Richard 86
Matrix (The Matrix) 248, 268, 288-91
Matrix Reloaded 290
Matrix Revolutions 290
May, Brian 180
McCay, Winsor 321

McDowall, Roddy 133, 136, 156
McTeigue, James 95
Meador, Joshua 103
Médico e o Monstro (O) 58
Melancholia 285
Méliès, Georges 25, 334
  Castelo Assombrado (O) 33
  Cinderela 32
  Conquista do Polo (A) 35
  Viagem à Lua 25, 29-34
  Viagem Através do Impossível 34-35
Menzies, William Cameron
  Daqui a Cem Anos 26, 49, 59, 95, 302
  Invasores de Marte (Os) 96
Mercenários das Galáxias 160, 206
Meteoro 282
Metropolis 25, 39-46, 53, 113, 188, 220, 255, 302, 332
Meyer, Nicholas, *O Dia Seguinte* 116-17
Milchan, Arnon 218
Milland, Ray, *Pânico no Ano Zero!* 116
Miller, George 173
  Mad Max 173-77, 180-81
  Mad Max – Além da Cúpula do Trovão 179
  Mad Max: Estrada da Fúria 177-78, 181, 229, 313
  Mad Max 2 – A Caçada Continua 176
Minority Report: A Nova Lei 297-300, 301
Miracle Mile 117-18
Missão Alien 308
Mitchell, David 291
Miyazaki, Hayao 248, 251
  Castelo no Céu (O) 251
  Nausicaä do Vale do Vento 251
monomito (jornada do herói) 289-90
Monstro Atômico (O) 58
Monstro da Lagoa Negra (O) 25
Monstro do Ártico (O) 70, 76, 195
Monstro do Mar (O) 80, 81, 84
Monstro do Mar Revolto (O) 84

381

Monstro e o Gorila (O) 66
Monstro que Desafiou o Mundo (O) 86
Monstros 269, 272
Mosca (A) (1958) 201
Mosca (A) (1986) 201-02, 233
Mostow, John, *O Exterminador do Futuro 3: A Ascensão das Máquinas* 260
Mothra, a Deusa Selvagem 87
Mulher na Lua (A) 46, 47, 105
Mulheres Perfeitas 193
Mundo em Perigo (O) 84, 230, 273
mundos distópicos 139-44, 175-78, 183-90, 215-23
   ver também filmes pós-apocalípticos
Murch, Walter 144
Muren, Dennis 64
música eletrônica 101, 141, 189
Mutação 271

Nausicaä do Vale do Vento 251
Nave-Foguete 63
Neumann, Kurt, *A Mosca* 201
Neumeier, Ed 237, 240, 242
Niccol, Andrew, *Gattaca – A Experiência Genética* 223
No Mundo de 2020 135, 145, 301
Noiva de Frankenstein (A) 55, 57, 61
Nolan, Christopher 253, 328-29
   A Origem 328-32
North, Edmund H. 72
Nourse, Alan E. 186
Novos Bárbaros (Os) 179
Nowlan, Philip Francis 62
Nozaki, Al 75
Núcleo (O) – Missão ao Centro da Terra 283, 317
Nyby, Christian, *O Monstro do Ártico* 70, 76, 195

O'Bannon, Dan 163-64, 165-66, 227
O'Brien, Willis 82, 267

Oberth, Hermann 47, 48
organismos parasitas 97, 163, 166-67, 227
Origem (A) 313, 328-32
Orwell, George, *1984* 139, 216, 220
Oshii, Mamoru, *O Fantasma do Futuro* 253, 288
Otomo, Katsuhiro, *Akira* 245-49, 290
Óvnis 76, 153
   ver também filmes de invasão alienígena; destroços de disco voador

Padilha, José 240
Pal, George 74, 106
   Máquina do Tempo (A) 106
Pânico no Ano Zero! 116
Para a Lua e Além 122
Passageiro do Futuro (O) 293, 322
Passageiros 269
Paul, Robert W. 30
Pavor Vermelho *ver* anticomunismo
Peckinpah, Sam 94, 143
Penn, Arthur 142
Peoples, David 185
Perdido em Marte 313, 332
pessoas em cápsulas 90-95
Photoshop 154, 256
Pichel, Irving, *Destino à Lua* 105-06
Pickens, Slim 111, 156
Pierce, Jack 53, 57
Pixar 154
Planeta das Tempestades (O) 126
Planeta do Medo 169
Planeta dos Macacos (1968) 129-39, 311
Planeta dos Macacos (2001) 137
Planeta dos Macacos: A Guerra 137
Planeta dos Macacos: A Origem 137, 324
Planeta dos Macacos: O Confronto 137, 311
Planeta dos Vampiros 169, 170
Planeta Fantástico 252-53
Planeta Pré-Histórico (O) 108
Planeta Proibido (O) 98, 101-05, 168, 311

Plano 9 do Espaço Sideral 76
Poder sem Limites 249
Poe, Edgar Allan 329
Pohl, Frederik 292
Pollock, Channing 44
Predestinado (O) 212-13
Primer 213
primórdios da ficção científica 29-34
Prometheus 170, 231
Protazanov, Yakov, *Aelita, a Rainha de Marte* 47
Protosevich, Mark 64
Proyas, Alex, *Cidade das Sombras* 290, 294
psicometria 300
Punho da Estrela do Norte (O) 180, 249

racismo 305
Radford, Michael, *1984* 216
Raio Invisível (O) (seriado) (1920) 65
Raio Invisível (O) (1936) 61
Raymond, Alex 60, 62
Reaganomics 236
realidade virtual 292-95
Reconquista (A) 158
Rede (A) 293
Reeves, Matt
  Cloverfield – Monstro 272
  Planeta dos Macacos: A Guerra 137
  Planeta dos Macacos: O Confronto 137, 311
Relíquia (A) 271
remakes 201-03
Retorno de Jedi (O) 153
Richter, W.D. 93
Riefenstahl, Leni 46, 243
Rilla, Wolf, *Aldeia dos Amaldiçoados* 98-99
Robinson Crusoé em Marte 75
RoboCop (1987) 203, 235-40, 308
RoboCop (2014) 203, 220, 239
RoboCop 19, 21, 51, 203, 240
robôs 43, 66, 71, 73, 102, 103, 127, 263, 279, 310

ciborgues 205-10, 235-40, 256-60
humanoides 183-93
japoneses 250, 252
Três Leis da Robótica (Asimov) 238, 263
Rodan, o Monstro dos Céus 85
Roddenberry, Gene 104
Rogers, Buck 62, 64
Rollerball – Os Gladiadores do Futuro 145, 303
Rota do Perigo 283
Royal Space Force: The Wings of Honneamise 251-52
Runaway 208-09
Ruppel, Karl Ludwig 98
Russell, Chuck, *A Bolha* 202

sátira 109-14, 119, 176, 233, 235-40, 310
Schaffner, Franklin J., *Planeta dos Macacos* 129-38, 311
Schrader, Paul 153
Schüfftan, Eugen 42
Schulze-Mittendorff , Walter 43
Schwarzenegger, Arnold 208, 209, 229, 240, 241, 242, 257, 258, 259, 260, 265, 266
Scorsese, Martin 33, 142
Scott, Adrian 92
Scott, George C. 111, 112
Scott, Ridley 25
  Alien 161-68, 169, 183, 225, 226, 227, 228-31
  Alien: Covenant 230
  Blade Runner 25, 183-89, 192, 248, 299, 301, 330, 332
  Perdido em Marte 315, 334
  Prometheus 171, 230
Seale, John 177
Segredo do Abismo (O) 255-56, 257
Segunda Guerra Mundial 45, 70
Sellers, Peter 111
Semple, Jr, Lorenzo 64

sequências com *stop-motion* 42, 48, 209, 267, 321

seriado de FC 64-65

Serkis, Andy 137, 323

Serling, Rod 131, 135

Seu Nome 253

Seymour, Michael 165

Shakespeare, William 104

A Tempestade 55, 102, 104

Sheinberg, Sid 218-19

Shelley, Mary, *Frankenstein* 51, 239

Shelley, Percy Bysshe 52

Shinkai, Makoto, *Seu Nome* 253

Short Circuit: O Incrível Robô 192

Shusett, Ronald 162, 227, 241

Shute, Nevil 115

Siegel, Don 90

Vampiros de Almas 91-92, 95

Silver, Amanda 137, 271

Silver, Joel 287

Simmons, Gene 208

Sixel, Margaret 177

Slither 232

Smith, Dick 197

Snyder, Zack, *O Homem de Aço* 280

Sob a Pele 233

Solaris 126

Sombra Destemida (A) 66

Southern, Terry 110

space opera 63-64, 155-59, 164, 321

ver também Star Wars

Space Raiders [*Invasores do Espaço*] 158

Spaceflight IC-1 130

Spielberg, Steven 151, 253

A.I. – Inteligência Artificial 192, 297

Contatos Imediatos do Terceiro Grau 26, 76, 146, 153, 297

E.T. – O Extraterrestre 26, 195, 297, 312

Jurassic Park: Parque dos Dinossauros 158, 261, 265-70

Minority Report: Nova Lei (A) 297-300, 301

Spierig, Michael e Peter, *O Predestinado* 212

Stanley, Richard, *Hardware – O Destruidor do Futuro* 209

Star Wars 25, 63-64, 104, 134, 146, 149-55, 159, 311, 321

Despertar da Força (O) 159, 231, 334

Episódio I – A Ameaça Fantasma 153, 155, 158, 258, 290, 322

Episódio II – Ataque dos Clones 153

Episódio III – A Vingança dos Sith 154

Guerra dos Clones (A) (série) 155

Império Contra-Ataca (O) 153

Retorno de Jedi (O) 153

Rogue One: Uma História Star Wars 269, 324

Starchaser: A Lenda de Orin 253

Starcrash – O Choque das Estrelas 158

Stargate – A Chave Para o Futuro da Humanidade 275

Stephani, Frederick, *Flash Gordon* 61

Stevenson, Robert Louis 56

Stone, Oliver 236

Strickfaden, Kenneth 53, 61

Strugatsky, Boris 117

Studio Ghibli 248

Tanaka, Tomoyuki 80

Tarântula 85, 271

Tarkovsky, Andrei 117

Solaris 126

Tatchell, Terri 307, 310

Taylor, Gilbert 112

tecnologia, poder destrutivo da 104, 220, 261-62, 299-300

terror, FC 161-71, 201-02, 225-34, 255, 271, 305-06, 307-08

Tesouro do Óvni (O) 209

The Thing (2011) 199
Theron, Charlize 177-78
Thomas, Emma 328
Thompson, Hunter S 144
THX 1138 144, 149
Tippett, Phil 235, 267, 268,
Titan 253
Tolstoy, Alexei 47
Tomorrowland – Um Lugar Onde Nada é Impossível 332
Toro, Guillermo del, *Mutação* 270-71
Toshimitsu, Teizo 82
totalitarismo 216, 218, 221
Trank, Josh, *Poder sem Limites* 248
Transformers 279-80
Trier, Lars von, *Melancolia* 285
trilhas de música 72-73, 101, 123, 141, 188
Tron 157, 292, 295, 322
Tropas Estelares 227, 242, 243, 308
Truffaut, François, *Fahrenheit 451* 221
Trumbo, Dalton 93, 106
Trumbull, Donald 122
Trumbull, Douglas 76, 121, 125, 127, 144, 150, 151, 153, 188,
Silent Running 25, 125, 127, 144, 150
Trump, Donald 300
Tsiolkovsky, Konstantin 48
Tsuburaya, Eiji 81
Tsukamoto, Shinya
Tetsuo – O Homem Bala 233
Tsetsuo II: The Body Hammer 233
Tetsuo – O Homem de Ferro 233
Túnel (O) (Der Tunnel) 59
Túnel (O) 36
Turner, Tina 177
Twain, Mark 210
Tykwer, Tom 291

Último Guerreiro das Estrelas (O) 157, 322
Universo Cinematográfico Marvel 66, 259, 291, 327

Vajna, Andrew 259
Vangelis 189
Vaughn, Matthew 64
Verhoeven, Paul
Homem sem Sombra (O) 243
RoboCop 203, 235-40, 308
Tropas Estelares 227, 242, 243, 308
Vingador do Futuro (O) 203, 240-41
Verne, Júlio
Da Terra à Lua 30, 32
Viagem ao Centro da Terra 285
Viagem (A) 291
Viagem à Lua 25, 29-34
Viagem ao Fim do Universo 108, 126
Viagem ao Fundo do Mar 130
Viagem Através do Impossível 34, 35
Viagem Cósmica 48
Viagem Fantástica 132
Viagem Insólita 256
viagem no tempo 210-13
Vida 334
Videodrome – A Síndrome do Vídeo 197, 232, 292, 293
videogames 157, 158, 180, 189, 192, 199, 229, 262, 294, 318, 333
Vigalondo, Nacho
Colossal 272
Crimes Temporais 211
vigilância de massa 144, 216, 218, 222
Villeneuve, Denis 313
A Chegada 313, 332
Vingador do Futuro (O) (1990) 203, 240-41
Vingador do Futuro (O) (2012) 203
Vingadores (Os) 280
Violência por Acidente 174
Vogt, A.E., *Voyage of the Space Beagle* 163
Vonnegut, Kurt, *Utopia 14* 261
Voz do Trovão (A) 66

Wachowskis, as 287
Destino de Júpiter (O) 289, 332

Matrix 248, 288-91
Matrix Reloaded 290
Matrix Revolutions 291
Viagem (A) 205
Waking Life: Vida Consciente 253
Wanger, Walter 92
Watanabe, Akira 82
Watergate 93, 144, 153, 164
Waterworld – O Segredo das Águas 181
Wauer, William, *Der Tunnel* [O Túnel]36
Weaver, Sigourney 166, 168
Webling, Peggy 52
Weir, Peter, *Violência por Acidente* 174
Welles, Orson 70, 162
Wells, H.G. 30
  Daqui a Cem Anos 48
  Guerra dos Mundos (A) 74-75, 105, 275, 308
  Homem Invisível (O) 57, 210, 243
  Ilha do Dr. Moreau (A) 56
  Máquina do Tempo (A) 106, 210
  Primeiros Homens na Lua (Os) 30, 32
Wells, Simon, *A Máquina do Tempo* 210
Westworld – Onde Ninguém tem Alma 191, 208, 261, 265
Weta Digital 323
Whale, James
  Homem Invisível (O) 57
  Frankenstein 51, 52-54, 57
  Noiva de Frankenstein (A) 55, 57,61
Wheeler, Harvey 68
Wilcox, Fred, *O Planeta Proibido* 103-105, 168, 311

Williams, John 77, 152
Willis, Bruce 212, 283
Wilson, Colin 170
Wilson, Michael 131, 133
Wing Commander – A Batalha Final 158
Winner, Michael 143
Winston, Stan 197, 203, 209, 258, 267, 271
Wise, Robert
  Dia em que a Terra Parou (O) 70-74
  Jornada nas Estrelas: O Filme 156
Wiseman, Len, *O Vingador do Futuro* 203
Wisher, William 257
Wolheim, Donald A. 271
Wood, Ed, *Plano 9 do Espaço Sideral* 76
Wyatt, Rupert, *Planeta dos Macacos: A Origem* 137
Wyndham, John, *The Midwich Cuckoos* [A Aldeia dos malditos] 98

XB: Galáxia Proibida
  Mutant 170
xenofobia 309
Xenogenesis 206
X-Men 291

Yamaga, Hiroyuki, *Royal Space Force: The Wings of Honneamise* 251-52
Yellow 306
Yuen Woo-ping 289

Zardoz 145
Zhuravlov, Vasili, *Viagem Cósmica* 48

Ryan Lambie tem atuado, desde 2010, como editor interino do denofgeek.com, um *site* de entretenimento da Dennis Publishing com alcance global cerca de 5 milhões de usuários por mês. Concentrando-se em resenhas gerais, mas principalmente, em resenhas de filmes de ficção científica e terror, Ryan entrevistou todo tipo de atores, diretores e produtores no decorrer de seu trabalho, entre eles, Ridley Scott, Donald Trumbull, Alejandro Iñárritu, Rutger Hauer e Denzel Washington. Entre seus outros trabalhos, como escritor freelancer, encontram-se artigos sobre filmes e *videogames* para publicações como *The Guardian*, *The Mirror*, *Bizarre*, *Mental Floss* e *Escapist*. Em 2014, Ryan recebeu o prêmio Richard Attenborough de melhor blogueiro na FDA Regional Critics Film Awards.

Cláudia Fusco é jornalista e mestre em Science Fiction Studies pela Universidade de Liverpool, na Inglaterra. É também pesquisadora independente do fantástico na literatura e no cinema.

Roberto Causo é doutor em Letras pela Universidade de São Paulo. É também autor dos livros de contos *A Dança das Sombras* (1999), *A Sombra dos Homens* (2004) e *Shiroma, Matadora Ciborgue*; dos romances *A Corrida do Rinoceronte* (2006), *Anjo de Dor* (2009), *Glória Sombria: A Primeira Missão do Matador* (2013), *Mistério de Deus* (2017) e *Mestre das Marés* (2018), e do estudo *Ficção Científica, Fantasia e Horror no Brasil* (Editora da UFMG, 2003), considerado uma obra de referência para os estudos de ficção científica brasileira.

Alfredo Suppia é professor e pesquisador de cinema e audiovisual, além de autor dos livros *A Metrópole Replicante: Construindo um Diálogo entre Metropolis e Blade Runner* (Editora da UFJF, 2011) e *Atmosfera Rarefeita: A Ficção Científica no Cinema Brasileiro* (Devir, 2013). Organizou, com Ewa Mazierska, o volume *Red Alert: Marxist Approaches to Science Fiction* (Wayne State University Press, 2016).